公安刑事技术室
痕迹检验师

九滴水
作品

国内痕迹检验师专业推理小说

罪案调查科

罪终迷局 终场

公安刑事技术室
痕迹检验师
九滴水
著

贵州出版集团
贵州人民出版社

博集天卷
CS·BOOKY

目录 Contents

罪案调查科　罪终迷局
终场

罪 案 调 查 科

第五案

白色恋人

罪迷终局

终场

达尔文进化论有一个核心思想，叫"物竞天择，适者生存"。意思是，除非你有能力改变环境，否则我们只能被环境改变。胡候从上初中起，就一直觉得这句话太在理了。这就好比上课看小说，有的学生一天看 3 本都没事，有的学生刚拿出来，就成了班主任的"下酒菜"。这是为啥？说白了，是因为不了解班主任巡视的规律，也就是不了解环境。

对胡候来说，"学习"是他最陌生的环境，他自认为这辈子都适应不了，所以他早早地辍学在家，跟在父亲身后讨生活。胡候家住泗水河岸边。俗话说："靠山吃山，靠水吃水。"胡候的父亲倚仗精湛的捕鱼技能，养活了一家三口。然而随着泗水河来往船只越来越多，水质污染已让很多渔民无法生存。

一度没有生活来源的胡候，也曾南下打过几年散工。可外地的饮食和生活习惯，让胡候备受煎熬。"在外地赚的只够吃喝，在家里再不济也能糊口，如此一来，还不如回家。"想通了的胡候，决定返乡创业。回家的路上，他又想起了那句话："物竞天择，适者生存。"偌大的泗水河，为何能养活别人，却偏偏把他排挤在外？几年前，是环境将他逼走的，这一次回来，他下定决心要改变环境。

回家的头一年，胡候整天划着父亲的渔舟荡漾在泗水河中，他东瞅瞅西望望，瞎混了一年后，终于瞅到了一个空白的商机：浅水湾。

"浅水湾"对外地人来说，可能很是陌生，而对那些常年漂在河上的渔民来说，却是必不可少的一个地方。以泗水河为例，它的河床呈倒梯形分布，越是靠近岸边，水域越浅。当地的渔民按照深浅，把泗水河分为4个区域：最靠近岸边的叫"近水湾"，辐射范围约在20米；再深一点儿的叫"浅水湾"，辐射范围在30米左右；再往后的分别叫"深水湾"和"中心湾"，这两个区域算是泗水河吃水较深的地方，辐射范围也更大。

我们把泗水河比成公路，"近水湾"就类似于非机动车道，"浅水湾"相当于机动车的应急车道，"深水湾"则是机动车行驶道，"中心湾"应该类似于主干道中间的隔离栏杆。

水的深浅不同，"湾"的用途也不一样。最靠近岸边的"近水湾"，行驶的多是一些小渔船，这种船只构造简单，受不起大风浪，遇到紧急情况极难控制。以泗水河现在的航运能力，若是小渔船驶入"深水湾"，极容易发生事故。这就好比在马路中心穿梭的电瓶车一样，稍有不慎，就会发生车祸。

胡候做过分析，"近水湾"来往的都是小渔船，灵活性大，适合做一些小买卖，比如往大船上送一些饮用水、蔬菜瓜果之类的。

但这种活儿门槛低，花个几百元钱，买个木舟就能干，赚钱少不说，还经常会因激烈的竞争发生矛盾。

"深水湾"和"中心湾"是大型船只的活动区域，一艘大船动辄成百上千万，绝对不是胡候这种贫民家庭负担得起的。相比之下，"浅水湾"区域，就成了胡候最终的选择。

泗水河上来往的船只多以货船为主，因每艘船的承载量不同，装货的时间也各有差异。船只装货自然是要停靠在码头，考虑到安全等诸多因素，码头绝对不是想建就建的，在云汐市泗水河流域，符合政府审批的码头也就那么几个。而来往船只这么多，必定要有个先来后到。当别的船只在装货时，那些空置的货船就只能暂时停在"浅水湾"等候。按照平均每艘货船搭配 10 个水手来计算，光胡候家附近的流域，每天就有几百人闲在船上无所事事。

胡候有个亲戚做过水手，他没少听亲戚抱怨这个行当。"枯燥无味"成了水手生活的代名词，在船上打牌，几乎是他们唯一的休闲方式。

瞄准了对象，胡候便开始琢磨，用什么方法可以打开水手们的腰包。跑船的水手都是纯爷们儿，胡候认为是个男人都会对"吃喝嫖赌"感兴趣。"嫖赌"犯法，胡候当然不愿意铤而走险，思来想去，他还是觉得要从"吃喝"上下功夫。一提到"吃喝"，他突然就想起了自己南下打工的日子，那时候每天夜里下班，老板都会带着一群员工去路边摊喝啤酒、撸烤串。胡候现在想起那滋啦冒油的肉串，嘴里仍不停地咽口水。

"如果在浅水湾卖烤串，生意会怎么样？"带着这个想法，胡候付诸了行动。他以每天 100 元的租金租了一艘夜晚闲置的中型渔船，晚上 8 点，胡候把准备好的家伙什往船上一放，由父亲驾驶船只，他则站在船内支起了烧烤摊。

"啤酒、烤串，通通 1 元！啤酒、烤串，通通 1 元！"船头的大喇叭声在"浅水湾"无限循环。

在河上卖烧烤绝对是件稀罕事，喇叭这么一喊，引来了很多水手的围观。

"喂，给我来 50 串肉，10 瓶啤酒！"喇叭吆喝半天，终于迎来了第一个敢吃螃蟹的人。

胡候将船驶入货船附近，接着他从泡沫塑料箱中拿出肉串架在烤炉上，当肉串烤出香味时，胡候把肉串用牛皮纸小心包好，然后连同啤酒装入事先准备的竹篮中。货船上的水手只要放下绳索，将食材拉上去，就能轻松完成交易。肉串是用竹签穿制，啤酒是从小卖部批发的罐装，所有的东西均不用回收，这样双方都落得自在。

"喂，兄弟，味道怎么样？"收了钱，胡候扯着嗓子问了下意见。

对常吃粗茶淡饭的水手来说，在船上能吃到刚出炉的烤串，绝对是一大幸事。"老板，你这烤串太香了，还有没有？再给我来 50 串，我这船上十几号兄弟呢！"

"有，有，有，我这就给你烤，另外我多送你 10 串，外加 2 瓶啤酒！"

"老板，你真是太会做生意了！多谢，多谢！"船员是个糙汉子，说话的声音又粗又亮，他这一喊，附近船上的水手也开始馋涎欲滴。

"老板，给我来 50 串！"

"也给我来 50 串！"

叫喊声此起彼伏，胡候准备的 500 串肉、100 瓶酒，没到一小时便被抢了个精光。

回到家后，父子俩兴奋地抱在一起，喜极而泣，200 元的成本，一晚上净赚了 300 元。虽然和大生意比算不了什么，但是这些收入，绝对不是辛苦捕鱼比得了的；而且最重要的一点，父子俩首次尝试就获得如此巨大的成功，这往后要摸清路子，赚个盆满钵满，肯定不是问题。

吸取了头一天的教训，第二天父子俩把售卖的烤串、啤酒增加了两倍，同时又加入了水果、饮料来满足不同口味的人群。结果千算万算，第二天所有的食材，还是在极短的时间内便被抢购一空。

接连做了一个月，卖烧烤的劳动强度远远超出了两人的预期，要想做大，必须增加人手。在水上做生意不像在陆地，船上的空间就那么一点儿大，招人就意味着要换艘大船。在这个节骨眼上，胡候和父亲起了分歧。父亲认为，现在的生意火爆，不代表以后生意就好，他认为维持现状，是最好的选择。而胡候的观点恰恰和父亲相反，他认为，"河上烧烤"的生意太好模仿，既然他们能干，那别家也能干，到最后势必会像"近水湾"的小渔船那样，形成恶性竞争。所以他要提前在"浅水湾"形成自己的竞争力，让这里的水手只认"胡氏烧烤"的招牌。要做到这样，必须扩大经营，广招贤才，定制大船。胡候算过一笔账，要做到这几点，起步投资最低在50万以上，而从哪里弄到这笔钱，成了胡候迈不过去的坎儿。

胡候的母亲在得知父子俩的分歧后，只和丈夫说了一句话："咱家就一个儿子，不管多难，也不能绊了孩子的脚，儿子是我身上掉下来的肉，我绝对相信儿子的眼光。"

胡候父亲听完此话后，茅塞顿开，第二天就张罗着把家里的房产、土地全部抵押了出去，胡候又托朋友借了点儿小额贷款，总算凑齐了第一笔启动资金。

一个月后，一艘装有4个烧烤炉、多个卤菜柜的定制烧烤船正式下水运营。俗话说"人多力量大"，在多人经营的情况下，胡候的烧烤船基本满足了附近水域的食客需求。胡候赚到钱后，并没有想着偿还贷款，而是选择再次投资，购买多艘充气艇，送货上船。经过半年多的经营，码头附近的船只上，几乎都贴满了"胡氏熟食"的广告。大规模的经营，让那些蠢蠢欲动的效仿者只能知难而退。

胡候用了两年的时间，最终成为"浅水湾"熟食界的霸主，经营范围也从烧烤扩展到卤菜、小海鲜、炸鸡等重口味小吃。

几年后，赚得盆满钵满的胡候，又瞅准时机，在"浅水湾"开了第一家综合性的河上超市，这一举动，基本将"近水湾"的小商贩逼上绝路。

超市开业之前，胡候的父亲曾劝过他，做事不要做绝，给附近乡亲一点儿活路，但胡候却丝毫没有听进去半句。他始终将"适者生存"四个字奉为人生的导向标，如果那些小商船没有能力改变环境，那就要学着适应环境。

当河上超市开业时，胡候在各个码头贴了招聘广告，以每趟5元的价格，雇用小船运送货物，多劳多得，愿意应聘的渔船，需缴纳1000元押金作为管理费用，不经营时可全额退还。

这招一出，就连胡候的生意伙伴都觉得他是一个经商奇才。河上超市面临的最大问题就是运货，他先是花钱把"近水湾"的生意抢了个精光，接着在小商贩走投无路时放出"一勺汤",那些饥肠辘辘的船夫,自然是感恩戴德、纷至沓来。

有了押金,被"套牢"的船夫只能给胡候打工。这解决了运输的大难题,胡候最终坐稳了"浅水湾"的第一把交椅。多种经营方式并存,让胡候的现金越聚越多。只做餐饮,已完全满足不了他的胃口。渐渐地,他开始把心思往"擦边球"上靠。

外出跑船的水手,大多都背井离乡,深夜的难言之隐,胡候是深有体会的。饥渴之时,躲在卫生间里"左手换右手"是唯一的解决途径。可船上的卫生间就那么大点儿地方,很多时候压根儿施展不开"拳脚"。

胡候看到了其中的巨大商机,于是泗水河第一家河上影院挂牌营业。影院是用一艘小型货船改造而成,一共30个房间,每间房配置一台液晶电视及一张双人沙发。电视里可供选择的电影很多,特殊电影需要加钱索要密码。封闭的环境,劲爆的影片,让很多水手趋之若鹜。有一位跑"影院专线"的船夫这样形容过影院船的火爆程度,他说:"自从影院船营业以来,我每天都要换一副船桨!"

多了不说,胡候的影院船每天最少可以给他带来3000元的纯利润,这完全超出了他的预期。为了满足更多人的需求,胡候又接连改造了3艘小型货船。

以前胡候干的是正道,没人指指点点,可现在影院船打的是"擦边球",所以经常遭到举报。屡次碰壁后,胡候不得不收敛锋芒,把影院船驶到那些偏僻的水域。

胡候做梦也没有想到,正是因为这个举动,他竟然遇到了泗水河有史以来的第一大案。

那天艳阳高照,胡候像往常一样乘坐快艇去影院船上结算,可就在登船的那一刻,30米外的水域突然发出巨响,一艘货船随之剧烈燃烧。

"我×,什么情况?"

"怎么了?怎么了?"

"是不是在拍电影？"

从包间闻讯走出来的客人，纷纷站在甲板上观望。

"怕是出事故了！"胡候叫来了船上的工作人员，"附近只有咱们这一艘船，不能见死不救，船体已经倾斜，小赵赶快打电话联系拖船，剩下的人拿家伙去救火！"

虽然胡候现在有钱了，但是他也是穷苦出身，危难时刻显身手的精神，是打娘胎里带的。正所谓"近朱者赤，近墨者黑"，他手下的员工自然也是唯他马首是瞻。来船上消遣的大多是熟悉水性的水手，"天下水手是一家"，他们也不会见死不救。于是一支由 30 多人组成的救援队，在第一时间赶了过去，好在火势不大，船上的明火很快被控制。只是看到舱内的 3 具尸体时，众人噤若寒蝉。

早上 8 点，我刚把共享单车停在单位院子里，便听见胖磊站在 2 楼的走廊上大呼小叫。

"磊哥，什么情况？是不是股票又跌了？"我昂着头冲楼上喊道。

胖磊探出头来："我就那点儿私房钱，你小子能不能盼我点儿好？对了，别磨叽了，赶紧上楼拿装备，就差你了！"

"出现场？什么案子？"

"泗水河双流'浅水湾'水域一艘船发生爆炸，3 人死亡，具体原因不明。"

"船只爆炸？会不会是意外？"

"谁知道呢，不过船烧的都是柴油，就算是爆炸也不会有那么大的威力，一次炸死 3 个人是不是有点儿夸张了？"

正说着，明哥已穿好制服走下楼，说："别聊了，抓紧时间！"

"给我 5 分钟，马上好！"

爆炸现场在泗水河双流"浅水湾"水域，"双流"是码头的简称，那里曾是泗水河最早建立的一批原木码头，后因非法采沙导致水土流失，双流码头从那时起便被泗水河吞没。

河上来往船只多以货船为主，没了码头，自然就无法卸货，再加上双流码头偏僻的地理位置，所以平时很少有人会将船停在那个地方。

"鬼地方太偏，前面没路了。"胖磊将车停在了港口。

明哥透过车窗看了一眼远处那艘已被拖进"近水湾"的爆炸船，他说："船体大小超过一般的中型货船，这种船吨数较大，在'近水湾'停靠很容易下陷，我们要抓紧点儿时间。"明哥头偏向我："小龙，你去喊艘船，我们乘船过去。"

货船爆炸一事，在泗水河上传得沸沸扬扬，划船赶去围观的人也不在少数，可遗憾的是，事故船附近有水警封锁，要想近距离观察绝非易事。人都有强烈的窥视欲望，当我在港口喊着"有谁能载我们过去"时，竟然有十来位船夫争先恐后地跑上岸，又是提箱子，又是扛设备。

胖磊看着那几十公斤的器材被多人吆喝着抬上船时，差点儿被感动得涕泪交流："警民鱼水情，警民鱼水情啊，谢谢各位，谢谢各位！"

"我看你就是懒！"老贤擦肩而过的一句话让胖磊收起哭相。"哎，贤哥，话可不能这么说，看看这'警民一家亲'的画面，多好！我是给各位兄台提供了一个警民和谐共处的机会。"

老贤白了他一眼，没有再说话。

事发现场看似很近，实际上却有近半个小时的航程，随着距离逐渐缩短，原本看起来没有多大的爆炸船，在我们面前像是被吹起来的气球，越来越大。

"冷主任！这里！"水上派出所的老赵站在快艇上向我们招手。

明哥挥手示意，船夫把船停在了老赵划定的区域，说："老乡辛苦，把设备放上岸，你们就可以回去了。"船夫嘴里喊着"不要，不要"，双手还是控制不住地接过了明哥递过去的300元钱。

趁着分钱的空当，船夫们纷纷瞪大眼睛好奇地打量着面前的爆炸船，见没有什么"八卦"可挖后，只能败兴而归。

民警老赵见四下无人，招呼我们来到了一个偏僻的角落，从他的表情中，我们已经嗅到了不安。

"我已经通知了刑警队那边，正在赶来的路上。"

明哥眉心一紧："已经判定是命案了？"

"是不是命案我不清楚，但我们发现了这个。"老赵说着，打开了手上的黑色塑料袋。

"这个是……54式手枪？"胖磊惊呼。

老赵点点头："一共死亡3人，均为男性，每人身上各有一支，弹匣全部满容。"

枪弹是痕迹学研究的领域，我对各种枪支的外观和性能也是了如指掌，我从老赵手中接过枪支，仔细观察后断定："没有枪号，但感觉不是市面上普通的仿造枪支，具体情况还要检验后才知道。"

我说完后，明哥看了一眼心事重重的老赵说："枪的事情可以暂时放一放，现在人已经炸死，老赵，你还有什么顾虑？"

"是这样的，冷主任，我觉得这艘船有问题。"

"哦？这从何说起？"

老赵回望一眼说："我在水上派出所干了几十年，对泗水河上来往船只的构造并不陌生，可这艘爆炸船的布局我还是第一次见到。从外表看，它是一艘普通的货船，可进入船舱后我才发现，整个船体都是用最昂贵的合金钢打造，甲板上的船屋用的是耐压隔热板搭建，1平方米要1000多元，我还在爆炸残留物中发现了大量的太阳能电池板，这种电池板我也见人安装过，价格相当昂贵。

"第一时间发现爆炸船的人叫胡候，是泗水河上最有名的商人。据他说，这一套电池板要装下来，没个三四十万搞不定。虽说这艘船的内饰、装配都相当豪华，可船的外观却刻意做了伪装，船体油漆做旧，船屋表面粘贴废木板等。"

"伪装船只……3名死者身上又发现制式枪支……"胖磊仔细品味着其中的深意。

"不光如此。"老赵接着说,"双流码头这个地方很偏僻,平时很少有船在这里停靠,爆炸船为什么停在这里也是个谜。所以我思来想去,还是有必要通知一下刑警队。"

"看来这起爆炸案背后还有我们没掌握的情况。"明哥转而又问,"截至目前有几个人登船?"

"有十几个,最先登船的是报案人胡候和他的员工,他们的指纹和鞋印样本,我让所里的同事采集了。"

明哥接着问:"报案人发现时是什么情况?"

"胡候在泗水河上开了几艘'影院船',其中一艘刚好就停靠在爆炸船附近。据他说,他是早上来收钱时听到了爆炸声,接着便和员工、客人上前救火,爆炸的确切时间是早上8点前后。"

"在此期间,有没有外人接触过这艘船?"

"没有。"

"爆炸结束后,有没有人从船上逃离?"

"这个我也问了,而且船舱我也进去过,整艘船上一共就只有3个人,全部被炸死。"

"行,大致我们已经了解。国贤。"

"明哥你说。"

"现场物证量巨大,联系分县局技术科,尽量多叫些技术员来搭把手。"

"好,我这就联系。"

四

现场勘查准备工作刚开始,一艘载着叶茜和徐大队的快艇也随之上了事发船，在把案情简单交代后，叶茜加入了勘查队伍。

对一般的爆炸案来说，我们最先要确定的就是炸点的位置。所谓炸点，就是爆炸物最先爆炸的地方。它大致可以分为两种，爆炸物放置点和爆炸物爆炸点。前者多为一些静置的爆炸物，例如定时炸弹、遥控爆炸装置等；而后者多针对的是移动爆炸物，常见的有手雷、火箭弹等。但不管爆炸物的状态如何，我们以炸点为圆心向外扩散，必然可以找到爆炸装置的残留物。

本案和普通爆炸案不同的是，中心炸点在船舱内，而且发生爆炸时船停在河中，这样势必会导致大量爆炸残留物因冲击力落入水中，若是因此缺少了关键物证，那给案件侦办带来的绝对是毁灭性的打击。

可担心也没有什么用，有时办案就像赌博，要是运气好，发现一个关键物证，就能给案件带来转机，若是点儿背，连续侦办一年没有头绪的情况，也不是没有。

经测量，爆炸船长约 23.5 米，宽约 6 米，高约 5.5 米，船只主体相对完好，建在甲板上的房屋损毁严重，爆炸伴有起火现象。因船屋外贴有木板等助燃物，船屋墙体被焚烧得相当严重。好在 3 具尸体在爆炸后被及时拖出，否则也免不了被烧成焦炭。

在拖船的帮助下，爆炸船在"近水湾"平稳停靠，我们顺着临时搭建的绳梯来到了甲板的位置。

值得庆幸的是，这艘船并没有像普通船那样使用木质甲板，巨大的爆炸力无法破坏甲板的钢铸结构，这使得船屋下的船舱得以完好保存。

虽然船屋受损严重，但是好在房子的根基位置还保留完好。我们根据一些残垣断壁，勾画出了船屋原先的模样。

船屋自西向东分别为驾驶舱、休息舱以及厨卫区。3 个区域间均安装有厚重的金属门，每扇门上装有一个透光的圆形玻璃，玻璃上方还挖了一个带盖的通风口，该款式的舱门是行船的标准配置。

胖磊放下相机说："贤哥，看来也只有休息舱损毁严重一些，驾驶舱和

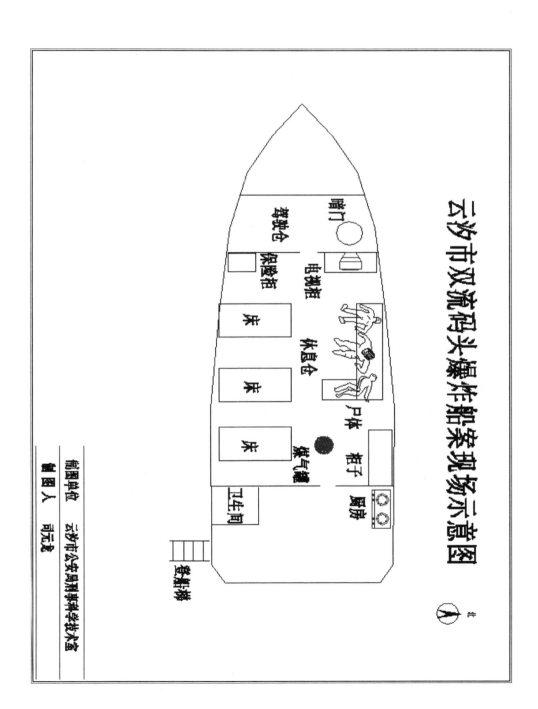

云汐市双流码头爆炸船案现场示意图

绘图人　司元龙
制图单位　云汐市公安局刑事科学技术室

厨卫区都相对完整。"

爆炸是一个释放能量的过程，爆炸发生时，很多物证也会随之被破坏。勘查这类现场时，负责理化检验的老贤最有话语权，所以在现场发现任何疑问，我们都是第一时间征求老贤的意见。不过老贤是个闷葫芦，做什么事情都比别人慢半拍，他没有着急回答胖磊，而是站在休息舱内一圈一圈地环顾。

几分钟后，他蹲下身子，将多个区域的燃烧残留物夹起观察，随后他说道："休息舱长约 15.6 米，宽 5.2 米，高 2.7 米，以船头向西为坐标，休息舱靠北墙曾摆放了一张呈'7'形的皮质沙发，沙发西侧有一台挂在墙壁上的液晶电视，紧挨着沙发的是一张木质茶几。

"靠南墙则摆放了 3 张木床，床头向南，床的规格为 1.2 米乘 2 米，每张床标配一个木质衣柜。从床的数量上看，休息舱内日常起居的只有 3 个人。

"刚才焦磊说的我也注意到了，驾驶舱和厨卫区几乎没有损毁，而用于隔开两个区域的舱门却严重变形，由此可见，爆炸的中心点就在休息舱内。"老贤说完走到厨卫区，指着地上一个倒放的煤气罐说道，"这种是最常见的 15 公斤液化石油气，气阀位置没有连接软管，罐体有大量的灰尘附着，阀门呈拧开状，罐内液化石油气全部放出。罐体是蓝色油漆喷涂，舱门内侧也有相同颜色的油漆片，如此就显而易见了，案发前煤气罐应该是放在休息舱内。"

叶茜问："国贤老师，难道是煤气泄漏导致的爆炸？"

五

老贤眉头紧锁，几步又折回了休息舱。"可能没这么简单。沙发附近损毁严重，那里应该就是炸点的位置。驾驶舱和厨卫区保存完好，说明爆炸的威力并不是很大。个人认为这是一起由气体引发的爆炸，叶茜推断得没错，引爆物就是液化石油气。

"但液化石油气爆炸有三个必要条件：第一，气体密度要达到一定的数值；第二，必须在密闭的空间内；第三，要遇明火。

"别的咱们暂且不考虑，我们先来看第二条。刚才我在观察舱门时发现了一个细节，两扇舱门的通风口均被拧死，显然是有人要故意制造密闭的环境。被抬出的 3 具尸体衣着完整，并没有入睡的迹象，他们之所以被炸死，是因为他们生前都坐在炸点附近，也就是沙发上。

"煤气罐是被人故意从灶台上拔掉放进休息舱的。如果我猜得没错，整个爆炸过程应该是有人将煤气罐拿进休息舱，随后将舱门封死，然后在密闭的环境中拧开煤气罐，最后点燃明火引发爆炸。"

听到这里，我的眉头逐渐舒展。"爆炸是一瞬间的事，贤哥，按照你的分析，点燃明火的是 3 名死者中的某个人？"

老贤认可了我的推论："煤气罐在释放液化石油气时，会发出'刺刺'的声响，就算是熟睡也会被吵醒；爆炸时 3 人正坐在沙发上，他们不可能没有一点儿反应。"

叶茜问："国贤老师，他们会不会是煤气中毒昏迷了？"

"煤气的主要成分是一氧化碳，一氧化碳会与身体内的血红蛋白结合，形成碳氧血红蛋白，使血红蛋白丧失携氧的能力和作用，造成组织窒息。吸入过量的煤气，会导致人昏迷；但家用煤气罐中装入的是液化石油气，它是炼制石油时得到的副产品，由碳氢化合物混合而成。主要成分是丙烷（C_3H_8）、丙烯（C_3H_6）、丁烷（C_4H_{10}）和丁烯（C_4H_8）。液化石油气在常温下呈气体状态，在高压煤气罐中则呈液体状态，吸入液化石油气不会导致人昏迷。"

胖磊附和道："3 名死者要是都处于昏迷状态，在封闭的环境下，明火是谁点的？爆炸是瞬间发生的事，若是真有第 4 个人，那他也绝对跑不掉。报案人胡候的笔录我看了，爆炸刚一发生他就带着员工开始施救，除了 3 名死者，他并没有发现第 4 个人。也就是说，这起案件就算是命案，那嫌疑人也一并被炸上天了，我觉得咱们把船上的物证归拢归拢，回去就能写结案报告了。"

"磊哥，问你个事。"我说。

"啥？"

"是左眼跳财还是右眼跳财来着？"

"别问了，就你这倒霉样子，哪只眼跳都是跳灾！"

我捂着胸口说："实不相瞒，我这心里慌得很，也许事情没有我们想的那么简单。"

"你能不能别乌鸦嘴？"

"这是第六感，至今没失误过。"

就在我和胖磊插科打诨之际，叶茜跟在老贤身后走进驾驶舱。

叶茜："国贤老师，地上有一个暗门，可以拉开。"

"嗯，走，下去看看。"

叶茜用力将圆形的铁板门拉起，一截焊接的金属楼梯延伸到船舱底部。叶茜刚想抬脚，被老贤一把拦住："别急，我先做个氧气实验。"

只见老贤点燃一枚酒精棉球扔进船舱，当看见棉球在舱底剧烈燃烧时，老贤这才放心地点头示意："氧气充足，可以下去。"

"铛铛铛……"金属板的碰撞声在船舱内引起共鸣。叠加的振幅，让我们的耳朵备受煎熬。

就在我们刚进入舱底时，一股难闻的试剂气味让我下意识地捂住了口鼻。

爆炸破坏了船体的电路，船舱内几乎伸手不见五指，在警用手电的帮助下，我们勉强看清了舱内的摆设。

"这里怎么搞得跟化学实验室似的。"胖磊做了一个形象的比喻。

"小龙，你看那里！"老贤高喊一声，着实把我们吓了一跳。

顺着老贤的指引，我几步走到了跟前。"贤哥，这是什么？"

"还记得去年的毒品杀人案吗？"

"就是那起过量注射毒品致人死亡的案件？"

"对，当时是通过一台高分子研磨机找到的贩毒上线，现在我们眼前的这台机器，就是高分子研磨机。"

胖磊凑近仔细瞧了瞧，说："这个长得跟咖啡机似的玩意儿，就是那种能把玻璃研磨成微粒的机器？"

"对。"老贤拿出一张卡纸使劲儿刮擦桌面上的白色粉末，他说，"在毒品中掺入玻璃粉，吸入鼻腔后，毛细血管被破坏，让吸毒者在短时间内产生强烈的致幻反应，这也是贩毒行当常见的掺假方法。3 名死者身上均携带枪支，现在我们又发现了高分子研磨机，我怀疑这艘船极有可能是一个小型毒品加工厂。"

老贤说完，将刮出的白色粉末放入蒸馏水，接着他用吸管吸入少量，分别滴入了吗啡、甲基安非他明、氯胺酮、四氢大麻酚酸、亚甲二氧基甲基安非他明 5 种试剂中，这些试剂可测出市面上常见的海洛因、冰毒、K 粉、大麻、摇头丸 5 种毒品。

几分钟后，混入白色粉末的液体，经吗啡试剂检验呈阳性，事实证明老贤推测得没错，这艘船果真是一个加工海洛因的小型工厂。

"贤哥，你说炸船的原因，会不会是黑吃黑？"胖磊开始脑补电影中刺激的画面。

"我觉得不排除这个可能，俗话说，'一个和尚挑水吃，两个和尚抬水吃，三个和尚没水吃'，一定是内部出现了纷争。"我也跟着附和。

老贤没有搭腔，倒是叶茜弱弱地说了一句："如果是这样，点煤气罐干吗，直接用枪不就完了？"

"现在有三个问题解释不通。"明哥在听完老贤的汇报后，亲自登船提出了疑问，"第一个问题，死者的伤口。3 具尸体炸伤最为严重的是面部，手脚均完好无损。要想形成这种伤，需要 3 个人距离炸点位置很近，且要处于坐立姿态。"明哥说着，用脚在地面用力踩踏，当他的脚踩在沙发附近时，皮鞋底有了明显的弯曲，"地板有凹陷，附近 1 米范围内损毁严重，我所站的位置就是炸点。从地面的燃烧残留物来看，炸点处曾摆放的是茶几。爆炸前，3 名死者是坐在沙发上，面向茶几的。

"国贤刚才说，液化石油气爆炸需达到三个条件：相对浓度，密闭空间以及明火。前两点暂且不表，但'明火'到底是什么，却无法解释。通常情况下，室内明火大致可以分为两种，第一种，电路火源；第二种，点火工具火源。茶几上不可能走电路，排除第一种可能；可如果是后者，利用点火工具，那 3 人中，必定有人的手部会被炸伤，然而事实并非如此。"

"难不成真有第 4 个人在场？"我问。

明哥摇摇头："气体爆炸是一瞬间的事情，如果是第 4 个人点的火，那他自己也跑不掉。"

胖磊："难道是我们不知道的高明手段？"

胖磊的假设，被老贤反驳："这可是个密闭的空间，火源不可能从外界进入，而且爆炸的速度极快，若有第 4 个人，除非是神仙转世。"

胖磊："也就是说，爆炸发生时，除了 3 名死者，绝对不可能有第 4 个人在场？"

老贤不置可否："理论上是这个样子。"

胖磊一拍巴掌："妥了，可以结案了。反正 3 个人都不是什么好人，咱们也不用管他们到底是黑吃黑还是怎么样，这些人贩毒，被炸死也是自作自受。接下来案子交给禁毒大队，齐活！"

明哥表情严肃："我觉得本案远没有我们想的那么简单。接下来我要说的第二个问题，是 3 个人的衣着。虽然 3 个人的衣物都有不同程度的烧毁，但从衣物的残留还是可以辨识出衣服种类的。1 号男尸，上身穿一件花色长袖衬衫，内衬黑色背心，下身是一条破洞牛仔裤，脚穿塑料人字拖；2 号男尸，身穿成套蓝色工装服，脚穿黑色胶鞋；3 号男尸，上身西装衬衫，下身西装裤，左手戴一块价值 10 万元的浪琴男士手表，脚穿棕色皮鞋。从这 3 个人的衣着打扮来看，根本不像是自杀该有的模样。

"最后是爆炸动机。舱门的通风口全被拧死，煤气罐是有人故意拿进休息舱的。从这两点来看，舱内的人似乎已经做好了引爆的准备，如果不存在第 4 个人，那这 3 个人自杀的动机是什么？国贤推断，这艘船是一个毒品加工点，但我们并没有在这里起获任何毒品，加工好的毒品去哪里了？是人都惜命，如果这 3 个人连命都能豁出去，这背后到底隐藏了多大的秘密？这个秘密又是什么？"

本来还很乐观的我们，被明哥的一番话说得哑口无言。

"这起案件一定要引起足够的重视。"明哥接着说，"有三件事要去办。首先，联系禁毒大队，看看他们是否掌握这艘船的情况。其次，组织分县局技术室的所有技术员，以平方厘米为单位，分离船上的所有爆炸残留物。最后，等国贤安排妥当，我们一起去殡仪馆，对 3 具尸体进行法医解剖。"

下午 2 点，尸体被送到了殡仪馆西南侧的解剖中心，当 3 名死者被平放在解剖床上时，明哥又发现了一个至关重要的疑点。

"3 个人的致命伤均为爆炸引起的颅腔出血，其中 1 号和 3 号尸体的口、鼻、眼以及面部肌肉完全撕裂，基本无法辨别长相；2 号男尸除口、鼻完全撕裂外，面部其他部位相对完整。这么看来，爆炸是在 1 号和 3 号面前发生的，2 号距离稍远一些。令我感到奇怪的是，3 个人的袖子外侧都没有受到任何爆炸的影响，这有些说不通。"

明哥话音一落，我立刻翻开了 3 个人的衣袖，结果和他说的一样，3 个人的袖口很干净，干净得甚至连火星都没有溅到。这个发现，让整个案情发生巨大的转变。为何这么说？这还要从人的应激反应说起。

当我们突然受到有害刺激时，身体的下丘脑会释放出肾上腺皮质激素，肾上腺皮质激素浓度增加时，糖皮质激素也会大量分泌，在多种激素的刺激下，人体会产生相应的反应。如尖叫、奔跑、反抗等；而当我们面临无法逆转的危险时，我们的大脑会在一瞬间发出指令，做出双手保护头部的动作，这也是一种本能反应。

液化石油气遇明火会瞬间爆炸，假如爆炸时3个人有应激反应，那爆炸产生的火焰，最先灼烧的必定会是3个人的衣袖外侧，而案件并没有出现这种情况。也就是说，在爆炸发生时，3个人连应激反应都已丧失。再结合3个人面部炸毁如此严重的情况，我们可以得出一个结论：爆炸时，3个人并非处于意识清醒的状态。如果是这样，问题又接踵而来，3名死者都没有意识，室内的明火又是谁点燃的？

解剖室内都是这行的"老司机"，很多事情不需要说透，大家都心知肚明，从所有人严肃的表情看，本案已开始偏离轨道，往不好的方向发展。

法医解剖依照程序进行，明哥将死者的衣物脱去，开始观察尸表。

"3具尸体除爆炸伤外，无明显外伤。尸表无明显尸斑，爆炸伤口有大量血迹粘连，尸僵刚刚形成，大小便尚未失禁，尸体眼角膜混浊度不高。种种尸体现象证明，爆炸发生时，3人还有生命体征；确切地说，他们是被炸死的。"

我说道："被炸死，却没有应激反应，那只有一种可能，爆炸时3个人处于昏迷状态。"

明哥看向老贤："死者的胃内容物要重点化验。"

老贤："明白。"

明哥继续分析："1号尸体，35岁左右，身穿花衬衫牛仔裤，手掌指节老茧较厚，他应该在船上负责掌舵；2号尸体，40岁上下，身穿全棉工装服，老茧集中在指尖，常做手工活儿，他负责加工毒品的可能性很大；3号尸体，45岁左右，衣着讲究，3个人中他的年纪最大，应该是3个人的头领。咦，这个是……"

明哥从老贤手中接过放大镜，对准了 2 号尸体右眼的位置，在凸透镜的帮助下，死者右眼框内的一圈红肿变得相当明显。"如果是眼眶外侧还好理解，眼眶内侧为什么会出现红肿？"

"哦，这个我可能知道一点儿。"老贤说，"我们在船舱内发现了高分子研磨机，这种机器主要的用途就是研磨玻璃粉末，但研磨出来的粉末并非都能使用，有时需要人工筛选出大小不符合的玻璃碎片，很多毒品加工者都会用一种眼戴式放大镜，这种放大镜宝石商人用得较多，长时间佩戴，会造成眼眶红肿。"

明哥突然眼前一亮："眼戴式放大镜？现场有没有发现这种东西？"

老贤摇摇头："这个东西很小，不容易被发现。"

"现在就打电话给负责分离物证的技术员，让他们在现场一定要仔细搜索可能是眼戴式放大镜的碎片。"

在分县局法医的帮助下，尸体解剖很快结束，老贤也在第一时间内将死者的胃内容物送到了检验室。

为了确定案件性质，我们临时开了一次小会，叶茜应邀参加。

叶茜："冷主任，禁毒大队那边已经联系过了，他们并不掌握这艘船的情况，现在 3 名死者身份不详。"

明哥："干着贩毒勾当的人，绝对不会那么轻易暴露自己，刑警队没调查出线索也在意料之中。法医解剖除了确定死因、死者大致年龄等基本信息外，暂时没有头绪。焦磊，你那边呢？"

"没情况。"

"小龙和国贤，你们两个谁先来？"

"我先来吧。"我自告奋勇，"爆炸船上的物证还没有分离完全，我暂时只把 3 支手枪做了检验。通过枪体分离，3 支手枪为同一品牌，全重 0.85 公斤，枪宽 30 毫米，枪高 128.5 毫米，口径 7.62 毫米，弹匣容量 8 发，有效射程 50 米，弹头初始速度每秒 420 米至 440 米，最大射速每分钟 30 发；这些数据和国产的 54 式手枪基本吻合，原先我还猜测这些是不是军用手枪，但仔细观察枪支内部构造后我发现，3 支手枪极有可能是黑市上最畅销的'HL 大黑星'。"

叶茜："'HL 大黑星'？那是什么枪？"

在我们这些人中，叶茜算是个用枪高手，就连她都没听说过，想必其他人肯定也是一头雾水。因为枪弹是痕迹检验研究的一个重要领域，所以我对枪械的理论知识一点儿都不陌生。我解释道："国内有一个十分有名的枪械黑市，位于 HL 县，那里被枪贩子称为'黑枪三角区'。相传民国时期，青海军阀马步芳的军械师全是 HL 人，新中国成立后这些军械师被遣散回家，他们便把造枪手艺传承给下一代，所以 HL 很多人都会造枪。那个地方的造枪高手，只需要一根有膛线的钢管，就能造出杀伤力巨大的仿 54 式手枪。因为技艺精湛，'HL 造'在枪械黑市也算是一个品牌。54 式手枪在有效的射程内穿透力极强，在黑市上需求量很大。有了稳定的销售渠道，久而久之，HL 的一些造枪高手便把制作仿 54 式当成了主业。

"我们国家生产的 77 式手枪和 54 式手枪的枪柄上均印有黑色五角星，77 式手枪个头小，被枪贩子称为'黑星手枪'或'小黑星'，54 式个头稍大，又被称为'大黑星'。

"'HL 大黑星'除了做工精湛外，其枪身和枪柄没有任何标记，但为了区分，造枪者会在枪支的套筒内打上 4 个数字，是 HL 县的行政区号。"

叶茜问："既然知道了枪支来源，是否能查到线索？"

　　"'HL大黑星'在市面上极为常见，我们发现的这3支枪，枪膛磨损程度不一，说明每把枪使用时限不同，我怀疑这3支枪可能不止经过一个人的手。"

　　叶茜："多次转卖？"

　　"不排除这种可能。"

　　见我已经合上笔记本，明哥看向老贤："国贤，你收尾。"

　　老贤面色凝重："我这边主要是胃内容物的检验。经分离，3名死者胃内食糜消化不明显，爆炸发生前，三人刚进食过。

　　"分离胃内容物，得出食材种类有：卤牛肉、卤猪耳、烤五花肉、烤鱼、烤腰子等。除此之外，3人吃饭时均饮用了白酒，血液中酒精浓度每百毫升小于80毫克，并非处于醉酒状态。"

　　胖磊问："没有醉酒？又没有应激反应，这是怎么回事？"

　　老贤拿出一份报告，不紧不慢地解释："3人在爆炸前绝对处于深度昏迷状态。因为我在食糜中检出了三唑仑的成分。它是一种强烈的麻醉药品，口服后可以迅速使人昏迷晕倒，见效迅速，药效比普通安定强45到100倍。0.75毫克的三唑仑，能让人在10分钟内快速昏迷，昏迷时间可达四至六个小时。药品易溶于水及各种饮料，也可伴随酒类共同服用。经分析，3名死者服用的三唑仑溶于白酒之中，其浓度足可以让3个人昏迷24小时以上。"

　　"老贤，照你这么说，爆炸发生时，3个人一直昏睡在沙发上？那火是谁点的？"胖磊问。

　　明哥："有一种情况可以解释。我刚才联系了分局技术室的胡主任，他在爆炸残留物中找到了一个金属圆筒，直径3厘米，虽然圆筒中的玻璃镜片被炸碎，但从它的外观基本可以认定，它就是国贤所说的眼戴式放大镜。

　　"我们看2号死者的着装，他身穿棉质工装服，显然，吃饭时他还没有来得及换衣服，眼戴式放大镜作为他随身携带的物品，在吃饭时被放置在茶几上也解释得通。

"胡候提供的报案材料写得很清楚，爆炸发生在早上 8 点左右，那个时候太阳已经升起，云汐市上空有充足的光照。

"眼戴式放大镜的中间区域有一块小的凸透镜。而凸透镜有聚光的作用，当外界的光线射入，经凸透镜聚光，很容易点燃茶几上的物品，如此一来便可引爆液化石油气。"

"还能这样？"叶茜惊呼。

胖磊一拍桌子："这 3 个人作恶多端，看来老天都要收了他们！"

"死者体内检出了三唑仑，他们不会傻到自己给自己下药，也就是说，本案还有第 4 个人？"我抓住了重点。

明哥："对，而且这个人的主要目的就是要置 3 个人于死地。"

我有些疑惑："既然嫌疑人的动机是杀人，那他的作案方式怎么会这么匪夷所思？"

"其实也不难理解。"老贤解释道，"由于新闻的误导，绝大多数人都认为液化石油气和煤气是一回事，我猜测，嫌疑人主观目的是先将 3 个人迷晕，再用液化石油气将他们毒杀，谁知液化石油气没起作用，反而是意外发生的爆炸将几人置于死地。"

案件定性后，命案现场勘查机制重新启动，整艘爆炸船的取证和检验工作持续了 4 天。为了查清死者的身份和具体犯罪行为，明哥将 3 个人的头部割下，经处理后，送往刑警学院进行颅骨复原。

所有线索在 6 天以后汇集，本案第一次正式的案件碰头会由明哥主持召开。

明哥："叶茜，死者的身份调查得怎么样？"

"基本查清楚了。"叶茜拿出几份问话笔录，"我们将颅骨复原出的照片交给禁毒大队，经知情者辨认，这3个人为拜把兄弟，大名不详，只知道绰号。1号死者，绰号'烟杆'，在3个人中排行老小。2号死者，绰号'大圣'，他是一个制毒行家。3号死者绰号'道北'，是3个人的老大。他们三个在云汐市专门供应'吸货'，也就是烤制的海洛因。禁毒大队那边早就把3个人列为头号追查对象，但无奈的是，这3个人在贩毒圈中，只有少数被抓的大毒枭才见过几面，其他的马仔只是听过他们的外号。据说'大圣'的制毒手艺极高，他们的货在圈里很好卖，几乎是供不应求。禁毒大队也曾查实过一些线索，想顺藤摸瓜，但这帮人做事滴水不漏，很难继续跟进。就连禁毒大队也没想到，这帮人能把制毒工厂建在泗水河上。"

明哥："他们的毒品上线查到了没有？"

"正在查。"

"他们是如何进行毒品交易的？有没有专门带货的马仔？"

"也在查。"

"别的情况还有没有？"

"暂时就这么多。"

明哥接着说："法医和视频均没有新的线索，本案后续的检验工作均是由小龙和国贤完成，你们两个谁先说？"

老贤："先让小龙说一下痕迹检验的情况。"

我没有推辞，翻开了笔记本，说："船屋损毁严重，好在爆炸威力并不大，底层船舱保存完好。排除干扰鞋印，我在船舱中找到了一串可疑足迹，鞋底花纹为格块状，鞋长42码，男士运动鞋，从鞋底制模的款式看，这双鞋的价格在200元以上。地面鞋印凌乱，舱内的铁皮柜门上均留有男性指纹。船舱是一个小型制毒工厂，但我们并没有找到任何毒品，所以我有理由怀疑，嫌疑人在作案后可能将毒品洗劫一空。"

叶茜："难道他的作案动机是侵财？"

"不排除这个可能。"我继续说，"船舱勘查结束，接着便是船屋。为了复原船只，我特意找来了泗水河上的改船行家。根据电路走向，基本勾画出了船屋原貌。

"船屋分 3 个区域，分别是驾驶舱、休息舱、厨卫区。驾驶舱是全封闭的，有一圆形金属门，它就是通往毒品加工地的唯一入口。值得注意的是，这扇圆形金属门上分布有电路，而且在门的内侧还有一个可以伸缩的金属杆，也就是说，这扇门是通过电路开关控制的。死者都是贩毒人员，警惕性不会低，他们不会傻到把开关摆在明面上，嫌疑人能打开这扇门，说明他对这里很熟悉，可能不止一次上过这艘船。

"接下来是休息舱。我在休息舱西南角的柜子后方，发现了一个暗格，暗格长 55 厘米，宽 45 厘米，高 72 厘米，内装一个金属保险柜，开锁钥匙就扔在柜顶上。柜内除了一些手枪、子弹和药品外别无他物。在保险柜内我也发现了嫌疑人的指纹。休息仓内的两扇舱门均是由电路控制的自动门，这种门一旦关闭，从外部无法打开，嫌疑人只有得到死者的许可才能进舱，这么看来，凶手和死者是相互信任的关系。

"最后是厨卫区。可能是考虑到油烟等问题，厨房、卫生间均为露天设计，登船的绳梯搭在卫生间的尾部，该区域未发现明显痕迹。

"结合现场痕迹，我大致推断出了整个作案过程：嫌疑人利用绳梯登船，进入船舱，将 3 人迷晕后，快速洗劫毒品和财物，然后将煤气罐搬进休息舱，从舱里侧封死排气孔，最后拧开煤气罐离开现场。"

"一人作案？有无帮手？"明哥问。

"现场痕迹反映出是单人作案。"

"嫌疑人的基本特征是否掌握？"明哥又问。

"分析成趟足迹，凶手为男性，身高一米八左右，中等身材，年龄范围在 20 岁至 25 岁之间，无残疾。"

见我已说完，明哥提笔记下要点，然后看向老贤："理化检验有没有什么发现？"

"有一点儿线索。"

"说说看。"

"那我先从液化石油气说起。现场发现的煤气罐容量为 15 公斤，但据我所知，并不是罐体标注多少，就一定能装多少。为了确定煤气罐的准确容量，我去加气站将煤气罐装满，发现罐体的实际容积为 13.5 公斤，和标注值相差 1.5 公斤。

"得知数值后，我做了一个简单的侦查实验。现场煤气罐的阀门缝隙为 3 毫米，按照阀门每拧动一圈扩缝 1 毫米计算，嫌疑人一共拧动了 3 圈，这也是阀门可以拧出的最大值。在这种情况下，罐内的液化石油气会在 6 分 12 秒内完全释放。

"液化石油气在密闭的空间内，要达到一定的浓度才可以发生爆炸。据我们国家出版的《燃气工程技术手册》上记录，液化石油气与可燃气体混合后的爆炸范围是 1.7% 至 9.7%。也就是说，100 立方米的空间内，液化石油气要占到 1.7 到 9.7 立方米才能发生爆炸。

"经测量，休息舱长约 15.6 米，宽 5.2 米，高 2.7 米，共计 219 立方米；若是在休息舱发生爆炸，那么液化石油气的浓度要在 3.7 立方米至 21 立方米之间。按照 1 公斤液化石油气约为 0.48 立方米计算，案发时煤气罐中的液化石油气必须保证在 7.7 公斤至 43 公斤之间。而从爆炸的威力来看，罐内的液化石油气要远远大于最低值，7.7 公斤和满罐 13.5 公斤之间仅相差 5.8 公斤。我猜测，现场发现的这罐液化石油气压根儿就没用多少，很可能是新换的。我在钢瓶底部找到了厂家的联系电话，或许他们能给我们提供一些线索。"

"国贤老师，电话号码多少？"叶茜问。

"××××××××。"

待叶茜记录完毕，老贤接着说："煤气罐是就地取材，但那瓶混入三唑仑的白酒绝对是凶手提前准备的道具。酒瓶是玻璃制品，受爆炸的影响

损毁严重，不过我还是在分离物证时，找到了半片酒瓶底。"说着，老贤
用投影仪将照片打在墙面上介绍道："乳白色玻璃材质，与透明玻璃瓶相
比，具有很强的伪装性。三唑仑为淡蓝色片剂，融入白酒中会有一些混
浊，利用这种不透明酒瓶，恰好可以掩盖。所以，嫌疑人在选择白酒上也
下了功夫。"

"目前市面上有很多种类的白酒都使用这种乳白色的瓶子，如果没有发
现这半片酒瓶底，还真难辨别。"老贤用笔在照片上标注出了多个细节特征，
然后说道，"放大后我们可以看到，瓶底中间位置有一个麦穗五角星标志，
这是贵州茅台酒厂的专属商标；当然，单凭这一点还很难判断出这就是正宗
的贵州茅台，毕竟市面上仿造的太多。

"早年，因为坊间的手工艺制造并不精湛，所以茅台酒厂并没有对瓶
底做任何防伪。但随着科技越来越先进，市面上假酒越来越多，茅台酒厂
从酒的外包装一直到酒瓶本身，都做了大量细致的防伪，其中瓶底就是最
重要的一块。除非有极为精湛的工艺，否则假酒瓶根本制作不出原厂瓶底
的细腻程度。经查，五角星麦穗标是茅台酒厂 20 世纪 90 年代中期以后
才开始使用在瓶底的。瓶底中央为五星茅台商标样式，外圈有'中国贵州
茅台酒厂制造'的英译。生产厂家在瓶底用 HB、MB、CKK、小方块来
区别自己的产品。经细节比对，凶手购买的是一瓶市价 3099 元，容量为
1000 毫升的飞天茅台。"

明哥："焦磊，云汐市卖这种飞天茅台的商家多不多？"

胖磊长叹一口气："咱们云汐都是土豪煤老板，卖这种酒的商铺简直多
如牛毛。"

光知道酒的种类，不知道嫌疑人的购买渠道，这样排查起来难度太大，
再加上胖磊的"火上浇油"，这条线索也只能暂时放弃。

会议进展到这儿，老贤面前的报告已经全部翻完，但老贤的表情告诉我
们，他似乎还有话要说。

明哥看出端倪："怎么了国贤？"

"有一点儿弄不明白。"老贤拎出了一个装有药瓶的物证袋，"这是小龙在保险柜中发现的药品，一共有十几瓶，外包装上标注的全都是英文，百度搜索关键字得出，这种药品是治疗艾滋病的进口药，市面上没有销售，需要特殊渠道购买。

"我原先以为 3 名死者感染了艾滋病，但经过血液检验排除了这种可能。保险柜中的药品排列整齐，嫌疑人并没有触碰，说明他也不需要这种药，那这些药品被保存得如此严密，用意是什么？"

明哥："关于艾滋病，我知道一点儿。我们国家对待艾滋病患者，采取的是'四免一关怀'政策，只要是被确诊为 HIV（艾滋病病毒）阳性，便可到当地的疾病预防控制中心免费领取治疗药物。但领取者的身份信息必须登记在册，建立档案。然而有很多艾滋病患者不愿意将自己的信息暴露出去，便会花钱购买药物。我们国家的大多数药房并不出售相关药物，想要拿到药，只能花高价购买国外进口药。据我所知，有专门做这类买卖的药贩子，至于死者保险柜中为什么存有这种药物，因为和案情关系不大，我们暂时可以不用考虑。"

"那行。"老贤长舒一口气，"我这边就这么多。"

"好。"明哥正襟危坐，"听了汇报，接下来，有三件事需要去办。"

"第一，找到煤气罐厂商，搞清楚更换煤气罐的流程，看能否从中找到突破口。

"第二，死者生前最后一餐食用了烧烤、卤菜等食材，这些东西在陆地上随处可见，但在泗水河上应该会有固定的销售渠道，这个要查清。

"第三，也是现场勘查中被忽略的一项，爆炸船上安装有价值几十万的太阳能电池板。安装电池板涉及排线，需专业人员施工，这种东西一般不会从外地购买。联系厂家，看是否能找到安装工人。"

明哥安排的三项工作都是刑警队的活儿，跟我一毛钱关系也没有。可谁承想，会还没结束，叶茜便自告奋勇主动从徐大队那里把"煤气罐"这条线索给要了过来。挂断电话，明哥、老贤、胖磊3人便齐刷刷地看向我。在科室，我和叶茜一直是被撮合的对象，可自从叶茜回到刑警队履新，我俩经常是聚少离多，所以只要是叶茜参与的调查工作，明哥绝对会见缝插针地让我陪同。

　　"叶茜，你就不要喊队里人了，让小龙陪你一起去，他手里正好也没活儿。"

　　明哥言毕，叶茜冲我挑了挑眉毛，意思在说："小样儿你哪里跑。"

　　连续折腾了好几天，我本想借空休息一会儿，可这种情况，我又怎么好意思拒绝？"既然明哥都说了，那我就舍命陪侠女了。"

　　叶茜扬起嘴角，露出奸诈的笑容："行动技术支队根据煤气罐上的固定电话找到了加气站的具体位置，你也不用干啥，扛着煤气罐就成。"

　　我顿时眼前发黑："跟你在一起，就没一件好事！"

　　此次走访的目标是一家名叫"河口液化"的加气站，坐标位于云汐市泗水河中段沿岸，加气站主要做的是来往船只的生意。站点的构造和我们常见的加油站差不多，分内外两个区域：外侧是4台类似于加油机的加气设备，再往里走是一间占地约上千平方米的厂房，为了增加空气流通，厂房顶部的玻璃窗均呈开启状。

　　我费了九牛二虎之力将罐子扛进了一间写有"办公室"字样的彩板房。"这个是你们家的煤气罐吗？"

　　屋内一位40多岁的中年男子见到我们，起身相迎："这是发生火灾还是咋了？怎么烧成这样？"

　　叶茜掏出警官证："我们是刑警队的，有几个问题想问你，请问你在加气站主要负责什么工作？"

　　加气站这种地方不管在哪个城市都会被重点列管。公安、消防、安监会不定期下来检查安全隐患，男子见我们掏出警官证，并没有表现得太过惊讶："我是这里的负责人，请问有什么可以帮到二位警官吗？"

　　我抽出几张面巾纸，在罐体喷有电话号码的地方使劲儿蹭了蹭，说："前面的区号被烧没了，后面的固定号码还在，这是不是你们这里的号码？"

　　男子俯下身仔细查看。"没错，是我们厂的号码。"

　　"听说你们的主营对象就是河上的行船？"我又问。

　　"对，咱们泗水河上大部分船民煮饭都是从我们这里加气。"

　　"是船民自己来这里加，还是你们给送？"

　　"都有。"

　　"都有？这怎么说？"

　　"我们加气有三种方式：换瓶、自加、自购。换瓶针对的是长期不出云汐市的客户，一般餐船用得多，他们需要用气时，会给我们打电话，我们把加满气的罐子给送过去，对方把空罐子再还给我们。为了防止罐体损毁，对于长期换瓶的客户，我们都会按照要求登记并收取押金。自加跟给车加油一样，是顾客自己拎着煤气罐到站点加气，按重量收费。自购是针对那些跑长途的货船，为了在整个航程上都有气烧，他们会一次性买好几罐气，这样的罐子很难在短期回收，所以只能连罐子一起出售。液化气罐规格有统一的标准，到哪里都通用，如果返航时，船员需要出售罐子，我们也可以回收。"

　　"自购的煤气罐你们是否会登记？"

　　"和换瓶一样，都详细登记了对方的身份信息，这万一他们买回去做坏事，我们可担不起这个责任。"

　　"你们厂的煤气罐除了罐体上喷有电话号码外，还有没有什么特殊标记？"

　　"有，在罐子的底部还有一串喷码。"男子说完将煤气罐倒置，我们果然在罐底凹陷处看见了一串字母与数字的排列组合。

"前面的字母是我们厂的拼音缩写，后面的数字是日期和编号。"男子默念了一遍号码说道，"这个罐子是我们年初刚买的新罐，还不到半年。"

"实不相瞒，煤气罐是我们在一个案发现场找到的，据调查，案发时，这罐液化石油气刚装不久，我们此行的目的，就是想知道这罐气是以哪种方式运送到被害人手中的。"

"案发现场？难道是前段时间传得沸沸扬扬的炸船案？"

现今自媒体如此发达，我们想瞒也瞒不住，于是我没有刻意隐瞒："对，爆炸的原因就是煤气罐泄漏。"

听我们这么说，男子整个人都不好了，做危爆品生意的商人，最怕的就是跟案件扯上关系，责任追查起来，可不是每个商人都承受得起的。

见男子脸色大变，我赶忙解释说："煤气罐是人为引爆的，和贵厂没有关系，只希望你能配合我们的工作。"

听我这么说，男子的脸上恢复了血色。"配合，配合，全力配合。"男子说完，用笔记下钢瓶上的编码，接着走到电脑前，"两位警官稍等，我查一下工人的工资结算系统。"

叶茜："工资结算系统？这和煤气罐有关系？"

"有。我们厂加气工的工资分为底薪和提成，底薪就是固定工资，提成是按照每加一罐气或者每送一罐气来计算，所以工人们加气时都会记录编码的后4位。对了，警官，这罐气大概是什么时候加的？"

"炸船案你知不知道是哪天发生的？"

"我知道，朋友圈都发了。"

"你往前推一周。"

"行，那就是月初的事。"男子按照时间顺序开始逐一查看。

我本想告诉男子用"Ctrl+F"（搜索）快捷查找，可当我看到系统中乱七八糟的字符时，我放弃了刚才的念头。

男子解释说："每个加气工记录的习惯不一样，有的记得很全，有的只记几个关键字，只能一个个找。"

看着一堆外人难以识别的符号，我和叶茜也只能耐心等候，直到手里的招待茶水没了温度，男子这才起身道："警官，让你们久等了，因为涉及案件，我不得不多核对几遍，你们说得没错，这罐气是在爆炸案发生的前两天刚加的，加气员姓廖，加气地点是我们山岗码头的分站。"

"分站？"

"对，这里是我们的总站，为了方便船民加气，我们还在泗水河沿岸建有8个小规模的分站。"

"加气时间能不能再具体一些？"

"我们加气员一天分4个班，从早上6点开始，六个小时换一次班。当天小廖上的是大夜班，从半夜0点到早上6点。"

"加气站安装监控了吗？"

"有是有，但到了晚上看得不是很清楚。"

结束了问话，我们在男子的指引下直奔山岗码头。由于地处偏僻，这里的加气站比我们想象的要简陋很多，整个加气站仅有一台加气设备，加气站的监控设备也因常年无人清洗，镜头上糊了一层浮灰。录制的监控视频不光质量差，就连保存时间也仅有10天。好在我们行动迅速，否则当晚的监控绝对会被系统自动删除。

我们在加气站里找到了加气员小廖，可不管问什么问题，他的回答只有不断重复的三个字："记不清。"

无奈之下，我们只能将视频拷贝，让胖磊想想办法。

在回单位的路上，我从叶茜的口中得知，另外两条线索也已见了底。第一组侦查员通过太阳能电池板上的标识找到了厂家，生产太阳能电池板的工厂就建在我们云汐市的郊区，工厂是国家重点扶持的新能源项目，他们生产的电池板主要用于国营太阳能发电，对本地用户也有少量出售。根据厂家销售科的反馈，在船上安装电池板的不在少数，所以他们回忆不起具体的安装细节。当侦查员要求查阅近几年的安装记录时，厂家则以种种理由拒绝。

刑警队对于这种情况早已见怪不怪。无关痛痒之时，很多人都可以趾高气扬地高谈阔论，可一旦事情牵扯到自身，那绝对是能躲则躲、能逃则逃。面对一起案件的调查，很多人的第一反应不是警察什么时候可以破案，他们更关心的是，如果自己说出了关键问题，会不会遭到报复。不得不说，在相当多的案件中都有直接目击证人，但这些人面对调查时，很多都会以"我不清楚，我没看见"敷衍了事。"事不关己，高高挂起"，已成为办案中最让人头痛的事情。

太阳能电池板这条线基本中断，好在另外一条线索并没有让我们失望。经查，在泗水河上能够出售烧烤、卤菜的船只不多，均为报案人胡候经营。船上不比陆地，为了防止客人饮酒后发生意外，每条烧烤船上都安装有监控设备，民警在监控中发现了死者"烟杆"购买烧烤、卤菜的影像资料。

调取的两段视频被送到了胖磊的视频分析室，在胖磊处理视频时，疲惫不堪的我准备躺在沙发上补一觉。可就在我哈欠连天时，电脑音箱中突然爆出的嘈杂声吓了我一跳："磊哥，什么情况？"

胖磊慌忙点了下静音键。"烧烤船上安装的是网络摄像头，有录音功能。"

"这么高端，还能录音呢？"

"一般网络摄像头用在家里的比较多，很多品牌都加入了录音功能，前段时间还播了一则新闻，说一个保姆在家里辱骂老人，声音被网络摄像头全程记录下来，后来这位保姆被家政公司除了名。"

我的上下眼皮马上就搂在一起了，胖磊依旧喋喋不休："要说科技发展可真迅速，以前一个高清摄像头要上千元，现在两三百的网络摄像头也能达到高清效果，一个小小的 TF 卡，能存储一个多月的录像，价格便宜不说，安装还方便，有无线网还能做到实时浏览，以后咱们国家要能做到全国无线网覆盖，这分析视频就太方便了。"

胖磊的声音在我耳边开始变得模糊不清，也不知过了多久，我被一种巨大的牵引力像只摆钟一样摇晃起来，于是醒了。

我倦意未脱，慵懒地问："什么情况，磊哥……"

"视频处理出来了，从身材和体态来看，两段视频上的人都是 1 号死者'烟杆'，加气站的录像时间比较长，但画质相当模糊。烧烤船的视频虽然清晰，可只有短短几十秒的画面，我看了半天也没啥头绪。你小子鬼点子最多，你来看看。"

胖磊一把将我从沙发上拎起，接着强行把我按在了椅子上，文件夹中标注有"加气站""烧烤船"的两段视频整齐排列着。

我先把"加气站"拖进了播放器，视频右上角标注的北京时间为夜里 1 点 32 分；右下角进度条显示，处理后的视频总长约 15 分钟。画面比我之前看到的要清晰许多，"烟杆"那具有夏威夷风情的上衣在黑夜里辨识度很高。前 1 分钟画面，"烟杆"将煤气罐放在加气机前排队，他自己则找了一个塑料凳坐下，这期间每隔几秒他的左手便会呈握拳状置于嘴边。视频播放到 3 分 05 秒时，"烟杆"掏出了手机，接了 2 分多钟的电话；挂掉电话，"烟杆"又等候了几分钟，直到加完气后离开。

我看完这一段，紧接着双击点开"烧烤船"的监控视频，视频标注的北京时间为晚上 10 点 26 分，胖磊截取的视频只有 48 秒，画面中"烟杆"先是在船上的食品柜前指指点点，接着从口袋中掏出电话，走到了监控死角；第一段剪切视频淡出，"烟杆"再次回到画面中时，烧烤店店员已将食材打包好，"烟杆"顺着扶梯走上了橡皮船。在"烟杆"露脸的几十秒钟里，他一共咳嗽了 12 次。

为了防止遗漏，我又把原始视频重新观察了一遍，在前后对比中，我终于找到了一个突破口。

"磊哥，有头绪了！"

"什么？我看了几十遍了，毛线都没看出来，你就看了两遍就有突破口了？真的假的？"

"光看肯定不行，我还要做个分析。"

"痕迹检验还能分析视频？我怎么不知道？"

"别的视频不行，但有声的视频就可以，接下来我要做的是声纹剥离。"

十四

在我们痕迹学的研究领域中，除了传统的手印、足迹、工具痕迹、枪弹痕迹外，一些特殊痕迹也是我们研究的重中之重，如耳纹、唇纹、牛鼻纹、声纹等；其中，声纹领域的研究已相当成熟。

每个人说话的语声，都有自己的特点。熟人间可以只听声音就相互辨别，这就是各人语声的差异性。人的语声为何会各有不同？是因为人的发声器官实际上存在着大小、形态及功能上的差异。发声控制器官包括声带、软腭、舌头、牙齿、唇等；发声共鸣器包括咽腔、口腔、鼻腔。这些器官的微小差异都会导致发声气流的改变，造成音质、音色的差别。此外，发声的习惯有快有慢，用力有大有小，也造成音强、音长的差别。音高、音强、音长、音质在语言学中被称为"语音四要素"，这些因素又可分解成90余种特征。所有特征表现了不同声音的不同波长、频率、强度、节奏。研究表明，人的发声具有特定性和稳定性。从理论上讲，它同指纹一样具有身份识别的作用。

知道了声纹的特性，接下来的工作就是从混杂的声纹中挑出我们需要的那一段，也就是我所说的"声纹剥离"。通常情况下，混杂声纹剥离，必须有声纹样本，比如，我们要在一团杂音中找到张三的声纹，那我们必须要先掌握张三的音频资料，否则"声纹剥离"根本无法进行。而本案中我之所以敢在没有比对样本的前提下做这项工作，就是因为我发现了"烟杆"有一个习惯性动作——咳嗽。

咳嗽音是一种声道的应激反应，发音原理同普通声纹相同，都是声门气流刺激声道，最后通过口腔辐射发出。典型的咳嗽语音信号从产生到结束持续时间一般不会超过 1 秒，其过程大致可分为声门打开阶段与声门关闭阶段。

声门打开阶段，声带被通过的气流快速打开，声门下的高压空气迅速排出时带动声带振动，并进入平稳阶段，此阶段被称为咳嗽音的爆发期，能量最高。声门关闭阶段，由于收尾气流在声带回位时引起声带周期性振动，并随着气流的减缓，声门最终关闭，波形能量逐渐减弱。

知道了咳嗽音的发音机理，便可以很容易在混杂声纹中找到咳嗽所产生的声纹图谱。视频中，详细记录了"烟杆"12 次咳嗽的时间，我只要结合时间点以"咳嗽声"为参照，就能轻松地剥离出属于"烟杆"的所有声纹。

烧烤船和陆地不同，船上的活动范围相当有限，这也就意味着，"烟杆"的声音消耗并不明显。只要能把"烟杆"的声纹完全剥离，再利用特殊方式，就能将原本耳朵无法识别的音频，处理到正常人可以听到的效果。当然，这种处理方式的最终效果究竟怎样，还要根据声纹的自身质量来定。

我做"声纹剥离"其实只有一个目的，就是要搞清楚"烟杆"在船上接电话时，究竟在说什么。要知道，3 名死者都是毒贩，现场分析也判定爆炸案是熟人所为。这通电话是不是凶手打来的，还真不好说。

声纹剥离工作比我想象的要复杂得多，晚上 10 点正是烧烤船生意最火爆的时刻，视频声道中提取的各种杂乱声纹让我一个头两个大。前后足足忙活了一夜，几句对话被我写在了笔记本上：

"你小子这么做就对了，一定要有个态度。"

"还买那么贵的酒？别买假了。"

"也对，大超市一般不会卖假酒。"

"你等我们吃完晚饭，十一二点钟，去老地方登船。"

明哥盯着笔记本上的几句话，反复推敲："从'烟杆'的话中不难看出，当晚与他通电话的就是嫌疑人。对话中，我们可以得到两个信息，第一，那瓶价值 3000 多元的飞天茅台是从大型超市购买的，但'大型超市'太过泛泛，在我们不知道嫌疑人体貌特征的前提下，就算查阅全市大型超市的售卖记录，也没有任何用处。不过考虑到监控保存的时效性，这项工作我们还是要抓紧时间去做。焦磊，你从刑警队抽调一组人，把大型超市中所有出售1000 毫升飞天茅台的收银监控全部调取，以备不时之需。"

"明白。"

明哥："还有一点。嫌疑人登船的时间在半夜十一二点钟，这个点泗水河附近基本见不到载客船只，嫌疑人如何到达偏僻的双流码头，也需要查清。小龙，你现在打电话通知叶茜，此项工作就交给你俩负责。"

"收到。"

十五

深夜 2 点，还在办公室忙碌的冷启明突然接到一个电话，来电的不是别人，而是市局一把手赵昂局长。

警察是一支纪律部队，讲究层级通报，冷启明和赵局之间相差 6 个职级，除非是紧急情况，否则他不会直接接到赵局的电话。

"赵局，有什么事情？"

"电话里说不清楚，你现在带上勘查工具，我们去一个地方。"

"勘查现场？"

"对！"

"行，那我联系科室的其他人。"

"不需要，你一个人来就行。"

"局长来电""只身前往""深夜勘查"，种种迹象表明这是一个机密级的任务，冷启明不敢耽搁，他将所有勘查设备移入便车，用最快的速度赶到了市公安局的地下停车场。

轿车刚停稳，赵局就着急忙慌地从电梯中走出来，他拉开车门催促道："去港口巷67号。"

"赵局，发生了什么事？"

"我问你，乐剑锋多久没有上班了？"

"这个……很久了……"

"为什么隐瞒不报？"

"我并没有刻意隐瞒，乐剑锋离开科室时留下了一张医院出具的请假条，您也知道，他身份特殊，所以……"

在赵昂心里，他一直把冷启明放在一个举足轻重的位置，所以他并没有刻意责怪冷启明的意思，见冷启明说的也是合情合理，赵昂长叹一口气："做卧底这么多年，也不知道这小子受了多少伤，如果有医院出具的请假条，换成谁都不好说什么。"

"难道此行的目的是关于乐剑锋？"

赵局重重地点了点头："我刚接到孟伟厅长的电话，说乐剑锋出事了，他现在正在赶来的路上。"

冷启明一惊，方向盘险些失控。"乐剑锋出事了？出了什么事？"

"他给孟厅长打了个电话，交代了一些事情，然后便突然挂断，孟厅长怀疑乐剑锋他……"

"难道是遭人报复？"

"我也不太清楚，上车前我刚从行动技术支队出来，乐剑锋手机最后的关机地点在港口巷67号。因为他身份特殊，孟厅长特意吩咐，在查清具体情况前，尽量不要节外生枝，派你一个人去现场，也是请示过孟厅长后做出的决定。"

弄清前因后果后，冷启明不再说话，轿车在寂静的街道上快速穿梭，漆黑的夜晚笼罩着一种不祥的阴影。

港口巷67号是一个坐南朝北的四合院，大门右侧的门柱上被人钉上了一个铁牌，牌子雕刻着两个锈迹斑斑的宋体字："乐府。"

冷启明举起手电筒，仔细观察后说道："这里是乐剑锋爷爷奶奶的住处，我听小龙提起过一次。"

"两位老人家是否健在？"

"已去世很多年，乐剑锋偶尔会住在这里。"

赵局轻推了一下大门，说："从里面上锁了，有没有什么办法？"

"三环锁，开启难度不大，现在就进去？"

赵局单手举起："先等等，为了安全起见，我还是调十几个信得过的特警过来协助。"

勘查好地形后，两人返回车中，透过前风挡玻璃，他们可以清晰地看到院子外的一举一动。训练有素的特警在半小时后迅速占据了有利地形。当危险被排除，冷启明与赵局再次来到门前。院内静悄悄的，听不见一点儿声响，冷启明单手将开锁工具插入锁眼，前后几次扭动，锁舌像踩了热铁板似的"吧嗒"一声弹出。冷启明挑腕把三环锁握于手中，接着他缓慢地将锁掏出门外。蹲坐在院墙上的特警冲他做了一个安全的手势。

赵局掏出配枪呈警戒状态，冷启明双手贴于门上做好了推门的准备。赵局伸出三个手指，开始倒数。

"三，二，一，进。"

冷启明迅速推开房门，同一时间，院外的特警也翻墙而入。

以赵局为塔尖，14 名特警迅速呈三角形火力攻势，然而攻击区域内并没有发现敌人。借助微弱的月光，冷启明似乎看到了一个男子的背影，他端坐在木椅上，双手自然下垂。

"乐剑锋！是不是你？"赵局冲着堂屋喊话。

"乐剑锋，是不是你？回答我！"

"乐……"

"赵局！别喊了，不管是不是，人都死了！"

"死了？"

"对，他已经没有生命体征了。"

大门距堂屋不到 10 米，冷启明说完，提着勘查箱径直朝男子走了过去。院子的石子路很平坦，走上去丝毫不会感觉到硌脚，随着距离越来越近，男子左手上的"鬼"字文身让冷启明的心跌到了谷底，判明对方身份后，他一个箭步冲到男子跟前，可一切为时已晚。

一个小时后，副厅长孟伟赶到现场，此时冷启明已将尸体裹入装尸袋。

"乐剑锋怎么了？"孟伟的情绪有些失控。

"现场勘查过了，乐剑锋服毒自杀。"

"自杀？这不可能，乐剑锋怎么可能会自杀？"孟伟一把拉开了装尸袋。

赵局："孟厅长您先冷静一下，冷主任已彻底勘查过现场了，可以排除他杀的可能。"

孟伟痛心疾首，他深吸一口气，试图平复内心的愤怒。"事情没有这么简单，这里面肯定有原因，我一定要彻查！赵局、冷主任，今天的事情要绝对保密，不能对任何人提起，另外联系殡仪馆，明天一早将乐剑锋的尸体火化。"

十六

相比胖磊那边的"大海捞针"，我和叶茜的工作要轻松许多。据调查，泗水河段的每个码头都有租用橡皮艇的摊点，橡皮艇按照租金高低分为手工划动和发动机制动两种。双流码头处在上游，要想靠体力划过去，难度很大。而发动机制动的橡皮艇，搭载的均为 24 伏、48 安培、1152 瓦的发动机，最高时速约为每小时 15 公里。这种橡皮艇在逆流时的速度也快不到哪儿去。所以我和叶茜推测，凶手租用快艇的摊点，应该距离案发现场不远。在水上派出所民警的帮助下，我们找到了距离"双流码头"不足 10 公里的陈店码头。

在查阅码头上方的监控时我们发现，案发前的晚上 11 点，确实有一位身穿卫衣，腋下夹着茅台酒的男子出现在画面中。

　　男子头戴卫衣帽，脸戴口罩，从高空球机俯瞰，除了能分辨出他是青年男性外，基本看不出任何面部特征。沿着嫌疑人的行走路线，我们找到了橡皮艇出租的摊点，接待我们的是店主老孙。

　　已是花甲之年的老孙见我和叶茜掏出警官证，慌忙把我们揉进了屋中。

　　他粗鲁的动作，让我有些不悦。"老板，您这是什么意思？"

　　老孙将门关严，连忙作揖："两位警官，真对不住，我这些天心里都七上八下的，你们这一来，我就猜到那个炸船案可能跟我有关。"

　　"跟您有关？"

　　老孙双手合十，十分歉意地说："不是我隐瞒不报，是我也不敢确定，万一冤枉了好人，也是我的罪过不是？"

　　我被老孙说得一头雾水："隐瞒不报？您隐瞒了什么？"

　　老孙听言，麻利地点开了屋内的台式电脑，显示屏上一名男子付钱的全过程被完整地拍摄了下来，从男子的穿衣打扮上来看，他就是我们要找的嫌疑人。

　　"这个是……？"我问。

　　"当晚我就租出去这一艘船，结果第二天一早，双流码头就发生了爆炸。而且最近气温不低，租船的这个小伙儿又是戴帽子，又是戴口罩，怎么看都不像个好人，所以我就一直寻思，这船是不是他炸的。"

　　"从监控视角看，您这是偷拍的视频？"叶茜看出了猫儿腻。

　　"不瞒二位说，在咱这泗水河上做走私生意的不在少数，这些人最害怕监控，我要是明目张胆地装，会减少很多客源，您看我这一把年纪了，也要吃饭不是？"

　　"走私生意？走私什么？"

　　"冷冻肉居多，还有别的，几个月前水上派出所还来查过一次，我也害怕出问题，于是就在收银窗口偷偷地装了一个监控，如果发生案子，最起码公安局也不会找我的麻烦。"

　　由于案件紧迫，我没有时间在其他问题上纠缠下去，于是我问："只有这一段视频？"

"对，只有这一段。"

录像拷贝后，我又询问了一些关于嫌疑人口音、年龄、身高的问题，老孙的回答跟我们分析的如出一辙。

回到单位，那段近距离拍摄的录像被胖磊拖进了视频分析软件。虽然凶手的体貌特征没有处理出来，但是胖磊却在视频中发现了一个重要的线索：嫌疑人在付钱时，做了一个撸起袖子的动作，其两只胳膊上的"花臂"文身，成了下一步调查的重点。

云汐市正儿八经的文身店不足百家，而文身对文身师来说，就是一幅幅作品，这就好比你自己画的画，不需要让你看到全貌也能轻易认出。

根据胖磊处理出来的文身图案，一家名为"暗夜刺青"的小店进入了我们的视线。

店老板看到图案后，立刻回忆出了当时的场景："这个客人很特别，我印象很深。"

"怎么个特别法？"我问。

"我做文身这么多年，他是第一个自带文身设备的顾客，起先我以为是同行来捣乱，后来他说他有病，怕传染给别人，就自己买了套文身设备。"

"病？什么病？"

"他没说，我也没问。"

"多久之前的事情？"

"有很长时间了，少说也有一两年了。警官稍等，我查一下。"店老板走到电脑旁，开始不停地点击鼠标左键，"我这人有一个癖好，只要是我做完的作品，都会拍照留念。"正说着，老板点开了那个标注着"2015年2月3日失落星辰"的文件夹，"就是这个双臂加大全背，我文了整整一个月。"

在店老板"王婆卖瓜"的同时，我们终于从照片中看见了嫌疑人的庐山真面目。

十七

有了清晰的照片，胖磊随后在云汐市中心的苏果超市内发现了嫌疑人的结账视频。根据视频的时间显示，其购买茅台酒的日期刚好是案发前一天。随后叶茜调取了当天的购物小票，从购物小票中我们发现，凶手除了购买了一瓶1000毫升的飞天茅台外，还买了大量的零食、文具、笔记本等物品。

苏果超市附近均是繁华街巷，监控覆盖相当密集，胖磊一路追踪，发现嫌疑人最终的落脚点是云汐市第七中学保安室。

保安室的监控显示，嫌疑人当天将茅台酒拿走后，剩下的东西全部交给了值班保安陈多安。

在学校教务处处长的帮助下，我们见到了陈多安。他看着当天的视频对我们说："这个人叫小超，很不错的一个小伙子，我们保安室的人都熟悉。"

视频画面多少还是有些模糊，为了再次确定凶手的身份，叶茜拿出了照片递给了陈多安："照片上的人是不是你说的小超？"

陈多安接过照片，仔细端详了一会儿，然后很肯定地回答道："是他！"

叶茜："小超大名叫什么？是做什么的？"

"大名我不清楚，只知道叫小超，做什么的我也不知道。"

"那你是如何认识小超的？"

"我们学校有一个叫鲁珊的学生，她姐姐叫鲁悦，小超和鲁悦经常来学校给鲁珊送东西，每次来，小超都不忘给我们看门的几个老头子带点儿香烟水果啥的，一来二去就熟悉了。"

"小超和鲁悦是什么关系？"

"我看他们俩怪亲密的，好像是男女朋友关系。"

"鲁悦的情况您了解吗？"

"不清楚，平时见面最多就是打声招呼，要想知道鲁悦的情况，只能去问她妹妹鲁珊。"

在班主任的帮助下，我们从鲁珊那里得知了鲁悦的下落。

当天下午，徐大队抽调精干力量前往抓捕。见我们身穿制服鱼贯而入，鲁悦那张憔悴的脸上竟看不出一丝情感波动。"你们来了。"

叶茜将照片举到她的面前问："你男朋友呢？"

鲁悦瞟了一眼，起身走到床头边，接着她从枕头下面取出一张公交卡。"我也不知道他去哪里了，他说，等你们来了，把这个交给你们。"

公交卡经指纹处理后，被紧急送到了行动技术支队。查阅卡中数据得知，这张卡办于案发后的第二天，嫌疑人用这张卡只坐过一次 121 路公交车。121 路是云汐市线路最长的城市公交车，其采用的是分段刷卡的计费方式，即前门上车刷卡计算公里数，后门下车刷卡扣费。若下车忘记刷卡，则自动扣除全程费用。

刷卡记录显示，嫌疑人下车的站名叫"化建路"，位于云汐市的东南角。那里曾是化工企业的聚集区，后因污染严重，许多工厂相继倒闭。胖磊一路沿途查阅城市监控，最终在一个废弃的厂房有了发现。

厂房面积不到 50 平方米，门口锈迹斑斑的铁牌上依稀可以分辨"调度室"的字样。透过破碎的玻璃窗，一股浓重的尸臭味让本来疲惫不堪的我们瞬间打起了精神。

由于常年无人进入，屋内积满了厚厚的浮灰，地面上唯一一串鞋印，证明这里只有嫌疑人一人来过。"调度室"分为内外两间，我们在里屋的木板床上发现了一具爬满蛆虫的高腐男尸，从死者依稀可辨的面容以及文身图案来看，他就是制造爆炸案的嫌疑人——方超。

明哥在死者的卫衣口袋中找到了一部手机和一张写满字的字条：

"警官，我知道总有一天你们会找到我，手机里有一段视频，我把要说的话都录在了手机里，求你们不要为难鲁悦，她什么都不知道。我知道杀人需要偿命，我不想让鲁悦看到我死的样子，所以我选择在这里结束我的生命。我患有艾滋病，如果有可能，请你们一定要救救被他们控制起来的其他人。罪人方超敬上！"

十八

方超 12 岁以前的所有记忆，都在一个挤满小孩儿的窑洞中。他不知道自己的亲生父母是谁，也不知道为何会来到这里，他只知道，从他有劳动能力的那一天起，要想果腹，就必须跟其他同伴一起敲煤渣。每天早上 6 点开始，窑洞里的监工会按照年龄大小分配任务，那时候的方超每天要敲 1000 块煤渣才能换到一日三餐。

若不是亲身经历，根本不会知道所谓的"敲煤渣"到底是一种什么体验。方超每天接触到的煤渣均来自附近的工厂和发电站。当优质的煤炭被一股脑儿地塞进焚烧炉时，会有少量的煤炭无法完全燃烧，形成黑煤渣。而黑煤渣上的黑煤是可以二次利用的煤炭。分离黑煤最简单粗暴的方式只有人工。可大多数人并不知道，化工厂使用的煤炭是一种质地硬、黏度大的焦煤，这种煤炭在燃烧后产生的煤渣有的甚至比石头还硬，要想从这种煤渣上敲掉黑煤绝非易事。每天 1000 块煤渣，方超除去吃喝拉撒睡，一小时最少要敲 60块。这种强度，对 10 岁以下的儿童来说已是极限。

在窑洞中，和方超有着同样命运的小孩儿有二三十个。他们每个人的右脚上都套有一个脚镣，脚镣与铃铛焊接，只要有人试图逃脱，便会发出"叮叮当当"的声响。窑洞中年幼的小孩儿不敢反抗，但一些年纪大一点儿的脑子要活络得多。方超曾亲眼见证过同伴李树逃跑的全过程。那天夜里，比方超大五六岁的李树先是用泥巴将铃铛塞实，接着在脚镣的外侧裹上了布条，一切准备就绪后，他用铁丝戳开了门锁，趁着夜色溜出了院子。

他逃走的那一刻，窑洞中的小孩儿都扒在铁窗前眼巴巴地望着他离开的方向。可就在这时，远处的惨叫声让所有人心中一惊。紧接着，院外的两名监工像拖死狗一样，把李树重新拽进了窑洞。然而事情并没有那么容易结束。监工当着所有孩子的面，开始用棍棒、皮鞭疯狂抽打李树。李树被打得血肉模糊，躺在地上一动不动。从那之后，窑洞中再没有小孩儿敢抱有一丝逃跑的幻想。

方超原本以为这辈子就要死在这座暗无天日的窑洞中，可令他没有想到的是，3个人的到来，彻底改变了他的人生轨迹。在窑洞生活的这些年，方超算是最老实本分的一个人，工作按时完成，监工安排的其他活儿也是任劳任怨，可能是因为这个，他成了窑洞中唯一的幸运儿。方超永远都记得那一天，那是2007年的1月1日，监工头子用电焊切开那个捆绑他多年的脚镣后，对着其他孩子说了一句话："只要你们像方超一样乖乖听话，好好干活儿，我自然不会亏待你们。"方超注意到，窑洞中的同伴听完这句话后，原本灰蒙蒙的眼睛，突然变得黑亮。

寒暄几句之后，方超被3个人带上了一辆吉普车，摇晃的车厢中一共坐着6名和他年纪相仿、衣衫褴褛的男孩儿。他们或瑟瑟发抖，或蜷缩于拐角，全是一副惊魂未定的模样。上车前有人警告过他们不要说话。从小备受欺压的方超不敢违抗，但在好奇心的驱使下，方超朝众人比画了几下敲煤渣的动作。见几人纷纷点头，方超才明白，车上的所有人都是来自附近的黑煤窑。

启程时，室外艳阳高照，等到车停下的那一刻，已是皓月当空。方超连同其他6个人被带到了一间废弃的厂房内，3名男子把各种卤味摆在了众人面前。

"肉！"一个男孩儿的喊叫，在几人中引起了不小的骚动。

"不要吵，不要吵！"其中一个戴着大金表的男子使劲儿地拍打着桌面，"只要你们几个好好听话，以后这肉我保证管够。"

"听话，我一定听话！"有一人带了头，包括方超在内的其他孩童纷纷附和。

"好！看来我没有选错人。"男子指了指自己，"我的绰号叫'道北'，以后你们就喊我大伯；这位穿花衬衫的绰号叫'烟杆'，是你们的三伯；旁边那位绰号'大圣'，你们要叫二伯。"

"大伯，二伯，三伯。"众孩童异口同声。

"道北"喜笑颜开："来来来，吃饭，肉大伯管够。"

方超在黑煤窑当了那么多年苦力，每天除了豆腐白菜，压根儿就见不到一点儿荤腥，就算是过年，他们吃的也是素馅饺子。监工之所以不给吃肉，原因很简单，一来是节约成本，二来是怕他们把嘴吃馋了，天天想着往外跑。在方超的记忆中，他吃肉的次数一只手绝对数得过来，像今天这样肉管够的情况，算是在他的人生中开了一次先河。

桌子上的卤味一袋一袋地被消灭干净，"烟杆"又一袋接着一袋从泡沫箱中取出。当几人实在吃不下时，"烟杆"这才盖上了箱盖。

"院子里有水龙头，吃饱了洗洗睡觉，明天一早带你们去干活儿。"

"谢谢三伯。"几个人舔了舔手指上的油渍，嬉笑着朝院中跑去。

眼前这幅和谐美满的画面，方超只在梦中见过，他本以为日子已苦尽甘来，可令他万万没有想到的是，这一次，竟是7个小伙伴第一次也是最后一次团聚。

十九

第二天清晨，还在睡梦中的方超被"烟杆"带上了吉普车，和昨天不同的是，此时车厢中只有他一个人。车子颠簸了几个小时后，他被带进了一个商业区。

"从今天开始，你要想尽一切办法在这里生存下去，一个月后我再来接你。""烟杆"临走时丢给了他一个背包，包中除了一把金属折叠刀外，只有几件换洗衣物。

在窑洞中时，方超除了干活儿、睡觉外，最喜欢听二奎讲故事。二奎比他们都大，看面相少说有十六七岁，他被送进窑洞时，已没了左腿。二奎是个"扒子"，从小就被人带到大城市偷东西，据他说，他最擅长的就是察言观色、顺手牵羊。不过"常在河边走，哪儿能不湿鞋"。二奎在一次入室盗窃失手后，被围观群众打断了腿，接着就被团伙老大卖给了黑煤窑。

方超在窑洞中可没少听二奎说的传奇故事，当"烟杆"走远之后，他突然觉得，眼前的场景和二奎说的那么相似。

"难道自己落入了一个盗窃团伙？"方超年纪不大，但复杂的生存环境，让他比同龄人要成熟太多。有些人或许觉得这是一个报警的好机会，但对方超来说，他从未有过这个想法。首先，他压根儿不知道那个他生活了多年的黑煤窑到底在什么地方。其次，就算是报了警，他还是一样没饭吃、没钱花，之后的日子依旧没有着落。接受过二奎的洗脑，这些问题方超早就看得极为透彻。

想通了的方超，抱着"是福不是祸，是祸躲不过"的态度，接受了目前的人生设定。他用了半天的时间走完了整个商业区，他发现商场的卫生间可以提供饮用水，银行的自动提款间可以舒舒服服地睡觉，这两个问题解决以后，剩下的就是如何填饱肚子。商业区餐馆并不是很多，而且都是环境优美的高档餐厅，餐厅内的服务员更是无比勤快，客人一走，桌子上的残羹剩饭就会被丢到垃圾桶中，如此一来，方超连讨饭的机会都没有。

二奎的经历，让方超对偷盗有着本能的反感。他这辈子的愿望很简单，只要有口饭吃，有间屋睡，再能弄点儿零花钱打打牙祭，他也就别无他求。

接连饿了两天的方超，始终没有跨越雷池，直到第三天，他在路边遇到了一位"传单小伙儿"时，才仿佛看见了新大陆。在方超的苦苦哀求下，小伙儿将他带到了雇主那里。雇主以"不能雇用童工"为由，拒绝了方超的要求。而方超只有这一根救命稻草可抓，哪里会轻易松手？软磨硬泡一天后，方超换上工作服，戴着一顶鸭舌帽，开始了发传单的生活。一天20元的收入，方超果腹后竟还有剩余。他把每天省吃俭用的钱以零换整，一个月后，他的鞋里竟攒下了整整300元。

约定的时间很快到来，方超被"烟杆"带进了城中村的一个小旅馆内，在"大圣"的逼问下，方超不得不一五一十地将这个月发生的种种如实交代。

"这小子有点儿意思。"这是"大圣"对方超的评价。

当时的方超以为自己受到了表扬，后来他才明白，做一个坏人的前提，不是你要多么恶，而是要学会如何适应环境。

在旅馆好吃好喝待了两天后，方超又被送到了另外一座城市，这次他的任务是在一个月内赚到3000元钱。一天100元的收入对成年人来说都绝非易事，何况当时的方超只有十来岁。

汉海美食街，这是"烟杆"给方超选的第二个"升级地图"。和之前商业区的"新手村"相比，这里的情况要复杂太多了。

夜幕低垂，美食街的大排档生意好不热闹，食客们三五成群坐在四方桌前举着啤酒大摆龙门阵。虽然有些人的钱包就摆在触手可及的地方，但除非是逼不得已，方超还是不想把自己归为小偷一类。

在车水马龙中穿梭了一整天后，他终于找到了一个赚钱的法子——卖花。300元的启动资金，足够方超周转，1元的成本，4元的利润，卖得好的情况下，方超一晚上就有接近200元的纯收入。

"看来3000元钱也不是什么难事。"就在方超沾沾自喜之时，几个卖花男孩儿却将他堵在了巷口的角落中。

"小子，混哪里的？知不知道，这里是我们的地盘？"

听对方这么一说，方超心里知道今天要栽了，在支吾半天没说出个所以然时，对方七八个拳头已招呼了上来。那天晚上，方超被打得遍体鳞伤不说，几天辛苦赚来的钱也被洗劫一空。许久之后，方超忍着剧痛蹒跚地回到了附近公园的凉亭内，"烟杆"送给他的折叠刀，就埋在凉亭旁边的泥土中。

此时此刻，二奎的经典语录在方超的耳边逐一浮现："忍无可忍，无须再忍。""狗急了还跳墙呢，何况是人。""欺负到头上，哪怕是豁出命，也要干！"

"好，跟他们干了！"好不容易吃上几顿肉的方超，永远不想重蹈二奎的覆辙，"就算是死，我也不想再回到那个暗无天日的黑煤窑！"方超把刀攥在手中，重新回到了刚才的街角。

此时已是午夜时分，美食街从热闹逐渐变得冷清，打他的几个小孩儿正蹲坐在一个不起眼的地方细数着一天的收入。

方超一眼便认出了那个为首的男孩儿，他二话没说，一个箭步冲到跟前，在男孩儿还没反应过来时，那把折叠刀已架在了他的脖子上。

"给你们 3 秒钟，把钱给我交出来！"

几个小孩儿年纪虽然不大，但出来混也不是一天两天了，刀虽然在脖子上划出了鲜血，可为首的男孩儿并没有称臣，他昂着头回道："小子，你知不知道这是大 C 哥的地盘，你敢动我一下试试？"

"少废话！"一想到有可能会被送回黑煤窑，方超突然失去了理智，他没有再跟男孩儿废话，干净利落地把刀刺入了对方的大腿，为首的男孩儿瞬间发出杀猪似的号叫。

"给不给？"对方还未来得及应答时，方超又刺下了第二刀。

"给不给？"就在方超抬手准备刺第三刀时，男孩儿已被他的气势给折服："停，停，停，给，给，给。"

方超怒睁着眼睛，扫视围观的其他人。

为首的男孩儿嘴唇已没了血色，他忍着剧痛发出指令："快把钱给他，打电话给大 C 哥，让他带我去医院！"

纸币包裹着硬币敲击地面，发出"叮叮当当"的声响。成摞的零钱被归拢在塑料袋中，一个戴着眼镜的男孩儿把塑料袋举到了方超的面前："放了老大，钱归你了。"

方超往后慢慢撤步，当确定身后一切安全时，他快速地抢过钱袋跑出了巷子。

第一次出手，方超一共抢到了 1535 元。相比之前苦哈哈地发传单，这种不劳而获的快感让方超很是享受，也正是从这一刻开始，他心中那股不被撼动的善念，竟有了一丝松动。

接下来的几天，方超过起了东躲西藏的日子，大 C 哥发动了几十人不分白天黑夜地找寻他的下落，好几次绝处逢生，让他不得不暂时避避风头。

抢来的钱在每日开销中逐渐减少，为了完成"烟杆"交给的任务，他迫不得已把目标对准了半夜三更来公园厮混的情侣。每当情侣们你侬我侬之际，便是方超顺手牵羊的最佳时机。和别的小偷比起来，方超可以算得上"偷中楷模"。每次偷盗，他只求财，钱包中的身份证、银行卡，他会就近扔在垃圾桶内。

几次得手后，方超的手法越发娴熟，他的收入也是成倍递增。就这样，方超昼伏夜出，总算熬到了约定期限。

和上次"傻白甜"的一个月相比，方超感觉自己这个月明显"成长"了许多。为了躲避追杀，他学会了察言观色；为了捏到钱包，他学会了沉着冷静。

"难怪二奎说，'社会是个大学堂'，原来如此。"方超用这句话给本月的经历做了一个总结。

本次任务顺利完成，作为对其"对口培养"的"烟杆"倍感欣慰。为了犒劳方超，这一次，"烟杆"带他外出潇洒了整整一周。待方超缓过劲儿来之后，又开启了第三次"历练"。

这次"烟杆"给方超提出的要求是，一个月内赚够 1 万元。见方超有些为难，"烟杆"也向他透了实底，只要方超能够完成这次任务，便可直接"出师"。

一想到是最后一次，方超也算是吃了颗定心丸。不过在一个四线城市的城中村内，要想一个月弄到 1 万元，除了溜门撬锁，几乎没有别的法子。然而城中村的住户不像小区那么有钱，1 万元，不撬个一二十家估计很难达到这个数目。

方超花了两天熟悉环境，他把城中村的房子按照偷盗难度分为 A、B、C 三类。最好偷的 C 类，他可以翻窗入室；中等难度的 B 类，需撬锁入门；难度最高的 A 类，他暂时还没有想好应对的策略。

方超虽然只是个孩子，但是极端的生存环境让他比同龄人善于思考，他认为，防盗意识越高的住户，家里的值钱东西可能就越多，于是他没有先从最容易的 C 类下手，而是直奔 B 类而去。

方超的作案手法很简单，概括起来就两种：长竹竿挑物、玻璃刀破窗。手法简单，可不代表是个人都能得手，这需要极好的心理素质，若不是经历了一个月的"偷包训练"，方超绝对不会那么得心应手。

一晚上作案 5 起，方超只干了 3 天就引起了警察的注意。也不知警察用了什么方法，在方超作案后的第 4 天，他的通缉照就贴满了整个城中村。方超感觉情况不妙，他提前将盗取的 5000 多元钱藏匿起来，准备溜之大吉。

但令他没想到的是，就在他刚刚做完善后工作时，便衣警察就在巷口将他一举抓获，当他被戴上手铐的那一刻，他觉得这次算是彻底玩儿砸了。可意外的是，经过一夜的审讯，第三天一早方超又被原封不动地放了出来，原因是《刑法》规定，方超作案时不满 14 周岁，无须负刑事责任。方超虽然没有户口，但根据法医出具的骨龄鉴定显示，他确实未满 14 周岁。警方在寻赃无果又联系不上其家人的前提下，只得在侦查期限届满后将他释放。

二十一

被抓风波让方超又学到了一招，只要未满 14 周岁，作案是不用坐牢的。法律的"漏洞"让方超欣欣鼓舞，有了这层天然的保护罩，在剩下的 20 天里，想要弄到 5000 元简直轻而易举。事实证明，方超的想法完全正确，那天夜里，他鼓足勇气连偷了 3 家 A 类住户，"烟杆"下的 1 万元任务，一夜齐活。

不过他的动作再次惊动了警方，"二进宫"的方超似乎掌握了警察的套路，例行审问之后，方超又一次被安然无恙地释放。

一个月后，方超在指定地点见到了"烟杆"。

"好小子，表现不错！""烟杆"开口的第一句话，让方超捕捉到了一条脊背发凉的讯息，那就是他的一举一动全都在"烟杆"的监视内。

方超乖乖地把 1 万元钱码放整齐，递到了"烟杆"手中："三伯，我们接下来要做什么？"

"接下来当然是去干大事。""烟杆"把那一沓钱在手上甩了甩，"不过咱们还要等段时间，你那几个同伴可没有你这么有灵性。"

二十二

三个月的"历练"，让方超有了彻头彻尾的蜕变。当他已经做好"偷盗"准备时，"烟杆"却把他带进了另外一个行当。起先方超对这行是一无所知，他每天只是机械性地按照"烟杆"的意思，把一包包牛皮纸送到指定的地点，然后再把对方给的现金放在背包中如数带回。

方超不是傻子，1 万元有多重他心里清楚，那么一小包的东西，能换来几万元的现金，用小脑想想都知道牛皮纸袋中装的是什么。但方超习惯"看破不点破"，"烟杆"让他干什么他就干什么，他从来不多问一句、多言一语。

就这样，打扮成中学生模样的方超每天背着书包，穿梭在城市的各个角落，而他的所作所为，则全部在"烟杆"一伙人的掌控之中。一个月后的某天下午，方超做完交易，照例将书包交给了"烟杆"。

"三伯，今天的纸袋全部交接完了。"

"烟杆"嘿嘿一笑："小超，你是个聪明孩子，你是不是很想知道三伯这一个月让你送的是什么？"

方超摇摇头："三伯不说自然有三伯的道理，小超只管照做，不会细问。"

"烟杆"欣慰地点点头:"三伯没看错人,你是我近几年见过的最优秀的小伙儿。""烟杆"说完,从腰间掏出一个牛皮纸包撕开,袋中雪白的粉末忽然散落一地。

之前方超只是猜测,可当亲眼见到这些东西时,他还是吓了一跳,在黑煤窑他可没少听过关于"吸贩毒"的事情,偷盗被抓到最多只是坐牢,可贩毒却是要被枪毙的"行当"。

"烟杆"见方超大惊失色,心里猜出了七七八八:"看来你已经知道了我让你送的是什么,是不是?"

"是,是的,三伯。"

"什么时候猜到的?如实回答。"

面对"烟杆"的威压,方超只能实话实说:"送货的第一天我就知道了。"

"哦?第一天就知道了?你是怎么发现的?"

"钱的重量。"

"重量?"

"嗯。"方超点点头,"1万元旧钞大约重3两,我第一天送货换回来的钱总重有1斤多,折算起来大概是4万元。我以前在黑煤窑听别人说过,一小包毒品就能卖上千元,三伯你第一次给我的牛皮纸袋,加起来还没有一袋方便面重。这么点儿东西,换回来那么多钱,我就琢磨着袋子里装的是不是毒品。"

"烟杆""哦"了一声,接着问:"那你这一个月有没有打开包装?"

"没有!"

"既然你怀疑是毒品,为什么不打开?这要是被警察抓到,你的脑袋可就要搬家了。"

方超这一个月想过无数回,说不怕,可能连他自己都不相信,但事到如今,他又哪儿来的退路。好在他今年才12岁,距离14岁还有2年,有了年龄上的"保护罩",他不会太过担心。与其现在撕破脸被送回黑煤窑,还不如将计就计，缓上 2 年再寻找出路。于是方超按照早就准备好的台词回答道："是三伯把我从黑煤窑解救出来，如果不是你们，我说不定就累死在了黑煤窑。与其在那里暗无天日，还不如跟着三伯闯江湖，就算有一天被枪毙了，也比死在黑煤窑中强百倍。"

"说得好！""烟杆"用手指从地上抠起一点儿白粉抹在方超口中。"细腻无味"，这是舌尖的味蕾传递给方超的讯号。就在他还在诧异传说中的毒品为何与面粉一个味道时，"烟杆"又紧接着从书包中掏出了牛皮纸信封，信封中一张张印着"玉皇大帝"的钱币被他倒落一地。

"纸钱？那我刚才吃的……"

"是面粉。""烟杆"拍了拍一脸茫然的方超，"恭喜你小超，你过了最后一关，从明天起，三伯带你干大事，不过你放心，每次带货前，三伯都会给你规划好路线，绝对保证你的安全。"

二十三

2007 年中秋，渡过了"九九八十一难"的方超，正式成了"烟杆"的门徒。所谓"不知者无畏"，虽然方超很早就猜到自己送的是毒品，但事实上，他还抱有相当大的侥幸心理，可当方超真正踏进这一行时，那种巨大的心理压力，无时无刻不伴随他左右。这种感觉，就仿佛手中握了一个拉开引线的手榴弹，到底是在手中爆炸，还是扔出去后再爆炸，方超难以预测。

如何克服心理障碍，一直是方超最为头痛的事情，但令他没有想到的是，解开他心结的竟然是一张医院的体检单。那是 2009 年 2 月的一个晚上，方超躺在床上感觉身体有些明显的不适，而这种不适要比感冒发烧来得强烈。实在支撑不下去的他，在"烟杆"的陪同下，去医院做了一个全面检查，最终的诊断结果是 HIV 呈阳性。

方超绝望地看着自己的化验单："三伯，我怎么会得这种病？"

"烟杆"并没有因此对方超另眼相看，他安慰道："现在这种病的病源很多，尤其是那些吸毒者，最容易感染这种病，你是不是在送货的时候没有注意？"

"我……"方超的脑袋一片混乱，这些年他已记不清送过多少次货，也记不起跟多少个瘾君子接触过，到底是谁传染给他的，他就算想破脑袋也不可能找到答案。

"烟杆"又说："据我所知，生活在黑煤窑的人也有很多得这种病的，你小时候在那里生活，你有没有印象？"

吸毒者这边还没捋清楚，方超怎么可能还记得起煤窑的事？他长叹一口气后，无奈地摇了摇头。

"烟杆"搂着方超并排蹲坐在墙根下，几支烟抽完，"烟杆"掏出手机，以"HIV"为关键词打开了百度："你三伯我吃过的盐比你吃过的米都多，得这种病的人我也见过不少，其中有好些人活得那叫一个滋润，任何事都有两面性，看你怎么想。""烟杆"将手机递给方超，"你看，网上都说了，这种病只要有药物控制，比糖尿病致死率还低，你也别有太大的心理负担，以后该吃吃，该喝喝，三伯去黑市上给你买最好的进口药。"

"烟杆"平平淡淡的几句话，让方超感激涕零，巨大的心理压力化成泪水，在医院大楼的墙根下释放出来。

"烟杆"拍了拍方超的肩膀："干咱们这行，本来就是把头拴在裤腰带上，过一天算一天，不要把这个当回事，而且你得这个病，关键时刻还能救命。"

"救命？"方超停止了抽泣，一脸疑惑地看着"烟杆"。

"要是让警察知道你得了这种病，看守所都不敢关你，你说是不是救命？"

"也对。"方超抹了一把眼角，"警察也是人，他们要是知道我得了艾滋病，也不敢拿我怎么样。"

"你能这么想就对了。""烟杆"嘿嘿一笑，"今天晚上回去好好睡一觉，明天三伯就去给你买进口药。"

第二天一早，方超还睡意蒙眬时，"烟杆"便把一盒写满英文的药瓶放在了他的床头："每天一次，一次一片，记得要坚持吃。"

"烟杆"的脚步声越来越远，方超起身甩了甩有些刺痛的脑袋，从门缝中吹进的凉风让他清醒不少，他习惯性地抽出一支烟点燃，此刻的画面与往常相比，少了惬意多了忧愁。虽然"烟杆"的"心灵鸡汤"让他不再那么难受，但要想完全化解伤痛，也非一朝一夕可以达成。

一支、两支、三支，方超的脑海中一直在做一个比较，他在想，如果自己还在窑洞，是否会比现在过得舒适？窑洞的生活没有压力，纯是坐吃等死；而现在的生活处处充满危险，说不定哪天就脑袋不保。但退一万步来说，只要不掉脑袋，就算是蹲监狱也比在窑洞强。

"既然我不想选择原来的生活，那只能屈服于现在的生活。"想通了的方超，拧开药瓶，吃糖豆似的把药扔进嘴里，"还有糖衣，口感不错。"

重新走出房间的他，仿佛渡劫成功的上神，快接近无欲无求的状态。"快活一天是一天，每天赛过活神仙。"这是方超给自己余生定下的终极目标。

二十四

6 年的时间，转瞬即逝，辗转了多个城市的方超一伙，准备在云汐市落地生根。团伙老大"道北"常把一句话挂在嘴边："用钱能解决的事，都不叫事。"事实证明，也确实如此。几人只用了不到两个月的时间，便在云汐站稳了脚跟。至于到底用了什么方法，方超不得而知。他的职责就是送货，其他的他不该问，也不能问。

每天送完货后，方超都会在自己的小屋中醉生梦死，他原以为日子会一直这样过下去，可谁承想，在他人生的拐点又遇到了一个人。

那是 7 月的一天凌晨，"烟杆"拿了 5 个小包塞给方超："熟人介绍，应该不会有大问题，钱已转账付清，你送到地方就行。"

　　方超接过字条，瞄了一眼，接着用打火机点燃。5包2克装的自封袋被他塞进了特制的苹果手机内，一切准备就绪后，他换了一件印有"电力抢修"的黄马甲，随后骑着摩托车朝目标地驶去。

　　交货地点是云汐市郊区的一栋自建别墅内，方超打开手机摄像头扫视一周，确定附近没有红外监控后，他压了压棒球帽的帽檐，快步朝别墅的院墙附近走去。

　　方超在电视上看过太多毒贩被抓的视频，所以每次交货前他都要排除一切危险后才会放货。他戴上手套，一个助跑爬上了院墙。占据制高点后，别墅院内的情况一览无余。

　　1层的房间亮着灯，透过玻璃窗可以清楚地看到房间内站着三男两女。其中一名年纪稍小的女子，衣服已被强行脱去大半。几人的交谈，隐约从屋内传出。

　　"怎么，还害羞？难不成当了婊子还想立牌坊？哭哭啼啼的，扫了咱们的雅兴！"

　　"三位哥哥，我这朋友刚出来做没几天，她是卖艺不卖身，你们有什么要求，冲我来就行。"一位年纪稍大的女子，将三人挡在了身前。

　　"你这'黑木耳'，老子吃腻了，今天我非要尝个鲜！"一位浑身"雕龙刻凤"的光头男子一把将年轻女子推倒在地。

　　"不要，不要！"年轻女子死死地拽着自己的一字裙，眼中噙着泪水。

　　"我×，用那么大的劲儿，难不成今天我还真碰到了个处？"屋内的三名男子哈哈大笑。

　　"哥，我妹妹只做平台，不出大活儿，要不是你们强行把她拽上车，她也不会跟我一起过来，要不这样，你们放她回去，我再叫一个妹妹过来。"

　　"少给我废话，你们KTV小姐，有几个干净的？不就是想加钱吗？只要把我们兄弟三个伺候好了，一人1000元，怎么样，哥给的价钱够高了吧！"

　　"哥，真不是加钱的事，我这个小妹真不行。"

"一人 1000 元还不满意？我看你就是敬酒不吃吃罚酒！"男子一把拽住了女人的长发，对身后的两名男子说，"去，把她的衣服给扒了！"

"不要，不要！"年轻女子坐在地上苦苦哀求，可一个弱女子怎么可能敢得过两名五大三粗的壮汉，女子的一字裙很快被撕开，一条粉色的内裤让3 名男子都不约而同地咽了咽口水。

"我 ×，这身材正点啊！"

"那是，要不然我也不会把她拽上车。"

"悦悦，别挣扎了，没用的，干我们这一行，迟早要走这一步。"见无力反抗，女人最终只能劝说。

送货多年，方超什么样的场面都见过，什么吸完毒后强奸少女的、持刀行凶的、自伤自残的，他早已见怪不怪。在方超看来，毒品就是魔鬼的勾魂药，只要谁敢碰，就等于坐上了通往死亡的列车，所以方超虽然送货，但是这东西他绝对是一点不沾。

方超送货喜欢把风险降到最低，眼前这一幕，分明是要上演"强暴民女"的桥段，为了防止出现不必要的麻烦，他绝对不会等到事发后再出手。

千钧一发之际，方超快速绕到大门前，按响了门铃。"叮咚，叮咚。"

"谁啊？！"院子内一名男子高喊。

"我是供电局的，是不是你家打的抢修电话，说线路烧毁了？"

"你带电线了吗？"

"带了 5 米，足够用了。"方超刚说完，大门内侧就发出"咔咔咔"的开门声。一个男子探出头来小声问："安全吗？"

方超"嗯"了一声，接着从门缝中挤了进去。

"什么情况？"文身男从屋内走出。

"东西到了。"

"我 ×，这么快！"文身男"嘿嘿"一笑，"验验货，完事之后，给这个兄弟拿 200 元钱跑腿费。"

"得嘞。"开门的男子伸出右手，方超从手机中抠出白粉递了过去。

就在这时，那名年轻女子突然从屋内冲出，一溜烟儿地跑出了门。

手握毒品的男子刚想去追，方超突然伸出右脚，把男子绊倒在地。

男子被摔得龇牙咧嘴，方超慌忙弯腰搀扶："大哥，对不起，我不是故意的，我也想帮你去追来着……"院内没有开灯，能见度很低，况且方超本来跟这件事就没有任何关系，谁也不会想到他是故意为之。男子被方超扶起，摆了摆手："没关系，跑了就跑了吧。"

"那行，货 OK 不？"方超问。

"没问题。"男子回答。

交易成功后，方超没有停留，推门闪进了夜色中。

二十五

"出门换装"是"烟杆"传授给他的经验。每次送货，方超都会准备两套衣服，交易前一套，交易后换另外一套，这样就算有人发现他的行踪，也会带来很大的迷惑性。

方超在确定四下无人后，走进了一个在建楼房内。可就在他刚换好新装时，一个女人的声音从他身后传来："你换下来的衣服能给我穿吗？"

听到声响的方超，感觉天灵盖都要炸开了。要知道，每次送货他都会把自己裹得严严实实，可刚才换装时，他却把口罩给摘了下来，也就是说，对方极有可能看见了他的真实容貌。

方超慢慢地将手置于腰间，那把藏在皮带中的匕首已做好了出鞘的准备。"你是谁？"

"你不认识我了？我刚才在别墅的院子里见过你，我身上没穿衣服，你能不能把手里的衣服给我穿一下，我回到家就还给你。"声音从未完工的楼梯间传来，方超走近一看，发现一名女子全身赤裸地蜷缩在一块木板后。

"你刚才看见我长什么样了？"方超语气冰冷。

　　女子很诚实地点了点头："我刚进来没多久，就听见有人也跑了进来，我没穿衣服，所以不敢出声，当我看到进来的人是你时，我才说的话。"

　　"哦？听你这么说，似乎很放心我一样，但你我素未谋面，这个理由似乎有些牵强。"

　　"不不不。"女子连声道，"你进别墅门时，我就注意到你了，我一直在找机会逃跑，当我跑出门时，追我的人被你绊倒在地，所以我断定你是个好人。"

　　"好人？还是第一次有人这么称呼我。"

　　"至少你帮了我，你在我心里就是好人。"

　　方超的视网膜很快适应了环境，女子说话时的神情，他看得一清二楚。在黑道中游走了这么多年，他最擅长的就是察言观色，他能从人说话时的一颦一笑，看穿这个人的本质。透过方超的眼睛，女子至少暴露了三个特征：单纯、没心眼儿、容易相信别人。基于这三点，方超可以断定，女子不会给他带来任何威胁。

　　"你叫悦悦？"方超把手中的衣服递了过去。

　　女子生怕方超会反悔，一把将衣服抢在怀中，确定衣服已在她的控制范围内，女子这才轻松地回道："悦悦是我的小名，我的大名叫鲁悦。"

　　方超转身走到一旁，心中暗笑："还以为说漏了嘴，没想到这妮子一点儿心眼儿都不长。"

　　因为患有艾滋病，方超长这么大从来没碰过女人，深夜，一男一女共在一个屋檐下，说千道万都有那么一点儿暧昧，就在方超想看看自己的衣服穿在一个女人身上到底是什么样时，对方突然的惨叫，让他心中一惊。

　　"怎么了？"方超下意识地又将手扶于腰间。

　　"脚，我的脚！"鲁悦一瘸一拐地从楼梯间走出，"跑出来的时候没有穿鞋，刚才可能踩到铁钉了。"鲁悦一抬脚，果然有一根铁钉牢牢地扎入了她的脚心。

　　"钉子上有铁锈，你得上医院打破伤风，否则感染了，你的小命就没了。"

说话间，鲁悦一把将方超搂住："我现在身无分文，你好人做到底，带我去医院行吗？花多少钱，我一定还你！"

一般只要货安全送到，"烟杆"不会限制方超的自由，今天是他生平第一次和一个女人产生瓜葛，在这种说不清道不明的暧昧下，方超似乎也很乐意把这种暧昧保持下去。

"要不要我背你？"

鲁悦赤脚在地上走了几步，但剧烈的疼痛，不得不让她听从方超的建议。

"那就谢谢你了！"

见方超已半蹲着身子，鲁悦不好意思地趴了上去。

"酥胸袭背"使方超瞬间有了种触电的感觉，乡村小道坑洼不平，方超每踏一步，都能享受到那种软绵绵的摩擦。

"你再忍耐一会儿，我的摩托车就停在前面。"

"嗯！"鲁悦轻启芳唇，淡淡的香水味顺着方超的耳畔一直绕到了他的鼻尖。嗅觉和触觉的双重刺激，让方超产生了一种恋爱的错觉。

"喂，那是你的摩托车吗？"在鲁悦的提醒下，方超这才发现自己已走偏了几十米。

"哦，太黑了，没注意。"方超脸颊一红，快步到车前。

车停放的位置，是他早就选好的安全区，他将鲁悦扶上后坐，一脚踩下油门，飞驰而去。

二十六

县级以上的人民医院只要问诊就要办理就诊卡，连夜间急诊也是一样。所以除非是迫不得已，否则方超一般不会选择大医院。可现在是凌晨3点，除了大医院的急诊，几乎没有一家社区医院还在营业。

方超绕着整个城区风驰电掣一圈后，依旧没找到可以医治的地方，他摘掉头盔看向鲁悦："你信不信我？"

方超莫名其妙的一句话，让鲁悦摸不着头脑："什么信不信你？我怎么听不懂。"

"前面有个 24 小时营业的药房，我去那里买药来帮你处理伤口。"

"你还会打针？"

方超做了个"不然呢"的手势。

"去哪里打？"

"当然是你家，还能去哪里？"

"去我家？"鲁悦提高嗓门，"你不会想借机对我图谋不轨吧？"

方超撇撇嘴，从口袋中掏出 100 元钱。"既然你这么说，那你就自行处理吧，钱不用还了。"

"喂！"鲁悦一把拽住摩托车的尾翼，"我可是个伤员，你不能把我一个人扔在这里！"

"那你说怎么办？"方超双手一摊。

鲁悦重新坐回摩托车上。"实在不行，就，就按你说的办。"

方超面带微笑，把钥匙插入点火圈。

摩托车伴着鲁悦"慢点儿，慢点儿"的叫喊声来到了她的家中。这是位于市郊的一个社区村落，沿着一条水泥路骑行数十米，鲁悦让方超将车停在了一个四合院旁。院子并不大，由 5 间平房围在一起，鲁悦的出租屋就在大门南侧第一间。

方超扶着鲁悦一瘸一拐地走进屋内，他环视了一圈说："你这房子可真够小的，除了床，就没下脚的地方了。"

"有没有礼貌，这可是女孩子的闺房！"鲁悦躺在床上，随手抓了个枕头扔了过去。

就连方超都感觉奇怪，他和鲁悦拢共认识不到三个小时，可现在两人却宛如好友般熟络，要不是方超打小练就了一番洞察人心的技能，他甚至会怀疑鲁悦是警察派来的卧底。不过鲁悦当然没有方超想的那么复杂，几个小时相处下来，方超可以断定，鲁悦就是一个没心机的傻女孩儿。随着陌生感的消失，方超双手抱着枕头在鼻尖闻了闻："嗯，好香啊。"

鲁悦望着方超有些邪念的表情，本能地把身体往后退了退："你可别乱来，院子里都是我的姐妹，我一喊，你跑都跑不掉。"

方超"哦"了一声，然后慢慢地坐在床边。

"你想干什么？"看着方超那张俊秀的脸慢慢朝自己靠近，鲁悦的面颊突然变得绯红。

这么多年方超还是第一次和女生如此近距离接触，人都是感情动物，遇到心仪的女孩儿怦然心动是再正常不过的反应，可方超只能把这种冲动强压在心里。因为他知道，没有哪个女生能接受他的病，他也不想去伤害任何人。方超越想越失落，他收起笑脸，起身走到床尾。"忍着点儿痛，我帮你把钉子处理掉。"

鲁悦也不知方超为何会在那么短的时间内判若两人。"你怎么了？"

"我没事，只是你的伤口不能耽搁。"方超找了一个冠冕堂皇的理由。

方超的说辞，鲁悦挑不出毛病，她把脚尖抬起，脚心的刺痛让她紧咬芳唇。"来吧。"说完鲁悦眼一闭、头一转，一副视死如归的模样。

本来还阴霾满面的方超，被鲁悦调皮的动作突然逗乐了，见鲁悦已准备好，方超将她那只受伤的脚按在床边，一鼓作气将铁钉拽了出来。

鲁悦"啊"地喊出了声，方超用了极大的力气，把鲁悦的脚死死固定在床沿："忍住，用酒精消完毒就好。"

"啊，好痛。"

"忍着，要多冲几次。"

"啊！"

"啊！"

…………

平房的隔音很差，院中另外几位住客被鲁悦"销魂"的叫喊声给吵醒了。无心睡眠的几个人，趴在窗前交头接耳。

"什么情况？"

"还能什么情况，明显屋里有男人。"

"凌晨四五点，至于叫那么大声吗？"

"看来是干柴遇到了烈火啊。"

"乖乖，平时看着老老实实的，没想到关键时刻也是浪劲儿十足。"

"嘿，我听说她在 KTV 里做平台小姐，和咱们足疗干的其实都是一样的活儿，浪点儿也正常。"

"嘘，别说话了，屋内没动静了。"

"是没动静了，都赶紧睡觉，别坏了人家的好事。"

方超的耳朵从门后挪开，他冲着鲁悦"嘿嘿"一笑："让你别叫，你现在有一百张嘴都解释不清楚了。"

鲁悦撇撇嘴："干吗要解释，她们爱怎么想怎么想。"

"哟嗬，够开放的。"

"哎！你可别想歪了。"鲁悦指向方超，"我是思想开放，人不开放。你可别把我想成那种随便的女生。"

"哦？那你为什么要去 KTV 做平台小姐？又为什么出现在那栋别墅里？"

"你是谁，我干吗要告诉你？"

"我也就随便一问。"方超说着把乳胶手套和带血的酒精棉球全部装进垃圾袋，"时候不早了，我要回去了，你先睡一觉，最快明天就能下床走路了。"

"你现在就回去？"鲁悦突然有些不舍。

"不然呢，难不成你要留我在这儿睡觉？你这儿可就一张床。"

"流氓！"

方超之所以离开，一来是因为他要赶在 8 点前去见"烟杆"，二来他不能让"烟杆"知道自己和一个女人"共度良宵"。

"你可以去嫖,但一定不能和女人有瓜葛。"这是"烟杆"对他三令五申的一个原则。对他们这种常走夜路的人来说,"红颜祸水"的案例不知见过多少,在他们眼里,女人绝对是一个惹事的主儿,谁敢碰谁就犯了忌讳。

方超不是傻子,他哪里看不出鲁悦对他产生了一丝好感,但综合种种原因考虑,他俩压根儿就没有在一起的可能。方超的几位"大伯"既然敢做毒品生意,不可能没有两把刷子,虽然方超没有亲眼见过,但从"烟杆"不择手段的处事方法上也能嗅出个七七八八。方超抱着不耽误人也不害人的态度,只能快刀斩乱麻。

方超虽然决绝,但到了鲁悦这里,似乎就没有那么拿得起放得下了。院子里其他租客的话,有一点说得没错,鲁悦确实很老实本分,她起先做的是饭店前台,去KTV做平台小姐也是迫于无奈。当天被带进别墅,也并非鲁悦自愿,她完全是在毫不知情的情况下被强行拽上了车,所以面对性侵,她才会拼命反抗。

想被人保护是女人的天性,尤其是鲁悦这种独木扁舟。一个人飘荡时间长了,更渴望能有一个肩膀可以依靠。从被解救到治疗脚伤,方超无疑成了鲁悦命中注定的那个人。其实很多情况下,女人对待感情不会像男人那么随性,但只要男人能成功走入一个女人的内心,在一段时间里,你就是她的全世界。

如果说,方超和鲁悦的第一次相遇完全是巧合,那么3天后的第二次遇见就好像"月老"在刻意牵线搭桥。那天也是凌晨,"烟杆"给方超派了一单,交易地点在市郊新开的蓝月亮KTV。按照他们的行规,方超从来不在人流密集区域交易,对于外出娱乐的客户,方超会把货事先放在安全区域,由客人自行取货。为了防止有人"钓鱼",方超会让客人辗转多个地方,等对方身份确定后才做交易。那天,方超伏于暗处静等下家,可令他没想到的是,他左等右等,等来的却是鲁悦。

"她不是在市区的KTV工作吗?怎么会在这里?"就在方超百思不得

其解之时，他的那部外线手机突然振动起来，方超定睛一看，周围拨打电话的只有鲁悦一人，为了确定没有弄错，方超没有接听，而是等待第二次响铃。

"咦，怎么没接电话呢？"带着疑惑，鲁悦按了回拨，方超的电话再次振动，这次他确信无疑，前来接货的就是鲁悦。方超压低了棒球帽，从鲁悦身后一把将她拉进了巷子内。

光线较暗，鲁悦并没有看清对方的长相。"啊，你是谁？干吗拉我？"

方超脱去帽子质问："还能有谁，是我！"

看清了方超的面相，鲁悦的敌意随之消失。"啊，是你，你怎么在这儿？"

"我在哪里不重要，我问你，你怎么在这儿？"方超没有心情跟鲁悦开玩笑，他虽然贩毒，但是他这辈子最痛恨的就是毒品，鲁悦是唯一与他有过交集的女孩儿，他不愿意相信鲁悦会和毒品扯上任何关系。

"干吗这么严肃？这家 KTV 是我们老板新开的，最近试营业，生意火爆，我们老板就把老店的员工都调了过来，我就跟着来了。"

一个问题有了答案，方超又紧接着问第二个问题："你从 KTV 里出来是干吗的？"

"哦，一个客人给了我个手机号码，让我下来拿东西。"

"东西？什么东西？"

"我也不知道，只是说拿上去就行。"

"你真不知道？"方超双眼微眯射出精芒。

鲁悦有些不自在："我真不知道，你干吗这样看着我？"

近距离时，方超最善于观察对方的微表情，从鲁悦的反应看，她有可能确实不知情。

"你等我一下，我打个电话。"方超转身走进巷子深处，步行数米，见周围环境安全后，掏出内线手机。"三伯，有情况，交易取消。"正所谓"家有家法，行有行规"，代人取货是大忌，这万一取货人走漏了风声，绝对会拔出萝卜带出泥，所以遇到这种不懂规矩的客户，"烟杆"一伙人就算不赚这个钱，也不愿担这么大的风险。

"回去吧，告诉你的客人，他们等的人临时有事，不会来了。"方超还未从巷子中走出，声音已传到了鲁悦的耳朵里。

"你今天休想这么轻易地从我手里溜走！"鲁悦闻声冲向方超，一把将准备离开的方超拽住，抱住他的手臂不松手。

"你这是干吗？赖上我了？"方超又好气又好笑。

"对，我就是赖上你了！我今天也不上班了，你去哪里，我就跟你去哪里。"鲁悦长这么大，还是第一次对一个男生如此主动。

方超试图挣脱鲁悦，可尝试几次均以失败告终，于是他好言相劝道："你先松开，听我说。"

压抑在心中的话一经出口，鲁悦就再也没了忌讳，她倔强地噘起嘴巴："我不，我一松开你就走了，下次也不知道什么时候才能见到。"

"算上这次，咱俩一共才见两次面，而且你现在都不知道我姓甚名谁，是好是坏，这就缠上我了？"

见方超说话时的语气有些松动，鲁悦霸气地回应："我不管你是干什么的，反正我相信自己的直觉。对了，你叫什么？"

"名字就是一个代号，你问那么清楚干吗？"方超试图挪步，但鲁悦始终抱住他的手臂不撒手。

"这可是你说的，那我以后就喊你'小狗'，反正也就一个代号。"

"唉！真是怕了你了，免贵姓方，方方正正的方，单名一个超，超人的超。"

"方超？确定是真名字？"

"爱信不信。"

"咱俩年纪差不多，以后我就喊你小超怎么样？"

"好俗，不过随你。"

"对了，你的风驰电掣呢？"

"风驰电掣？什么鬼？"

"摩托车啊，我还想去兜风。"

"前面呢，不过这才3天，你的脚就好了？"

"差不多了，只要不穿高跟鞋就没事。"

"我不信，你松开手我看看。"

"少来这一套，本姑娘才不会上你的当，车在哪儿？我要上车。"

二十八

　　对于漂亮女孩儿，男人本身就不具备抵抗力，何况鲁悦还在穷追不舍。那晚相处之后，方超给鲁悦留了一个私密的微信号，这个微信号就连"烟杆"几人都不知晓。包括鲁悦在内一共只有3个好友，除了鲁悦可以正常聊天外，其余两人都是众筹网的客服。方超有个习惯，只要他兜里有些余钱，他都会捐给那些需要帮助的人，虽然没几个钱，但多少也是一份心意。

　　微信号是方超通过网络中介办理的，账户并不是手机号，所以只要方超不登录，鲁悦单方面无法和他取得联系，这样一来，方超就不用担心"烟杆"等人会发现。他和鲁悦约法三章，双方的联系时间只能定在夜里1点至早上8点，这个时间段正是方超外出送货的工期，因为这么多年来他从未出过问题，"烟杆"等人不会对他太过限制，只要他能保证将货安全送到，剩余时间"烟杆"一般不会过问。用"烟杆"的话来说，就算是头畜生，也要给它吃野草的时间，他甚至还鼓励方超，没事别窝在住处，多去夜店放松放松。

　　鲁悦平时只要不碰到喝得烂醉的客人，夜里1点也差不多可以下班。结束头天的工作，她要等到第二天的晚上6点才会接班，如此算来，就算她在早上8点之前和方超别过，中间还有近十个小时可以休息。两人占尽了"天时地利"，感情升温的速度自然也不是一般地快。相处了一个月后，方超从心里完全接纳了鲁悦。热恋中的情侣难免会发生一些亲昵之举，可谁也没承想，两人的感情却因为鲁悦的一次无心之举产生了裂缝。

那是周五的夜里，由于客人久不散场，鲁悦一直在包厢加班。透过包房的落地窗，鲁悦看见方超正蹲在远处的巷口独自等待。按照 KTV 的规定，只有等客人离开，她们才能得到应有的小费，如果中途退场，晚上这几个小时就等于白忙活。这是鲁悦今晚接的第二个包间，她原本以为到了夜里 1 点客人便会离场，可她没有料到的是，从晚上 10 点开包到现在过了四个小时，包间内的客人依旧处于兴奋的状态。KTV 是按时段收费，只要不打烊，客人玩到几点，她们这些陪酒小姐就要陪到几点。凌晨 3 点，外面淅淅沥沥下起了小雨，疲惫不堪的鲁悦又被客人要求唱一首老歌《过火》。

雨越下越大，寒风吹过，方超本能地抱起双臂蜷缩在巷口，这揪心的一幕被包房中的鲁悦看得清清楚楚。

"吉吉姐。"她放下话筒走到包间"公主"面前，"我有急事，小费我不要了。"说完，还没等其他人有所回应，鲁悦就提着手包夺门而出，高跟鞋快速地敲击地面，发出"嗒嗒嗒"的响声，她此刻什么都不愿想，她只盼着能快一点儿给方超一个拥抱。鲁悦的脚步声在方超的耳朵里是那么清脆、熟悉，他微笑着起身，朝鲁悦的方向伸开了臂膀。

"超。"鲁悦一把将方超搂在怀中，"对不起，让你等久了。"

方超微微一笑："没关系，我也刚到。"

包间是单面玻璃，方超并不知道鲁悦在窗前注视了他两个小时，对于这个善意的谎言，鲁悦没有揭穿，在没有征得方超同意的前提下，她选择用实际行动去宣泄内心的情感。

鲁悦深吻的瞬间，方超的大脑直接被抽成了真空，双唇相接的那一刻，方超突然感觉到了触电的滋味。此时的鲁悦已情到深处不能自已，她双手捧起方超的脸颊，吻得更加用力。然而就在这时，方超的舌尖有了一丝淡淡的咸味，疾病带来的恐惧让他刹那间清醒，他一把将鲁悦推开，力量的突然爆发，让鲁悦直接摔倒在地。

方超没有第一时间上去搀扶，他用袖子一遍又一遍地擦拭嘴角，他要确定一件事，他口中的鲜血到底是来自谁的，在仔细确认自己身上没有出血后，这才想起鲁悦还躺在地上。

"悦悦，我……"

"不要碰我！"鲁悦一把将方超的手甩开，"方超，你告诉我，你刚才在干吗？"

"我……"

鲁悦眼中噙着泪水："说啊，你怎么不说了？好，你不说，我替你说！我是一个陪酒小姐，没有人会觉得我干净，包括你！"

"鲁悦！我不是那个意思！"

"不是那个意思？"鲁悦说话的语气变得冰冷，"方超，我告诉你，你推我，我能忍，但我永远都接受不了你用袖子擦嘴，难道我就那么脏？"

看着鲁悦眼眶中决堤的泪水，方超无言反驳，他能怎么样？难道直接告诉鲁悦他感染了艾滋病？方超甚至能猜到说出真相的结果：首先，两人从此形同路人，其次，让鲁悦永远活在恐惧中。方超不想让鲁悦承受两次伤害，他向后退了几步，好让自己那张挂着泪痕的脸尽可能地躲进黑暗中，情绪稍微稳定后，他开了口："对不起，我们分手吧。"

鲁悦哪里会想到两人僵持了这么久，竟然换回了一句彻底决裂的话。"方超，你个王八蛋！"鲁悦一耳光扇在了方超的脸上，她打得很用力，力气大到让方超的嘴角隐约渗出了鲜血。

鲁悦的情绪很不稳定，方超很担心她会做出过激的行为导致感染，为了保护鲁悦，他必须离开这里。趁着鲁悦低头抽泣之时，方超迅速朝巷子深处跑去。

二十九

回过神来的鲁悦，自嘲地望着方超离开的方向，此时的她想起了同事给她看的一段视频，视频里一个失恋女子的咆哮，正像她此刻的内心独白："啥他妈爱情不爱情的，傻子才会信！"

"一个多月的甜蜜"和"擦拭嘴角的举动"在鲁悦心中不停地切换，她实在想不明白，一个人怎么能伪装得那么完美，完美到她差点儿就相信自己找到了真爱。她现在终于体会到被人玩弄是什么滋味，她忽然觉得那些出台小姐有一句话说得特别在理："从一个好女人到一个浪女人，只需要一个渣男。"

哀莫大于心死，鲁悦之所以只做平台，一是因为"缺钱"，二是她还对爱情还抱有一丝幻想。可经历了这一次，她不敢再去触碰所谓的真爱。做平台每天的收入只有 300 元，而出一次"大台"可以赚一两千元。KTV 的"妈咪"也曾不止一次劝说过鲁悦："女人就那几年最有魅力，不趁着年轻多赚点儿钱，等到老了会后悔的。"之前鲁悦对这句话十分抵触，可现在听起来似乎已经没有之前那么刺耳。

"与其把第一次送给渣男，还不如用初夜去换 5000 元钱。"鲁悦心中的底线，也在这次感情挫败后开始失守。

另一边的方超心里更不是个滋味，他把这一切全怪罪到了"烟杆"几人身上。方超不是傻子，逐渐成熟的他早已猜出了自己身上这个病的真正来源。2 年前，"烟杆"曾让方超去药贩子那儿拿过一次药，药贩子递给他整整一盒 12 瓶，在坐车回去的途中，方超出于好奇便打开了包装。当他回到住处把药交给"烟杆"时，"烟杆"从中拿出一瓶递给方超，让他定时定量服用，等吃完后再发给他。至于为何一次买这么多，"烟杆"给的解释是，药不好买，怕断货。因为这个"贴心"的举动，方超还曾感恩戴德过；可一个月后，当方超拿到第 2 瓶药时，他发现了一个细节，瓶子上的生产日期比之前的那瓶晚了 23 天，这也就意味着，"烟杆"这次给他的药是刚买的新药。让方超脊背发凉的是，之前的 11 瓶到底去哪儿了？药品为何会消耗那么快？除此之外，方超还有很多疑问无法解释：和他一起从黑煤窑出来的其他人在哪里？自己每天带货的收入不过几千元，他们是从哪里来的巨额资金买船？"烟杆"一伙人时不时地失联，他们到底去了哪里？思来想去，方超只能想到一个可以完美解释这一切的答案，那就是"烟杆"几人用同样的方法控制着多名和他一样的马仔。

方超没有户口，不能从正规医院领到免费药物，黑市的购买渠道他们并不掌握，要想用药维持生命，只能依靠"烟杆"。与用毒品控制相比，这种利用艾滋病的方法有它的几大"好处"：第一，不用担心送货仔会偷偷吸货；第二，只要保证药物供应，得这种病比吸毒寿命要长；第三，得病后送货仔不会在感情上浪费时间；第四，可以利用人们对这种病的恐惧逃避法律打击。

方超越想越明白，他几乎可以断定，自己身上的艾滋病病毒，就是"烟杆"等人故意造成的结果。想通的那一刻，方超表现出了极度的愤怒；但事后想想，他想要苟延残喘，除了"烟杆"无人可依。假如逼迫"烟杆"承认事情是他们所为，除了给自己带来杀身之祸外，他想不出还有什么好的结果。"生活就像强奸，你无力反抗，就要学着去享受。"所以方超选择接受现实。

可今天发生的一幕，让方超心里的怨恨又重新燃烧起来，他幻想着，如果没有得病，他和鲁悦之间或许真的会有一个结果。方超是个正常人，他也渴望能有一份真挚的爱情，然而现实的打击，让他在这一刻无法接受。

"如果不能给她一个未来，就不要轻易和她开始。"书上的一句"心灵鸡汤"成为方超疗伤的一个借口。可逃避归逃避，谁又能真的拿得起放得下。

那晚过后，尾随鲁悦回家，成了方超每天必做的一件事。也正是因为这个举动，他发现了一个鲁悦没有提及的秘密。每月的月初，鲁悦都会把文具和日用品送到云汐市第七中学的门岗，方超从保安口中得知，鲁悦还有一个正在上学的妹妹，名叫鲁珊。鲁悦工作的所有收入，几乎都用来供鲁珊完成学业。

看着学校气派的教学楼，方超就猜到在这里上学成本会有多高，虽然他和鲁悦相处时间不长，但他太了解鲁悦的性格，目前最让方超担心的是，鲁悦会不会在这次感情受挫后自暴自弃。他不想看到鲁悦放弃底线，这也是方超每晚要尾随鲁悦的重要原因。

可让方超担心的事情还是在半个月后发生了。那天晚上，本应下班回家的鲁悦在一名醉酒男子的拉扯下，半推半就地坐进了一辆奔驰轿车。方超一路骑行，最终在一家宾馆门前将鲁悦拦下。

"你不能这样，跟我走！"

"我们两个已经分手了，你凭什么干扰我的生活？"

"能不能给我一个解释的机会？"

"还要怎么解释？难道你说的还不明确吗？"

"小子，我告诉你，你可别坏了哥的好事！老子钱都付了，你……"面对男子的叫嚣，方超直接将折叠刀抵住了对方的颈动脉："给我闭嘴，信不信我弄死你？！"

"方超，你干什么，把刀放下！"在鲁悦眼里，方超一直是一个很理性的人，这次他竟然会为了自己如此失态，鲁悦也想知道方超会给她一个什么解释，于是她从包中掏出 5000 元钱扔在男子身上："钱给你！"

方超收起折叠刀，载着鲁悦朝泗水河的方向一路骑行。到了河岸，他租了一艘篷船，接着把船划到了一个四下无人的废旧码头。

"今天这里只有你我两个人，你想知道什么，我都告诉你。"方超率先打破沉默，开口说道。

“你觉得我想知道什么？”鲁悦反问。

“比如我的身份。”

鲁悦摇摇头：“不，你的身份你不说我也知道，一个送毒的马仔。”

鲁悦能猜中，方超并不觉得奇怪，虽然心里有数，但是方超还是想听听其中的缘由，他故作惊讶地问道：“你是怎么知道的？”

鲁悦低头搓了搓双手，找了一个合适的开头：“在 KTV 中做平台的小姐分很多种，按小费收入从低到高，有‘小妹’‘公主’‘模特儿’‘佳丽’以及‘空姐’。‘小妹’就是像我这样的，只陪客人喝酒唱歌；‘公主’和‘小妹’小费相同，负责整个包间的杂活儿，比如点歌、端茶倒水等；‘模特儿’可以裸陪，小费是我们的 2 倍；‘佳丽’不仅可以裸陪，还能出台做‘大活儿’；剩下的‘空姐’，也是 KTV 小费最高的人，可以陪客人吸毒。我们第一次在别墅见面时，那个比我大的同事就是 KTV 的‘空姐’，当晚我去她包房里借充电器，结果被一群人强行拉上了车。在别墅里，我听到了他们的交谈，说是让人送点儿粉来吸，结果一个小时后你就出现了。然后是第二次，还是那个‘空姐’，当时她被包间的客人缠着脱不开身，托我下去拿货，我又碰见了你。如果说第一次是巧合，那第二次就不会是巧合了。所以我猜你就是负责送毒的马仔。”

“送毒不假，但你怎么看出来我是马仔的？”

“衣服，还有你那辆破摩托车，能看出来你不是有钱人，最多是个马仔。”

“既然你知道了我的身份，为什么后来还要选择跟我在一起？”

“因为我喜欢你，就这么简单。”

“那现在呢？现在还喜欢吗？”

鲁悦低头沉吟了片刻，接着她摇了摇头：“有时候感觉你对我的感情很真，但有时候又感觉你离我很远，我现在也不知道对你是什么感情。”

方超深情地看着鲁悦，虽然对方的眼神在故意躲闪，但是方超始终直视没有回避，片刻之后，他缓缓地开口：“其实你不知道，分手之后的每一天晚上，我都在 KTV 门口等你下班、陪你回家，有几次没有等到你，我骑车满城去找，生怕你会出事，后来我才知道，你没去上班的那几天都去了你妹妹鲁珊那里。"

"不是你提出的分手吗，你为什么还这么做？"

"我怕如果我先说，你会哭着喊着要下船。不过我答应你，这个问题今晚我一定会回答你，我想先听听你和你妹妹的事，还有你为什么会去 KTV 做平台。"

鲁悦撩起鬓角的头发望着湖面愣神，几次深呼吸后，她的记忆被拉回到 20 年前："我和妹妹没有血缘关系，长这么大，我们至今都不知道亲生父母是谁。听我们的养母说，我们俩都是刚一出生就被送到了她那里。我们的养母是村里的寡妇，养父因病去世，膝下无儿无女，养母含辛茹苦把我们拉扯大，但最终还是没能战胜病魔。养母去世那年，我上初一，妹妹才刚到入学的年纪。村里给我们姐妹俩办了低保，可再怎么省吃俭用，那点儿钱也填不饱肚子，为了养活妹妹，我只能选择辍学务农。同村叔叔大伯都很照顾我们，只要田里丰收，几乎家家都会给我们俩匀点儿粮食。在他们的帮助下，妹妹以全乡第一的成绩被推荐到市里上初中。市里的开销比在乡下大得多，光指望村民们救济，根本不现实。为了能挣够妹妹的生活费，同村的大伯推荐我去他亲戚的饭店做服务员，包吃包住一个月 1200 元。干了三个月以后，店老板开始对我动手动脚。我那时候刚进城，人生地不熟，也不敢反抗，妹妹每个月都要花钱，我不能丢了工作。可忍气吞声并没有让老板有所收敛，有一次他喊了几个朋友去店里吃饭，他故意安排我去那个包间端菜，他们一伙人一直吃到凌晨，等撤台时整个饭店就剩下我一个人，好在有个同事下班时提醒了我一句，说老板一直在办公室没走，估计今晚会有事发生。饭店里的服务员都知道老板好色，只要他盯上谁，不占点儿便宜他绝对不会罢休。当时很多女服务员辞职，都是这个原因。那天同事提醒我后，我就有了提防，后来包间撤台，老板果然趁着我收拾碗筷之际溜进了包间，就在他想对我动手动脚时，我把事先准备好的辣椒面撒在了他眼睛里，那天之后，我就辞职了。

　　"失业后，我去面试了很多工作，为了维持收支平衡，我决定去 KTV 当前台，不包吃住，一个月 1500 元。前后做了两个月，几乎就没剩下多少钱。鲁珊平时住校，一个月的食宿加额外开销，最少需要 500 元，而我每月去掉房租、吃喝，最多只能剩下 900 元。鲁珊头一年上学的钱还是管村里大伯借的，我答应了要在半年之内还清，可指望一个月仅剩的 400 元，压根儿就不可能还完。而且这只是基础开销，万一有个事、生个病，可能这 400 元都不够用。我吃点儿苦都无所谓，鲁珊的学业是一刻不能耽搁。

　　"为了在短时间内赚到更多的钱，大堂经理介绍我在 KTV 里当起了平台小姐，我是只陪唱的'小妹'，一个包的小费是 200 元，有时候遇到客人提早下包，我还可以连包，这样一晚上就能赚到 400 元。自从做了这个以后，我和妹妹的生活有了基本保障。这些年，我唯一的愿望就是趁着年轻还有些姿色，给妹妹存一笔钱，供她上大学，然后看着她去大城市过体面的生活。"

　　"你呢，你就没有为自己想过？"方超问。

　　"想过，不过我想的是和你在这座城市安家，我甚至还想让你不要再送货，我赚钱养你。但是……"

　　看着鲁悦真情流露，方超心头一颤，就算是铁石心肠，听了刚才那番话，也不可能不为所动。"悦悦，有些话我不知道该怎么对你说，但请你相信我，说分手的那天绝对不是因为我不爱你，而是我不想伤害你。"说到这里，方超有些哽咽，压在心口这么多年的秘密，终于要冲出囚笼释放出来。方超触摸着手臂上象征自由的图腾文身，那些不堪回首的往事开始徐徐道来："我和你一样，从小就不知道父母是谁，我记事起，双脚就被套上脚镣，在黑煤窑中没日没夜地干活儿。12 岁那年，我被 3 个外地人带出了窑洞，跟我一起被带走的还有另外 6 个人，我至今不知道他们现在在哪里。我们先是被带到了一个废旧厂房内，紧接着没过多久，我们就开始单独训练，经过几个月的试探，我拜在了三老板'烟杆'的门下。从 13 岁起，我每天的工作就是送货。为了控制我们，他们在我们体内注射了艾滋病病毒。我们这些人没有身份，没有经济来源，为了活命，只能继续为他们服务。那天晚上，你吻我时，我感觉嘴里有鲜血，我担心会传染给你，所以才会用力把你推开。其实我这种人根本不配拥有爱情，对你造成的伤害，我只能说一句抱歉。"

方超不敢再正视鲁悦，为了打消顾虑，他又解释道："不过你放心，只要不出血，病毒是不会通过接吻传播的。"

"真的不会通过接吻传播？"

"我专门查过，不……"

方超"会"字还没说出口，鲁悦的双唇已经贴了上去。

"悦悦，你……"

"超，你是我唯一爱上的男人，不管你有什么病，不管你干什么，我都不在乎，只要你不嫌弃，我愿意陪你走到天荒地老。"

"悦悦，谢谢你。"方超将她紧紧地拥入怀中。

"超，今晚能不能要了我？我想成为你的女人。"鲁悦的手顺着方超的肩膀一直向下游走，被欲望灼烧的方超，并没有失去理智。"我们现在上岸找家宾馆，没有保护措施，你真的会被感染。"

"如果你今天不出现，我可能会用我的第一次去换 5000 元钱，现在我选择用它去换来真爱。"鲁悦说完，从包中拿出了那盒还未拆封的安全套塞进了方超手中。

三十一

一夜温存后，方超除了收获爱情外，还肩负起了责任。鲁悦的心愿是让妹妹活在阳光下，可方超的心愿却是让姐妹俩都过上正常人的生活。然而愿望和现实之间需要一条纽带，这条纽带就是钱。

方超虽然干着贩卖毒品的勾当，但"烟杆"给他的钱也仅够日常花销，如何在短时间内赚到最多的钱，成为困扰方超的难题。这些年，方超接触最多的就是毒品，而且是个人都知道贩毒来钱快，可无奈的是，"烟杆"一伙人贩毒，从来都是"先钱后货"，这么多年来，就连方超都不清楚，他们到底使用了什么方法做到资金流的无缝对接。

既然接触不到现金，方超只能从毒品上想办法。"烟杆"几人的货按照包装大小分为小包、中包、大包。小包在 5 克以内，中包在 5 克至 20 克之间，大包则是 20 克以上。方超最多的一次曾送过足足 500 克。不过通常情况下购买中包的都是少数，更别提大包了。无论在什么地方，瘾君子的消费基本都是以小包为主，而方超能想到的赚钱门路就是在送货时克扣毒品，然后再瞅准时机卖给下家。不过让他头痛的是，"小包"的外包装只有 1 元硬币大小，只要稍微抠掉一点儿，就会让人有所察觉，绞尽脑汁后，他终于想到了一个完美的解决方法："掺杂充量"。

方超常年接触毒品，他对毒品的化学性质相当熟悉。以他的手段，在毒品中稍微做点儿手脚，一般吸食者是不可能有所察觉的。经过多次实验，方超确定了 2∶0.2 的黄金比例，即 2 克毒品掺 1/10 的杂质。根据这个配比，方超平均每天晚上能抽货 1 至 2 克，折算成人民币在 2000 元上下。一天 2000 元，一个月下来就是 6 万，一年少则也能赚个七八十万。在巨大的金钱诱惑下，方超开始越陷越深。可"常在河边走，哪儿能不湿鞋"，一年后，这层窗户纸终于因为一个意外被捅破。

深夜，泗水河上一艘看似普通的货船内，3 名男子面带凶光相对而坐。

其中绰号"道北"的男子脸色十分难看："我们的货出事了。"

"大哥，你不要吓我，出了什么情况？"由于紧张，"烟杆"的手心开始不停地冒汗。

"道北"从身上取下 3 个"小包"扔在茶几上："有一位熟客吸咱们的货进了医院没抢救过来，这位熟客在云汐市也算是有头有脸的人物，这件事出了以后，对咱们今后的生意影响很大。'大圣'你看看，是不是配比出了问题？"

排行老二的"大圣"掏出圆筒放大镜夹于眼眶中，在仔细观察后，"大圣"开口说："大哥，你是不是搞错了？这不是咱们的货！"

"不是咱们的货？你确定？"

"大圣"点点头："我自己做的货，我怎么可能看不出来？咱们的货只加少量的玻璃细粉，这个货里还加了石灰石，从研磨程度看，加工者连个像样的研磨机都没有，做工太粗糙，难怪会出事！"

"就是，二哥的手艺那是有目共睹的，这么多年从没出过纰漏，这个锅咱们不能背！""烟杆"也跟着附和。

两人原本以为解释后，"道北"的脸色会好看一些，可事实却恰恰相反。"老三，'小地主'的货是不是你的线？"

"大哥，是我的线，平时都是方超负责送。"

"这次出事的就是'小地主'，他在云汐市做房产生意，在我们这儿买货有半年了，我从没听说他还有其他渠道。"

"万一真的有呢？"

"不会。""大圣"打断了"烟杆"，"大哥，我刚才又仔细观察了一遍，这是咱们的货。"

"二哥，你可看清楚了！"

"看清楚了，无论外包装还是玻璃粉的颗粒大小，都是出自我的手，我做的货绝对不会出问题，现在的问题在于，有人在咱们的货上动了手脚。"

"道北"寒着脸望向"烟杆"："送货期间，只有方超能接触到货，这个事你怎么解释？"

"方超应该不会吧，他可是众多门徒中最出色的一个，从来没出现过问题。"

"猜没有用，干咱们这行，最怕出现不安定因素，如果查实，抓紧时间把人给我处理掉，免得坏了大事！"

"烟杆"应声："大哥，给我一星期的时间，我保证把这件事查个水落石出！"

三十二

方超千算万算，也没想到"小地主"会用掺杂的毒品注射。当然，"小地主"的死，他也是毫不知情。抽货抽了一年多，没有出过任何事情，方超自然不会想到"烟杆"会派人对他全程监控。一周后，事情完全败露了。

"大哥，查清楚了，是方超出了问题。""烟杆"一脸沮丧。

"怎么回事，说说看。"

"这小子认识了一个叫鲁悦的女孩儿，两人好像在谈恋爱，方超在货中掺杂应该就是为了这个女的。"

"他们俩认识多久了？"

"看亲密程度，时间应该不短。"

"鲁悦知不知道方超的身份？"

"这个……"

"说！"

"我猜知道了，据我派出去的人说，最近有两次送货，方超都带着鲁悦一起。"

"啪！""道北"一巴掌拍在了茶几上："老三，这就是你带出来的门徒？"

"大哥，方超这孩子我从小看到大，我也没想到会出这种事，你看下一步该怎么办？"

"道北"伸出两根手指："要么说服方超，做掉鲁悦；要么连方超一起做掉！"

当天下午，方超被"烟杆"控制在了房间内。方超虽然是他的门徒，但是在"大是大非"面前，"烟杆"绝对不会心慈手软。对"烟杆"来说，做掉方超再简单不过，唯一让他感觉到棘手的是，如何干净利落地解决鲁悦。

兄弟三人中，"道北"狠，"大圣"稳，"烟杆"精。

方超是"烟杆"最得意的门徒，其实从"烟杆"进门的那一刻起，他就料到事情可能败露了，他也时刻准备着迎接这一天。

方超是个明白人，他和鲁悦在一起根本没有任何结果，爱情归爱情，但方超不能剥夺鲁悦做母亲的权利，所以他表面上和鲁悦你侬我侬，实际上他一直在用余命换取更多的钱。方超很清楚"烟杆"一伙人的手段，以他们的做事方法，一旦事情暴露，绝对会斩草除根。所以从开始抽货那天起，方超就一直在盘算着如何应对今天的状况。

"三伯，我的事你都知道了？"还没等"烟杆"开口，方超便开始主动承认错误。

常言道："伸手不打笑脸人。"方超如此实诚，这让"烟杆"的态度也不好太强硬。"你竟然敢扣货，你胆子也太大了！"

"没办法，我缺钱。"

"缺钱？缺钱你不会问我要？"

"可是三伯你说过，干我们这行不能和女人有瓜葛，我就算问你要，你也不会给我的。"

见方超解释得合情合理，"烟杆"也不好多说什么。"现在你大伯和二伯都知道了这件事，你告诉我，该如何收场？"

方超从腰间抽出匕首："她只不过是个 KTV 小姐，我和她在一起就是想找个固定'炮友'，她是个孤儿，无依无靠，我本想等我们离开云汐，就一不做二不休把她给干掉，如果大伯觉得夜长梦多，那我近期就动手。"

方超的话真假参半，让"烟杆"很难辨别真伪。不过方超是什么性格，"烟杆"是从小看到大，"人狠话不多"是方超的个性标签，既然他的工作能做通，让他做掉鲁悦是目前最好的选择。

"行，我给你半个月的时间把事情给我处理好，你也知道你大伯的脾气，千万不要耍别的心眼儿！"

"三伯您放心，我心中有数。"

结束了对话，"烟杆"赶回船上复命，方超也第一时间前往鲁悦住处。两人谈恋爱时，鲁悦就知道方超的真实身份，方超也利用了鲁悦的畏惧心理，不止一次地演习过"如果出事了该怎么办"。为了让鲁悦和这件事撇清关系，方超早早地就给她找了一个安全屋，屋内储备的水和食物至少可以让鲁悦待上一个月。为了掩人耳目，鲁悦还按照方超的指示提前换了一个带有暗门的新住处，利用这扇暗门可以从室内神不知鬼不觉地穿过地窖离开院子。

方超赶到时，鲁悦正在试装准备上班。

"你怎么现在过来了？"看着挂钟上还没到 6 点的指针，鲁悦有了一种不好的预感。

"出了一点儿小状况，不用担心，回头我给你打电话，按照我以前教你的，去安全屋躲几天。"为了让鲁悦不那么紧张，方超曾多次演习过"狼来了"的情况。看着方超表情轻松，鲁悦天真地以为这次也会和往常一样，她叮嘱了几句后，按照方超的要求从暗门离开。

三十三

鲁悦这边安排好，方超接着又在"探子"的跟踪下，买来三轮摩托车、砍刀、编织袋等工具，在外人看来，这完全是一副要杀人的表象。

各种情报在第一时间传到"烟杆"3 人那里，就连"道北"都觉得方超做事果断，日后可成大器。可他们哪里知道，方超早在一年前就设计好了"鱼死网破"的杀人计划。

常年的相处，让方超十分熟悉"烟杆"3 人的生活习惯，3 人均来自南方，习惯烹茶，船上的一罐煤气在他们手里，最多只能用半个月。"道北"做事小心谨慎，为了不让人知道船的行踪，每次更换煤气罐都会让"烟杆"上岸亲力亲为，方超经常和"烟杆"联络，对于煤气罐何时更换，方超能推测出个大概。他之所以那么关心煤气罐，主要是因为这是他完成杀人计划的辅助工具。

"烟杆"3 人身上有枪，如果硬来，他没有把握能将 3 人一网打尽，而且这么多年来，方超对几人身后的势力一无所知，他担心干掉 3 人后，会牵连鲁悦姐妹俩，为了遏制未知的"幕后势力"，方超只能选择让警方介入。利用煤气将 3 人毒死，也是为了尽可能完整地保留现场。

一星期后，方超算准了时间和"烟杆"取得了联系，在得知对方准备更换煤气时，方超着手实施了杀人计划。他先是让鲁悦从暗门离开院子，等鲁悦到达安全屋后，方超带着准备好的工具来到了鲁悦的住处，前后折腾了一个小时后，方超把涂有血浆的编织袋装进了三轮摩托车内。随后他驾驶摩托车朝着泗水河方向一路狂奔，20 分钟后，编织袋被绑上重物沉入了水中。

"老大，方超把那个女的给做掉了，尸体被扔进了河里！""烟杆"挂掉电话，一脸兴奋地跟"道北"汇报。

"消息可靠？"

"可靠，鲁悦刚要去上班，方超就赶到把她给做掉了。方超出门抛尸时，一个探子还进屋看了看，鲁悦并不在屋内，而且屋里到处都是血。"

"道北"满意地点点头："看来这个方超做事确实果断，不错。"

"烟杆"夹起茶盅一口闷下："我就说，我不会看走眼，方超绝对是我众多门徒中的拔尖选手。人已做掉，我这心头的石头也算是落了地，我出去买点儿啤酒、烤串儿庆贺庆贺。"

另一端，方超骑车回到了住处，当他留意到一路上再无人跟踪时，他已猜到，"烟杆" 3 人彻底对他放下了戒心。有了这个前提，下面最关键的环节才能继续进行。

第二天一早，方超去超市买了一瓶 1000 毫升装的茅台，这也是"烟杆"最好的口儿。酒买回家后，方超用注射器把高浓度的三唑仑推了进去。早在半年前，方超就开始练习自己对三唑仑的抵抗性，他推入酒中的浓度，足够成年人昏迷一整天，但对他自己来说，已起不到太大的作用。

一切准备就绪后，他在晚上 10 点拨通了"烟杆"的电话，两人交谈的内容大致可以概括成一句话："人已做掉，晚上带瓶好酒上船赔罪。"

"烟杆"已对方超放下戒心，当然是满口答应。晚上 11 点，方超租用了一艘橡皮艇在双流码头上了船。被仔细搜身后，方超进入船舱的第一件事，就是给"烟杆"3 人行了三跪九叩大礼。礼毕，方超跪地拧开酒瓶，斟了满满 4 杯。方超率先拿起一杯举在面前，"大伯，二伯，三伯，这件事我做得不对，我给你们赔不是了！"他说完，端起酒杯一饮而尽。

像"烟杆"他们这种社会人，最注重礼数，既然方超行此大礼，他们也就没有拒绝的理由。"道北"率先端起酒杯，其余 2 个人也依葫芦画瓢，紧随其后。

看着 3 个人直接饮酒下肚，方超快速起身躲进了驾驶舱，果不其然，他刚躲进舱门后，身后就响起了枪声。不过骚动仅仅持续了几十秒，"烟杆"等人就昏死在了沙发上。

确定几人失去反抗能力后，方超开始按原计划伪造现场，船内的财物被他洗劫一空后，他拧开了煤气罐。

三十四

他上岸后做的第一件事就是把所有能变现的东西全部换成钱，3 天后，他提着 150 万现金来到了安全屋。

"超，是不是危险解除了？"鲁悦满脸兴奋。

"不，这次比前几次都要严重。"

"超，你在跟我开玩笑是不是？"

方超摇了摇头："我没有开玩笑，这次真的出了大事。手提包里是我全部的积蓄，你带着鲁珊离开这座城市，开始新的生活。"

"怎么会这样，你到底出了什么事？"鲁悦抱着方超失声痛哭。

方超拍了拍鲁悦安慰道："我是一名毒贩，走到今天是罪有应得，也没有什么可难过的，包里除了钱外，还有一张公交卡，如果哪天警察找到你，你就把卡交给警察，其余的什么都不要说，记住没有？"

鲁悦含泪点头："嗯，记住了。"

"悦悦，谢谢你，忘了我吧。"

方超离开后，鲁悦并没有追出门外，她心里清楚，方超所做的一切都是在保护她和她妹妹，她不能让方超的心血付之东流。今天的这一幕，鲁悦也曾有过心理准备，只是没想到会来得这么快。

诀别后的方超离计划完成只剩下最后一步，那就是给自己一个了断。人死账消，只有他死了，那 150 万才能安全。有了钱，鲁悦和鲁珊就能过上正常人的日子，这样他死也可以瞑目了。

方超知道，他伪造的那个现场只能骗骗外行，只要警察介入，找到他只是时间问题。为了留下证据，同时也为了保护鲁悦姐妹，方超在书写完一张字条后，又用手机录了一段视频。视频中除了鲁悦的事被隐瞒外，这些年方超所经历的种种全都毫无保留。在生命快要走到尽头时，他只能把解救其他伙伴的希望寄托于警方。

事先准备好的药丸已含在口中，一首《浪人情歌》在他耳边无限循环，糖衣融化，毒药起了反应，音乐还在播放，方超却含笑而亡。

不要再想你
不要再爱你
让时间悄悄地飞逝
抹去我俩的回忆
对于你的名字
从今不会再提起
不再让悲伤
将我心占据

让它随风去
让它无痕迹

所有快乐悲伤所有过去

通通都抛去

心中想的念的

盼的望的

不会再是你

不愿再承受

要把你忘记

我会擦去

我不小心滴下的泪水

还会装作

一切都无所谓

将你和我的爱情

全部敲碎

再将它通通赶出

我受伤的心扉

让它随风去

让它无痕迹

所有快乐悲伤所有过去

通通都抛去

心中想的念的

盼的望的

不会再是你

不愿再承受

要把你忘记

我会擦去

我不小心滴下的泪水

还会装作

一切都无所谓

将你和我的爱情

全部敲碎

再将它通通赶出

我受伤的心扉

让它随风去

让它无痕迹

所有快乐悲伤所有过去

通通都抛去

心中想的念的

盼的望的

不会再是你

不愿再承受

要把你忘记

不愿再承受

我把你忘记

你会看见的

把你忘记

（白）我想到了一个忘记温柔的你的方法，我不要再想你，不要再爱你，不会再提起你，我的生命中不曾有你。

罪 案 调 查 科

第六案

古树冤魂

罪终
迷局

终场

"铲坟头"这门靠死人吃饭的手艺，对很多人来说相当陌生。要想了解这一行当，还要从土葬开始说起。中国人讲究"入土为安"，不光帝王将相爱修陵墓，就连乡村百姓对此都颇为讲究。按照土葬的礼法，逝者西去，停尸3天择厚土下葬，棺椁掩埋后，孝子贤孙要从"头七"开始，每隔7天给坟地修土，直至"五七"坟包成形。"五七"也是整个葬礼的完结日期，到了这天，除了要将坟包堆起踩实之外，还有一道极为重要的程序——上坟头。至于坟包顶端为何要放置坟头，已无从考究。主流学派有两种说法：第一种是风水学说，由于坟头为倒锥造型，有利于吸收天地日月之精华超度亡魂，所以只要是土葬，一般都会放置坟头。第二种是建筑学说，所谓"入土为安"，既然入了土，地面就应当有个标志，以便后人可以找到这个地方祭奠缅怀。如果坟包上不上坟头，久而久之，很容易让人以为这就是一个普通的土堆，所以坟头还有地标的作用。但不管基于哪一点，坟头都是整个葬礼中不可或缺的组成部分。懂行的人都知道，铲坟头绝对不是用泥巴简简单单捏一个就完事，其中讲究颇多。以死者年纪为例，年幼者去世，魂魄不稳，坟头要雕成八卦状，以防死后魂飞魄散；以死亡原因为例，死于非命者，怨气大，要在制作坟头时混入朱砂避免尸变；以死者人数为例，单人下葬取一，普通合葬选二，特殊合葬（配阴婚），则要视情况铲多个坟头摆成阵法。不过随着火葬制度的施行，老式的土坟逐渐被正规墓地取代，讲究封建迷信者也寥寥无几。在多方面因素的刺激下，从事"铲坟头"行当的人，已经屈指可数。

少归少，但不代表没有。生活在云汐市仙槐村的高钱坤就一直吃这碗饭。指着"铲坟头"的手艺，如今的他已混得有车有房。用他的话来说："我干的这行，要么三年不开张，要么开张吃三年。"有人纳闷儿了，如此偏门的行业，为何会给他带来不菲的经济收入？想知道答案，还要从仙槐村开始说起。

生活在云汐市的年轻人可能对仙槐村并不熟悉，但如果问起那些七八十岁的老市民，那绝对是无人不知，无人不晓。原因就在于仙槐村里生长着一棵千年古槐。

据传说，槐树上住着一位有求必应的树仙，曾帮许多人脱离苦难。消息一经传出，就很容易被人添油加醋，传得神乎其神。槐树周围建有一座庙宇，名为"仙槐庙"，庙宇始建于乾隆年间，距今已有200多年的历史。从那个时候开始直至20世纪50年代，仙槐庙的香火一直很旺。曾经，不光是云汐本地人，甚至连外地人也会专程前来拜祭。但好景不长，1966年全国开展了一场浩浩荡荡的"文化大革命"，在这场运动中，明确提出了"破除几千年来一切剥削阶级所造成的毒害人民的旧思想、旧文化、旧风俗、旧习惯"的口号，也就是后来大字报上到处张贴的"破四旧"。"破四旧"中，把"破除封建迷信"列为头等大事。

"破四旧"刚开始，"仙槐村"的村主任马运财就在第一时间接到指令，要求在一周内砍掉槐树。马运财收到电报时，愁得一整天吃不下饭。要知道"仙槐村"之所以这么出名，完全是因为那棵千年古槐，而且方圆百里内的人都相信，槐树上住着神仙，这要是把树给砍掉，必遭天谴。但上面的要求如果不听，自己的乌纱帽怕是不保。思来想去之后，马运财召开了全体村民会议，并在会上承诺，只要有人愿意出面砍掉槐树，整棵树的木材便归此人所有。

俗话说"重赏之下，必有勇夫"，马运财此话一出，当即有 4 户人家报名。那时候人丁兴旺，虽说只有 4 户，但总劳力一共有 22 人之多。见再也没人报名，马运财允诺，除了古槐树 4 家平分外，仙槐庙内的所有东西也均归 4 家所有。此言一出，多户人家都懊悔不已，要知道那时候的农村人做梦都想住进砖瓦房，仙槐庙拆下的砖瓦，盖上 4 间瓦房绝对是绰绰有余。

世上没有后悔药，说出去的话，泼出去的水，4 家人在承诺书上签字画押之后，一支由 22 名男丁拼凑的"砍槐小分队"当即组建完成。千年古槐在整个云汐绝对算得上头号灵物，为了表示"破四旧"的决心，马运财邀请了乡、镇、区的主要领导参与了这次"砍槐行动"。

要说也邪气，活动当天本来是艳阳高照，可就在"砍槐小分队"摇旗从村里出发时，天空突然乌云密布，时不时还夹杂着几声炸雷。作为村主任的马运财突然有了一种不好的预感，但主要领导都在给队伍加油鼓劲儿，他也不好说些什么。

村民葛宝龙在村里是出了名的"葛大胆"，为了能多分两块砖，他主动扛起铁棍旗走在队伍最前端。

仙槐村是十里八乡有名的大村落，古槐树位于村子最西头，从村委会出发步行需要一个小时，就在众人敲锣打鼓赶到时，天空中飘起了淅淅沥沥的小雨。

马运财见状，找到了一个绝佳的理由，他以下雨为借口试图说服区长，看能否改日再砍。

没想到此话一出，第一个站出来反对的竟然是扛旗的葛宝龙，他拍了拍自己的胸口："村主任，这点儿毛毛雨对我们庄稼汉来说算个啥？我还等着木材和砖瓦盖新房呢！领导和乡亲们都来了，你不能说撤就撤啊！"

"葛大胆你……"被当场驳了面子，马运财的脸上有些挂不住。

葛宝龙指了指树顶，低声说道："村主任，你该不会真相信树上住着神仙吧？"

"葛大胆，说什么屁话！砍砍砍，今天就是下刀子，这树也要给老子砍了！"马运财话音刚落，一个炸雷突然劈开天际。

"难不成树仙发怒了？"参与砍树的人都有些心虚。

葛宝龙刚刚羞辱过村主任，天不怕地不怕的他，当然要起模范带头作用。"瞧瞧你们这点儿出息，打个雷就把你们吓成这鸟样，把锯子给我，我来！"葛宝龙说着，将手中的金属旗杆往地上一戳，可就在这时，惊人的一幕突然发生了，乌云中劈下的第二道炸雷直接落到了葛宝龙身上，一眨眼的工夫，他整个人被烧成了焦炭。

"树仙显灵了！"围观人群中的一声尖叫，使得众人纷纷逃窜，区里的领导也被眼前的一幕吓得不轻。那个年代的官员由于种种客观原因，文化水平都很有限，鬼神之事不是他们不信，而是"屁股决定脑袋"，让他们不能相信。可常言道："耳听为虚，眼见为实。"这么多人亲眼见证了"树仙显灵"，就算是喊着唯物主义口号的领导，也不敢再来以身试险。

声势浩大的"砍槐行动"，最终以葛宝龙被劈死落下帷幕。虽然区委领导下了死命令，要求任何人不能把当天的消息透露出去，但是纸包不住火，"树仙发怒"的"新闻"还是传得沸沸扬扬。那时候物质匮乏，市民茶余饭后全靠摆"龙门阵"度过，闲来无事，"树仙"就成了多数人摔牌嗑瓜子时的必聊之事。俗话说"三人成虎"，无论这件事最终被传出多少个版本，"树上住着神仙"的说法，是大家一致认同的事实。

然而"枪打出头鸟"，事情传得越凶，惹出的麻烦也就越大。后经上级领导集体研究决定，千年古槐"死罪可免，活罪难逃"，由于特殊原因，树可以暂时不砍，但仙槐庙必须废弃，并永久封闭。

说来说去，这也算是一个折中的办法。接到指令后，马运财找了几个瓦工，把仙槐庙四周的围墙全部封死，接着又用油漆笔写了一句："打倒一切牛鬼蛇神！"这件事才算跟上面有了一个完美的交代。

可让马运财没想到的是，上级领导刚糊弄好，下级村民却翻了天，绝大多数人担心断了香火会遭到"树仙"的降罪，那些看着"葛大胆"被劈的村民，纷纷找到村主任，要求远离千年古槐。一波未平，一波又起，村委会三天两头被前来说理的村民围得水泄不通，为了避免事态扩大，马运财请示乡镇，将原先村中的林场铲平，重新规划宅基地，把仙槐庙附近的住宅推倒，再一比一还原成林场。前后折腾了一年多，马运财凭借这招"乾坤大挪移"，彻底解决了千年古槐的事端。之后的几十年里，仙槐村因为没了香客的造访，重新变回了宁静的村落，而关于"树仙"的传说，还在村民之间口口相传。

2002 年，云汐市政府着力打造新农村，仙槐乡因占地方正，规划和施工难度小，被选为第一批"试验田"，规划图纸与全国闻名的小岗村如出一辙。新农村建成后，所有村民都将搬进 2 层洋楼，享受世外桃源般的生活。整个仙槐村项目由南方一个著名的建筑公司承建，公司总经理姓龚，单名一个成字。了解他的人说，龚成能做到身家几十亿，全是因为神佛保佑，换言之，龚成这个人相当迷信，在得知千年古槐的传说后，他对"树仙"之事深信不疑，以至后来，他竟说通政府领导，改变了原先的规划，把仙槐庙遗址重新修葺，并原封不动地保留了下来。

2 年后，新农村工程完工，包括仙槐村在内的 6 个自然村全部改头换面，村民也喜滋滋地搬进新居。政府开展惠民工程的同时，还伴有大量的招商引资，仙槐社区竣工后，一些食品加工厂、农产品生产基地也随之建成。原先的耕地被统一规划、统一种植，村民受工厂聘用，以月工资的形式进行结算。如此一来，村民收入增多，又省去了大型农耕工具的开销，简直是一石二鸟。

好的政策给活人带来了实惠，但也给死人添了不少麻烦。耕地被占用，原本在自家田里的祖坟就要面临迁移，相比之下，仙槐庙附近的林场就成了不二之选。越来越多的村民请愿，政府只能妥协以解决实际问题。经过民政部门特批，仙槐林场最终被平成一片坟地。按照农村习俗，每家每户可追溯的先人至少有三代，也就是说，一户3座坟是最低标准。迁坟前后不到一个月，仙槐庙附近就多出好几百座坟头。因为缺乏监管，一些殡葬公司打通关系乘虚而入，偷偷土葬的新坟也在逐日增加。半年后，"仙槐林场"更名为"仙槐陵"，当年林场的看门人高明，摇身一变成了仙槐陵的守陵人。

这年头，活人的生意不好做，但死人的饭却很好吃。高明有个远方堂兄，名叫高钱坤，祖辈都是和死人打交道。仙槐陵挂牌时，高钱坤就找到高明，希望在仙槐陵外搭一间彩板房，专门做"铲坟头"的生意。高明只听说过有"铲坟头"这门活计，但真正的"铲坟头"到底是什么，他也不得而知。既然是亲戚找上门，又是力所能及之事，高明在收了5000元红包后，欣然答应了对方的要求。

仙槐陵共有800多座土坟，每逢初一、十五，上坟者络绎不绝。高钱坤"铲坟头"的手艺十分精湛，就算是外行人也能看出是好东西。"坟头"依照死者的年龄、人数、死亡性质分为多个等级，售价也从50元至2000元不等，生意最好的清明节，高钱坤每天的收入都在3万以上，而且坟头本身就是消耗品，几乎每年上坟都要更换，懂行之人，不到半年就要换上一拨。高钱坤的生意，那是"蝎子拉屎——毒一份儿"，绝对的垄断行业。

"铲坟头"除了手艺外，材质也很讲究，制作坟头的土必须是上等的黄泥，这种泥黏度高，水分含量适中，经过处理后，不易出现龟裂或被大雨冲散。高钱坤制作的坟头，用个半年绝对不成问题。手艺精湛、价格适中，很多上坟者为了图个心安，也不会把一两百放在心上。

为了满足供求平衡，高钱坤每天鸡鸣之后就要上山刨土。之所以选择清晨，是因为经过一晚上露水的滋养，山上的土质会变得松软易挖。根据四季时令分割，夏秋之际，高钱坤每天早上5点上山8点返回，除非暴雨雷电，否则始终如一。

　　某天早上 5 点，云山雾罩，户外的能见度不到 1 米，高钱坤像往常一样骑着三轮车朝几十公里外的山头行去。经过仙槐陵有一片隆起的高地，骑上顶端，视线可触及整个仙槐庙。出行时，三轮车空置，骑行速度快，高钱坤并没有注意到附近有何异样。可当他返程时，三轮车不堪重负，他只能下车，一手扶着车把，一手用力推着车座向前。好不容易推上了高地，他习惯性地将车停稳，原地休息，然而就在这时，他忽然发现远处那棵千年古槐上竟然吊着一个人。

　　国学大师翟鸿燊曾说过这么一句话："万丈红尘三杯酒，千秋大业一壶茶。"做我们这行的，要时刻保持清醒，所以工作期间绝对是滴酒不沾；酒不能碰，茶却是多多益善。茶中富含的茶多酚能让我们保持清醒一整天。老贤是个"茶痴"，每天早上只要没什么事，他都会在办公室烹上几杯茶邀我们慢慢享用。

　　今早艳阳高照，老贤拿出了他的私货"安溪白茶"，胖磊张着个大嘴，摩拳擦掌准备来上一口，可老贤刚冲好第一泡，值班室的"死亡电话"就突然响了起来。

　　"你妹的！"胖磊懊恼地爆了句粗口朝电话走去。

　　对话很短，老贤还没把茶水滤干净，胖磊便挂了电话。

　　"什么情况？"我问。

　　"仙槐派出所打来的，说是在仙槐陵那棵千年古槐上吊着一具女尸。"

　　"他杀还是自杀？"

　　"不确定，请求我们去现场甄别。"

　　当胖磊说出"甄别"二字时，我就有了不好的预感。不熟悉接警情况的人可能不知道，市局报警平台每年可以接到上千起非正常死亡的警情，其中有 95% 以上为"自缢""病死""坠楼"等"非他杀警情"。为了提高民警对此类警情性质的判定效率，明哥每年都会组织大批警员参加培训。培训分为理论和实践考核，只要带着脑子，就算是零基础也能学个八九不离十。而且很多人都有"偶像情结"，明哥作为全市物证鉴定的拔尖人物，被一线兄弟尊称为"冷·福尔摩斯·启明"，"偶像"亲自挂帅授课，效果自然是事半功倍。再加上微信群这种方便交流的工具存在，云汐市基层民警对"亡人警情"的判断完全可以媲美半个技术员。也正是因此，才让我觉得事情不妙。案发地距离科室有一个多小时的车程，为了不耽搁时间，明哥下令5分钟内整装出发。

仙槐陵是一片比较出名的坟场，它之所以声名远播，完全得益于坟场中心那棵十几个人都难以环抱的千年古槐。关于古槐的传说，我也曾有过耳闻，不过可惜就可惜在这棵古槐如今被土坟团团包围，否则完全可以开发成旅游景点。但转念一想，这样的"天然保护"未必是坏事，若是真的开放，保不齐树干上就会被刻满"××到此一游"的字样。

从科室到案发现场这段路并不难走，胖磊加足油门，提前半小时到达仙槐陵停车场。虽然都是坟地，但仙槐陵和别的地方却大有不同。咱们中国人下葬最讲究风水，在老祖宗留下的风水命理书中详细说明过，所谓"宝地"必是依山傍水，因此很多墓地都是建在山川河流附近。仙槐陵的不同之处在于，它是一片平整之地，无任何高低起伏之势；坟地的"风水"完全来自那棵千年古槐。正是因此，仙槐陵的墓葬被分为三六九等，最靠近千年古槐的，为"天字号"墓，其次为"地字号"墓，剩余的均称为"人字号"墓。

所以站在案发现场，我们能发现一个奇怪的现象："天字号"墓几乎是一坟连一坟，简直难以下脚；而"人字号"墓则稀稀拉拉，骑个三轮车都不成问题。

车刚停稳，派出所民警熊勇气喘吁吁地跑了过来。

这家伙跟我一批入警，平时关系处得还不错，我见是老熟人，说话自然亲近许多："大熊，到底是什么情况？"

"小龙，冷主任，磊哥，国贤老师。"熊勇寒暄之后切入了正题，"我们是早上8点接到的报警，报警人是仙槐陵'铲坟头'的手艺人高钱坤，据他介绍，他早上5点出门去几十公里外的山上挖黄泥，7点50分返程时发现槐树上吊了具尸体，紧接着他走到仙槐庙附近确定树上吊的是死人后，这才报了警。"

"你们到现场做了哪些工作？"明哥问。

"冷主任，实话实说，我们啥也没做，因为现场比较特殊，槐树是被2米多高的院墙封死在里面的，我们担心翻墙进入会破坏现场，所以才打电话给科室请求帮助。"

听大熊这么说，明哥非但没有生气，反而很是赞赏："你做得很对，当现场复杂到无法自行处理的情况时，第一步要做的就是保护现场，寻找目击人。"

熊勇："我们在仙槐庙5米开外拉起了警戒线，目击者只有高钱坤一人，他现在就在店里，随时可以询问。"

明哥："行，我们先勘查现场再说。"

站在高处远观，中心现场是一座坐西朝东的庙宇。庙宇主体由院墙和一个占地百十平方米的古建筑构成，古建筑的蓝色牌匾已被人用油漆涂抹，但隐约可以辨出"仙槐庙"三个镏金大字；院子正中间矗立的便是那棵传说中的千年古槐。以支撑庙宇的圆柱为参照，古槐树至少有40米高，树干直径5米，主体树干的高度大概跟3层楼差不多。

据仙槐陵的守陵人高明介绍，几十年前，这里曾发生过"树仙劈人"的事件，所以当地政府就把原先的大门给封了起来，再加上周围修起了坟地，仙槐庙许多年都没进过人。

我绕着现场观察了一周，院墙只有2米多高，一米七以上的成年人很容

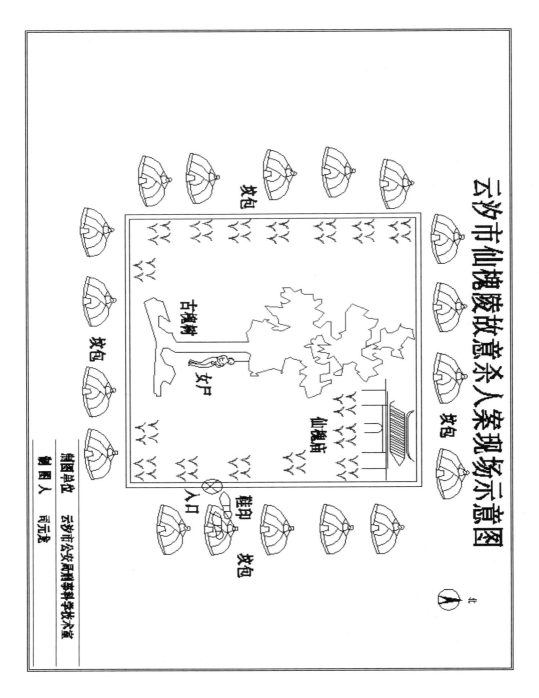

云汐市仙槐镇故意杀人案现场示意图

枕包

古槐树

女尸

仙槐庙

入口

熊甲

枕包

枕包

枕包

北

制图单位　云汐市公安局刑事科学技术室

制图人　司元皇

易攀爬，在不确定死者是如何进入现场的前提下，我们只能选择最困难的方式，从庙宇的庑殿式屋顶攀爬入院。

院内面积很大，约有 500 平方米，地面因常年无人踩踏，到处长满了半人高的杂草。因有杂草，地面无法辨别脚印，明哥带着我们一行人直接来到了那具尸体前面。

死者为女性，长发，五官可识别，上身穿一件粉色棉质睡衣，下身是一条蓝色七分裤，双脚赤裸。缢索（自缢所用的条状物）是一条带有腥臭味的暗红色粗布条，布条被打成圈状拴在槐树最粗的一根树枝上。

近距离观察下，连我这个外行都看出了许多疑点。

首先是尸斑位置。人死后血液循环停止，心血管内的血液缺乏动力而沿着血管网坠积于尸体低下部位，最终导致尸体高位血管空虚、尸体低下位血管充血。如真是上吊自杀，体内循环停止后，血管中的血液会因重力坠积在四肢及下半身。而本案死者的手脚部位并未发现明显的尸斑。

其次是锁钩伤。通常自缢是用条状物套住颈部，悬吊身体，再由自身重力压迫颈部，引起机械性窒息。多数情况下，由于死者两侧的颈动脉、颈静脉受压，面部会呈现苍白或者铅灰色。如果缢索压迫位于甲状软骨下，舌根还会被向上挤压，出现舌头外伸的尸观。机械性窒息死亡会给死者造成极大的痛苦，在窒息的过程中，100% 的人都有求生反应，这样一来，会在脖颈处形成多条交错的锁钩伤，有时还会伴有出血现象。而本案死者的锁钩伤只有一条，换言之，死者在整个上吊的过程中，并没有任何生理反应。

最后是上吊动机。死者身穿睡衣，从她的衣着可以看出，她要么正在睡觉，要么就是准备睡觉。按照以往我们勘查自缢案件的经验，自杀者在自寻短见前都会精心打扮，好让自己走得体面一些；像本案这样蓬头垢面、穿着如此随意的还真不多见。

我这个菜鸟都能看出这么多疑点，作为"老司机"的明哥当然也不在话下，他只是简单地瞟了一眼便说道："尸斑和锁钩伤均存在问题，这是其一。

"其二，死者双脚赤裸，现场并未发现鞋子，要么其赤脚来到这里，要么就是有人将其抬到了这里。假如是赤脚前来，脚底会沾有泥土，可本案死者的脚底很干净。

"其三，经测量，死者脚尖末端距离地面63厘米，缢索底端距离地面为228厘米，尸长165厘米，头长为26厘米，躯干长139厘米，小臂长22厘米，手掌全长为15厘米。已知成年人双手抬起的高度约等于身高＋小臂＋手掌的总长，即165+22+15=202厘米，中间有26厘米的差值，现场没有脚踏物，要想把缢索绑在树干上，这个人的身高最少要有一米八五。以死者的高度，根本完成不了。因此，这是一起悬尸凶杀案。"

类似的现场我们也勘查过不少，就算明哥不说得那么直白，从尸观上我们也能判断出案与非案。

确定了案件性质后，派出所将现场情况第一时间通知了刑警队，我们在尽量不破坏现场的情况下又按原路退出了仙槐庙。

命案现场勘查机制启动。我和胖磊作为痕迹检验组，要解决几个重要问题："嫌疑人为几人？""是男是女？""通过何种方式进入的现场？"乍一看任务相当艰巨，然而殊不知，这些对痕检员来说只是基础技能。仙槐庙院墙高2.7米，嫌疑人必须借助外界环境才可以顺利攀爬，如助跑、踩踏。仙槐庙周围均是"天字号"墓地，土坟修得密密麻麻，不具备助跑条件，相比之下，踩坟翻墙就成了可行之举。

距离仙槐庙最近的一圈"天字号"到墙根不足20厘米。堆起的坟包多为软土，只要嫌疑人踩踏过，就很容易留下鞋印。不过这并非意味着嫌疑人的鞋印很容易被找到，我们还要考虑另外一个因素——平坟。

为了保证坟包不被雨水轻易冲散，从"头七"开始至"五七"结束，以7天为间隔，一座坟一共要推土7次才算完工。每次堆坟时都必须将松散的软土踩实，7天后再堆第二层，这样一来，挖出的泥土就有足够的时间蒸发水分。依据热胀冷缩原理，土层表面一经暴晒，很容易出现龟裂，当第一层龟裂形成，接着再铺上第二层，这样便填补了上一层的空隙，起到加固土层的作用。这个工作就是平坟。经专家研究发现，一座坟经7次加固所形成的防御力，完全可以抵挡各种极端天气。

知道了平坟的过程，那么我们第一步要做的是排除坟包表面的"平坟足迹"，坟包呈金字塔状，平坟者用脚将散土踩严，实际上是给了坟包一个向内的作用力，这种情况留下的鞋印脚尖多向上，且重叠情况明显；本案嫌疑人攀爬院墙要借助的是蹬地的反作用力，在坟包上会留下脚尖朝下的鞋印，且鞋印会有一定的深度。

案件被定性为"悬尸凶杀"，也就是说，嫌疑人是把尸体运到了这里，再将尸体套入绳圈中制造自缢的假象。在此过程中，凶手必定会负重，而负重所留下的足迹更好辨别。

理论相当好懂，实践却困难重重，我和胖磊折腾了快一个小时，最终才找到嫌疑人踩踏的那个坟包。不过好在鞋印比较清晰，也不枉我们辛苦半天。提取的鞋底花纹呈菱形格块状，这种鞋底可增加摩擦力，多在运动鞋上出现，从鞋底花纹规整的图案排列看，凶手所穿的是一双价格在200元左右的运动鞋。

发现了鞋印，就等于确定了嫌疑人进入现场的来去路线，我们在此路线上仅找到了一种负重鞋印，由此可得出结论："嫌疑人为男性，青壮年，身高在一米八五上下，身材较瘦，无肢体残疾，单独作案。"

进出路线确定之后，理化提取工作一并展开，前前后后又折腾了近一个小时，明哥这才将尸体转移到解剖中心。

尸表检验是解剖的第一步，就在明哥把死者衣物剪去时，尸体背部的几个刺字在此刻显现出来。

"杀妻之仇？"胖磊眯着眼睛读出了声。

"字上还有少量的渗血点，显然是刚刺不久，泄愤行为明显，难道是一起仇杀？"我猜测道。

明哥："不排除这个可能，对了小龙，死者的身份核实了没有？"

"打电话问过叶茜了，核实清楚了。"

"好，通知叶茜，围绕死者社会关系扩大走访范围。"

"明白。"

待我发完微信，尸检继续进行。

明哥："眼睑出血，嘴唇发绀，颜面部淤血肿胀，玫瑰齿特征明显，死于窒息。眼窝、鼻梁凹陷处有较厚的粉底，面部其他部位粉底被擦拭严重，初步怀疑，嫌疑人是利用某种物体覆盖至死者面部，致其窒息。胸腹部有多处陈旧性锐器疤痕，为锐器刺入形成，死者之前曾被人用刀捅伤过。

"尸斑多沉积于胸腹部，四肢也有少量扩散，被害后死者曾长时间处于趴卧状态，凶手这时候应该是在刺字。

"穿着睡衣，被害前准备休息，推断第一凶杀现场在室内。这个'室'有三种可能性，死者的住处、嫌疑人的住处、两者共同的住处。至于究竟是哪一种，刑警队走访结束会有答案。"明哥将尸体重新放平，接着取出体温计塞进了死者肛门。

云汐市最近一段时间的气温在 15 摄氏度至 20 摄氏度之间，低温不利于蛆虫生长，要想推算出准确的死亡时间，我们一般会利用三种尸体现象：尸僵、尸斑以及尸冷。

先说尸冷。人体的体温会因体内产热、散热保持动态稳定，一般在 37 摄氏度左右。人死后新陈代谢停止，体内不能继续产生热能，而尸体内部原有的热能却仍然通过辐射、传导、对流、水分蒸发等方式不断向外界散发。这就使得尸体温度降低，逐渐变冷。人死亡时，尸体周围环境温度越低，尸体冷却也就越快。成年人的尸体在室温环境中，10小时内，平均每小时大约下降1摄氏度，10小时以后下降速度减慢，约为每小时0.5摄氏度，经过24小时，尸温就会降至与环境温度基本接近。

尸温下降有一定的规律可循，如触及四肢、面部有冰冷感，说明死亡超过两个小时；如触及腹部皮肤也有冰冷感，那么死亡最少有四个小时了。因为直肠温度最接近人体正常体温，所以法医鉴定均用该温度作为测算标准，这也是明哥要将温度计塞进死者肛门的原因。

虽然测算尸温有一定的精确度，但是这个数值在某些时候会因为尸体所处的环境、死者的胖瘦、衣物穿着的多少产生误差。所以对于新鲜尸体，我们还要观察尸僵和尸斑特征。

尸斑是由于人死后血液循环停止，血管内的血液因重力坠积而成；一般分为三个阶段：

第一个阶段为坠积期，死后2至4小时出现，这时形成的尸斑呈淡紫红色，指压褪色，切开尸斑处皮肤，有血滴流出，变动尸体位置可形成新的尸斑。

第二个阶段为扩散期，死后8至12小时出现，此时尸斑已扩散成片状，指压局部褪色，切开尸斑处皮肤有血滴以及少许血水流出，变动尸体位置可形成少量新的尸斑。

第三个阶段为浸润期，死后24小时出现，尸斑在这个时候完全沉积在尸体低下部位，由于血细胞丧失活性，切开尸斑处皮肤仅能看见血水，变动尸体位置不会形成新的尸斑。

说完尸斑，最后就是尸僵。

人死后，全身肌肉经过一段时间的松弛，逐渐出现僵硬强直的现象，称为尸僵。尸僵一般发生在死后一至三个小时，四至六个小时扩散到全身，十二至十五个小时便可发展到高峰。假如在人死后四至六小时内，人为将形成的尸僵破坏，不久尸僵还可重新发生，这种情况称为叠僵。本案存在移尸的情况，尤其是单人将尸体托上近3米的院墙，此种情况下势必会破坏原有的尸僵，我们只要在尸体上发现"叠僵"特征，再结合尸温、尸斑，就能得出一个最为精确的死亡时间。

温度计在 5 分钟后被抽出，与此同时，尸表的其他特征也均已观察完毕，明哥将多个数值代入公式，推算出死者被害的具体时间为报案前一天晚上 11 点左右。

尸体解剖刚一结束，明哥便组织召开了专案会。

"叶茜，说一下死者的情况？"

"好的，冷主任。"叶茜翻开笔记本，"死者名叫戴璐，女，36 岁，无业，家住仙槐社区 67 号，离异，单独居住，喜好交友，与多名男性保持联系，她的经济来源也主要靠这些男性朋友。"

明哥："死者背部刻有'杀妻之仇'四个字，泄愤行为明显，围绕这一点有没有查出什么线索？"

"有！"叶茜从背包中掏出一本"在侦卷宗"，"2009 年辖区刑警中队办理了一起故意伤害案，戴璐就是那起案件的被害人；嫌疑人名叫解凯，是戴璐曾经的相好。两人本身均有家室，后因生意往来厮混在一起。偷情之事后来被解凯的老婆裴春楠发现，裴春楠因无法接受丈夫出轨的事实，在仙槐庙上吊自杀。妻子死后，解凯把一切怪罪到了戴璐头上，他一气之下持刀将戴璐捅伤，若不是发现及时，戴璐可能会因失血过多当场死亡。"

明哥："解凯人在哪里？"

叶茜："根据当时目击者的口供，解凯在作案后往仙槐庙方向逃窜，刑警中队在围捕的过程中并没有将其抓获，时至今日，解凯还依旧被列为网上逃犯。"

"难不成解凯又回来复仇了？"胖磊猜测道。

叶茜："不排除这个可能。"

明哥："说一下解凯的体貌特征？"

叶茜："解凯，男，34岁，身高一米八二，身体强壮，无肢体残疾。"

胖磊一拍桌子："我去，身高体态和小龙推断的完全相符，我看十有八九他就是嫌疑人！"

明哥从叶茜手中接过解凯的资料仔细观察后说道："这个人要列为重点调查目标，接下来我们把现场勘查情况碰一下。"

明哥翻开尸检报告："戴璐死于机械性窒息，死亡时间为昨天晚上11点前后，第一凶杀现场在室内，听完叶茜的调查结果，推测凶杀现场可能是戴璐的住处。除刺字外，尸表无明显磕碰伤。戴璐住所距仙槐庙直线距离不超过1公里，凶手极有可能选择徒步抛尸。法医检验的结果暂时就这么多。小龙，说说痕迹检验的情况。"

我灭了烟卷开口说道："我这边的发现有两个，鞋印和刺字。

"先说鞋印。我在仙槐庙附近发现了清晰的鞋底花纹，通过成趟足迹，推算出了嫌疑人为男性，青壮年，身高在一米八五左右。而当我把鞋印照片放大对比后，我还从鞋底的磨损特征上发现凶手患有扁平足以及足拇指滑液囊肿。

"扁平足又叫足弓塌陷症，患有这种病的人在行走时负重主要集中于足内侧，且足后跟比前掌所受的压力大。这样在鞋底磨损特征上可以看出，足弓磨损特别明显。由于足形限制，扁平足患者在行走时很容易产生疲劳，其在运步时经常会有拖后跟的动作，如此一来，鞋印后跟也常会出现扇形的磨损。我在现场鞋印上同时发现了这两种磨损特征，因此我判定嫌疑人患有扁平足。

"不过除此以外，我还发现鞋掌前缘内侧磨损也很严重。要形成这种特征，嫌疑人的大脚趾需内翻一定的夹角，医学上把这种病症称为足拇指滑囊炎。它是一种由非自然的撞击或骨骼弯曲所致的疾病，患者大脚趾的起始部位会形成隆起导致肿胀，最终使得两只大脚趾呈现'〉〈'形。因为该疾病发生在走路时需要弯曲的大脚趾关节，所以在行走的过程中，鞋底会表现出特有的内翻磨损特征。根据医学临床数据统计，同时出现这两种疾病和遗传有关，因此嫌疑人的直系血亲也会患有类似的疾病。"

待叶茜记录完毕，我接着说："鞋印方面就这么多，剩下的是刺字。凶手一共在死者的背部刺了四个字'杀妻之仇'，这四个字由 226 个孔洞痕迹组成，经测量，每一个孔洞的直径约为 2.5 毫米，深度在 5 毫米左右，刺字工具的规格很像是打磨后的烧烤签。

"四个字中，'杀'字下半部被写成了'木'，'妻'字多写了一横，'之'字书写得如同英文字母'Z'加一点，唯独'仇'字书写得相对工整。由此推断，嫌疑人的文化水平并不是很高，对死者有极大的仇视。

"回到检验室，我用猪肉做了一个侦查实验，如果像嫌疑人这样在皮肤组织上一点一点地刺字，四个字刺完，最少需要花费半个小时。另外沿着字迹切开皮肤观察，孔洞痕迹多垂直于皮肤表面，抖动迹象不明显，也就是说，戴璐在被刺字时，已失去了反抗能力，处于平趴状态。痕迹检验方面就这么多。"

明哥："焦磊，说说监控的情况。"

"案发现场只有仙槐陵门口的'坟头铺'有一个监控，但这个探头只对着铺子门口，覆盖面积仅巴掌大一点儿。而且仙槐陵是一个开放式的坟地，四通八达，从哪里都能到达中心现场，我这边暂时没有发现有价值的视频资料。"

"好，国贤，说说理化检验的情况。"

老贤："我做了 5 份检材。

"第一份是戴璐的阴道擦拭物，我在其中检出了精子成分，戴璐在被害前曾有过性行为。

"第二份是戴璐的心血样本，血液中的酒精含量为每 100 毫升 90 毫克，其生前应处于醉酒状态。

"第三份是仙槐庙院墙上遗留的纤维，嫌疑人在作案时戴了一副棉纱手套，并且手套上附着有汽车机油成分。

"第四份是悬挂尸体的缢索，它由两部分组成，中间是一条直径为 1.2 厘米的麻绳，在麻绳的外侧缠绕有两圈白布。这种缢索市面上没有销售，为嫌疑人手工制作。缢索呈暗红色，并散发出一种腥臭味，经检验，凶手曾用犬类的血液浸泡过缢索。缢索的总长为 4 米，麻绳绳心的位置已被血液浸透，说明这条缢索在狗血中浸泡了相当长的一段时间。犬类血液中铁离子含量高，易散发出恶臭，他在制作的过程中需要一个封闭的空间，否则很容易被人发觉。"

明哥："传说狗血能辟邪，看来这个嫌疑人不光文化水平不高，而且还很迷信。机械性窒息死亡的过程中，死者会有本能的抓握撕扯动作，戴璐的指甲样本有没有提取？"

之前的一起案件，老贤就曾在这个方面有过疏漏，他当然不会在同样的地方跌倒第二次。"这就是第五份检材，10 个指甲全部提取了，检出的皮屑 DNA 和精子一致，除此之外，并没有新的物证。"

明哥停下笔："接下来，有两项工作需要开展。

"假如凶手真是潜逃回来的解凯，那案发前和戴璐发生关系的男子应该不是凶手，这个人要立刻找到并进行排除，叶茜，这项工作交给你们刑警队。"

"明白。"

"结合目前勘验的结果，戴璐的居住地很有可能是第一凶杀现场，散会后科室所有人前往仙槐社区 67 号进行勘验。"

仙槐社区呈矩形分布，共有 4 条主干道，戴璐的住处正好紧邻其中一条主路，勘查车可直接行驶至门前。这是一栋坐北朝南的 2 层小楼，也是仙槐社区统一规划的标配建筑。为了节省地面空间，楼与楼之间并不存在私拉院墙的情况。进入房间的唯一入口就是 1 楼那扇红色防盗门。

我敲了敲门上薄如蝉翼的铁皮："纸板夹心工程门,力气大的用脚便可踹开。这种门标配的是最低档的'A级一字形'锁芯,用锡箔纸就能轻易打开,根本不具备任何防盗功能。"说着,我从勘查箱中拿出简易开锁工具朝锁孔轻轻一戳,防盗门"吱呀"一声便被推开。

"比上次又快了2秒,你这开锁技术越来越娴熟了。"胖磊朝我竖起大拇指。

"2层楼,还不知道忙到什么时候呢,你还有心思开玩笑。"

"奶奶的,被你这么一说,瞬间没劲儿了,干活儿干活儿。"

在胖磊的埋怨声中,我拧开了宽幅足迹灯,当匀光打在地面上的一瞬间,一串清晰的鞋印出现在我们面前。

"1,2,3。"胖磊数出了声,"室内一共3种鞋印,一女两男。去掉戴璐和嫌疑人的鞋印,剩下的那一个应该是和戴璐发生关系的男子所留,这跟我们推断的吻合。"

我用足迹尺指着地面补充道:"嫌疑人的鞋印全部叠加在另外两种鞋印上方,意味着凶手是最后一个进入室内的,照这么看,和戴璐发生性关系的那个人真的与本案无关。"

1楼地面勘查完毕,我和胖磊接着去2楼搜索。令我们两人惊讶的是,2楼并没有发现任何痕迹物证,室内也没有明显的侵财迹象。2楼被排除,那么1楼就成了勘查的重中之重。整个1楼的布局很简单,以正中的客餐厅为界,西侧由北向南为卧室、卫生间,东侧则为厨房、楼梯间。

老贤用紫外灯在卧室的双人床上发现了大量精斑。床头枕头套上附着了一层粉底。单从这两点就能确定,凶杀和性行为均发生在这张床上。

"白色枕套两端还有黑色附着物。"老贤说着将枕套置于鼻前嗅了嗅,"是机油。"

明哥眉头紧锁:"案发当晚,戴璐家中有外人,嫌疑人既然敢在当天作案,说明他对室内情况很了解。"

"明哥你是说,嫌疑人有可能事先在屋外蹲点,然后伺机作案?"我问。

"可能性很大。小龙、国贤，你们两个重点勘查室内，我带焦磊去外围看看。"

九

室内面积不大，凶杀现场的勘查任务并不繁重，两个小时后，戴璐的住处被贴上了封条，与此同时，叶茜也将那名和戴璐厮混的男子传唤到了刑警队接受讯问。

男子名叫杨峰，45岁，云汐市本地人，是3家连锁餐饮店的老板，老婆孩子一大家，他是戴璐众多"提款机"中的一位。

因为排除了他的作案嫌疑，我也懒得绕弯子，我问道："戴璐认不认识？"

"认识。"

"你俩是什么关系？"

"朋友。"

"朋友？那你俩这朋友处得可够交心的。"

杨峰听出了弦外之音，有些不客气地顶撞道："警官你什么意思？"

"什么意思？行，那我就告诉你，我们现在正在办理一起凶杀案，死者就是戴璐，而且她被杀的时间，就是你去她家的那天晚上，我们在戴璐体内提取到了你的精液，我现在怀疑你就是杀害戴璐的凶手。"

"什么？"杨峰惊恐万分，"警官你在说笑吧，昨天我们刚见过面，戴璐怎么可能被杀？"

连续勘查了一整天，我也懒得跟他废话。"自己看。"说着，我把戴璐的尸检报告扔在了杨峰面前。

"这……这……这……"杨峰刚翻开第一页，就被报告上的照片吓得双腿打战。

见他如此反应，我的目的也已达到，我将尸检报告收回，用警告的语气说道："要想证明自己的清白，就不要耍滑头，我问你什么说什么。"

"说，我什么都说，警官，你相信我，人真不是我杀的。"

"你和戴璐是什么关系？"

"一年前在饭局上认识的，后来发展成了长期情人，我每个月会给她3000元钱，只要我有空，就会约她出来耍一下。"

"怎么个耍法？"

"就……就……就是吃完饭去她家里干那个。"

"你们两个最后一次见面是在什么时候？"

"我是昨天下午6点给她打的电话，约她晚上出来吃饭，饭局结束大概在晚上8点半，接着我开车送她回家，在她家待了一会儿，直到我老婆给我打电话，我才开车离开。"

"当晚你和戴璐发生关系没？"

"发生了。"

"几次。"

"两次。"

"在哪里发生的？"

"1楼西北角的大卧室。"

"你离开时是几点？"

杨峰翻开手机，查看通话记录："我老婆给我打电话是晚上10点半，我应该是10点40左右离开的。"

"能不能确定？"

杨峰有些犹豫："我接完电话，穿上衣服就离开了，最多也就10分钟。"

"你离开时，戴璐在做什么？"

"她晚上喝得有点儿多，正在卫生间洗澡，换衣服，准备睡觉。"

"你说你是开车把戴璐送回家的，当时你的车停在什么地方？"

"就停在她家门前的马路上。"

"车头朝哪边？"

"朝北。"

"车里装有行车记录仪吗？"

"有。"

"录像能保存多长时间？"

"两天。"

结束了问话，我赶忙将行车记录仪的内存卡取了下来，经过胖磊筛选，我们把案发当晚杨峰的行驶轨迹利用视频拼接了出来。通过分析，杨峰所言非虚，他离开戴璐住处时为北京时间晚上 10 时 36 分。在回去的路上，他一直在接打电话，比对声纹可以证实，驾驶车辆的就是杨峰本人。

明哥推断，嫌疑人在作案前可能有过长时间的蹲守，而凶杀发生在 1 楼西北侧的卧室，要想清楚地观察到死者的一举一动，那蹲守点只会在楼房北侧的某个地方。尸体解剖确定死亡时间在晚上 11 点前后，这个时间与杨峰离开的时间仅相差 20 多分钟。把误差算在内，凶手差不多是在杨峰刚离开时，就进入室内开始作案。换言之，嫌疑人一定知道杨峰驾车离开。

巧合的是，杨峰的车头刚好朝北，车在点火后需掉转方向才可返程，这样一来行车记录仪就等于把凶杀现场以北路面的所有影像全部拍摄了下来。

仙槐社区虽然外表一副新农村的模样，但其中的居民还是保留着农村人的起居习惯，杨峰离开的那个时段，社区主干道上漆黑一片、人影寥寥。根据参数，夜间汽车远光灯照射的距离约为 175 米，以这个数值为半径画圆，只要嫌疑人出现在主干道上，就一定能被行车记录仪捕捉到。不过这个假设是否能被证实，只能看胖磊的本事了。

物证处理工作一直持续到深夜，明哥敲定第二次案件碰头会在次日早上 8 点准时召开。

本案与以往无头无脑的凶杀案相比，至少还有一个怀疑对象，我们现在要做的就是围绕现场找到充足的证据，锁定解凯的作案嫌疑。

"叶茜，解凯的情况调查得怎么样了？"明哥问。

"我们联系到了'戴璐被伤害案'的主办侦查员，据他介绍，这些年他们从未停止过追查解凯的下落，和他沾亲带故的所有人都有问话笔录，行动技术支队那边也对该案进行了技术侦查手段。但奇怪的是，解凯逃跑的这么多年里，没使用过身份证，也没和任何亲朋有过联系，仿佛凭空消失了一般。当我说戴璐被杀可能是解凯所为时，主办侦查员都觉得有些不可思议，毕竟他们做了那么多年的工作，始终杳无音信，他们也很想知道解凯到底用了什么方法隐藏那么久。"

胖磊："以现在的刑侦技术手段，要想隐姓埋名绝非易事，但放在七八年前就不好说了，那时候火车、汽车都还没有实名制，他要是跑进山沟沟里躲起来，到哪儿查去？"

叶茜："焦磊老师，你说的可能性绝对有，但有一点我实在想不通，事情都过去那么久了，解凯为什么现在才想着报复？之前干吗去了？"

"或许因为某种客观原因不方便出来？"我提出了一种假设。

叶茜："有些牵强，但也能解释过去。"

明哥："这么说，解凯的调查暂时还没有任何进展？"

"是的，冷主任。"

"那好，会议照常进行，小龙，说说第二现场的痕检情况。"

"我在凶杀现场提取到了两种痕迹，鞋印和手套印。现场鞋印一共有三种，分别为戴璐、杨峰、嫌疑人所留，从成趟足迹可以看出嫌疑人在室内的行动轨迹。"说着，我把一张电子照片打在了投影上，"这是我画的一张室内平面图，从图上很容易看出，嫌疑人进入室内后直奔西北角的卧室而去，而他离开时的足迹有明显的负重。嫌疑人目标很明确，就是要致戴璐于死地。

"接着是手套印，印痕主要分布在床单、枕套之上，别的地方没有发现。

从手套印痕分析，嫌疑人戴的是那种比较厚实的劳保手套，这种手套比市面上售卖的'搬砖手套'质量要好一些。一般汽修工人使用得最多。贤哥还在枕套上发现了汽车机油，所以我怀疑，凶手可能从事和汽修有关的工作。我暂时就这么多。"

明哥："国贤说说。"

"我这边只有一份 DNA 检验报告，戴璐体内的精液、指甲内的皮屑均为杨峰所留，除此之外没有新的发现。"

明哥："焦磊，你那边有没有进展？"

胖磊面色凝重，他将一段处理好的视频拖进了播放器："这是杨峰离开时，行车记录仪拍摄下的影像资料。当天夜里仙槐社区主干道上没有来往行人，当汽车远光灯打开的一刹那，视频中闪过了一个人的下半身。"胖磊点击暂停，"通过比对现场方位照片我发现，这个人所站的位置刚好可以看到戴璐家 1 楼卧室的情况，他既然能在这个时间段出现，那我就有理由怀疑他就是本案的嫌疑人。而且你们看他右手的位置，图像虽然很模糊，但是似乎可以看出他手里拎着某种东西。"

"4 米长的缢索、刺针、开锁工具、手套，要把这些东西带进现场，确实需要一个承装物。"我补充了一句。

"对啊，那么多巧合不可能同时发生，所以我断定，他就是凶手。"胖磊选取一张最清晰的视频截图点击放大，"嫌疑人所在的位置与杨峰的汽车有些距离，再加上室外光线昏暗，我只能看出凶手穿一条蓝色工装裤，别的一无所知。"

明哥补充道："这个人被车灯照射的一瞬间，有一个故意躲避的动作，如果是正常行人，不会有这种反应，从犯罪心理上分析，他是凶手的可能性很大。

"行车记录上并未反映出主干道上有其他车辆，也就是说，嫌疑人确实是徒步前往戴璐家中的。那么杀人后，他也只能徒步移尸。

"从戴璐住处到仙槐庙直线距离为 978 米，一路上要经过几十间住宅，他敢这么做，除了有一定的体力外，还要对地理环境相当熟悉才行。我怀疑，移尸的这段路他可能不止一次地走过。案件侦办至此，嫌疑人的作案过程可以分解为以下几个步骤：

"构思作案计划—准备作案工具—多次踩点—进入室内杀人—刺字—徒步移尸—将尸体悬吊于槐树上—逃离现场。

"如果凶手是单纯的复仇，整个作案过程太过复杂，而且有一个环节我想不通：他为什么要多此一举在戴璐的背部刺上'杀妻之仇'四个字？这个举动其实是故意将犯罪动机暴露在我们面前，犯罪后逃避打击是所有罪犯本能的反应，很少有人在杀人后还会这么明确自己的杀人动机。

"四个汉字，几十针就能完成，但嫌疑人足足刺了226针。针孔越密，字迹就越清晰，他这么做，其实是有意让我们注意到这四个字，他让我们看到的目的，会不会是想让我们先入为主，把解凯列为第一嫌疑对象？"

听明哥这么一说，我心中一紧："难道凶手不是解凯，是有人想栽脏嫁祸？"

明哥摇摇头："暂时不好排除解凯的嫌疑，我只是有些地方想不通。对了，叶茜。"

"冷主任您说。"

"现在能否联系上解凯的家人？"

"可以，他的所有亲戚都住在仙槐社区，地址我们这里都有。"

"小龙分析嫌疑人患有扁平足和足拇指滑液囊肿，我查阅了相关资料，这是一种显性遗传病，如果凶手真是解凯，那么他的直系血亲中也会有人患有同种疾病。我们现在掌握了凶手的足迹特征，你们刑警队在走访中注意收集解凯早年所穿的鞋子，一旦有所发现，联系小龙进行比对检验。务必要有确凿的证据证明本案与解凯有关。"

夜幕低垂，万籁俱寂，黑色轿车沿着"黄泉路"的路标径直朝云汐市殡仪馆的方向驶去。孤灯下，保安室内一位年逾古稀的老人手指很有规律地在桌面上打着节拍，收音机里播放的是他最爱的豫剧小调。

轿车停在门前，随着蓝牙门禁两次闪烁，厚重的感应门缓缓打开，金属摩擦声惊扰到了老人，他无精打采地起身朝窗外望了一眼，当看清对方的车牌后，他友好地冲车子招了招手，接着又跟着节拍哼了起来。

轿车沿殡仪馆的主干道驶入了西南角的法医解剖中心，虽然周围伸手不见五指，但车子还是稳稳地在停车线内熄了火。推门走下的不是别人，正是这间法医解剖中心的管理者——冷启明。

解剖中心内有一间遗体冷藏室，室内摆放着 6 组内部专用冷柜，每组冷柜分上、中、下 3 层，最多可同时冷藏 18 具成年尸体，一些久侦未破的死者遗体都会在这里无限期冷藏。

冷启明走到 7 号冷柜旁，他先是用钥匙打开了最外层的明锁，接着他又将手掌贴于内置液晶屏解开了暗锁。防御解除后，冷柜右下角的绿色按钮发出淡淡的亮光。

也许是尸体冷藏过久，冷启明左手按住冷柜边缘，右手则使出全力抓住门把手，三次尝试后，镶嵌了密封胶条的柜门被打开，门内透心凉的雾气让冷启明打了个冷战，他按动绿色按钮，然后侧身站在一旁，冷柜内的托盘载着尸体匀速向外移动。

低温使得尸体表面凝结了一层厚厚的白霜，冷启明取出专用的吹风设备开始对尸表进行物理升温。

随着吹风机"嗡嗡"作响，水珠沿着停尸架缝隙滴落在地上。半个小时后，尸体不再像之前那么僵硬，冷启明用棉布擦干水，接着他又取出相机对准尸表的多处文身进行拍摄。

　　与此同时，云汐市安化村的民宅内，一位身材高挑的女子正在屋内焦急等待，片刻之后，黑衣男子推门而入，男子拽下口罩，一道深可见骨的旧疤痕让人不寒而栗。

　　"有消息了？"女人赶忙起身询问。

　　男人一把将口罩摔在桌面上，显得异常烦躁："乐剑锋死了，我们不得不改变计划。"

　　女人一惊："什么？他死了？他是怎么死的？"

　　"是自杀！没想到他为了完成任务竟然能豁出性命，我还真小瞧了他。"

　　女人始终不敢相信这个结果："他怎么会……"

　　男人长叹一口气，十分惋惜地说道："像乐剑锋这种人，说得好听点儿是忠于职守，说得难听点儿就是傻×，他总觉得自己能替人民负重前行，可人民到底买不买他的账还两说。为了一个任务把命都丢了，太不值得。"

　　女人似乎很不想再继续这个话题，她按紧太阳穴问道："我们下一步该怎么办？"

　　男人反问："丁磊现在在哪里？"

　　"他的手机被扔在了河里，我追踪不到他的位置，他现在在哪里我也不知道。"

　　"乐剑锋这个人重情重义，看来他已经将丁磊转移到了安全的地方。"

　　女人没有接话，男人继续说："有时候不得不佩服乐剑锋的侦查能力，我们做得如此滴水不漏，到头来还是让他查个底朝天，可遗憾的是，他到死都没查出那 5 亿毒品的藏匿地点。

　　"乐剑锋虽然摸清了我们的运作模式，可一切都只是他的猜测，并没有真凭实据。单凭一张嘴，他就是说破了天，'老板'也不会轻易相信，要打破这种窘境，乐剑锋要么放弃任务，要么就孤注一掷。没想到他竟然这么有牙口，命都不要。"

　　"现在'老板'是什么态度？"女人问。

"我觉得，乐剑锋选择自杀有两个用意，一来是证明自己的清白，二来是引起'老板'的重视，所以'行者计划'的枪口现在已经对准了我们。"

"那怎么办？"

"没时间了，我必须说服陈雨墨，让她说出剩下的毒品的藏匿地点，接下来我们首要的任务是把毒品转移。"

"陈雨墨离刑满释放还有好几年，你认为她会那么轻易地跟我们合作？"

"她会。"

"为什么？"

"因为她很聪明，她知道这里面的利害关系，一旦'行者计划'的枪口对准我们，剩下的毒品就是烫手的山芋，她告诉我们藏匿地点，一来可以销毁物证，二来还能拿到分红。现在办案讲究证据，毒品没了，证据也就随之消失。退一万步来说，就算我们不守信用，把毒品黑了，她现在手里的分红也足够她潇洒几辈子，所以只要陈雨墨不傻，她就会选择跟我们合作。等毒品安全转移后，我会联系国外买家从边境一次性出手。到那时，就算是国际刑警又能奈我何？"

刑警队接连调查了两天，结果再一次证实明哥的预感有多么精准。经查，解凯众多直系血亲中无一例遗传病史，他逃跑时，家中的衣物均未带走，曾经穿过的鞋子都被提取了回来。

人在行走的过程中，鞋底在受力的同时，鞋垫也同样承载着人体的整个重量，鞋垫的主要功能是让足部感到柔软舒适，因此鞋垫要比鞋底更容易变形，"足拇指滑液囊肿"会让大脚趾成折形，要想证明解凯是否患有这种疾病，只要抽出鞋垫用肉眼观察便能一目了然。

常言道："希望越大，失望也就越大。"接连比对十几双鞋垫样本发现，解凯足部正常，并未患有任何疾病，单从这一点说，他作案的可能性就被排除了。不过嫌疑人既然想到了"栽脏嫁祸"，那至少证明一点，他对当年的"故意伤害案"相当了解。为了从源头上找到线索，明哥把那本"戴璐被伤害案"的卷宗又仔细翻阅了一遍，最终他把一个人列入了调查重点，这个人叫高明，五十有三，是仙槐陵的守墓人。

"老高，你以前是干什么的？"明哥的口吻好似聊家常。

"以前？"

"到仙槐陵看坟之前。"

"那还能干啥，就是一个种地的。"

"你是仙槐村土著？"明哥让了一支烟给他点上。

高明深吸一口："是啊……祖祖辈辈都在这里。"

"后来怎么想到去看坟？这个活儿可不是谁都愿意干的。"

"地租给别人，总得找个事情做不是？别人嫌瘆得慌，我觉得还不错。"高明那种发自内心的窃喜，被明哥看在眼中。

"仙槐陵门口的杂货铺是你开的？"

"对，平时卖点儿酒水饮料、炮仗纸钱啥的糊口。"

"老高，你真是'龙虾过粪坑——过粪（分）牵（谦）须（虚）'了。据我所知，你的三个儿子可都在市中心买了房，而且三套房子的钱都是你老高资助的，村里人只要提到你，没有不竖起大拇指的。"

明哥的话在高明耳里很是受听，他笑眯眯地回答道："再苦也不能苦孩子，我手头有点儿，就帮衬帮衬。"

"听说你兄弟高钱坤的'坟头铺'你也有股份？"

"那个铺子算是我们两个合伙开的。"高明并不否认。

"仙槐陵有近千座坟，我觉得你一年怎么着也能有个十几万的收入吧。"

听明哥把"十几万"说成了"天文数字"，高明微微一笑，语气轻松："差不多吧。"

"以前吃死人饭不招人待见，可在当下这个金钱社会，想吃仙槐陵这块肥肉的人不在少数吧？"

高明嘴角扬起，露出一丝不屑："不是我吹，在仙槐陵这地界，我高明说一不二，还没人敢从我碗里抢肉吃。"

"听你这口气，敢情上面有人啊。"

高明"嘿嘿"一笑，算是默认。

"解凯这人你认不认识？"坑已挖完，明哥切入了正题。

"认识，以前是邻村老乡，平时抬头不见低头见的。"

"解凯故意伤人的案件你了解多少？"

"知道一点儿。当年你们公安局的人也找我问过话。"

"找你问的什么，你还能记起来吗？"

"就是问我有没有看到解凯逃跑的方向。"

"你是怎么回答的？"

"我说没有看见。"

"当年的卷宗我看了，解凯作案的时间是在白天，有十几个目击证人看到他逃进了仙槐陵，而你在仙槐陵的杂货铺刚好就在他逃跑的路线上。仙槐陵没人上坟时，放个屁都能听得清清楚楚，发生那么大的事情，你不会一点儿都没听见吧。"

"我……"

"你别着急，听我说完。"明哥打断了高明，"我联系了当年给你做笔录的干警，据他介绍，你对这起案件相当抵触，问什么都说不知道，而且在问话时还表现得极不耐烦。从心理学上分析，你这是一种'自我保护式反抗'，要么你对警察有抵触心理，要么就是怕把真相说出来会损害你的利益。据我了解，每年清明节，辖区民警都会过来执勤，你的杂货铺就是临时休息点，你和民警之间不会有什么深仇大恨。前者排除，那么就剩下后者。"

明哥接着说："从刚才我们的谈话中不难看出，你现在所有的收入都是来自仙槐陵的垄断式经营，守墓人的身份给你带来了源源不断的财富，而这个身份要受民政部门的左右，你心里清楚，只要出一点儿纰漏，估计你这个守墓人就要卷铺盖回家。我猜你没有说出真相，可能是这件事对你守墓人的身份有所威胁。"

"我……"高明被说得哑口无言。

明哥乘胜追击："你可能不知道，前几天在仙槐庙发现的那具尸体就是当年没被捅死的戴璐，你猜猜凶手是谁？"

高明额头渗出了汗珠："解凯又回来了？"

"应该是回来了。"明哥语气重新变得平静，"老高啊，故意伤害和故意杀人完全是两个概念，我虽然不知道你隐瞒了什么秘密，但是我今天能和你聊这么多，说明我们找到真相也只是时间问题。有句话说得好，'与人方便就是与己方便'，你说一起伤害案你瞒也就瞒了，现在一条人命没了，你再瞒，就怕到时候会引火烧身啊。"

"唉！"高明长叹一口气，"我在电视上见过你，你是不是姓冷？"

"在下正是姓冷。"

"你是咱们云汐有名的神探，既然今天是你亲自问我，瞒肯定是瞒不住了，不过在说这件事之前，我有一个请求。"

"说说看。"

"在解凯被抓获之前，我需要有人保护。"

"这个没问题，我现在就可以安排。

见明哥答应得这么爽快，高明一拍大腿："行，我都说了。冷主任你猜得没错，当年解凯逃进仙槐陵时，我和他碰过面。不过这件事还要从头说起。"高明续上一支烟，抿了两口说道，"仙槐陵这片墓地有些复杂，这里的坟分为三种，一种是回迁坟，一种是新坟，还有一种就是不符合规定的偷埋坟。咱们国家现在全力施行火葬，可农村人讲究入土为安，你说乡里乡亲的，我要是不答应，以后我肯定会被人戳脊梁骨。所以只要是知根知底的人找到我，想要土葬，我都是睁一只眼闭一只眼。不过土葬没有火化证明，不能销户，不能兑换社保，还不能领取社会福利，所以近几年选择土葬的人越来越少。

　　"我和解凯也是经熟人介绍认识的，他老婆裴春楠当年在古树上上吊自杀，到了下葬的时候，解凯找到我，想给老婆留个全尸，我当时收了他两条中华烟，就把这事给办了。

　　"再后来没过多久，警察找到我，说解凯捅完人跑进了仙槐陵，问我有没有看见，我当天在和几个人打牌，确实没有留意，而且仙槐陵四通八达，从哪里都能逃走。警察后来翻进仙槐庙找了一通没有发现，抓捕就暂告一段落了。

　　"3天后的晚上，我刚要睡觉，就听见坟地里有动静，于是我就拿起手电去看看怎么回事，走到跟前我才发现，裴春楠的坟被人挖开了一半。早前我在电视上也看过类似的新闻，说有人专门挖女尸配阴婚，裴春楠刚下葬不久，我担心尸体被人盗了去，就掏出手机准备报警，可电话还没打通，解凯便从身后把刀架在了我脖子上。

　　"我俩有过交情，我一看是他，就犯起了嘀咕，我和跟他往日无冤，近日无仇，他没有必要对我下刀。后来他把我逼进墙角，让我替他保守一个秘密。"

　　"秘密？什么秘密？"

　　"他要把裴春楠的尸体带走，让我不能对任何人说，否则就算是拼了命，也要弄死我。解凯犯了事，就是个亡命徒，我当然不敢拿自己的命做赌注，于是我当场发了毒誓，替他保守这个秘密。当晚解凯从坟地里挖走了裴春楠的尸体，挖开的坟后来还是我帮着填的。"

　　"尸体是怎么被带走的？"

　　"硬扛走的。"

　　"是从哪个方向离开的？"

　　"我也不知道，当晚尸体被挖出后，我就被解凯反锁在了杂货铺，我堂弟高钱坤第二天起早开门时才把我放出来。"

　　"高钱坤平时晚上不住在仙槐陵？"

　　"他也就是近几年生意好才睡在店里，前几年每晚都回家，这件事他不知情。"

"后来发生了什么事？"

"后来陆陆续续有几位警官找到我，询问我解凯的下落，我都说没看见。"

"就这么多？"

高明举起右手："我发誓，该说的我都说了。"

"行，我这就派人送你回去，从现在开始，你的安全由我们全权负责。"

高明双手合十，如释重负："谢谢冷主任！"

结束了问话，明哥把我们全部喊进了会议室，仙槐陵的电子地图被放大在投影仪上。

明哥："高明的笔录指出，解凯从仙槐陵背走了妻子裴春楠的尸体。可据当年办案民警介绍，案发后仙槐陵的所有路口都有执勤民警，只要他走出仙槐陵，就不可能不被发现。卷宗记录布防民警撤离的确切时间为案发后的第3周，正常人在没有水和食物的补给下不可能躲藏这么长时间。"

就在我们所有人都百思不得其解之时，老贤却站在电子地图前发呆。

"贤哥，想什么呢？难不成你有发现？"我问。

老贤手托下巴沉思了一会儿说："裴春楠当年为什么要选择在那棵古槐上自杀？"

胖磊随口回了句："是不是因为那棵树有灵气？"

老贤摇摇头："仙槐社区道路四通八达，从主干道逃跑更容易，解凯在捅完人后，为什么偏偏要往坟地跑？还有，他挖裴春楠的尸体又是因为什么？"

我听出了老贤的话外之音："贤哥，你是说解凯选择去仙槐陵不是畏罪潜逃，而是另有目的？"

老贤哑巴着嘴："虽然我现在不确定，但有一个地方我觉得有必要去看一下。”

“哪里？”

“那棵千年古槐树。”

为了解开心中的疑问，老贤特地从药房买了一个新装备——听诊器。我们刚翻墙进现场，老贤便迫不及待地将听诊器紧贴树皮："小龙，用橡皮槌使劲儿敲。"在没搞清楚他葫芦里卖的什么药时，我只能按照他的要求一次又一次地反复敲击树干。

"咚咚咚"几十槌下去后，老贤摘下听诊器，露出谜之自信的微笑："跟我想的一样，这棵槐树的树芯部分是空的。"

胖磊一脸诧异："空的？这怎么可能？这棵槐树的枝叶这么繁茂，要是树芯空了，还不嗝儿屁？"

"活与不活和树芯空与不空是两回事。"老贤从地上捡了一根拇指粗细的树枝掰断，解释道，"我们将树干横向切开，从里往外看，中央最硬的部分叫木质部，占了树干的绝大部分；紧贴木质部的外边，是几层具有分裂能力的扁平细胞，叫形成层；形成层的外圈叫韧皮部，形成层和韧皮部就是我们常说的树皮内部。由于形成层细胞具有分裂能力，向里产生木质部，向外形成韧皮部，使树干年年加粗。木质部的细胞上下连通成管状，将树根吸收来的水分、无机盐运输到枝叶中。韧皮部细胞将叶片制造的有机物运送到茎和根中。由于树干年年增粗，树干中间的木质部就会逐渐死去。当树干上出现伤疤或裂缝时，许多细菌、真菌就乘虚而入，以树芯为养料生存下来，时间一长，树芯部分就很容易被腐蚀成空心。树芯虽然空了，但空的只是木质部的心材，木质部的边缘部分还是照常具有运输水分和无机盐的功能。俗话说：'树怕伤皮，不怕空心。'就是这个道理。树芯腐蚀需要漫长的时间，所以越是古老的树木，越容易发展成'空心树'。"

胖磊绕树一周，仰天感叹："乖乖，这么高的树，从旁边开个洞就是一栋3层树屋，附近的坟地到处摆的都是供品，有吃有喝，你们说这个解凯会不会在树洞里安家了？"

"安不安家，上去看看就知道了。"我们将车里的人字梯搬于树下，由我当爬树先锋，老贤紧随其后，胖磊和明哥则负责平衡。古槐树的第一根树枝距离地面接近 3 米，当攀上这根大腿粗细的树枝后，再往上就会轻松许多。树干主体呈倒置喇叭状，越往上越窄，当我们爬到树干顶端时，一个长满蘑菇的圆形木盖出现在我和老贤面前。

"贤哥，这个是……？"

"有把手，像是农村的木锅盖，盖子上长的是野生菌菇，木盖边缘位置长的也有，看来这个木盖已经很长时间没被打开过了。"老贤说着用手轻轻一掰，木盖边缘便出现一个半圆形的豁口，"木质腐朽严重，有年头了。"

木盖对我来说并没有什么吸引力，盖子下面有什么才是我最关心的，见老贤研究半天始终无动于衷，我有些按捺不住，就在我刚想伸手去掀木盖的时候，老贤一把将我的手给弹开："住手。"

"我去，贤哥你紧张什么？"

"听说过埃及法老的诅咒吗？"

"法老的诅咒？什么鬼？"

"物体在腐败的过程中会产生大量的有毒物质，这些物质会在密闭的环境中发酵，一旦打开盖子形成空气对流，就很容易将毒气吸入肺中造成死亡。为了安全起见，我们必须去车里取防毒面罩，然后做氧气浓度检验。"

听老贤这么说，我不由得打了个寒战。"贤哥，得亏是你陪我上来的，要是磊哥，估计我们俩今天都得交待在这儿！"

"也不一定，胖磊体积大，说不定你的小命能保住。"

对话传到了胖磊耳朵里："贤哥，你说我啥大？"

老贤低着头："没说啥，就说你胆子大，把我的工具箱给递上来。"

被老贤一夸，胖磊嘴巴咧得跟棉裤腰似的："好嘞，我马上去拿！"

佩戴好防毒面罩，老贤用折叠刀沿着木盖割开缝隙中的植物根茎。洞口的直径在半米开外，足够一个成年人自由进出，老贤费了好大劲儿才将木盖撬开。树洞中散发出的那种霉臭味，隔着防毒面罩都能让人干呕。我和老贤倚着树枝站在树洞两侧，老贤说："黄曲霉素的味道，这种霉菌易滋生在稻米、小麦等粮食作物上，我猜得没错，树洞中果真藏有食物。"

"有食物就说明里面曾经住过人，估计解凯当年就是躲在这里才逃过了警方的追查。"

"可能性非常大。"老贤说着用镊子夹出 5 个酒精棉球，用纱布缠成苹果大小，接着他掏出打火机将棉球点燃扔进了树洞。

淡蓝色的火焰在黑暗中画出一道弧线，直至洞底火势依旧旺盛。"氧气浓度还行，不过要进入洞内，最少需要通风一个小时。"

"从洞口到洞底最少有十几米的落差，咱们还要找一个攀爬工具。"

"这个简单，把勘查车里的消防水管绑在树枝上就成。"

再次返回地面，老贤将树上的情况简单地做了介绍，明哥听完后觉得，解凯进入树洞的方式值得推敲。

第一，进入这种树洞，最行之有效的方法就是将绳索捆绑在洞口的树枝上坠入，十几米的高度差，绳索没有拇指粗细根本支撑不了下坠的重力。

第二，戴璐被伤害的案子发生在秋季，槐树为落叶植物，到了秋季就成了秃瓢。

第三，伤害案发生时，侦查人员曾组织多人前来仙槐庙搜索，均无任何发现。

假如解凯真如我们推理的一样躲在树洞中逃避打击，那他进入洞内的绳索必定要留在树枝上，从卷宗上看，当年办案民警曾不止一次对仙槐庙进行过搜查，如果一次两次没被发现还说得过去，但这么多次都没被发现，有点儿不符合情理。那么唯一能解释通的就是，当年光秃秃的树枝上压根儿就没有绳索，明哥猜测，解凯会不会就没从洞里出来过。

为了证实猜测，明哥决定亲自进洞一探究竟。这一探不要紧，洞内的情景再次证明了他的"神预言"。我们在洞底发现了两具尸骸，一具穿着寿衣，从盆骨看为女性；另一具为男性，胸口心脏位置插着一把匕首。尸骸被取出，老贤通过 DNA 检测确定了两人的最终身份：男尸为解凯，女尸为裴春楠。

从尸骨形态上看，解凯死前呈靠坐状态，骨骼完整，排除高坠死，胸腔锐器足以致命，推断解凯是自杀而亡；裴春楠的尸骨侧躺在解凯怀中。洞内现场勘查完毕后，明哥给出的结论是，解凯挖走妻子尸体后在树洞内殉情。

十四

费了九牛二虎之力，谁也没想到嫌疑最大的解凯竟然已死去多年。明哥曾不止一次地强调，办任何案件都不能先入为主，本案就是一个典型的教材。世界上最难吃的饭莫过于"夹生饭"，可事已至此，再难吃的饭也要往下咽，再难啃的骨头也必须使劲儿啃。

树洞现场告一段落，第三次专案会召开，案件重新回到了原点，与会人员的心情都相当复杂，就连一向爱开玩笑的胖磊此时也抽着闷烟一言不发。

明哥："DNA 检验证实了树洞中的两名死者为解凯、裴春楠夫妇。虽然案件至此我们还不掌握真正嫌疑人的任何信息，但我们也不能将之前所做的工作全盘否定，树洞现场其实还有很多隐藏信息可挖。"

明哥的一句话让我们全都打起了精神，这种感觉就好比饥肠辘辘之时突然闻到了肉香。

"还有什么信息可挖？"我说话的声音都比平时高出了好几个分贝。

明哥拿出一份材料："这是我从分局技术室拿来的'戴璐伤害案'的现场勘查报告，当年分局技术员在现场提取到了解凯的血鞋印，这双鞋就穿在他的白骨尸骸上。"

我说："当年伤害案的现场勘查报告我也看了，血鞋印有些模糊，只能用来认定身份。"

明哥摇摇头："不仅仅是核实身份这么简单，其中还隐藏着一个信息。"

"信息？什么信息？"我有点儿发蒙。

"我们重新来看这起凶杀案。凶手在戴璐身上刻字，其实是想把我们的侦查视线转移到解凯身上，既然是这样，我们必须考虑一个问题，嫌疑人是否知道解凯已经死亡？"

明哥的一席话，又将我们带入思考，别看这个问题好像不起眼，但是细想之后我们会发现，解决了这个问题实际上就等于搞清楚了后续的侦查方向。这个问题不外乎两个答案：知道或不知道。

我们先来分析第一种情况。我们可以肯定的是，解凯带着妻子躲进树洞并没有任何目击者，洞口的木盖腐朽严重；无人打开，我们在树洞中，也没有发现任何通信工具。这种情况下，除非解凯留有口信说自己要死，否则不会有第三个人知道。假如凶手知晓解凯的死讯，那么他与解凯的关系绝非一般，要想找到嫌疑人，就要从解凯的社会关系入手。

再看第二种情况，凶手并不知晓解凯已死。这样一来，他的所作所为完全是在干扰侦查视线，本案的主要矛盾仍集中在嫌疑人和戴璐之间，那么接下来的工作就要围绕戴璐展开。

两种答案，两个截然不同的侦查方向，无论如何选择，工作量都不容小觑，如果能直接筛选掉一个错误答案，绝对能节省不少时间，但是该如何筛选，我们都拿不出一个可以说服自己的观点。

明哥见我们沉默不语，他点了支烟深吸一口，说："伤害案发生时，分局技术员在现场发现了解凯的血鞋印，这双鞋子直到解凯自杀身亡都还穿在他脚上。咱们中国人把生死看得尤为重要，如果解凯有条件，按常理他一定会换一身新衣，他没有这么做，说明条件不允许。

"当年伤害案发生时，办案人员曾走访过很多村民，绝大多数人对解凯的评价是能干、性格直率。这样的人做事果断，很少耍心机。我在做尸骨检验时，发现解凯的上衣位置只有一处刀口，也就是说，解凯在自杀时是一刀毙命，连断送自己性命都如此直截了当，这刚好和他的性格相符。这样的性格，决定了他做事不会留后手，而且最重要的是，当年戴璐被捅伤后，在

ICU（重症监护室）昏迷了近一个月，生死未卜，从时间上算，解凯不可能在树洞里待上一个月还不自杀。

"一边是已经自杀的解凯，另一边是不知死活的戴璐，他们两者之间无论如何都不可能产生交集。凶杀案和伤害案相隔近 9 年时间，除非是深仇大恨，否则任何矛盾都不足以跨越这么长时间。所以我认为，凶手并不知道解凯已经死亡。"

"大写的服！"胖磊竖起了大拇指。

一支烟在明哥的指尖燃灭，他将烟头按进烟灰缸："弄清楚这一点，我们再来分析凶手的作案动机。他杀死戴璐又嫁祸给解凯，说明他与两人都有矛盾；戴璐和解凯曾是情人关系，他俩的结合会直伤害各自配偶的感情，裴春楠已自杀，目前最符合条件的人就是戴璐的前夫——郭小飞。"

我问叶茜："郭小飞的情况你们有没有调查？"

叶茜摇摇头："原先以为解凯是嫌疑人，所有调查工作都是围绕他展开的。"

胖磊："没调查就说明郭小飞的嫌疑没有被排除，那他是嫌疑人的可能性还存在。"

"吸取前车之鉴，我们也不能把宝都押在郭小飞一个人身上。"明哥说着将一组照片打在投影仪上，"这是嫌疑人悬吊戴璐的缢索。缢索由狗血染布缠绕麻绳制成，麻绳很结实，可以用来悬吊重物，在麻绳上缠绕'狗血布'肯定也有它的用途。云汐市坊间流传一句话，叫'黑狗血辟邪，白狗血祛蛊'。嫌疑人用狗血染布，主观上还是相信这样做可以辟邪。既然凶手干的是杀人的勾当，那他绝对不会在'狗血'上打马虎眼。迷信的说法是，只有纯黑色狗的血才可以辟邪，要想得到这种狗，只有两种途径，要么自家喂养，要么从别处购买。在迷信者眼中，黑狗有灵性，随意屠杀会遭天谴；凶手既然迷信，那他应该不会自己动手屠狗。如此一来，要想弄到黑狗血只能从别人手里购买，据我了解，狗肉店会出售狗血。"

叶茜："咱们云汐人没有吃狗肉的习惯，市面上的狗肉店也没有几家，调查起来并不是很困难。"

明哥欣慰地点了点头，继续说："血液中有凝血因子，它能使血液在很短的时间内发生凝固，嫌疑人在取得狗血后，要用最快的时间回到住处染布，否则一旦血液发生凝固，麻绳的绳心位置就不可能会浸血，因此凶手的住处距离取狗血的位置不能太远。结合以上几点，我给出两个侦查方向：

"第一，确定戴璐前夫郭小飞是否与本案有关联。

"第二，以戴璐住处为圆心向四周扩张，找到可以出售黑狗血的地方，地方一旦确定，那么嫌疑人的住处可能就在附近。"

十五

有了如此精确的侦查方向，剩下的工作对身经百战的刑警队来说，根本不在话下。经查，戴璐的前夫郭小飞远在外地，现已成家，案发时他不具备作案时间。而且据郭小飞坦言，他与戴璐早已恩断义绝，戴璐的事情他不再过问。第一条线索中断，第二条线索随之展开，侦查员按照明哥的办法，以戴璐的住处为圆心向四周扩散，最终在半径 5 公里外的地方发现了一家名为"曹集狗肉馆"的排档。据老板曹义介绍，是有人在他这里打听过能否买纯种黑狗血，对方是一名青年男子，20 多岁，身高在一米八五以上，身体强壮，操一口别扭的普通话。由于黑狗不是天天都有，纯种黑狗更是可遇不可求，曹义就告诉对方，需要等段时间。对方同意后，两人谈妥了 300 元的价格，男子留给曹义一个手机号码便于联系。

根据曹义的口述，对方的体貌特征和嫌疑人基本吻合，再加之其有购买纯种黑狗血的行为，我们完全可以断定，曹义口中的男子就是我们要找的凶手。

这条线索被一分为二。第一，由行动技术支队出面对嫌疑人所留号码进行分析；第二，由胖磊抽调侦查员组成视频追查小组，以曹集狗肉馆为起点，沿途追踪嫌疑人的影像资料。

电话号码的分析并不尽如人意，嫌疑人使用的是未登记身份信息的外地号码，号码归属地为湖南长沙，此号码在云汐市除曹义外，并未和其他任何人有过联系。

嫌疑人既然能想到在手机号码上做手脚，那路边的监控肯定也是能躲就躲，胖磊费了九牛二虎之力只截取了一段带有嫌疑人的监控视频，这段视频还是来自狗肉馆门外的老式硬盘机。整段视频不到1分钟，记录的还都是嫌疑人的背影，从画面中我们只能看出嫌疑人下身穿一条蓝色工装裤，上身穿一件黑色背心。

调查结果很快汇集到了明哥这里，在得知手机号码一无所获时，他把希望寄托在了胖磊处理好的监控视频上。短短的几十秒，明哥时而暂停，时而慢放，时而又翻出原始视频做对比。前后折腾了快一个小时，他把几张截图排列在桌面上。

见明哥气定神闲，胖磊赶忙问道："有头绪了？"

明哥点了点头："据狗肉店老板曹义回忆，嫌疑人和他交谈时，操一口别扭的普通话。通常两种人喜欢用这种说话方式：第一，外地人来到陌生的城市；第二，本地人在外地待得时间长了之后回到本市。凶手既然知道利用'伤害案'嫁祸给解凯，那他对云汐市并不陌生。他使用的是湖南长沙的移动号码，我怀疑他是常年待在长沙的云汐本地人。

"狗肉馆老板曹义手里没有黑狗，让嫌疑人等等，他能欣然答应，说明他在云汐有落脚点。手机号码除了用于购买狗血外，并未和其他人有过联系，说明他在云汐是独居。

"嫌疑人上身穿黑色背心，下身蓝色工装裤，脚穿普通运动鞋，从衣着上看，他的经济条件并不是很好。那么他在选择临时住所时，会把'不用登记身份证'且'租金便宜'的城中村作为首选。

"不管是行车记录仪还是狗肉馆的视频，都反映出凶手有徒步的习惯，那么他的暂住地选择在狗肉馆和案发现场居中的位置最为合适。如果推断正确，符合条件的城中村只有两个，分别是'山桥社区'和'崂山街社区'。"

叶茜像个秘书一样埋头"唰唰"记录。待叶茜停笔，明哥继续说："我们在凶杀现场的枕头上提取到了汽车机油成分，当时推测，嫌疑人可能从事与汽修有关的工作，可当我看到这段视频时，我判定嫌疑人应该是个长途司机。"

明哥说着，把嫌疑人肩膀位置的图案放大："看见没有，左臂要比右臂黑很多。造成黑皮肤的是我们皮肤表皮中的黑色素细胞，这种细胞中含有大量的黑素体。当阳光中的紫外线直接照射皮肤时，黑色素细胞便开始分泌黑素体，黑素颗粒能通过黑色素细胞的突起转移到表皮细胞中形成黑色保护层。嫌疑人左肩黝黑，而右肩不明显，说明他只有半边身子长期暴露在阳光中，这符合司机的职业特点。小轿车空间小，阳光直射时很难照到肩膀，唯独大货车具备光照条件。

"大货车多走高速，在行驶中不方便开窗，而长时间驾驶会让驾驶室闷热难耐，所以很多货车司机都有穿无袖背心的习惯。

"大货车一般都是跑长途，在行驶的过程中易出现毛病，出现故障时，它不能像小轿车那样喊拖车，因此每一位货车司机都懂一些汽修技能。这样嫌疑人在现场留下机油痕迹也就不难解释。综合以上几点，我们可以断定，凶手的职业是一名长途货运司机。"

说完，明哥又点开另外一张截图："焦磊，把这张图片尽可能处理清楚，尤其是颈椎肩胛位置。"

"得嘞！"胖磊领命把图片拖入编辑器，几分钟后，随着"色阶"渐渐变暗，贴近背心部位的皮肤露出了几块半圆形印记。印记颜色很淡，不仔细看很难发现。

胖磊眯起小眼睛瞅了好一会儿："这个是啥？"

十六

明哥回应："半圆形血淤痕，这是拔火罐留下的痕迹。长期驾驶货车，容易造成腰肌劳损、腰椎间盘突出等症状，拔火罐能行气活血、祛风散寒、消肿止痛、吸出病灶湿气，同时促进局部血液循环，达到通络止痛、恢复机能的目的。我认识的很多司机都喜欢去拔火罐。

"在云汐，要想拔火罐，有两个地方，一个是足疗店，另外一个是中医推拿。足疗店拔火罐，都是捏脚后的赠送项目，商家为了简单省事，使用的多为'十二口罐'，即从颈椎到腰部一边 6 个，可形成并排两列拔罐痕迹。中医推拿中的拔火罐是收费项目，'十二口罐'这种糊弄人的拔罐方法，为很多中医推拿者所不齿。正宗的中医馆常用的是'十八口罐'或'二十四口罐'，罐并非统一口径，而是大小罐体交错使用，这样可以使浑身淤血节点在一次拔罐后得到有效的疏通。'十八口罐'或'二十四口罐'会在拔罐者的肩膀、肩胛等处形成密集的罐体痕迹。从嫌疑人身上的印记分析，他应该是在专门的中医推拿馆拔的火罐。

"嫌疑人习惯徒步，那么他选择的拔罐地点应该不会距离住处太远，接下来咱们只要在'山桥''崂山街'两个社区中找到类似的店铺，就能将范围再次缩小。"

明哥作为科室的灵魂人物，他的过人之处就在于，他能将毫不相干的几样物证有理有据地串联起来，而串联物证的关键就是日积月累的办案经验。

会议结束后，叶茜带着两组人着便装混入了两个社区中。中医推拿受众很小，这种店并不是每个社区都有，经过一轮筛选，山桥社区被排除在外，剩下的崂山街社区就成了我们摸排的重点。

崂山街社区的前身是崂山街造纸厂家属区，后来造纸厂倒闭，外地工人纷纷回乡，闲置的房屋就成了藏污纳垢之所。造纸厂属于重度污染企业，不能建在人流密集区，随厂而建的家属区自然也跟着规划到了郊区。地理位置偏僻，交通不便，所以很少有人租住。这里的房东为了营生，不管来的是什么人，给钱就租，因此崂山街社区也是市局挂牌整治的重点地区。

邵氏中医理疗馆位于社区中心位置，这家店已经营了几十年，老板邵匡为中医世家传人，祖传手艺相当了得。既然手艺是祖传的，那拔火罐的方式必定有他自己的特点，为了验证嫌疑人是否在这里拔过火罐，明哥让身宽体胖的胖磊充当小白鼠，体验了一把"祖传手艺"。拔罐后的痕迹印证了明哥的推测。

巧就巧在崂山街社区被列为重点整治地区，辖区派出所为了能让这里的治安环境有所改善，在整个社区的主干道上都安装了高空超清摄像头。

我们知道了嫌疑人的衣着、身高、胖瘦等体貌特征，就算他再故意躲闪，也不可能躲过那么多个摄像头的追击。

确定范围后，崂山街社区一个月内的所有视频资料都被打包送进了胖磊的视频分析室，经过几十人不眠不休的查阅，胖磊最终确定，嫌疑人在拔完火罐后徒步行走了 11 分钟，最后拐进了一个死胡同。

胡同中仅有 3 户人家，租客也是寥寥几人，经过房东回忆，我们终于确定了嫌疑人的临时住所。

这是一栋 4 层小楼，每层共 4 个单间，租客的身份也是五花八门，有建筑工地小工，有商品销售员，还有做生意的小贩。

据房东介绍，嫌疑人居住在 2 层最东边的房子里，只付了一个月的房租，不过一个月并未住满他就着急退房离开，后续租住的是一名打工的妇女，在新租客住进来前，房东已把房间从里到外打扫了一遍。

为了找到关于嫌疑人的蛛丝马迹，明哥还是决定对房间进行一次彻头彻尾的勘查。

我和胖磊闲来无事时，曾把案发现场按照被破坏的程度分为 6 个等级，分别是"入门级""简单级""困难级""超级困难级""灾难级"以及"地狱级"。我们现在所面对的这个"被完全破坏的现场"，已逼近"地狱级"。用老贤的话说："在这样的现场中，能找到几根毛我都谢天谢地。"

"地狱级"的现场果然没有让我们失望，我们几人掘地三尺仍没有任何发现。在我们勘查期间，房东还跟防狼似的站在门口叽叽喳喳：

"地板我拖过了。

"柜子我也擦过了。

"垃圾我都倒了。

"床单我也换新的了。"

胖磊被吵得心烦，大声顶了一句："你就说，屋里还有哪个地方你没碰过吧！"

房东跟听不出好歹似的，竟然做思考状，仔细回忆了起来："对了，后窗我没擦，那天刚好停水，后来我就给忘了。"

胖磊朝我看了一眼，他的眼神似乎在问我，窗框上有没有指纹，我读懂了他的意思，于是回答道："窗子是最老式的木窗，木头表面脱漆严重，处理不出来指纹。"

胖磊长叹一口气，摘掉相机镜头，准备打道回府。

"之前那个房客抽烟吗？"明哥站在窗边突然问道。

房东好像对抽烟很反感，她皱着眉头回道："抽，我见过好多次，我刚买没几天的床单都被他烫了好几个洞。"

明哥又问："那现在的租客抽不抽？"

房东摇摇头："她一个妇道人家怎么会抽烟，反正我没见过。"

明哥"哦"了一声，冲门外的叶茜挥了挥手，叶茜心领神会地把房东支到一边。我们知道明哥有话要说，于是全都聚拢在窗边。

十七

明哥拿出放大镜照在木质窗框上，一个不规则的黑点被镜片放大了数倍。这种痕迹属于我的研究领域，学术上称它为"灭烟痕迹"。

要想了解这种痕迹，就要知道另外一个知识点，痕迹学上叫"本能丢烟习惯"。

通常情况下，我们把"本能丢烟习惯"归结为5种。

第一种，弹烟。就是用拇指和中指轻轻夹住烟蒂，食指弯曲，放在烟蒂的咬口处，用力弹击烟蒂，在没有阻挡物的情况下，烟蒂会飞出2米以外，这时烟蒂会呈弯曲状。

第二种，抛烟。吸烟者有意识地将烟蒂丢到指定的方向。和弹烟不同的是，这种情况下，烟蒂会很规整。

第三种，松烟。吸烟者对烟蒂有下意识熄灭的想法，随手松开夹住烟蒂的手指，让烟蒂自由落体，并用鞋踩灭烟蒂。由于伴有踩、踹、拧、搓等方式，烟蒂会严重挤压变形。

第四种，吐烟。吸烟者不用手处理烟蒂，而是将嘴巴中含着的烟蒂直接吐出。采用这种丢弃烟蒂的方式多是吸烟者双手不便。烟蒂上除了有较深的咬痕外，唾液浸染的情况也较为严重。

第五种，捏烟。这种丢烟方法多用于室内和周边有物体的场所，吸烟者把丢弃烟蒂和熄灭烟蒂融为一体来完成，通常在烟灰缸、窗台等处会形成点状的黑色痕迹，而烟蒂也会因为挤压发生扭曲。

明哥用放大镜指出的痕迹，正是第五种捏烟所形成的"灭烟痕迹"。结合刚才询问房东的只言片语，我知道了明哥的用意。窗框上的痕迹相对新鲜，现在的租客不抽烟，那么这个痕迹只可能是嫌疑人所留。

知道了凶手的灭烟方法，就等于知道了烟蒂的最终形态。窗外的楼下，是一个密封的狭小空间，我们只要把楼下的烟头全部收集起来，通过烟头形态就能大致判断哪些是嫌疑人灭烟后所留下的。

人们常说，"理想很丰满，现实很骨感"。自建楼后是一个封闭的空间，租客也是换了一拨又一拨，日积月累堆积的烟头，简直都能论斤称。

看着老贤装了满满一物证袋，我的头皮都要炸裂了。

"难不成这些都要拿回去检验？"我问。

明哥摇了摇头："20 多岁的青壮年，经济水平不高，这种人不会抽高档烟，但是也不会抽得太差。普通烟卷的品质会以 5 元为分界，售价多为 5 元上下、10 元上下、15 元上下、20 元上下，以此类推。依照凶手的消费水平，10 元上下的烟应该是他常抽的价位。现在很多烟头上都印有品牌标志，我们通过品牌就能去掉一部分，到时候看筛选后还剩下多少。"

返回单位后，我们按照"品牌筛检法"，直接剔除了 3/4 的烟头，可就算只剩下 1/4，也足足有二十几枚。20 多枚烟头就意味着有 20 多人的 DNA，没有比对样本，就算一一做出图谱，也没有什么用。

让我们莫名其妙的是，明哥得知结果后竟然给我们所有人放了 3 天假。每每遇到案件瓶颈，他总喜欢把自己关在办公室梳理漏洞，我们本以为这次也会像往常一样，可令众人大跌眼镜的是，我们前脚刚走，明哥后脚就背起鱼竿离开了科室。

"这是什么情况？他怎么也走了？难不成案件不办了？"胖磊纳闷儿之际，明哥那辆老爷车的尾灯早已消失不见。

我用胳膊肘戳了一下胖磊："他的脾气你又不是不知道，等 3 天后看他怎么说。喊上叶茜和老贤，晚上啤酒广场撸串儿去？"

胖磊眼前一亮："我这次要点 10 串大腰子！"

3 天的时间转瞬即逝，早上上班，明哥抱着一个包裹把我们喊进老贤的检验室，拆开邮包，里面全是一盒盒未拆封的烟卷，目测有 20 盒以上。

明哥解释道："香烟的销售有很强的地域性，这些都是湖南地区售价在 10 元上下的烟卷，国贤，你把这些烟卷都拆开，看看那堆烟蒂中有没有与此相同的品牌。如果有，把它挑出来检验。"

明哥这么一说，我终于知道了他的用意。嫌疑人手机号码归属地在湖南长沙，本人操一口不标准的普通话。我们假设他的常住地在湖南，那么他一定会习惯湖南本地烟草的口味。

常吸烟的都知道，10元上下的烟多为地方垄断，出了省想买到并不容易，对习惯了烟感的人来说，抽惯了某个品牌，相应的经济水平内，很少会更换。

我们在办案中，也经常遇到嫌疑人在逃往外地前一次性购买多条本地香烟的情况。嫌疑人是一名货车司机，运输途中买烟很不方便，所以很多司机都有囤烟的习惯。

办案其实就是不断假设和求证的过程，我们假设嫌疑人就是来自湖南，那么我们在烟蒂中又找到湖南本地的香烟，这种巧合发生的概率比中彩票还低。有句话说得好，"排除一切不可能，剩下的再不可能也是真相"。

虽然明哥提供了比对样本，但是烟蒂检验比我们想象的要难很多。举个例子，在很多地方一个牌子的烟会有多种价位，而决定价位高低的往往只是烟丝的品质，很少有烟厂会在同等价位的烟上更换烟蒂。如果再遇到香烟的品牌标志直接打在烟身上的，烟身一燃尽，剩下的烟头看起来就都差不多了。

要想真正从烟头上分辨出品牌，我们只能从过滤嘴内部下功夫。把烟头外包装纸撕开，内充的黄色海绵体是由聚丙烯丝束组成。检验时，我们需测算多个指标，如过滤嘴的长度、过滤纤维的熔点、纤维截面形状以及纤维的双折射率。

经过反复比对，老贤在众多烟头中分离出了4枚湖南省产的白沙烟蒂。此烟全称为"特制精品白沙烟"，绿色硬盒，烟长84毫米，焦油含量为8毫克，单盒包装20支，售价为8元。在这4枚烟蒂中，老贤只检出了一种男性DNA，分析为嫌疑人所留。

可令我们所有人都没想到的是，在自动比对中，嫌疑人的DNA图谱竟然和解凯老婆裴春楠的DNA图谱有极高的重合度。老贤是生物检验学上的"老司机"，当看到这种情况时，他立刻联系了当年负责勘查"戴璐伤害案"的分局技术室。因为按照勘查要求，不管是凶杀还是自杀，只要涉及人命，

技术员都要提取死者的生物检材留存。

老贤从分局物证室的冷柜中找到了裴春楠留存的血样。接下来他要做的是一个较为高端的检验——线粒体DNA比对。

学过生物的人都知道，线粒体是一种存在于大多数细胞中的细胞器，是细胞进行有氧呼吸的主要场所，也是细胞中制造能量的结构。线粒体产生的ATP（腺苷三磷酸）为我们的运动提供能量，而线粒体DNA是线粒体中的遗传物质，呈双链环状。一个线粒体中有一个或数个线粒体DNA分子，可进行自我复制。

我们都知道Y染色体基因型完全来自父亲，所以利用Y染色体基因型可以用来确定家族。而线粒体DNA则不同，它是只通过母系一脉的遗传基因遗传，男性也能从母亲那里继承线粒体DNA，却无法将它遗传给自己的后代。也就是说，如果一个女性生下的全都是儿子，她的线粒体DNA遗传链将从此终止，因此线粒体DNA对于认定母系有重要的参考作用。

知道了线粒体DNA的特性，老贤要做的就是将嫌疑人的线粒体DNA与裴春楠的进行比对，如果两人的图谱完全重合，那就可证明一点：凶手和裴春楠的线粒体DNA来自同一个母体。检验结果最终证实，两人为亲姐弟关系。

当年负责办理"戴璐伤害案"的侦查员曾走访过一条重要的线索，裴春楠确实有一个从不来往的弟弟，名叫窦哲，是一名货车司机。顺着这条线索，嫌疑人窦哲在3天后成功落网。

十九

20世纪70年代，经历了千难万险的中国终于可以静下心来好好"疗伤"，在那个物资匮乏的年代，城镇居民尚在温饱线上徘徊，更别说穷乡僻壤的山村了。那时候，农村人的饭桌上出现最多的就是咸菜疙瘩、窝窝头。

不过凡事都有个例外，孩童时的解凯就是一个幸运儿。他的父亲叫解文亮，地地道道的江浙人，当年祖辈落难，一路逃荒到了云汐。作为一名外地人，要想真正融入陌生环境，除了努力别无他法。解凯的爷爷懂得这个道理，他的父亲也懂得这个道理。农忙时，下田耕种，农闲时，赚些外快，凡是与娱乐消遣沾边的事，基本寻不到解文亮的影子。很多人都晓得"浙商"的名号，出生在鱼米之乡的解文亮自然也继承了家乡人经商的头脑。

解文亮生活的村庄虽然穷，但是不代表没有一点儿商机。中国人的饮食，遵从"南米北面"的规律，云汐地处北方，主食以窝头、馒头为主。解文亮出生在江浙，从小喜吃米食，饮食上的差异，让他看到了商机，他想起了小时候经常吃的一种零食——红糖米糕。

甘蔗榨汁熬成红糖，糯米敲糕上锅蒸熟，接着把米糕切成四方小块，撒上红糖，用油纸一包，摆在镂空的圆簸箕上就能售卖。解文亮打糕的手艺很好，软糯的米糕一口咬下去能拉出半米长，那种口感比现在的汤圆还要好上千百倍。北方人本身就不常吃米，红糖米糕对当地人来说更是稀罕玩意儿，这种美食深得孩童的喜爱。不过解文亮当然不想自己苦心制作的米糕被列为零食之类，每每在售卖之时，他会用油漆在木板上清楚地标明米糕的功效，诸如驱寒、暖胃、助月子等。

农闲的几个月，解文亮白天打糕，下午凉快时便会挑着扁担挨村售卖，儿子解凯也时常跟在他身后打打下手。20 世纪 70 年代的中国，很多地方都没通电，那时的交通基本靠走，通信也只能靠吼。一个拨浪鼓，一副好嗓子，就是解文亮对外传递信息的两大法宝。

"红糖——米糕——"叫卖声带着京韵大鼓的腔调。每到一个村，解文亮的吆喝声都能引来一群人上前围观。围在第一圈的是孩童，第二圈的是妇女，第三圈的则是老人。孩童喜吃甜，妇女买来养身体，老人牙齿松动，米糕是他们最好的牙祭。解文亮的米糕虽然好吃，但是售价也不便宜，1 斤粮票才能换来一块米糕。解文亮每天只做 100 块，天不黑就能售完，换回的 100 斤粮票，刨去制作成本 40 斤，每天他能净赚 60 斤。按照现在 1 斤米 2

元左右的售价，解文亮日进百元绝对易如反掌。这个数目就算是放在现在，也和一个县城公务员的月薪旗鼓相当。

老爹有钱，儿子解凯当然也跟着沾光，被很多孩童视为"奢侈品"的红糖米糕，在解凯眼里，不过是唾手可得的果腹零食。解凯母亲在生下他时就患上了顽疾，很难再生育。在父母眼中，解凯比"太子"还要受宠，只要他想吃，解文亮就算是不做生意，也会第一个满足儿子的要求，所以解凯的童年过得很滋润。

解文亮家里很有钱，但作为外地人的他不敢露富，他也时刻叮嘱儿子不能到处炫耀，解凯对父亲的话也是言听计从。单从穿衣打扮看，他和同龄孩童一样都是破衣烂衫。不过"经济基础决定上层建筑"，一个人要是有钱了，他的思想境界也会截然不同。相同的外表、不同的思想，这大概是解凯童年最与众不同的地方。

每次和父亲出门卖米糕，仙槐村都是他们的第一站。那时候米糕刚出炉，口感最佳，油布一掀，米香带着红糖的甜腻，几乎能飘满半个村庄。美食的诱惑，很少有人能把持得住，就连村里干农活儿的庄稼汉，也有不少尝过米糕的味道。然而凡事都有例外，细心的解凯就注意到一个女孩儿，每次父亲的扁担挑进村头的打麦场时，她都会悄悄地躲到稻草堆的后面，等到所有孩童吃完米糕，她才会搓着手重新走进麦场。女孩儿看上去比解凯小不了两岁，别人都喊她"楠楠"。解凯每次见楠楠，她都穿着同样的衣裤，膝盖、袖口打满的补丁让解凯意识到她是个穷人家的孩子。楠楠长着一张娃娃脸，就算与孩童玩耍时也很少作声，内向的性格让解凯不知怎的突然心生怜悯。

7岁的解凯那天做了一件事，在出门前，他悄悄地把两块米糕塞进了口袋，返程路过仙槐村时，他借口要和孩童玩耍，离开了父亲独自一人走进了打麦场。

"你叫楠楠？"

坐在稻草堆中发呆的女孩儿循声望去，她上下打量着解凯，从女孩儿的眼神中，解凯并没有看出对陌生人的那种惊恐。就在解凯想进一步介绍自己时，女孩儿揉着衣角缓缓地低下了头："我……我……我没钱，买不起米糕。"

"那这么说，你知道我是谁喽？"解凯把头往女孩儿面前凑了凑。

"我知道，你天天都来，你是那个卖米糕的，不过……"女孩儿声如蚊蚋，解凯竖起耳朵才能勉强听见。

"那你相不相信我？"

"相信你？"女孩儿的眼中充满疑惑。

解凯起身，冲女孩儿摆摆手："你跟我来，我有好东西给你。"

女孩儿将信将疑地看着他的背影，解凯走走停停，不时地朝女孩儿挥手，在好奇心的驱使下，女孩儿最终起身向着解凯的方向走了过去。

解凯的父亲是个生意人，这"龙生龙，凤生凤，老鼠生儿会打洞"，跟在父亲身后卖糕的解凯也算得上半个生意人；做生意最大的忌讳就是砸了自己招牌，"免费送糕"要是被传了出去，怕会招来闲言碎语，所以解凯必须找一个没人的地方。

仙槐村的最边上有一棵千年古槐，听人说那里曾劈死过人，所以没人敢去。解凯身上戴有父亲花高价买来的辟邪玉佩，据说，这块玉佩能抵挡一切邪气，有了它壮胆，解凯对鬼神之事从不畏惧，千年古槐他自然也没放在眼里。

女孩儿跟在解凯身后走了很远，当她发现前方是禁地仙槐庙时，她立刻停住了脚步转身就要走。

"楠楠，别走。"解凯从衣领里拽出玉佩，"别怕，跟着我，这个能辟邪。"

女孩儿将信将疑地站在原地，始终与解凯保持着 10 米的距离。

解凯没了办法，只能从口袋中掏出两块红糖米糕："给你的，不要钱。"

女孩儿毕竟只有五六岁，美食的诱惑自然是抵挡不了，她咽了一口口水，弱弱地问："这真是给我的？"

解凯确信地点点头："对，给你的，有两块，不过不能让别人看到，你跟着我，我们翻进仙槐庙的院墙中，我就让你吃。"

"真的？"女孩儿喜上眉梢。

"骗你是小狗。"

这次女孩儿没有拒绝，她跟在解凯身后，踩着高高的坟垛翻进了院墙。

"乖乖，这棵树可真粗啊。我还是第一次来这里。"解凯昂头感叹。

"我们村的大人都不让我们来这儿，说是村里人得罪了树上的神仙，来这里很容易被雷劈。"

听女孩儿这么说，解凯心里也没了底，但作为男子汉，他只能硬着头皮又掏出了玉佩："我爹花了好多钱给我请的，能辟一切邪，神仙也不敢拿我们怎么样，你靠我近点儿，不会有事的。"

看着解凯回答得如此信誓旦旦，女孩儿很天真地往他身边靠了靠。

"再近点儿，你挨着我。"那个年纪的解凯，自然不会耍心机占女孩儿便宜，他只是在担心，如果女孩儿离他远了，真被雷劈中，他回去不好交差。

对女孩儿来说，她当然也不会想那么多，她此刻只想尝尝被其他人喻为"人间美味"的红糖米糕到底有多好吃。

大树下，两个孩童肩靠肩，可就算是这样，解凯还是有些不放心，他一把拉住女孩儿的手，义正词严地说："我拽着你，这样我身上的保护罩就能传到你身上，你也就没事了。"

对于解凯编造出来的保护罩，女孩儿似乎也认可，她并没有觉得解凯拉着她的左手有什么不妥。

确定四下无人后，解凯掏出那两块被挤得有些变形的米糕："给你。"

女孩儿忸怩地伸出右手，解凯把将两块米糕放在她的掌心："快吃吧，一会儿就不好吃了。"

女孩儿不好意思地点点头，过了片刻，她突然又还给解凯一块："我吃一块就行。"

"嘿，你就别跟我客气了，我家就是做这个的，我要想吃，回家我爹能给我做 100 块，还是你吃吧。"说着，解凯又把那块米糕塞给了女孩儿。

女孩儿道了声"谢谢"，把解凯给的第二块米糕放进了口袋。

"装起来干吗？"

"我想带回去吃。"

"不用，你要吃，我明天再给你拿就是。"

"我……谢谢……"

"不用谢，你快吃吧，马上都凉透了。"

女孩儿的左手被解凯握在手中，她只能用右手慢慢掀开油纸，软嫩的米糕刚探出头，沁人心脾的香味就让她有些把持不住，她有些不好意思地背过身去，很快，她口中传来牙齿和米糕"搏斗"的"咯吱"声。解凯第一次吃米糕时，也会发出这种声音，那种不想停口的感觉，此刻在女孩儿身上上演了。

一块米糕没有多大，三口五口便能吃完，没过多久，解凯的耳边只有微风拂过杂草的沙沙声，他转头看了一眼，女孩儿正用手掌小心翼翼地擦掉嘴唇上的油渍。

"好吃吗？"他问。

女孩儿使劲儿地点了点头："好吃，我从来没有吃过这么好吃的东西。"

"我爹祖传的手艺，除了我们家，没人能做好。"解凯指了指女孩儿的口袋，"那一块你确定不吃？再晚一些可就不好吃了。"

女孩儿轻轻摇了摇头，她低声道出了实情："我想把这块带给我奶奶。"

"你奶奶？你家里还有谁？"解凯随口一问。

"就我和奶奶。"

"那你爹妈呢？"

"不知道，没见过。"

解凯有一段时间很叛逆，爹妈给他什么他都会吃一口剩一口，他的妈妈常常用一句话教训他："你是身在福中不知福，那种没爹没妈的孩子想吃都吃不到。"被骂时，解凯才只有四五岁，他不知道没爹没妈的孩子到底是个什么样子，直到今天他看到如此落魄的女孩儿，才知道没爹没妈到底有多么伤心。

解凯虽然只有 7 岁半，但他身上那种保护弱小的天性却是与生俱来的，他从女孩儿口袋中一把掏出米糕："放心吃吧，以后我天天给你带。"

女孩儿眼中闪烁着波光，因为她没爹没妈，村里的孩子都把她当成欺负的对象，从小到大，还从未有一个人这样对她，虽然两人是初次见面，但是女孩儿已经把解凯当成了最信任的伙伴。

二十一

那次分别之后，他与女孩儿互换了称谓，解凯的母亲因宠溺儿子，在家时常唤他"小螃蟹"，女孩儿大名叫裴春楠，乳名楠楠，解凯灵光一现，给女孩儿起了个"小南瓜"的绰号。女孩儿比解凯小，称呼他"小"字有些不妥，所以就改口叫他"螃蟹哥"。

在家里，解凯经常把米糕当零食，少了几块，解文亮也不会在意。为了不引起父亲的怀疑，解凯在卖糕时就会给女孩儿提前留下暗号，让她几时几分到槐树下等候，当解凯陪父亲卖完米糕后，他会打着出门玩耍的幌子在槐树下和女孩儿见面。久而久之，两人因米糕成了青梅竹马的伙伴。然而随着年龄的增长，两人之间的关系也开始出现了变化。

解凯常年跟在父亲身后做买卖，学习上是个十足的学渣，勉强读到初中的他，实在受不了知识的熏陶，早早地辍学跟在父亲身后经商。裴春楠的家境贫寒，在她心里唯有读书才能改变命运，因此裴春楠选择继续学习。由于人生道路发生了改变，两人从此分道扬镳，其间有很长一段时间，解凯差点儿忘记了裴春楠的长相。

随着人们生活质量的提高，红糖米糕的生意越来越难做，解文亮经过深思熟虑后，决定转行做其他的买卖。于是他果断拿着多年的积蓄，在镇上买了一间门面，做起了干货熟食生意。

20 世纪 80 年代中期，冰箱还是个稀罕玩意儿，那时候唯一的保鲜办法就是将食物制作成"干货"。那些干鸡腊鱼，是很多家庭的首选食材。买上一吊腊肉，想吃时切上一段，既能省去油盐，又能解馋。生意开张时店内络绎不绝的顾客，再次证实了解文亮的商业头脑。

有了店铺，上门生意就算再忙，解文亮夫妇也招呼得过来，解凯每天的任务就是在清晨用三轮车帮父亲拉趟货，其余时间他可以自由分配。

"我记得小南瓜告诉我她考上了镇里的初中，反正也没事，要不要去找找看？"解凯闲来无事就会在心里反复自问。

镇上距离村子有些距离，回家很不方便，多数学生都选择住校，不大的镇子上有 3 所初中，解凯只要干完活儿，就会在校门口溜达，可遗憾的是，他前后转悠了一个多月，也未见到裴春楠的影子。

每所学校都有食堂，学生宿舍也建在校园内，如果没有学生证，校门口的保安是严禁外来人员入校的，也就是说，如果裴春楠不出校门，解凯就是想破了天也不可能见到对方一面。多次尝试无果后，解凯渐渐放弃了念想。百无聊赖的他只能每天挥舞着布条棍，在店门口的摊位上驱赶蝇虫。

有句话说得好，叫"有心栽花花不成，无心插柳柳成荫"。那是一个周六的上午，解凯刚把一车货卸下，店门前就来了一个学生打扮的女孩儿。女孩儿背对着他认真地挑选着盐海带，解凯一眼就认出了对方。他悄无声息地走到女孩儿对面小声呼唤："小南瓜。"

听到"小南瓜"三个字，女孩儿突然抬头，她的目光刚好和解凯的对视在一起，女孩儿惊喜地叫出声："螃蟹哥，你怎么会在这里？"

解凯微微一笑："这店就是我家开的。"

"难怪我放假回村都没找到你，你们一家竟然都搬到了镇上。"

"你去找过我？"

两人都到了情窦初开的年纪，裴春楠被这么一问，瞬间感觉脸颊滚烫，不知该如何回答。

　　长大了的解凯从"半个生意精"修炼成了"一个生意精"，这察言观色的本事也练得炉火纯青，从对方的反应他可以断定，裴春楠绝对去村子里找过他。小时候青梅竹马的一幕幕，又重新浮现在他的眼前，短暂的回忆后，解凯问出了最有深意的一句话。

　　"小南瓜，还想再吃红糖米糕吗？"

　　裴春楠这次没有躲闪，她勇敢地迎上了解凯投来的目光，坚定地回了一句："想，做梦都想。"

　　"明天是周日，老地方，可以吗？"

　　裴春楠使劲儿点了点头，然后起身离开。

　　面带笑容的解凯，在裴春楠的身后逐渐变得模糊，她低着头漫无目的地一直走，一直走，走了很久之后，她的眼眶突然有些湿润。自从上了初中，她几乎就和解凯断了联系，她曾不止一次去村里找过他，可一次次等待她的只有紧锁的大门。如果说每个女人心里最终都会住下一个男人的话，那这个男人早在孩童时期就在裴春楠的心里安了家。在那心灵无处安放的童年，是解凯给了她所有美好的记忆。那个时候的校园，风靡着琼瑶的言情小说，男欢女爱也不再是羞答答的枕边夜话，思想的解放，让很多学生在初中时期便开始尝试爱情的味道。裴春楠的相貌在学校虽然不算倾国倾城，但是至少也能与校花旗鼓相当。她用两年的时间拒绝了不下 20 位追求者。再加上她本身就极为内向的性格，因此她也被同学评为"校园中最难追到的女生"。然而外人哪里知道，裴春楠这颗冰冷的心只会为一个人融化，这个人就是她的"螃蟹哥"解凯。

　　从镇子回到仙槐庙需要坐一个小时的小巴，解凯在车站将买好的车票悄悄塞进裴春楠的手中，然后两人心照不宣地假装成最熟悉的陌生人。小巴车上，两人一前一后坐在车尾，裴春楠始终低着头，解凯则借着车窗的反光，偷偷地打量着多年未见的"小南瓜"。

一路上，两人没有交谈，车子到站后，也是裴春楠先走几十米，解凯才小心地跟在身后。为了避开熟人，两人故意绕道而行，裴春楠时走时停，解凯时慢时快，这个场景让记忆瞬间回到了童年。

进入仙槐庙的路一共有三条，两人从小到大走过无数回，那个常被两人当成垫脚石的坟包如今还依旧坚挺地立在那里。

"对不起，对不起。"每回翻墙前，两人都会双手合十向坟包致歉，这个动作虽然隔了很长时间没做，但是回到熟悉的环境后，他俩还是本能地做起了同样的动作。

进了院墙，悬在两人头上的枷锁瞬间被解除，解凯笑眯眯地伸出右手："我有玉佩，能辟邪，给你保护罩。"裴春楠先是一愣，然后很自然地将手放进了对方的掌心。

解凯并没有感觉到意外，他笑眯眯地从口袋中掏出两块红糖米糕："我自己做的，快尝尝。"

当裴春楠听到"自己做的"几个字时，她下意识地将手与对方十指相扣。解凯感受到了那股从心里传来的力量，他五指一蜷，将裴春楠的手牢牢地握在手心中。

裴春楠没有像以前那样掀开油纸，她深情地望着解凯，缓缓地开口说道："螃蟹哥，我去你家找过你好多次，可是你都不在家，我以为再也见不到你了。"

听她这么说，解凯突然有些惭愧，相比之下，断了联系的这些日子，解凯除了偶尔想起外，似乎并没有太关心过裴春楠的下落，去学校找寻，也不过是百无聊赖之时的突发念头。

事实虽是如此，但话却不能这么说，解凯想好说辞，压低声音回答道："我也去学校找过你，不过没有学生证，校门口的保安没让我进。"说完，他故意做出无奈的表情，讨得裴春楠报以微笑。

"你经常在店里吗？"裴春楠又问。

"只要你想见我，我随时都在。"

面对解凯如此露骨的回答，裴春楠没有感觉到任何不悦。而解凯说出这句话其实也是在试探裴春楠的反应，结果显而易见，他与裴春楠是"郎有情，妾有意"，距离捅破窗户纸只剩下最后一步。

解凯敢打包票，这个时候就算他把裴春楠扑倒在地，估计对方也不会做过多的反抗，但他不能这么做，裴春楠即将进入初三，是学业最关键的时期，他不能在这个时候做任何出格的事情。

解凯强压着那种不可名状的情感，低声问道："你以后有什么打算？"

"学校有中专的名额，我想初中毕业后直接考中专。"

解凯知道裴春楠学习刻苦，但是没想到她竟然敢把目标定在中专。很多人可能不知道，那个年代的中专比现在的"985"还要难进，只要能考取中专，就意味着毕业后能有一份体面的工作。

"考中专有多大的把握？"

"如果不出意外，应该问题不大。"

解凯喜出望外，因为一旦裴春楠被中专录取，那就意味着她会永远在云汐扎根，假如两人有以后，只要彼此心还在，走到一起只是时间问题。

过来人都知道，校园爱情不外乎两种结果，第一种是耽误学业耽误前程；第二种则是爱情事业双丰收。不用猜，裴春楠也属于后者。校园爱情最大的敌人就是"如胶似漆"，试想，如果热恋中的情侣都生活在校园中，半刻不见就"十分想念"，上课满脑子都是"他好我也好"，不毁学业简直是怪事。而裴春楠和解凯则不同，他们一个在校内一个在校外，裴春楠周一至周六几乎都窝在班里大门不出、二门不迈，熬到周日，6天的学习压力在解凯的陪伴下缓解得无影无踪；这就好比跑热了的发动机，需要停下来降降温一样。这样的爱情对裴春楠的学习非但没有影响，反而十分有利。

一年后，裴春楠如愿考入了纸厂中专。在那个没有手机、电脑、大数据的时代，所有信息的载体全部都要依赖纸张，所以那时候的造纸厂绝对是香饽饽，纸厂中专在众多中专院校中绝对是"清华北大"般的存在。

拿到录取通知书的那天下午，裴春楠没有回家，她想把这个惊喜第一时间和解凯分享，赶到仙槐庙时，天色已有些昏暗，但两人似乎有说不完的话，夜幕逐渐降临，月光如纱似水，大地也变得一片朦胧。卸下了压力的裴春楠再也抑制不住内心的情感，她踮起脚，慢慢地向解凯靠近。

不管在什么时候，男性的激素永远都比女性来得强烈，当裴春楠的呼吸声在解凯的耳畔逐渐清晰时，他一把将裴春楠拥入怀中。裴春楠似乎早已有了预感，她眯起眼睛，准备迎接解凯最猛烈的攻势。唇瓣相接的那一刻，裴春楠感觉全身的汗毛都要炸开，这是一种让人尝试后瞬间就能上瘾的体验，唇瓣间的轻触再也无法满足两颗炽热的心，他们几乎要用尽全身力气深吻下去。接下来的画面，并没有按照影视剧的套路发展，虽然两人摩擦出了烈火，但是火并没有点燃干柴。

"我想和你一起看月亮。"裴春楠把头埋在解凯怀中，说出了当年情侣间最喜欢说的一句情话。那时没有电影院，没有西餐厅，白天牵手会遭人闲话，唯独月下的公园才是最佳的选择。对情侣来说，最美好的画面莫过于两人相互依偎，坐在无人的角落仰望天空的皓月。

爱情的滋润，让解凯的肾上腺素分泌有些过剩，他指着树顶对裴春楠说："小南瓜，我们去树上怎么样？这样可以离月亮近一些。"

"去树上？这么高？"裴春楠嘴上虽这么说，但心里还是有些小期待。

"没事，我有办法。"解凯走进庙堂，搬出了长条香案，接着他选了一块凹地，把香案牢牢立在树下，"行了，咱们踩着这个就能上去了。"

裴春楠没有拒绝，她在解凯的搀扶下，顺利攀上了最粗的那根枝条，当年没有高楼大厦，到处都是低矮的瓦房，高度的落差，让视野变得开阔，两人坐在枝头，微风拂面而过，眼前的场景似乎只有在童话中才会出现。

不知过了多久，虫鸣蛙叫渐渐淡去，深夜悄然而至，裴春楠躺在解凯的怀中进入了梦境、那一夜，是槐树粗壮的枝干在支撑着两人青涩的爱情。

二十四

中专的生活比裴春楠想象的艰苦，周一至周五文化课，周六周日下厂实习，这种理论和实践结合的方式，让两人聚少离多。解凯虽然住在镇上，但是每当想起裴春楠时，他总会来仙槐庙睹物思人。一个人的时候，少了浪漫，多了孤独，唯有登高望远才能让他的心灵有所慰藉。站在树干的顶端，他隐约能看见纸厂中专那栋 6 层教学楼，爱屋及乌，那栋教学楼仿佛成了裴春楠的化身一般。可是饱受相思之苦的解凯哪里会料到，他的这个举动差点儿要了他的小命。

那天下午，早早收工的解凯又爬上了槐树顶，就在他想抬头眺望远方时，脚底突然失重，身体也随之快速下落，解凯本能地伸手去抓，千钧一发之际，几根手指粗细的藤条被他牢牢拽住，藤条上的凸起将他的掌心划开多条伤口，望着脚下一片漆黑，纵使手心如刀割般疼痛，他也不敢轻易松手，好在平时搬运干货练就了一副好臂力，随着身体几次摇摆，他重新稳住了重心。

日光顺着头顶的洞口照射进来，白色的光斑将洞底的黑暗驱散。"树里面是空的？"解凯揉了揉眼睛，确信自己没有看错。

此时的他距离地面不足 2 米，在确保安全的情况下，他松开藤蔓跳了下去。"难道这就是树仙住的地方？"解凯有些胆战，又有些兴奋。他喜欢看武侠小说，按照小说里的套路，这种与世隔绝的地方必定会藏有惊天的秘密。

解凯定了定神，情绪稳定后，他开始贴着树壁慢慢向前挪动，洞内的面积仅有十来平方米，没用多久，他又重新回到了起点的位置。

"就是一个树洞，什么都没有。"好奇心淡去，头顶的日头也快要下山，

"再不上去，今天就要在这儿过夜了。"想到这儿，解凯不敢再耽搁，他抓住两根藤蔓，使出吃奶的力气向上攀爬。潮湿的树壁长满了菌类、青苔，经过半个多小时的尝试，解凯才重见天日。为了防止有人重蹈他的覆辙，解凯回家取了一个木锅盖扣在了洞口之上。

坠洞风波，只是一个小小的插曲，所以解凯从未向任何人提起。俗话说："大难不死，必有后福。"崂山街造纸厂由于扩大生产，急需扩充人员，裴春楠那一届学生省去了一年的实习期，上到第二年时便被一锅端走。

二十五

两人有过约定，只要裴春楠这边一上班，解凯那边就会托媒人提亲，原本3年的计划被缩短成了2年，无疑不是一件喜事。

婚姻大事讲究"父母之命，媒妁之言"，在媒婆眼里，一头是有体面工作的女娃，另一头是成功商人家的公子，刨去别的不说，单是外在条件就是绝对的"门当户对"。

裴春楠正式上班的第三个月，在媒人的撮合下，两家人坐在了一个饭桌上。饭局一共只有6个人，以媒人为中心，左边落座的是解凯一家三口，右边则是裴春楠和她头发花白的奶奶。饭局分"三项议程"，首先，由媒人介绍两家情况。其次，双方家长相互寒暄。最后，征求两人意愿。一套程序走下来，只要没有大的分歧，婚事当场就能敲定。当天在两人情投意合、心心相印中，饭局完美收场。

崂山街造纸厂建在郊区，离解凯当年的老房子只有十来里路，为了方便两人的小日子，解凯决定翻新老宅做婚房。这个提议曾遭到解文亮夫妇的反对，在他们看来，儿子要想有个好的发展，留在镇上是最佳的选择。

解凯当然知道父母的想法，但比起自己，他更关心裴春楠的感受。裴春楠从小无依无靠，是奶奶将她一手拉扯大，如果裴春楠就这么搬进镇上，那她的奶奶定会无依无靠。除此之外，还有那座无法割舍的仙槐庙，那是他们感情的源头，时不时去上一趟，都能勾起很多美好的回忆，所以解凯执拗地要留下来。同年的农历十二月初八，解凯骑着一辆崭新的"二八大扛"在亲朋好友的簇拥下，把裴春楠娶回了家。那一年，裴春楠刚满20岁。

裴春楠所在的单位是当时湾南省最大的国营造纸厂，生产出的纸张经常是供不应求，每天等待运货的卡车能从厂门口一直排到几公里外。那个年代科技水平不发达，纸厂的效益和工人的劳动强度永远成正比，销量好，意味着工人每天都要压榨自己的剩余价值，裴春楠自然也不例外。解文亮夫妇本想着孩子结婚后，便能圆了他们抱孙子的梦想，可面对实际情况，这个想法也只能暂时作罢。

裴春楠在外忙碌，解凯也没有闲着，成家意味着立业，他不能再像以前一样吊儿郎当，每天早上送完裴春楠，解凯会乘小巴回到镇上，帮着父母打理店面，为了熟悉渠道，从进货到送货的所有环节，几乎都被他一人包揽。

第一个5年，在两人忙碌而充实的生活中度过，裴春楠当上了车间的主管，解凯也正式从父母手中接过了店面的经营权。在外人看来，这段婚姻相当幸福美满，可其中的冷暖只有他们自己知道。裴春楠多年无法隆起的肚子，成了两人之间挥之不去的阴霾。为了求得一子，裴春楠这些年到处寻医问药，但始终不见起色。父母的催促给小两口造成了不小的压力，解凯也因此和父母发生过多次矛盾，解文亮夫妇一气之下选择回浙江老家安度晚年。解凯从此独自挑起了店铺的大梁。

时光荏苒，白驹过隙，第二个5年又从指尖溜走。那年，裴春楠93岁的奶奶卧于床榻已接近大限，夜里，双眼模糊的奶奶把裴春楠叫到了床前。

"楠楠，这些年让你受苦了。"

裴春楠坐在床前，眼圈红肿，奶奶每况愈下的身体，她早就看在眼里，可面对生死，她只能在一旁小声抽泣，无力回天。

"不要哭，没有什么好哭的，奶奶临走之前要告诉你一件事情，这件事在我心里憋了 30 年，是时候告诉你了。"

裴春楠早已不是孩童，多年来她和奶奶相依为命，她隐约猜到了奶奶接下来要说的内容，裴春楠识趣地坐在一旁没有出声。

奶奶继续说："我 15 岁嫁给你爷爷，17 岁那年你爷爷被抓了壮丁。当年日本人侵略中国，我东躲西藏到处逃荒，等到日本人被打跑时，我知道你爷爷可能再也回不来了。后来我跟着老乡来到了仙槐村，一住就是几十年。逃了大半辈子，我早就忘记了自己的家乡在哪儿，更不知道亲人是死是活，逢年过节看着别家热热闹闹，我这心里甭提有多空落了。

"63 岁那年，村里你蔡婶问我，要不要给我抱个娃养老，那时候我寻思身体还不错，活个一二十年还不成问题，于是我就答应了。后来你蔡婶连夜带我去了一个叫窦家窑的山沟沟，我从你爹窦思成手里把你抱回了家。你爹当年并不是不想要你，而是家里太穷，你娘又感染了顽疾，把你留在家里也是饿死，所以他们就想给你讨条活路。把你抱走时，你娘躺在床上哭晕了过去，你爹跪在我面前嘴里反复念叨一句话，他说：'娃啊，爹娘对不起你，爹娘对不起你。'我看了那场面，也是于心不忍，就给你爹留了个地址，我说，只要想娃了，随时可以来，要是以后想认亲，我也不拦着，毕竟我也是一把老骨头，只要我死了能给我寻个地儿埋了，怎么都行。就这么的，我才把你抱了回来。后来的十几年里，我靠着村里分的 4 亩田把你拉扯大。

"老一辈都说，'73''84' 是两个大限，把你送进初中时，我熬过了'73'，可 '84' 到底能不能熬过去，我心里也没谱。我在想，如果熬不过去，我孙女在这世上就没了亲人，该怎么办？于是我想来想去，又跑到了窦家窑找到了你爹娘。你爹是个好人，当年我把你抱走时，你娘就剩下一口气了，这回我去的时候你爹告诉我，他带着你娘寻了十几年的医，病终于有了好转，你爹娘不是不挂念你，只是你已长大成人，他们不敢去认。而且你娘当时又怀了身孕，后来我听说生的是个男娃。现在算起来，差不多也有十五六岁了。

"我那次去找你爹妈，就是怕自己没了，你还能有个牵挂，你爹妈也当着我的面表了个态，只要你肯去，他们就一定认你这个闺女。"

奶奶说着，从怀里掏出了一张照片："这是你爹妈一家的合影，他们住在窦家窑 34 户，门朝南。你把照片收好。"

裴春楠双手接过，眼泪如决堤般从脸颊流下。

"我走后，不管你认不认这个亲，你都要去你爹妈家看一看，好歹有个念想。"

裴春楠重重地点了点头："嗯，奶奶我答应你。"

奶奶从皱纹中挤出一丝微笑，她亲昵地抚摸着裴春楠的头："孙女不哭，来，让奶奶好好看看，好好看看。"

此时的裴春楠再也控制不住内心的哀伤，她把头埋在奶奶的怀里，泣不成声。

二十六

半个月后，裴春楠的奶奶被葬在了刚修建没多久的仙槐陵内，她遵从了奶奶的遗愿，独自来到了那个曾经的出生地——窦家窑。在裴春楠看来，不管亲生父母是出于什么目的将她送走，她都不可能轻易接受他们，她这次来的目的很简单，仅仅为了完成奶奶的遗愿。

窦家窑在一个闭塞的山沟沟里，裴春楠转了三趟小巴，又坐了半小时三轮才总算找到大致方位。进山坳，穿过一座石桥，在问了好几个路人后，裴春楠站在了窦家窑 34 户的门前。

裴春楠从小和奶奶相依为命，在村里比穷，她们家认第二，绝对没人敢认第一。可当她看见眼前破败的房屋时，她似乎开始有些理解奶奶所说的那些话。一贫如洗、家徒四壁，若不是亲眼所见，她根本不会相信，在云汐市竟然还有这么穷的地方。

"请问，你找谁？"声音从她的身后传来，裴春楠转过身去，一位十五六岁的男孩儿正好奇地打量着她。

"你住在这里？"裴春楠问。

男孩儿推开破旧的木门，把两担柴火堆在院中。"这是我家，你有事可以进来说。"

男孩儿很客气，裴春楠没有拒绝："就你一个人？"

男孩儿点了点头："爸妈去山外卖笋了，要两天才能回来。"

"卖笋？"

"对。"男孩儿边忙活边说，"山里不能种地，也不能打猎，只能靠挖笋换点儿钱。"

男孩儿虽然年纪不大，但是说话做事都很利落，又加上血缘关系，裴春楠对他的第一印象很不错。

"对了，你是干什么的？"男孩儿问。

裴春楠掏出一张照片递了过去，男孩儿瞟了一眼忽然叫出了声："你是我姐？"

"姐？你怎么猜出来我是你姐的？"

"我爸妈跟我说过，我还有一个亲姐在山外，说她有一天会带着照片回家，你一进门我就发现咱俩长得有些像，你肯定是我姐！"

裴春楠微微一笑，默认了他的话。"你叫什么名字？"

"姐，我叫窦哲。"

"你今年多大了？"

"虚岁 16。"

"还上学不？"

"家里供不起，就不上了。"

"那你平时都干啥？"

"上山打柴做木炭。"

裴春楠没有再继续问下去，她看着衣衫褴褛的窦哲，心中难免会有些心痛。她与解凯结婚 10 年，一直没有孩子，那时候医学不发达，也查不出个所以然，后来她跑到省城的大医院，医生告诉她，她无法生育的原因可能和她接触的环境有关。造纸厂是重度污染企业，从医院回来时，她就一度怀疑自己的病可能和造纸厂脱不了干系。她已整整 30 岁，如果再过几年还没有孩子，可能就很难再怀上了。去年村里拆迁，她和解凯一共分到了两套房，再加上镇上那家经营红火的干货店，她几乎不用再为经济发愁。造纸厂的工资虽然不低，但是为了下一代，她还是有了辞职的念头。这个想法她也曾和解凯沟通过，解凯在得知前因后果后，非但没有反对，反而相当支持。

若不是今天遇到窦哲，裴春楠可能在两个月内就要去工厂办理离职手续，可今天，她又有了一个新的想法——岗位置换。崂山街造纸厂属于国有企业，裴春楠作为正式员工占有企业编制，那时候国企的编制可以置换，也就是说，你不干了，空一个编制出来，而这个编制只要厂里的领导睁一只眼闭一只眼，理论上是可以由其他人顶上的。"岗位置换"在那个时候的国有企业早就见怪不怪。

"反正辞职后编制也是便宜别人，与其这样，还不如让给窦哲。"裴春楠产生这个想法，也是有多方面原因的。虽说她的亲生父母没有尽到抚养的义务，但是毕竟是生母十月怀胎把她带到了这个世上，生育之恩也是恩，若让她看着生母一家吃糠咽菜，自己却满嘴流油，她绝对做不到。俗话说"授人以鱼，不如授人以渔"，赠予的钱财总有花完的那一天，与其这样，还不如给他们搭建一条通往财富的路。这样一来，既是报了恩，也是对奶奶的在天之灵有所交代。

裴春楠思前想后，确定这是一个一箭双雕的法子，于是她问道："窦哲，你想不想去山外挣钱？"

听裴春楠这么一说，窦哲一把丢掉手中的柴火："想，咋不想？我身份证下个月就能拿到，我和我妈说了，到时候和村里的人出去打工，听说山外一个月能挣八九百，比我烧木炭强太多了！"

"我能给你找个每月赚 2000 元的活儿，你愿不愿意干？"

"啥？2000？姐，你没骗我吧！"窦哲朗声喊了起来。

裴春楠从包里拿出纸笔，写了一行娟秀的楷书："认字不？"

窦哲断断续续地读出声："崂……山……街……造……纸……厂……"

"对，就是这里，如果你考虑好了，下个月10号早上8点，我在厂门口等你，我会给你安排在那里上班。记住，我只等你两个小时。"

"姐，我这不是在做梦吧？我真的可以去镇上上班？"

裴春楠也不搭腔，她从口袋中掏出2张百元大钞："来之前换身新衣服，床单、被罩、毛巾、牙缸都准备好，以后你可能很长时间都不会回到这山沟沟里了。"

"姐……这个……"

"拿着吧。"裴春楠把钱塞进窦哲的口袋，转身离去。

二十七

自从知道窦哲一家的存在后，裴春楠一直对他们抱有十分复杂的情感。她奶奶说得没错，如果当年她没被送走，在这样的家庭环境中估计也很难活下来，她知道亲生父母的难处，可这么多年来，她因无父无母所遭受的歧视绝非一句道歉、一个难处就能全部掩盖的。裴春楠是个心软的人，她担心一旦接受了窦家的任何一个人，今后就会慢慢融入这个家；她不想这样，她觉得这对奶奶来说太不公平。她原本的计划就是留些钱还了生育之恩，便老死不相往来。给窦哲安排工作，也是临时起意，她只是觉得这么做比较妥当，而不是特意去为这个家计划什么，所以她对窦哲的态度很冷淡，走得也很决绝。

每月10号，是纸厂的发薪日，这一天也被定为新老员工交替的日子，裴春楠用6条香烟疏通了人事科的关系，只要窦哲愿意，10号当天便可直接来厂里上班。裴春楠在厂里是车间副主任，大小算个官，按照"置换"的"潜规则"，厂里的编制可以保留，但领导岗位绝对要给别人，否则老子是厂长，换他儿子还做厂长，非乱套不可。所以窦哲进厂只能从最普通的工人做起。造纸厂的底层员工分很多种，大多数都是直接接触高污染物。裴春楠这些年深受其害，她不想让窦哲重蹈覆辙。在她犯难之际，人事科长给她指了一条明路，去运输队。

在那个交通并不发达的年代，运输队绝对是决定一个厂生死存亡的关键。工厂能不能快速回笼资金，全要看汽车轱辘跑得快不快。运输队虽然在厂里占据着举足轻重的位置，但是常年的风雨漂泊，也让它成为最留不住人的岗位。可对窦哲来说，运输队再适合不过了。首先，他光棍儿一个，一年外出 365 天也不会有畏难情绪。其次，去运输队能学到一技之长，就算今后离开了纸厂，有了驾驶手艺，到哪儿都能谋碗饭吃。最后，在运输队收入最高，满勤每月 4000 元，能抵上三个乡镇公务员。裴春楠觉得人事科长说得在理，于是她没有征得窦哲的同意，就直接给窦哲预留了一个运输队跟班的岗位。

10 号那天早上，裴春楠在纸厂门口见到了一身运动装的窦哲。俗话说，"佛靠金装，人靠衣装，三分靠长相，七分靠打扮"。窦哲这么一捯饬，看起来要比之前帅气、阳光很多。

"姐，我来了。"

裴春楠眉头一皱："在这里不要喊我姐。"

窦哲刚从山沟里出来，心智尚未全开，他不懂镇里的规矩，见裴春楠表情肃穆，他默默点了点头。

"我给你安排在厂里的运输队工作，只要能吃苦，一个月能拿三四千元钱。"

"我一定能……"

"听我把话说完。"裴春楠粗声打断了他，"我不管你吃得了苦，吃不了苦，我给你安排的是厂里正式员工，除非你还想回到山沟沟里，否则就算再苦再累，你也要给我咬牙坚持，听见没有？"

"听见了！"

"好，我现在带你去办手续，没有我的允许，尽量别说话，还有，以后在谁面前都别说我是你姐，否则会引起大麻烦，清不清楚？"

"清楚。"

"看见那扇大门没有？"裴春楠指着"崂山街造纸厂"6个铁皮大字问道。

"看见了。"

"你走进去之后，剩下的路就要你独自去面对，没有人会帮你，包括我。"

裴春楠说完，不管窦哲有没有听进去，她转身便朝人事科的方向走去。有句话说得好，叫"当断不断，必受其乱"，手续办好，"生育之恩"也就算还完了，她与窦家今后两不相欠。如果窦哲是块料，有了这份工作绝对能让窦家彻底和"穷"字绝缘，如果窦哲烂泥扶不上墙，就算自己有再多的钱也堵不住这个窟窿。裴春楠态度如此冷淡，就是要让窦哲断了念想。

窦哲接连被泼了好几盆冷水，心情有些低落，他佝偻着身子按照裴春楠的要求签了一大堆表格后，从后勤部领到了一套藏蓝色的工作服。

"手续办完了，明天早上8点准时到运输队报到。"裴春楠说完，从口袋中掏出了一把钥匙，"纸厂旁边的家属区有员工宿舍，30元钱一个月，我给你交了一个月的房费，钥匙上拴着门牌号，你回头把衣服铺盖都搬进宿舍。厂里的食堂管饭，只要好好上班，基本不用花什么钱。该交代的我已经交代了，至于今后你能混成什么样，全靠你自己了。"

虽然窦哲不知道裴春楠对他的态度为何如此冷淡，但是不可否认，眼前这位与他有血脉之亲的"陌生人"给了他一次出人头地的机会。临来时，母亲曾告诉他，不管人家认不认他这个弟弟，都要念人家的好。窦哲不知该如何表达内心的感激之情，就在裴春楠将要走出大门之际，窦哲朝着裴春楠的背影深深鞠了一躬。

二十八

关于窦家的一切，裴春楠并没有向解凯提及一个字，因为她太了解自己的丈夫，以解凯爱屋及乌的性格。一旦让他知道了真相，估计用不了多久，他就能和窦家处得像一家人似的，这是裴春楠不愿意看到的场景。

离职后的裴春楠在干货店当起了老板娘，这种男主外、女主内的生活比在工厂要过得自在。每天早上7点，两口子吃完早餐，裴春楠便穿起套衫打扫店内卫生，解凯则蹬着三轮摩托外出送货。

龙生龙，凤生凤，解文亮夫妇是生意精，经过点拨的解凯也是一样；自从父母"告老还乡"之后，干货店被他经营得有声有色。云汐市位于北方，海鲜对云汐人来说，那是绝对的奢侈品。而"海鲜"吃的就是一个"鲜"字，在快递速运还未起步的年代，距海几千里的云汐市除了皮皮虾、海瓜子，几乎看不见其他种类。虽然活的吃不到，吃些"干尸"还是可以实现的。

解凯为此还专门南下考察过，经过一番尝试，他当机立断，把店里曾经主营的"干鸡腊鱼"全部换成淡菜（贻贝）、干贝、鱿鱼、海参等海鲜干货。

在很多人看来，干货买卖就是个小本生意，没必要折腾来折腾去。一车海鲜干货，光运费都是不小的开支，搞那么大动静，就怕最后赔得血本无归。

常言道："撑死胆大的，饿死胆小的。"解凯在南方待了一个月，他把所有海鲜干货能做的菜品全都尝了个遍，那味道绝非牛羊肉可以比拟。云汐是个重工业城市，多数云汐人可以不讲究穿、不讲究住，但唯独对吃，从老到少都很看重。解凯觉得，只要打通了饭店渠道，他的海鲜干货绝对能在云汐市傲视群雄。

第一批海鲜干货刚运到时，解凯拿着菜谱穿梭在各大饭店赔本赚吆喝，很多饭店抱着试试看的心态，把一道道南方美食端上了北方人的餐桌。由于气候的原因，北方人喜麻辣，南方人重鲜香，就在很多厨师都不看好的情况下，令人欣喜的一幕出现了：解凯的海鲜干货很受女性的欢迎。咱中国人讲究女士优先，出于礼貌，点菜前都要先询问女士的意见，而女性口味多以清淡为主，所以解凯的第一步走得还算踏实。

中国人讲究饮食文化，烹饪这门技艺除了可以果腹，还是智慧的体现，和西方的"野蛮煎炸"相比，咱们的八大菜系就显得有内涵得多。所以中国厨师对食材的理解，绝不拘泥于固定的模式，解凯带来的菜谱虽然可以让海鲜干货端上餐桌，但是做出来的菜品却与本地人的口味有些差异。食材是死的，厨师却是活的，同样的食材如果处理得当，自然也会唤醒沉睡的味蕾。

第一个改良菜谱的饭店名叫"仙槐居"，老板叫戴璐，出生在仙槐村。戴璐打小跟着父母出来打拼，所以她和裴春楠虽是老乡，但并没有太深的交情。不过这不耽误解凯以此为由攀亲道故。仙槐居敢做"第一个吃螃蟹"的饭店，与"老乡见老乡，两眼泪汪汪"关系很大。

解凯与戴璐年纪相仿，两个人都是通过"继承"取得的店面，再加上本身又是老乡，所以戴璐很支持解凯的生意。

改良后的菜谱赢得了众多食客的青睐，解凯的海鲜干货也开始供不应求。带着感恩的心，不管别的饭店怎么抱怨，他都会第一个保证仙槐居的供应。这人心都是肉长的，往来多了之后，两人的关系也从生意伙伴变成了"知心朋友"。

戴璐喜欢交友，性格像极了《红楼梦》里的王熙凤，有个成语叫"把酒言欢"，开饭店的不会喝酒，就如同卖车的不会开车一样。戴璐的男人叫郭小飞，性格内向，不善言谈，酒量更是奇差无比，在仙槐居，他的地位充其量就比服务员高那么一点儿，饭店的所有杂活儿全都是郭小飞一人包揽，戴璐则每天端着酒杯穿梭在各个包间之中。

仙槐居是一栋自建 3 层楼房，有 1000 多平方米，1 层是大厅，2 层是包间，3 层则是戴璐和丈夫起居的地方。这种规模，在乡镇只能占到中等偏下。不过上星级的酒店，不一定就能干过"老字号煎饼摊"；店小不代表收入少，关键看怎么经营。一家饭店要想红火，靠的是"回头客"，而自带交际天赋的戴璐，留住回头客当然不在话下。

戴璐很注重穿衣打扮，一年四季，不管暑气熏蒸还是寒气逼人，戴璐的标配永远是"一步裙、黑丝袜"。这种打扮，最容易让男人产生性幻想。戴璐长相不算漂亮，但狐中带妖，尤其是走路时扭动的翘臀，很容易让人产生犯罪的冲动。除了身材外貌，戴璐的性格也很开放，对于一些动手动脚的客户，她从来不放在心上，有时她甚至会主动坐在客人怀里撒娇卖萌推销酒水。试想，一个饭店口味还不错，又有一个如此妖孽的女老板，生意想不红火都难。

像戴璐这种女人，最擅长察言观色、见风使舵。她也心知肚明，在她的交际圈里十个有九个都想把她按在床上发泄一番，剩下的那股"清流"就是解凯。为了能把干货价格压到最低，戴璐曾私下请解凯吃过几次饭，不管戴璐穿得多么暴露，解凯都不为所动。为了测试解凯是假正经还是真的正人君子，戴璐曾故意装醉，让解凯将她扶进房中。

戴璐的丈夫郭小飞为人极度窝囊，戴璐就算是当面给他戴绿帽子，他也不敢放一个屁。假如那天换成别人，估计戴璐的衣服早就被扒了下来，但解凯没有这么做，他把戴璐扶上床，打开空调，接着倒了杯热水放在床头，做完这一切后，解凯蹑手蹑脚地离开了房间。

脚步声在门外逐渐远去，戴璐睁圆了眼从床上坐起来，她先是摸了摸自己浑圆坚挺的乳房，然后又拍了拍紧致的翘臀，最后她得出一个结论：解凯是个君子。

烟花柳巷的女子最喜欢一句话："趁着年轻多赚钱，等钱赚够了，就找个老实人嫁了。"风流女子独爱"老实人"，这个理论虽然没有专家学者去探讨，但是事实证明，此话所言不虚。自从那次试探之后，戴璐对解凯的情感似乎已经超出了朋友的界限。

二十九

戴璐善于交友，绝对是受父母的耳濡目染，而风流成性却和她丈夫有关。她与郭小飞的结合，完全是她父亲的主意。戴璐父亲叫戴本山，是镇子上有名的社会人，他与郭小飞的父亲郭俊是过命的拜把兄弟，两人结拜的时候就曾立下誓言：日后若是两人生有子嗣，男的就拜为兄弟，女的结为姐妹，一男一女就结为夫妻。后来在一次斗殴中，郭俊替戴本山挡了一枪，导致右腿功能性截肢。因为这事，戴本山一直心怀愧疚，这也是后来郭俊家道中落，戴本山却还执意将女儿嫁过去的原因。

然而遗憾的是，郭小飞并没有继承父亲的血性，那种骨子里透出的软弱，让戴璐恶心至极，他们两个的结合让人不由得联想到历史上那对著名的夫妻——潘金莲与武大郎。

对于这门婚事，戴璐曾反抗过，但像她父亲这样的"老炮儿"，把誓言看得比命都重要，至于反抗的结果，不用猜都知道是徒劳。戴本山之所以敢这么强硬，是因为他手里有制胜的法宝——仙槐居酒楼。戴本山对女儿说："答应这门婚事，酒楼就是你的嫁妆，如果不答应也行，我就把酒楼交给郭小飞，以报当年他爹的救命之恩。"

仙槐居是戴家的摇钱树，戴璐知道，以她父亲的性格，如果她不答应，这个酒楼他真敢拱手相让。本着肥水不流外人田的想法，母亲找到了戴璐，她说："闺女，只要你同意，等结完婚后我就带着你爸回东北老家发展，如果以后你和郭小飞真过不下去，我们也不拦着，人家救了你爸的命，男人说出去的话如同泼出去的水，你不能让你爸出尔反尔。"戴璐转念一想，也对，等父母一走，后面的事情究竟如何发展，全在她一人的掌控之中。经过一天的思想斗争，戴璐最终答应了这门婚事。

包办婚姻，结人不结心，洞房花烛夜能把新郎赶出家门的也只有戴璐。从小生活在男权家庭中的她，对父亲极为崇拜，若不是女儿身，估计她早就学着父亲挥剑江湖了。在她心里，男人就应该像他父亲一样，顶天立地，敢闯敢拼。可郭小飞从头软到脚，十足的受气包。新婚夜，戴璐甚至想，如果郭小飞有种强暴了她，她也就认了。可谁知面对戴璐的呵斥，郭小飞一再忍让。这种厌到家的表现，让戴璐嗤之以鼻。

两人结婚半年后，戴璐的父母回到了东北老家。在这半年里，郭小飞做了一件让戴璐觉得极为恶心的事，也正是因为这件事，戴璐宁愿跟陌生人上床，也不愿将自己交给这个软蛋。

那是一天夜里，戴璐换下衣物准备睡觉，可刚躺下没多久，就听见卫生间内有"哼哼唧唧"的声响，她蹑手蹑脚地起身，透过卫生间的门缝，她发现郭小飞正赤裸着下身，用她刚换下来的丝袜"打飞机"。戴璐虽然感觉郭小飞变态至极，但是她并没有当面戳穿。因为她知道，像郭小飞这样懦弱的性格，很容易做出出格之事，这万一郭小飞想不开，她也脱不了干系。

在发现郭小飞这个嗜好前，戴璐对他还有些愧疚，可自打那次之后，戴璐再没给他留一点儿颜面。作为饭店的掌权人，戴璐对郭小飞时常呼来喝去，他的地位有时比饭店的服务员还低。

戴璐原本计划等父母一走就和郭小飞离婚，可真当父母离去后，她又改变了主意。她心里清楚，不管什么时候离婚，她必定会被贴上"二手女人"的标签，和郭小飞分开简单，可要真这么做，那饭店里的什么事都需要她亲力亲为，这样一来累倒了自己不说，她连出去勾搭男人的时间都没有，所以在找好下家之前，提出离婚绝对是最不理智的选择。

都说女人"三十如狼，四十如虎"，当戴璐步入"如狼似虎"的年纪时，她整个人的心态都发生了巨大的改变，她每天都在想一件事："难不成这辈子就吊在郭小飞这棵歪脖子树上了？"答案当然是否定的。饭店90%的收入都在戴璐这里，这些年她也积累了不少财富，郭小飞在饭店只是打杂，随便找个人就能取代，对她来说，基本是"万事俱备，只欠配偶"。

　　戴璐是出了名的交际花，围在她身边的男人几乎个个都是"吃喝嫖赌抽"五毒俱全，若是把自己交给他们，那就等于把肥肉扔进热铁锅，迟早会被榨干。赔本的买卖她指定不会做，她现在需要一个自己喜欢又不贪财的男人。饥不择食的她，最终把目标对准了解凯。

　　戴璐之所以选中解凯，原因有三。一来解凯品性还不错，将他收服不用担心败家的问题；二来解凯大小也算个老板，两家店强强联合，生意必会蒸蒸日上；三来解凯老婆虽然面相清秀，但是没有她会捯饬，她有信心将对方PK（比）下去。

　　一个月后，戴璐开始了行动。

　　那天晚上9点，戴璐像往常一样邀约解凯撸串儿，仙槐居是解凯的大客户，只要是戴璐打来的电话，他一般都不会推辞。

　　电话里，戴璐告诉他，还有好几个朋友，可当解凯赶到时，只看见戴璐一个人在自吹自饮，于是他问："其他人呢？"

　　戴璐佯装生气，一巴掌拍在桌面上："别提了，一个个都是不靠谱的主儿，说好了来的，刚才一个电话又都不来了。"

　　"得得得，消消气，我这不是来了吗，反正我店已经打烊，晚上我陪你喝点儿。"

　　"嫂子呢？她不会说你吧？"

　　"不会，她最近一两年都在吃药，晚上睡得早。"

　　戴璐听言，心中一喜："既然嫂子睡了，那就多陪我一会儿。"

　　"没问题。"解凯一招手，"老板，来10瓶啤酒！"

　　"我今天不想喝啤的。"戴璐从桌子下面拿了一瓶白酒，"喝这个，十年口子窖。"

　　"乖乖，这一瓶得好几百吧。"解凯也不客气，拿了两个一次性水杯放在戴璐的面前。

　　戴璐拔掉瓶塞，汩汩的酒液顺着杯壁缓缓流入："客人起开的酒，不喝浪费。"

十年口子窖是陶泥封口，想打开瓶口，必须用特殊的金属扳手，而戴璐直接用手就拔掉了瓶塞，这让解凯心生疑惑，不过当他听到戴璐的解释后，疑云瞬间消散。在饭店里经常会遇到一种情况，客人把酒打开，喝不完也不带走，这时服务员会把起开的酒收起来，等到饭店打烊后，小酌几口。别以为喝这种酒丢人，俗话说"杯中有酒，越喝越有"，很多饭店老板对这种酒都情有独钟，因为他们认为"余酒"可以给他们带来财运。

解凯天真地相信了戴璐的说辞，可他哪里知道，瓶中酒暗藏玄机。

"来，走一个。"戴璐端起酒杯和解凯碰了碰。

"那我就先干为敬了。"不花钱的酒喝着不心痛，解凯竟然一口将满杯酒喝个底朝天。

"海量！再来一个。"

"哎，我说戴老板，今天这酒有些不对味啊。"一杯酒下肚，解凯的舌头开始打结。

"估计是你太累了，喝酒正好解乏，来，再走一个就没事了。"

"也许吧……"解凯脸颊潮红，身子也开始左摇右晃，"戴……老……板……我……我……"

"你喝多了，我扶你回去。"

解凯嘴里咿咿呀呀，眼前的一切都像是打了马赛克一般。看着解凯迷离的眼神，戴璐心知是催情迷药起了作用。说明书上介绍，迷药刚入口时，会产生一段时间的眩晕，等药力渗透进血液，催情作用便会发挥到极致。

眼看时机成熟，戴璐起身把解凯搀到了附近的宾馆内。进了房间后，戴璐又特意换上一套情趣内衣，听着解凯粗重的喘息声，戴璐的脸紧贴着他的胸口，几件单薄的衣裤被戴璐熟练地脱去。肉体间的摩擦，让解凯很快有了反应。老婆裴春楠长年吃药，解凯和她已很久没有夫妻生活了，面对如此诱惑，再加上催情药的刺激，解凯再也无法控制欲望，他如猛兽般将戴璐压在身下，剧烈的冲击力，让宾馆的床不停地发出"咯吱咯吱"的惨叫。

很快，解凯因体力透支，躺在床上沉睡不醒，戴璐像个小女人依偎在他的怀里忽闪着眼睛。要说这男人给女人下药常见，女人给男人下药还真是稀奇。作为始作俑者的戴璐，也是第一次这么干，令她欣喜的是，强壮的解凯给她带来了前所未有的愉悦，那种飘浮在云端的满足感，让戴璐沉迷其中。

窗外射入的一米阳光在床上缓缓移动，光线的刺激，让解凯突然惊醒，当看清枕边人竟是一丝不挂的戴璐时，他整个人感觉到了前所未有的恐慌。

"你醒了？"戴璐深情地看着对方。

"我们……你……怎么会……"

"你难道什么都不记得了？"戴璐娇羞得像个18岁的少女。

"记得什么？"

"你个没良心的！"戴璐把被子一掀，露出赤裸坚挺的胸部，"你昨天喝醉酒了，强行把我拉到宾馆里，怎么，刚一醒就不想认账了？"

解凯赶忙用手挡住春色："你快把衣服穿上。"

戴璐一把将解凯的手拉下："都是成年人，别来小孩子那一套，虽然你上了我，但是我只拿你当朋友。"

昨天晚上到底发生了什么，解凯完全没了记忆，但不管怎么说，发生这种事吃亏的终究是女人，既然戴璐还拿他当朋友，于情于理他都要有句话："戴老板，这件事是我做得不对，我也不知道我喝醉酒能干出这么糊涂的事。"

"哥，咱们都是有家有业的人，事情既然发生了，我不怪你，你也别往心里去，今后咱俩在不破坏双方家庭的前提下，该怎么处还怎么处，我呢，还是你的小妹，你还是我的大哥。"

听戴璐这么一说，解凯长舒一口气："谢谢妹妹，谢谢妹妹。"

戴璐阅男无数，像解凯这样的小白，哪里是她的对手？见对方思想已完全放松，戴璐又主动骑在他的身上。

"妹妹，你这是干什么？"

"哥，昨天晚上你好厉害，分手前咱们再来一次吧。"

对男人来说，最有面子的一件事莫过于有女人夸他床上功夫了得；话又说回来，好男人嫖娼的多了去了，只要心不出轨，解凯就没有那么强烈的负罪感。戴璐诱人的胴体在他面前不停地撩动，解凯咽了一口唾沫，在退房之前，两人又销魂了一把。

戴璐之所以要执意补上这一次，其中有极大的深意。因为她知道，昨天晚上的一切都是在解凯毫无意识的状态下进行的，她担心解凯走出这个门后会以"喝多了"为借口，对此事避而不谈。如果是这样，那她昨天晚上的心思就等于白费了。戴璐前面做了这么多铺垫，其实就想让解凯能主动和她发生一次关系，只有这样，才会有之后的"一回生，二回熟，三回四回上炕头"。

一切都按照戴璐的计划进行，宾馆一别后，她又制造了很多让两人厮混在一起的机会，仙槐居的卧室、卫生间、储藏间、犄角旮旯都有两人"战斗"过的印记。

解凯之所以一次次就犯，也是因为戴璐那句"不破坏双方家庭"的承诺。解凯在心里这样安慰自己："权当自己嫖娼了。"

可"常在河边走，哪儿能不湿鞋"，天下没有不透风的墙。有一次戴璐和解凯在卫生间偷情时，被突然赶来的郭小飞撞个正着。好在戴璐灵机一动，将房门反锁，解凯才趁乱翻窗逃跑了。

三十一

回去的路上，解凯十分忐忑，他担心事情暴露，没有办法收场，战战兢兢地等了一夜后，戴璐语气轻松地给他打了个电话："别担心了，我搞定了。"

"什么？搞定了？真的没事了？"

"我家那个就是尿包，你放心好了，他不会往外说的。"

"那就好，那就好。"解凯悬着的心总算落下了。

"什么那就好？"裴春楠寻着声音走近问道。

"没……没……没什么。"解凯猝不及防地把手机揣进怀里，"那个，我去送货，对，去送货。"

裴春楠虽没有作声，但她早就起了疑心。她与解凯同床共枕，丈夫的生活习惯，她比谁都了解。最近几个月，解凯总是以各种借口外出不归，而且每次回来，身上都带有一种淡淡的香水味。

裴春楠曾冷不丁地问过丈夫，他给的解释是，出去应酬沾上的。裴春楠虽然大门不出，二门不迈，但是她还是能分辨出很多种香水的味道，解凯身上的香味是"卡斯兰娜"淡香款，镇上就有专卖店，为此她还专门去店里验证过。

这种香水售价很高，一瓶要好几百元，普通家庭绝对无力消费，而且这款香水是用"点擦法"涂抹。需喷出少量擦在耳后、手腕和膝盖处，除非两人有亲密接触，否则香味很难会沾染到对方身上。除此之外，还有一点解释不通，解凯每次回来，身上都是同一种味道，如果真如他说的是在外应酬，怎么可能每次应酬都有同一个女人参加？难道是巧合？显然不是。

干货店门前有一个水果摊，老板是一名 40 多岁的妇女，闲暇时最喜欢聊东家长西家短。裴春楠是个内向的女人，她最讨厌别人口无遮拦，所以这么长时间，她与这个妇女都没有什么交集。可有一件事却让裴春楠记在了心上。有一天晚上，那个妇女偷偷摸摸地来到店里丢下一句话："小心你男人。"

天下没有不透风的墙，裴春楠断定，那个妇女一定是知道或看到了什么，但她又不想和这样的人扯上关系，长此以往，她陷入了一个猜忌的死循环。心理学上说，人靠与外界交流来排解内心。人一旦缺少交流，或多或少都会造成性格上的缺陷，而且性格内向者要比外向者更容易患上精神疾病。

　　裴春楠常年足不出户，唯一能和她打交道的只有往来的客人，但随着人们经济水平的提高，新鲜食材成了上桌的首选。干货店从门庭若市到门可罗雀，只用了一年时间。每天早晚 8 点之间，裴春楠绝大部分时间都在独自发呆。她不停地想，如果解凯真的离开她，她该怎么办？奶奶去了天堂，工作给了弟弟，裴春楠唯一的寄托就只有解凯。内心的恐惧，像铅笔道一样越描越黑，但裴春楠什么都不敢说，她担心一旦将窗户纸捅破，一切就会变得不可收拾，她现在只能"掩耳盗铃"地认为，那个女人和丈夫只是单纯的朋友关系。

　　可是裴春楠哪里料得到，她正一步一步地踏进戴璐设计的陷阱之中。戴璐和太多男人滚过床单，她心里清楚，只要两人的感情在，偶尔的第三者插足并不能真正地撼动婚姻。俗话说，"心急吃不了热豆腐"，常年混迹酒桌，她听过太多太多破坏别人家庭的手段。"偷情被郭小飞发现"，这会让解凯提心吊胆；"水果摊女人的暗示"，是让裴春楠有所猜忌。这样一来，夫妻两人的感情会在无休止的猜忌中慢慢消耗。等到感情消耗殆尽时，她再坐收渔翁之利。

　　一个月后，戴璐以送货的名义再次把解凯约进了宾馆，就在两人享受鱼水之欢时，裴春楠推门走了进来。此时的解凯正忘我地与戴璐"水乳交融"，裴春楠平静地走到床边，静静地看着全身赤裸的两个人。

　　床板的晃动声戛然而止，解凯惊恐地瞪着双眼，他根本不敢相信，裴春楠竟会找到这里。

　　"你……你……你怎么来了？"

　　裴春楠泪如决堤，像根木桩似的戳在那里。

　　被捉奸在床的解凯手足无措，他嘴里说着："你听我解释，你听我解释……"但实际上，他的大脑却是一片空白。

　　相比之下，戴璐却是无比淡定，她慢悠悠地起身，用蔑视的眼光打量着还围着围裙的裴春楠，那种从骨子里透出的傲慢恨不得要把裴春楠撕碎。

　　传言变成了现实，裴春楠没有像泼妇一样大喊大叫，她想给丈夫留下最后的尊严。

　　裴春楠能找到宾馆，还知道具体房间号，显然是有人故意要让解凯难堪。解凯与戴璐偷情只有郭小飞知晓，除了他，解凯想不到第二个人。戴璐之前有过很多男人，郭小飞连屁都没放过一个，但这次郭小飞竟然置他于死地，这口气解凯肯定咽不下。在找寻裴春楠无果的情况下，解凯把所有怨气都撒在了郭小飞身上。

　　当天夜里，解凯揣着一把砍刀，把正在忙碌的郭小飞拽到了饭店后巷。

　　"你这个卑鄙的男人，自己管不住女人，竟然用这么下三烂的手段来报复我！"

　　就在解凯挥起砍刀时，郭小飞一把掐住了他的手腕，那把砍刀竟被他硬生生地夺下。

　　"你……"解凯无比惊讶，他从未想过，懦弱的郭小飞竟然会有这么大的力气。

　　"说实话，你不是我的对手，戴璐那个烂女人，谁搞不是搞，你以为我会因为她报复你？"郭小飞冷哼，"戴璐除了贱，人也阴狠至极，这些年，我见她睡过无数的男人，从她第一次勾引你开始，我就猜到你会有今天的结局。"

　　听郭小飞娓娓道来，解凯也逐渐冷静下来，他问："你为什么会猜到今天的结局？"

　　"因为同样的事情曾经不止一次上演，她这些年一直在找一个适合她的男人来替代我的位置。换句话说，这一切都是戴璐做的局。"

　　"我为什么要相信你？"

　　郭小飞嘴角带笑："你也是成年人，你仔细回忆一下你被捉奸的整个过程，就会知道这件事与我无关。"郭小飞说完，把砍刀掉转了方向，"刀还给你，你要砍的人不是我。"

郭小飞走出巷子，瞬间又变成了卑躬屈膝的小二模样。解凯愣在原地，仔细品味着郭小飞刚才的话，冷静之后，他发现确实有几处疑点无法解释。首先，每次约会，都是戴璐开房，别人怎么会知道房间号？其次，被抓现行时，裴春楠轻易就推开了房门，这也说不通。最后，被捉奸后，戴璐表现得很平静，似乎一切都在她的意料之中。

回想着今天发生的一切，解凯终于相信，这全都是戴璐一个人在捣鬼。如果换成别人，或许戴璐的如意算盘真能得逞，但是她却忽略了一点，那就是解凯对裴春楠的感情。

浪子回头金不换，解凯虽然做错了事，但是他对裴春楠绝对是用情至深，他此刻只想找到裴春楠，请求她的原谅。然而遗憾的是，长期压抑的裴春楠已对这个世界再无眷恋，离开宾馆后，裴春楠选择在那个给她带来诸多美好回忆的仙槐庙结束了生命。

尸体被发现时，已是第二天早上，灵堂前，解凯双膝跪地，表情僵硬地给每一位拜祭者磕头回礼。当时谁也没想到，他平静的面孔下，已有了一个"以命抵命"疯狂念头。

裴春楠前脚刚下葬，解凯后脚便来到了戴璐的住处，而当戴璐发现不对劲儿时，解凯的砍刀已在她的身上连捅数刀，由于失血过多，戴璐很快便不省人事，确定戴璐已经"死透"后，解凯这才收起砍刀，慌忙逃窜。对解凯来说，杀掉戴璐，仅仅是给裴春楠一个交代，而他接下来还要做一件事，那就是挖出裴春楠的尸体，赶在奈何桥前追上妻子的脚步。

然而解凯没有料到，警察会这么快插手这起案件，为了避免被抓，他只能躲进树洞中等待机会，树洞的秘密只有他知道，那里正好成了他最佳的藏身之所。

解凯昼伏夜出，靠着坟地的供品熬过了3天，在确定不再有警察追击的前提下，他来到了妻子的坟前，下葬时他买通了坟地的守墓人，给妻子留了个全尸，现在他要做的就是把妻子带走。

"小南瓜，是我对不起你，我还有太多的话没有向你解释你就走了。今天是你的头七，你一定要在回魂的地方等着我，我要带你去一个地方，以后生生世世我都会陪着你，我们再也不分开。"

在痛苦中挣扎的解凯并没有料到自己会惊动四周，当他准备动手扒土时，一个人手持手电筒朝他的方向走了过来，借着光亮，解凯认出了对方，来的不是别人，正是仙槐陵的守墓人高明。高明为人仗义，解凯对他印象还不错。如果不是犯了事，他绝对不会为难对方，可特事特办，谁让高明撞到了枪口上。解凯躲进黑暗中，再次出现时，他的刀已经架在了高明的脖颈之上。

令解凯欣慰的是，高明对他言听计从，他本着得饶人处且饶人的态度，放了高明一马。风波平息后，解凯靠着一根皮带，把裴春楠的尸体背进了树洞。为了防止有人进入，解凯挥刀砍掉了洞口附近的所有藤蔓。做完这一切，他把裴春楠的尸体搂在怀中，多日压抑的痛苦，终于在这一刻爆发，他亲吻着裴春楠已经腐败的脸颊，极度悲伤中，他似乎在洞内看到了一个虚幻的人影，那个影子不停地重复一句话："我要走了，我要走了。"

解凯下意识地向人影抓去，他呼喊着："不要走，不要离开我！"

返程用的藤蔓已被砍断，解凯这次下定了必死的决心，为了在黄泉路上追上裴春楠，他用尽全力把刀刺入了心脏，生命的尽头，他抖动着嘴唇挤出了三个字："等……着……我……"

案发后，戴璐在 ICU 昏迷了近一个月，她的丈夫郭小飞以治病为由，变卖了所有家产，钱一到手，郭小飞便消失得无影无踪。若不是戴璐父母卖房卖地给她续命，她估计早就去了阎罗殿。事情发展到最后，谁也想不到，卷走几百万的郭小飞才是这场"局中局"的真正赢家。

"戴璐伤害案"被辖区刑警队列为重大刑事案件，这些年，抓捕解凯的行动一直都未停歇。每逢佳节倍思亲，很多在逃的嫌疑人，逢年过节总会想方设法和家里取得联系；所以每到节日，办案民警唐旭都会把解凯的关系网重新调查一遍。

但遗憾的是，这个案子唐旭调查了7年，始终没有任何进展。唐旭觉得有两种可能：要么就是解凯隐姓埋名，要么就是解凯的关系网还有疏漏。作为一名优秀的侦查员，自然不会先考虑第一种"假命题"，如何扩大调查范围，这才是唐旭最关心的实际问题。

既然从解凯身上找不到答案，唐旭抱着试一试的心态开始从裴春楠身上下手，经调查，裴春楠的家庭关系简单到了极致，除了逝去的奶奶，她多年没跟任何亲友有过往来。可当查到裴春楠的工作地时，一名叫窦哲的男子引起了唐旭的注意。

裴春楠曾就业于崂山街造纸厂，该厂因国家政策，于5年前停止生产，员工的档案被集体存放在人社局的档案中心，唐旭仔细翻阅了关于裴春楠的所有材料，经当年的人事科长回忆，裴春楠是自愿将工作岗位让给窦哲的。

要知道那时候纸厂工人的薪水比国家公务员还高，若不是关系亲近，裴春楠怎么可能会将铁饭碗拱手相让？

为了搞清楚其中的缘由，唐旭按照地址找到了窦哲的住处，接待他们的是户主窦广成。

"窦哲是你什么人？"唐旭表明身份后，问了第一个问题。

窦广成是个老实巴交的农民，当知道来的是两名警察后，他吓得双腿哆嗦："警官，是不是我儿子犯了什么事？"

唐旭微微一笑："没有，我们来就是想找他了解点儿情况，没有别的事。"

窦广成"哦"了一声，接着回答："窦哲是我儿子，他现在在外地给人开车。"

唐旭点了点头："窦大哥，那我再问你一件事，你们家有没有一个亲戚叫裴春楠？"

"裴春楠？"

"对，有30多岁，身高一米六五左右，长发。"

"楠楠怎么了？"窦广成乱了阵脚。

"楠楠？这么说你认识裴春楠？"

"警官，实不相瞒，我是她的亲生父亲。"

"那窦哲是……"

"窦哲是她的亲弟弟。"

"那你们的姓氏？"

"我们家里太穷，楠楠出生时，她娘生了重病，我们实在养不起，就送给了别人，后来她娘身体好了一些，我们才要了窦哲。"

"原来是这样……"唐旭沉思片刻，"裴春楠把工作让给窦哲的事，你们知不知道？"

"知道一点儿，至于来龙去脉，你们还要去问窦哲。"

"行，麻烦给我一个联系方式，我们有些事还要问他。"

三十三

对于姐姐裴春楠，窦哲始终怀着相当复杂的情感。

当年在纸厂运输队，窦哲的师傅孙彪曾问过他，他是通过什么方式进入的崂山街造纸厂，窦哲那时刚从山沟里出来，十足的老实孩子，他只是稍微变通了一下，说是一个远房亲戚辞职后让他来上班的。听窦哲这么说，孙彪立刻猜出了来龙去脉，他说："你这个远房亲戚一点儿也不远，咱崂山街造纸厂在全湾南省都能算得上顶尖单位，人家是把金饭碗让给了你，这哪儿能是远房亲戚？"

孙彪的话，窦哲起先不明白，直到后来他拿着每月6000元的工资时，他才知道，姐姐裴春楠给他的不是一个工作，而是一个体面做人的机会。

长大后的窦哲想过要去报恩，他几经打听才找到姐姐的下落，那是镇上一间专门售卖干货的小店，窦哲见到姐姐时，她正围着花布围裙块儿八毛地给人算账。与一年前两人初见的场景相比，裴春楠显得苍老不少，若不是对姐姐印象深刻，窦哲根本不敢相信，店里那位满手冻疮的女人就是姐姐裴春楠。

窦哲怀里揣了2万元钱，这是他辛苦攒下的积蓄，他想用这些钱去报答姐姐的恩情，可当他看到眼前的一幕时，他终于知晓，这个恩完全不能用钱去衡量。那天，他在店门口站了很久，他觉察到姐姐有好几次望向自己，但遗憾的是，她并没有认亲，而是一副视若无睹的样子。窦哲尊重姐姐的选择，他只是多注视了一会儿便转身离开。

在崂山街造纸厂工作了几年之后，因政策原因，工厂宣布倒闭，工人纷纷下岗自谋生路。好在运输队属于技术工种，只要驾驶手艺在，到哪里都能混口饭吃。

窦哲经人介绍，进了湖南的一家化工厂，他的想法很简单，他想趁年轻多赚点儿钱，等他有个几十万就回镇上安个家，把父母全部都接到镇上，就算到时候姐姐不认这门亲，只要每天能看到姐姐，他也就心满意足了。

辛苦了几年，窦哲省吃俭用，终于接近自己的小目标了，然而警方的一个电话，完全打乱了他的计划。那天，窦哲风尘仆仆地赶到刑警队，接待他的是一位名叫唐旭的警官。

"裴春楠是你什么人？"唐旭开门见山。

"是我姐。"

"那解凯你知不知道？"

"谁？"

"解凯。"

"我没听说过这个人。"

唐旭有些纳闷儿："裴春楠和解凯是夫妻关系，你知道你姐姐，竟然不知道解凯？"

"我只和我姐见过几面，这么多年从未联系过，我姐夫叫什么名字，我真不知道。"

对于窦哲的回答，唐旭持怀疑态度："我问你，当年你姐裴春楠是不是把她的工作让给了你？"

"是。"

"崂山街造纸厂是云汐市有名的国企，你说你与裴春楠就见过几次面，她怎么可能把铁饭碗拱手让给你？这解释不通啊？"

"我也不知道，但这就是事实，这么多年我就和我姐见过三次，第一次是在我家，第二次是她给我介绍工作，第三次是我去找她。"

唐旭是个老侦查员，多狡猾的嫌疑人他都打过交道，可看着窦哲老实巴交的样子，唐旭也有些捉摸不透："你说的都是实情？真的没有隐瞒？"

"没有，我知道的就这么多。"

唐旭捏着下巴，在询问室内来回踱步，思索良久后他对窦哲说："那行吧，既然你什么都不知道，那我也就不耽误你的工作了，你可以回去了。"

"警官，能不能告诉我，我姐到底怎么了？"

"这个……"唐旭故意拖长音，"因为你本身并不知情，我也不方便告诉你详细经过，希望你能理解。"

窦哲听言，重重地点了点头，没有继续在这个问题上纠缠。

结束了问话，唐旭又围绕窦哲开展了大量的工作，经查，窦哲是一名货车司机，这些年，除了过年过节，他几乎每天都在货车上度过，社会关系也简单得出奇，解凯与他联系的可能性几乎为零。案件调查至此，所有线索全部穷尽，解凯到底去了哪里，至今是个未解之谜。

三十四

离开刑警队，始终有一种不祥的预感笼罩在窦哲心头，经过这些年风雨漂泊，窦哲也算是见多识广，他能感觉到，警方一提到"裴春楠"三个字，就显得十分谨慎，若不是发生了什么大事，警方不会只字不提。为了弄清缘由，窦哲怀着忐忑的心情来到了姐姐的干货店，令他没想到的是，这里已改头换面，变成了一家零食超市。

窦哲走进店内："请问老板在吗？"

"你找哪位？"回应的是一位 30 多岁的女人。

"麻烦问下，这里最早是不是一家干货店？"

女人点头称是。

"那您知不知道经营干货店的夫妻俩现在搬到哪里去了？"

听窦哲这么一问，女人有些不悦："你要是不买东西，就别耽误我做生意。"

"老板，我是他们多年未见的亲戚，好不容易找到这里，您要是知道就告诉我，成不？"窦哲说着从口袋中掏出 100 元钱，"我也不让您白忙活，我给钱还不成吗？"

女人摆摆手："我不稀罕你这 100 元钱，你要问，找门口水果摊那臭嘴女人问去，她比我知道得清楚。"

窦哲不知哪句话得罪了对方，可见老板已关门送客，他只能灰头土脸地走出店外。

零食店正对面是一排水果摊，与路上车水马龙的喧闹声相比，最为刺耳的莫过于一位女摊主的叫卖声。窦哲扫视一周，整排水果摊也只有这一家是女老板，应该就是她了。确定好目标，窦哲捏着百元钞票走上前去。

窦哲见女人比自己大上不少，张口喊了声："大姐。"

女人侧身，上下打量了窦哲一番："你喊我？"

窦哲点点头，接着把钱递了过去："有件事要问你，能不能借一步说话？"

女人把钞票在手中搓了搓，确定是真币后，她警惕地问道："你先告诉我你要问啥？"

窦哲指了指身后："以前那里是不是一家干货店？"

"对！"

"店主是夫妻俩，一个叫裴春楠，一个叫解凯？"

"是。"

窦哲一拍大腿："这就对了。他们两口子欠我的钱，我找了好久才找到这个地方，现在店搬了，人也找不到了，我刚才去对面的零食店问情况，也不知道咋得罪了老板，她把我给轰出来了。"

女人撇撇嘴："那个女人忒不是东西，解凯两口子出了事，她也不知道从哪里弄了张借条，低价转了人家的店，我的水果摊本来是在对面，结果她一来，非说门口的地是他们家的，硬是把我赶到了路对面。"

窦哲没工夫听女人瞎扯淡，他直接问出了重点："大姐，你说解凯两口子出了事，到底出了什么事，前因后果你知不知道？"

女人一拍胸脯："别的事我不敢保证，但这件事的原委我知道得清清楚楚。"

窦哲又掏出一张纸币："再给你加100元，把详细经过说给我听听。"

女人接过钱，喜笑颜开地在手里又搓了搓："一句两句也说不清楚，中午没啥生意，也刚好到了饭点，不如咱俩去前面的小饭馆边吃边聊？"

窦哲心里苦笑，难怪人家说，最会算的莫过于生意人，200元钱收了，还要搭上一顿饭，不过看女人信誓旦旦的模样，窦哲答应也得答应，不答应也得答应："行，那就依大姐的意思。"

女人走进饭店叫了个小包间，待五菜一汤、两瓶啤酒端上桌，女人从"解凯父母在镇上开店"一直说到"戴璐被砍"，其间那些有的没的也被她添油加醋地说了一遍。

俗话说"墙倒众人推"，像戴璐这种破坏别人家庭的第三者，不管放在哪个故事里，必定都是反派。近朱者赤，近墨者黑，同理可证，和戴璐勾搭在一起的解凯肯定也不是什么好鸟。女人手里拿着窦哲的200元钱，嘴里吃着窦哲请的饭菜，故事如果再不讲得生动一些，她自己都觉得过意不去。于是，在她浓墨重彩的渲染下，整件事变成了"戴璐和解凯奸情败露，逼着原配裴春楠上吊自杀，接着两人分赃不均，解凯一气之下捅伤戴璐，远走高飞"的剧情。这顿饭足足吃了两个小时，女人吃得酒足饭饱，而窦哲却是粒米未进。

离开镇子后，窦哲在仙槐陵找到了姐姐的坟地，他努力了这么些年，眼看就能一家团聚，没想到如今却与姐姐阴阳相隔。

在窦哲心里，裴春楠始终是一位善良、纯朴、无私的好姐姐，若不是当年她自断前程，给自己一条生路，估计自己现在还在山里过着食不果腹的生活。

"姐姐被逼死，负心汉依旧逍遥法外，那个女人还在苟延残喘。好人死了，坏人却活着！"这个结果窦哲说什么都接受不了。

窦哲是个货车驾驶员，由于经常超载，没少被交警扣分罚款，所以他对警察没有好印象。窦哲想当然地认为，之所以这么长时间抓不到解凯，说不定就是解凯买通了警察。愤怒让窦哲失去了理智，一个疯狂的复仇计划在他的脑海里露出雏形："既然小案件警察不管，那我就借解凯的手杀掉戴璐这个婊子，我看你们管不管！"

恶念一旦产生，就很难去除，在窦哲看来，最完美的结局莫过于戴璐和解凯一起给姐姐陪葬，他甚至产生了极端的想法："如果警察真抓到了解凯，就算拼了命，也要把解凯送进地狱！"

当一个人的内心被复仇占据，那这个人无疑会因此变得疯狂。窦哲用了很长时间，给"杀人行动"制订了一整套计划，经过多次实地勘验，他有信心把计划做到"天衣无缝"。

一个月后，时机终于成熟，那天夜里，窦哲像一头下山猛虎，时刻准备捕食他的第一只猎物。

经过数次踩点，戴璐的生活习惯他已了然于胸。几乎每天晚上，戴璐的住处都会留宿不同的男性，只要等到男人离开、卧室灯灭，便是下手的最好时机。也许是受到了老天爷的眷顾，窦哲从杀人到刺字，一切都是那么顺风顺水，当他按照计划，把戴璐的尸体悬挂在那棵古槐树上时，他心里竟然闪过一丝伤感。

因为他知道，就算是两个人都死了，也换不回姐姐的一条命，他虽然帮姐姐报了仇，但是他的双手也同样也沾满了鲜血。窦哲失神地站在原地，戴璐的尸体像钟摆在空中左右摇晃，此时，他想起了运输队师傅常说的一句话："社会很复杂，人心更疯癫，好人没好报，坏人活千年。"

罪 案 调 查 科

第七案

盲山悲情

罪终
迷局
终场

随着城市化进程的加快，各行各业的工作压力也在与日俱增，有了压力就要释放，户外运动成了大多数人首选的减压方式。《马克思主义政治经济学原理》曾详细地解释过"供求关系"理论，简单粗暴点儿概括，其实就五个字："有买就有卖。"花样翻新的户外运动，催生了一条完整的产业链，统称为"户外产业"。《马克思主义政治经济学原理》中，把具有同类属性的经济活动集合体叫作产业。也就是说，产业是一个完善的系统，并非几个品牌、几家商场的傻瓜整合。

　　对户外运动知之甚少的人，可能会把它跟"驴友"画上等号，可殊不知，"驴友"这一门类，只是户外运动最为低端的一种。很多业内人士喜欢把户外运动按照危险等级分为四大类：第一类，入门级，常规的有野外露营、野炊、垂钓等；第二类，基础级，包括山地自行车、潜水、滑雪等；第三类，高端级，常见的有攀岩、急速漂流、速降、航海等；第四类，顶尖级，如野外生存和未知地探险等。四类中除了前两类可以勉强自学成才外，第三类、第四类若没有经过专业培训，绝对不会有人敢轻易尝试。不过话又说回来，你不敢，不代表别人不敢，我华夏泱泱大国，从不缺少肾上腺素分泌旺盛的青壮年。尤其是贝尔的《荒野求生秘技》在国内火了以后，越来越多的人也非常渴望给自己的人生留下点儿刺激的回忆。

极限挑战训练营是云汐市一家专门从事极限户外培训的机构。机构的创始人名叫沈飞，他曾在北京某知名极限运动俱乐部担任教练，从业二十几年中，有过上百次的带团经验，国内各种人迹罕至的地方都曾留下他的足迹。然而随着年龄的增长，他已无法再适应很多恶劣的户外环境，于是，玩了半辈子的他，告老还乡创办了这家训练营。

回家前，沈飞曾对整个湾南省的地形进行了细致的分析，他得出的结论是："这片聚集山川、河流、湖泊、草地的土地，绝对是极限户外运动者的天堂。"可就在沈飞雄心勃勃要在云汐市大干一番时，前来报名的寥寥无几的学员严重打击了他满腔的热情。

面对这种窘境，沈飞曾找人分析过缘由，一位熟悉云汐人生活习惯的朋友告诉他，云汐是一座重工业城市，城市人口综合文化水平不高。虽然云汐重峦叠嶂，河水奔腾，但是很多人尝试极限户外运动的初衷并不是释放压力、找寻自我，他们更多的是带有一种炫耀的心理。大城市那种常规的营销策略在云汐根本行不通，要想让更多人报名，必须把握住两点：第一，要绝对安全；第二，要足够刺激。

朋友一番话惊醒梦中人，从那天起，沈飞改变经营模式，组建专业团队，开发户外项目。通俗点儿说，就是由专业的团队去探索未知地，搞清那里的地形，将危险、困难全部排除后，再针对某一个户外项目开班培训。这样一来，他们既有精准人群的培训收入，又能顺带售卖高端户外装备，简直是一举两得。

在本土化经营模式的刺激下，沈飞很快促成了第一个项目——"泗水河荒野露营"。项目基本是模仿了贝尔的《荒野求生秘技》，参与者仅带有少量的户外装备，要在泗水河下游的一片无人区生存3天，除紧急情况外，不准任何人中途退出，其间会有一个专门的摄影团队，用摄像机24小时不间断地录制属于个人的荒野视频。培训加体验共5天，名额上限为10人，费用为每人5000元。

令沈飞没有想到的是，活动一经推出，两天的时间，报名人数竟然高达40余人，这也就意味着，"泗水河荒野露营"项目可以做很多期，以每期5万元的收入计算，光报名的这些人就能给他带来20多万元。

沈飞的训练营采用的是商家惯用的套路——会员制，只要消费满一定金额就送装备，这种"羊毛出在羊身上"的套路在中国消费者身上是屡试不爽。这样一来，只要有人上了"贼船"，沈飞就有信心让他们一直跟船玩下去。

项目试运营的成功，给团队带来了极大的信心，随之而来的"龙头山穿越""五指山溯溪""虎泉潭潜水"等诸多项目也相继上线。由于团队的精心策划，几乎每一位体验者都能体验到前所未有的愉悦感。而且，沈飞还要感谢"马化腾爸爸"推出的微信这款神器，每位体验者的一条条朋友圈，都成了沈飞训练营免费的"自来水广告"。经过了一年多的磨合，培训中心的运营模式接近成熟，更多新奇的探险也在紧锣密鼓地筹划中，其中"蛟龙山地穴"项目被列为今年的重点项目推进。

古籍记载："蛟，龙之属也。池鱼满三千六百，蛟来为之长，能率鱼飞。置笱水中，即蛟去。"传说，蛟龙是拥有龙族血脉的水兽，只要渡过劫难就可以化为真龙，拥有强大的力量。云汐市的蛟龙山位于城市的边缘地带，它的名字得自山中多个垂直地穴，据周围村民口口相传，这些地穴就是蛟的巢穴，也被当地人称为"蛟龙洞"。

沈飞团队自然不会相信"蛟化龙"的传说，他们对当地的地理环境进行了多次勘测，最后得出的结论是，较厚的石灰岩在地下河、降雨、地壳运动的多重因素下，导致山体下陷，形成洞穴。

蛟龙山地穴共有三处，大小不一，最大的1号地穴直径20米，最小的3号地穴直径只有5米，中间的那座不大不小的2号地穴直径11米左右。根据沈飞的经验，较大的地穴极有可能存在石灰岩坍塌的情况，而小的地穴由于口径问题，很容易发生供氧不足的问题。经过测算，团队最终把地穴探险项目锁定在了最为偏僻的 2 号地穴。

作为专业的培训机构，选定目标后，沈飞要带领团队人员分多组进行勘测。如：植物组要判断植被种类，铲除附近有毒有害的植被；动物组要根据洞口的生物群落，准备一些驱虫、治毒的药物；地质组则要分析洞内的氧气含量、光照度、是否通风、地下水位深浅以及洞内地质结构等。当一切危险均排除后，团队会选购入洞装备，确定入洞路线，计算入洞前后的最佳时间，以及出洞后的食宿安排等。所有工作做完，团队会结合数据制订详细的培训计划，通常一个方案下来，没有十天半个月绝对搞不定。用沈飞的话来说，干这一行每时每刻都充满挑战。

一切准备就绪，团队选择在一个艳阳高照的天气做第一次下洞勘测。沈飞在北京做教练时，最擅长的就是速降、跳伞、滑翔、翼装飞行他都尝试过，他的身体可以在短时间内适应失重，所以一般这种危险系数较高的活儿都是他来牵头干。

下洞之前，队员张奎做了最后的测量："深 122.5 米，氧气含量 16.3%，体感气温 5.6 摄氏度，无可见光，洞内水位均高 23 厘米，根据地质判断，洞底可能会有石笋，降落时要格外小心。"

作为这一行当的老江湖，沈飞听完结论，选了几件称手的装备，将滑轮锁固定在洞口的树干上。准备就绪后，他瞬间松开双手，钢丝绳与他身上的滑轮剧烈摩擦，发出刺耳的声响，他很享受这种失重的快感。几次呼吸后，头顶的感应灯亮起，手腕上的户外表也显示快要接近洞底。在千钧一发之际，沈飞按下了钢丝绳上的"STOP"（停止）按钮，滑轮迅速卡死。他感觉身体像是被一股巨大的牵引力撕扯着，就连洞外粗壮的树干也被拉扯得摇晃起来。

几秒钟后，身体稳住的他开始缓缓下降，头顶的光源逐渐将洞底照得透亮。然而就在他双脚刚要着地之时，地穴之上却收到了他的求救信号。

做了这么久的极限户外运动，团队成员还是第一次收到这个信号，几人不敢怠慢，奋力将沈飞拉到了地上。

众人见沈飞肢体并无异样，都奇怪地问道："沈总，下面什么情况？"

沈飞惊魂未定，指了指地穴："下面……下面……下面的石笋上插了一具尸体！"

我们科室经过多次改革，机动性已完全和基层派出所如出一辙。按照规定，一年365天，每天都必须保证有人在岗在位，也就是说，周六周日科室也要有人值班备勤。我们科室一共就4个人，按照分工，两两一组，我和胖磊分在了一起。不过好在分县局技术室只会在工作日送检，周末值班只要报警电话不响，一天都能乐得自在。

今天是周六，胖磊充了爱奇艺会员，准备好好欣赏一下靳东主演的《鬼吹灯之精绝古城》，剧集掐掉广告去掉片头曲片尾曲，一集的故事量也没多少，一连看了好多集，故事发展到了主角一帮人进入昆仑山底遭遇火瓢虫的场景。

"我去，这画面处理的，我……"胖磊的话还没说完，值班室的电话突然响了起来。

"啥情况？"胖磊按下暂停键，径直朝值班室走去，他拿起电话，"哪里？蛟龙山，地穴？"

说话声在我耳边时隐时现，挂断电话，胖磊奄拉着脑袋折了回来。

"怎么了磊哥？"我问。

"蛟龙山地穴中发现了一具男尸，死因不明。"

"地穴是个什么鬼？"

"据派出所的同志介绍，是一个天然形成的地下溶洞，有100多米深。"

我瞪大眼睛惊呼："100多米？会不会是失足坠落？"

"谁知道呢，你赶紧准备东西，我去通知明哥和老贤，对了，把器材室的照明设备、防护服全部带上，现场环境可能有些恶劣。"

"明白。"

勘查装备准备就绪时，明哥和老贤赶到了科室，胖磊把现场情况跟明哥做了一个介绍，为了安全起见，我们又带上了便携式补水器及尿袋。也许很多人并不知道这两种装备在勘查中的作用，从事我们这行的人很多都体验过那种不可名状的感觉。

通常"非常规室外现场"可分三类，第一类叫易消失现场，如雷雨天、人流密集区的现场，这个很好理解；第二类叫恶劣环境现场，如之前经历过的粪坑抛尸、碎尸抛崖现场等；第三类，也是最可怕的一类，叫未知环境现场，在勘查这种现场的过程中，你压根儿不知道会出什么幺蛾子，比如盗墓、非法采矿都属于这一类。

我们今天要勘查的现场在地下 100 多米，勘查过程中会不会出现毒蛇、毒虫、大型食肉动物，谁也不能保证，在陌生环境中，我们一般是全副武装，把身体与外界隔绝。勘查全程，少则两三小时，多则一两天，中间可以不进食，但绝对不能不补水，防护服不带裆口，水分代谢之后，尿液只能选择排在尿袋中。为了防止尿液聚集导致行动不便，在勘查时，我们只能摄入少量水分勉强维持代谢平衡，这种感觉，只要体验过一次的人，绝对不想再体验第二次。

蛟龙山位于云汐市和阜春市的接壤地带，它也被很多人称为云汐的"南大门"，从科室到案发地有 100 多公里，其中还包含 20 多公里的山路。接到报警电话时已快到中午，如果再不抓紧点儿时间，一旦夜色降临，勘查难度又将呈几何式增长。胖磊打开警灯猛踩油门，笨重的勘查车像个灵活的胖子在车流中快速前进，一个多小时后，我们在山脚下的入口处发现了一辆警车，胖磊摇开车窗，一位一杠三星的年轻民警认出了我们。

"冷主任，前面都是山路，您这车开不进去了。"

"还有多远到现场？"明哥推门走下了车。

"蛟龙山有三个地穴，尸体是在最偏的那处地穴中发现的，前面还要翻两个山头，步行十多公里才能到。"

步行十多公里什么的都不是难事，车上的一堆设备成了最大的难题，就在我们为难之时，一声骡叫响彻天际。

年轻民警踮起脚朝远处使劲儿挥手，只见另一位年纪较大的民警正赶着一头骡子朝我们这里飞奔。

"兄弟，这是闹哪出？"胖磊看着鬃毛小骡纳了闷儿。

"知道你们有勘查设备要拉，在山区驮重物全部要靠它，别的啥都不好使。"

胖磊打量着骡子的小短腿："就这么个小不点儿，行不行？"

"它叫米娜，是我们派出所养的骡子，平时进山全部靠它，多了不敢说，三四百斤绝对没有问题。"

"还是个警用骡啊！"胖磊拍了拍骡屁股，"米娜妹子，今天辛苦你了。"

"磊哥，骡子的便宜你都占！"

"唉，我说小龙……"

"行了。"明哥看了一眼手表，"马上两点了，抓紧点儿时间。"

在明哥的催促下，我们用麻绳将勘查设备绑在米娜背上，接着"六人一骡"快步朝案发现场走去。短短的十几公里，在我们奋力前行的情况下，竟走了两个多小时，快到目的地时，胖磊双手掐腰喘着粗气："两位兄弟，看你们对这里轻车熟路，难不成是这里的片儿警？"

其中一人回道："对，这里的山路我们常走。"

胖磊啥也没说，冲两人竖起大拇指表达敬意。

为了赶时间，明哥把体力透支的胖磊扔在路上，我们其他人则一口气赶到了传说中的地穴。不得不说，案发现场确实相当隐蔽，也许是为了防止有人失足坠入，当地政府并没有在地穴附近修建道路，要想到达这里只能使用麻绳套住树干，一点儿一点儿地向上爬行。来之前我就在纳闷儿，这么偏僻的地方到底是怎么被发现的，可当我看到6位身穿"极限挑战"工作服的队员时，一切疑惑瞬间迎刃而解。极限挑战训练营近两年在云汐市可谓是大火特火，我在新闻上没少看关于他们的报道，不难猜测，他们出现在这里，一定又是在拓展新业务。

现场除了派出所的几位民警，我并未发现徐大队和叶茜的身影，派出所没有通知刑警队，说明案件性质尚未确认。

见我们走近，一位两杠三星的中年警官迎了上来。

"冷主任，久仰大名，这次要辛苦你了。"对方礼貌性地伸出右手。

"你好，老兄，这是我们应该做的。"明哥一般对不认识的同行都称呼"老兄"，连明哥都不认识，可想而知这里偏僻到了什么程度。

"自我介绍一下，我姓杜，是蛟龙山派出所的所长，我当所长这么些年，是第一次接到这样的报警，我担心处理起来没有什么经验，只能把你们给请过来。"

眼看太阳就要西下，明哥开门见山："杜所，寒暄的话咱以后再说，能不能先跟我们介绍一下现场情况？"

"尸体在地穴底部，我没有下去。报案人名叫沈飞，就是前面蹲在地上抽烟的那位。据他介绍，今天他们是来搞什么极限挑战项目，他一个人下至洞底，发现一具尸体被石笋戳穿，受惊后，他返回地面报了警。"

明哥也是户外运动的爱好者，极限挑战训练营他有所耳闻，电视台还曾为训练营量身打造过纪录片，训练营如何选择"挑战项目"全程记录在内。明哥听完杜所长的介绍后，主动走到沈飞面前，十分客气地说道："你好，我是市公安局刑事技术室的主任，我姓冷。"

沈飞惊魂未定，当他抬头和明哥对视时，原本苍白如纸的脸瞬间恢复了血色："我在电视上见过您，咱们云汐市的神探。"

明哥举手打断："神探不神探的改日有时间再聊，我们一会儿准备下洞勘查现场，为了安全起见，能不能麻烦你告诉我洞内的情况？"

"我下洞之前做过勘测，洞内的地质结构稳定，不会发生坍塌，洞口宽11 米，洞深 122.5 米，洞腔呈直线，下落时无阻挡物，10 米之下无可见光，需要照明光源；氧气充足，不需要额外佩戴制氧装置；洞底有地下水，平均水位 23 厘米。"

"还有没有其他数据？"

沈飞摇摇头："我是下去的一瞬间就看到了尸体，整个身体被巨大的石笋刺穿，他的头摔得粉碎，内脏挤压得到处都是，五官完全扭曲。这些年玩极限，尸体我也见过不少，但是这么可怕的我还是第一次见到。说来也不怕丢人，当时我吓得压根儿就没时间注意周围环境，只想着能赶紧上来。"

"人之常情，这不丢人。"明哥说着，指着洞口固定整齐的装置问，"我们的设备不专业，能不能麻烦你们把我们送下去？"

沈飞答应得十分爽快："没问题，包在我们身上。"

趁着沈飞团队调试装备的空当，我依照勘查程序开始观察地穴入口。这是一个东西长南北窄的椭圆形洞口，洞口最长处为 11 米，由于平时无人问津，入口附近长满了杂草，在洞口西侧 5 米的位置立了一块警示牌，上面用红色油漆笔写着"地穴危险，禁止靠近，云汐市林业局宣"。从警示牌上陈旧的字迹看，这里已经很长时间没有人来过了。

洞口是斜坡面，离老远就能发现，除非是夜间或者醉酒，否则意外坠落的可能性极小。不过也不排除"好奇害死猫"的情况。

由于训练营架起了大量的户外设备，所以在洞口附近很难发现有价值的痕迹物证，和明哥简单汇报后，我们全副武装套上了索降装备，在滑轮的带动下缓缓下落。逐渐暗淡的光线、潮湿难闻的气味以及对未知环境的恐惧，让我的毛孔都要炸裂。在进入黑暗的一瞬间，我似乎看到了几只火瓢虫在我身边飞舞，电视剧中那种恐怖的感觉从我的脚底板一直冲到了天灵盖。

就在我胡思乱想之际，绑在身上的索道突然"咯噔"一声停住。下洞前沈飞曾告诉我们，为了防止在下降的过程中发生坠地意外，钢丝绳并不会把我们直接送至洞底，当滑轮停止时，也就意味着我们距地面大概还有 50 厘米。我定了定心神，准备去解身上的安全带，而此时明哥和老贤早已下到洞内做勘查设备的调试工作了。

大功率照明装置把洞底的全貌显现出来，这里的景象很像是钟乳洞，地面上一根根石笋和洞顶一排排钟乳石交相呼应。钟乳洞一直延伸至山体内侧，照明设备并不能观其全貌，明哥从地上捡起石块击打头顶的钟乳石，当确定不会出现坠落危险时，我们这才走到那具快被石笋撑破的尸体面前。

经测量，石笋底座宽约 1 米，高 1.7 米，呈金字塔状，最尖端仅有大拇指粗细，尸体从腰背部刺穿，体内脏器杂乱无章地缠绕在石笋柱上。在坠落时，尸体受到了巨大的冲击力，死者的颅骨完全粉碎性骨折，脑浆像是被敲开的椰子汁，喷溅得到处都是。石笋附近相对干燥，没有地下水流过，顺着石笋柱流淌的血迹、脑浆、人体组织在石笋根部集结成堆。

由于颅骨碎成了渣，死者的脸部就像是放了气的充气娃娃，除了能勉强分辨出他是男性外，五官长相之类的根本无从辨识。好在洞内的温度较低，否则如此稀碎的尸体要不了半天，就能被蛆虫啃食成一堆碎肉。就在我们犯难该从哪里下手勘查时，明哥则把注意力集中在了死者的手脚之上。

他先是抬起死者的胳膊，像"摸骨算命"似的来回按压，接着他又抬起死者的腿重复刚才的动作。很快，他脸色阴沉地说道："这是一起抛尸案。"

"什么，抛尸？"胖磊的喊叫声在洞内回荡，那时远时近的"抛尸……抛尸……抛尸"的回音，就像女鬼的叫声，听起来极为恐怖。

明哥解释道："从尸观上不难分辨，死者是仰面朝上坠落，也就是说，他是背对着洞口掉进地穴的，通常自杀不会选择这种方式。洞口那么大，旁边还有警示牌，正常人应该可以预判它的危险性，如果是失足掉落，也有些牵强。

　　"入口与洞底的垂直距离为 122.5 米，人在坠落的过程接近自由落体，依照公式 $H=(1/2)gt^2$，其中 H 是高度 122.5 米，g 是重力加速度 9.8 米 / 秒 ^{2}，代入公式可得出，从洞口坠落到洞底所需的时间 t=5 秒；再套入公式 $V=gt$，我们可以算出，下落的平均速度为 49 米 / 秒，换算成单位，就是 176.4 公里 / 小时。汽车在这个速度下发生碰撞，钢板都会变得像纸一样柔软，更不用说血肉之躯了。这也是为什么死者的头骨、椎骨、盆骨等骨骼会完全粉碎了。"明哥说完用剪刀把死者仅连着皮的上肢剪掉，"你们摸一下手臂的骨头。"

　　我从明哥手中接过死者右臂，从手掌一直捏到了根部："有骨折但并不是很明显。"

　　明哥："如果是生前坠落，四肢关节灵活，在接触石笋的过程中由于惯性，手臂和腿部定会和石笋底座发生碰撞，在如此高速的情况下，四肢根本避免不了粉碎性骨折。然而这具尸体并没有这一特征，也就是说，在撞击的过程中，死者关节已经僵硬，导致四肢紧绷，无法接触石笋底座。"

　　"你是说，死者被抛下洞时已出现了尸僵？"我明白了其中的缘由。

　　"对。"明哥继续说，"人死后大约经过 1 小时至 3 小时，肌肉轻度收缩，关节不能屈曲，开始出现尸僵；12 小时至 16 小时后，尸僵遍及全身；再经过 24 小时至 48 小时，尸僵开始逐渐缓解。"明哥说着掰了掰死者手臂关节处，"尸僵缓解不明显；眼角膜混浊，呈云雾状，半透明，尚可透视瞳孔。结合这两点判断，死亡时间不超过 24 小时。现在是下午 3 点，死者应该是昨天下午 3 点前后被害。"

　　案件一定性，我们所有人的心里都仿佛压了一块大石头。嫌疑人在抛尸时，死者已经出现尸僵，显然这里并不是杀人现场。通常发生抛尸案，我们都是先从尸体上下手寻找线索。可要命的是，本案的尸体被摔得稀碎，就连最基本的长相都无法辨认，面对这种状况，凭我的能力根本捋不出任何头绪。

　　明哥不紧不慢，绕着石笋走了一圈："死者为男性，测量上肢骨可计算出身高在一米七五左右，四肢肌肉明显，身体强壮。牙齿磨损严重，排列稀疏，附着较厚的烟垢。此人以粗粮为主食，有很大的烟瘾。

"再看衣着，白色无袖背心，黑色长裤，粉色蕾丝内裤，从衣服的材质看，售价低廉，死者经济水平不高，至于他为什么会穿女式内裤，有待进一步调查。

"死者双脚赤裸，脚面上有倒'Y'形状皮肤癣，这是穿'二夹子'（云汐市方言，拖鞋的一种）留下的痕迹。

"脚后跟皲裂严重，脚指甲内藏有大量污垢，只有长期赤脚穿'二夹子'才会造成这种状况。由此推断，死者平时生活很随意，不需要出远门，符合农村封闭式的生活方式。

"死者的衣裤上有大量的油污，头发上皮屑、油脂分泌旺盛，并伴有一股酸臭味，轻搓皮肤可形成泥状脱落物，说明死者平时生活邋遢，符合单独居住特征。结合以上几点，我推测，死者应该是一个经济水平不高、独居的农村人。"

"这个是……"在明哥分析的同时，我在死者的人中处有了发现。

胖磊把头凑过来："嘿，我当是什么呢，不就是月牙状掐痕吗，亏你还是痕迹检验师，连这个都看不出来？"

我白了胖磊一眼："我当然知道这是掐痕，我们痕迹学还有一个专门的领域研究掐痕，但死者人中处的痕迹好像有些异样。"

"异样？我看也没啥区别啊。"

"我也搞不太清，需要回去查个资料。"

明哥："有掐痕，说明嫌疑人有救助行为。也就是说，他主观上并非想置人于死地，难道是意外？"

说着，明哥又开始在一堆碎肉中翻找，当他翻开死者的肩胛时，一处1元硬币大小的褐色斑点出现在我们面前。

老贤："这个是……"

明哥："果然跟我想的一样，是电击斑。"

胖磊很诧异："被电死的？"

明哥："斑痕直径约 26 毫米，电流能在身体上造成这么大的斑痕，足以致死。"

胖磊："死因是触电，嫌疑人又有救助行为，会不会是死者意外触电身亡，而嫌疑人只是因为害怕才选择抛尸？"

如果胖磊的假设成立，那么整个案件的性质就会发生巨大的变化。嫌疑人如果没有杀人行为，只是单纯的抛尸，那么他触犯的是《刑法》第 302 条"故意毁坏尸体罪"，最多处 3 年以下有期徒刑、拘役或管制，比一般盗窃罪的判罚都轻。

究竟是命案还是普通刑案，单靠肉眼观察绝对无法定性，为了尽快弄清这一切，在明哥的指挥下，我们将死者的内脏、组织碎肉分别装入物证袋，准备做下一步检验。

返回洞口，明哥把现场情况通报给了刑警队，徐大队当即组织人员对失踪警情进行梳理，叶茜更是先我们一步赶到了殡仪馆法医解剖中心。

尸体被摔成一堆烂肉，解剖也只能在非常规的情况下进行。明哥先把内脏逐一分离，接着再将那些粘手的碎肉一点儿一点儿地拼接起来。他这么做的目的，一是要确定尸体的完整性，二是要在尸体上寻找蛛丝马迹。三个小时后，尸体拼接基本完成，可无论明哥如何细心，拼接的效果都不尽如人意，尤其是死者那张扭曲的脸，让人看后始终不寒而栗。

叶茜脸色煞白地站在一边，我们其他人则用羊肠线打补丁似的把尸体大致缝合，在缝合的过程中，明哥在死者左臂三角肌下缘发现了三处 5 角硬币大小的疤痕，如果明哥不说这是接种牛痘疫苗所形成的伤疤，我们根本不会想到这个不起眼的特征竟然会在案件中起到重要作用。

牛痘是发生在牛身上的一种传染病，它是由牛的天花病毒引起的急性感染，症状表现为在母牛的乳房部位出现局部溃疡。该病毒可接触传染，患者多为挤奶员、屠宰场工人。一旦感染这种疾病，皮肤上会出现丘疹，接着丘疹慢慢发展成水疱、脓包，并伴有其他症状。牛痘病毒对人的致病力很弱，一般仅能在接种部位繁殖，但由于它和天花病毒（天花在 18 世纪盛行，是一种杀伤性很强的疾病，致死率可达到 10%）之间有很强的交叉免疫性，故在接种牛痘疫苗后人体会对天花病毒产生免疫。也就是说，牛痘疫苗只针对天花病毒产生抗体，随着天花病毒在全球范围内被彻底消灭，我国也在 1980 年基本取消了牛痘疫苗的种植。

由于死者全身骨骼完全粉碎，除了牙齿磨损特征外，我们几乎没有其他方法来推断死者年龄，而牙齿磨损特征会因人的生活习惯、饮食结构存在极大的误差，单凭一点，得到的结果并不准确。

我国在 1980 年取消牛痘疫苗种植，死者身上有牛痘疤痕，那么他肯定生于 1980 年之前，有了这个大致的范围，再加上牙齿特征，推断年龄就事半功倍了。

明哥将死者口腔中脱落的牙齿按照牙床结构排列整齐，通过放大镜观察，他在勘查记录本死者年龄一栏中，填上了一个"40+"，意为"40 岁以上"。

解剖进行至此，我们得出以下结论："死者为男性，40 岁以上，身高一米七五，体格健壮，经济水平不高，居住环境封闭，务农。"

基本特征推断完毕后，剩下的便是细节特征。

在没有检验仪器的介入下，明哥把重点放在了死者身上的粉色蕾丝内裤上。

关于"衣物"，我们刑事技术领域有专门的学科，叫"犯罪衣着研究"；中国有句老话叫"人靠衣装，佛靠金装"。所以说，每个人的衣着特征其实能够反映出很多潜在的信息。

通常情况下，我们可以把衣着研究分为六个方向。

第一，属性分类。如男装、女装、中性服装、老年装、童装、异装等。在命案现场中，衣服的种类可以显示出被害人的年龄、性格、偏好等。

第二，用途分类。衣服的用途已不仅限于御寒或者遮羞，很多衣服还有着衬托气质、彰显职业的特性。如工作时穿的工作服、运动时穿的运动服、睡觉时穿的睡衣等。在案件中，我们可以通过衣服的种类去判断死者或者嫌疑人的身份特征。

第三，多少分类。这个多少是指穿衣的多少，可分为裸体、少量穿衣、部分穿衣、完全穿衣。在案件中，着装的多少，可以透露出很多信息。如在同一季节、同一温度下，身体强壮者、体力劳动者着装会偏少，而流浪汉、精神病人则会出现反季节穿衣的情况。还有一些特殊行业的从业者，如在KTV、桑拿浴房、足疗保健等处工作的人，他们一年四季的穿着都很单薄。

第四，状态分类。衣着按照状态分为两种情况，衣着整齐和衣着凌乱。衣着整齐反映出嫌疑人在有计划实施犯罪，衣着凌乱则存在争斗、移尸、反抗、性侵害的可能。

第五，痕迹分类。这一分支和我们痕迹检验学有交叉，很多情况下，我们可以根据衣服上的细微痕迹，推断出职业信息。如农村从事"哭丧"职业的人，由于长期跪地，膝盖部位磨损严重；汽修行业的从业者，经常钻入车底维修底盘，其衣服背面磨损严重；搬运工衣肩或前臂磨损明显；电焊工衣服上会有麻点状灼烧痕等等。

第六，附着物分类。附着物，顾名思义是衣物上黏附的物体，如血渍、油渍、泥土、花粉、植被等。有个别凶杀案，如果从死者衣物上提取到了现场没有的植被，那么单从这一点就能判断出现场的性质。

以上六点，只是一个笼统的分类，真正的研究课题要比这复杂得多。

其实在很多现场我们还会发现衣着异常的情况，其中最常见的就是本案死者的穿衣打扮——男性着女装。

在"犯罪衣着研究"这门学科里，把男性着女装归纳为三种情况：职业需要、异装癖、性需求。

第一种，职业需要。有些职业，如演员、戏曲工作者、COSER（角色扮演者）、视频主播等，他们着女装是为了工作，日常生活还是以男装示人。

第二种，异装癖。它又被称为恋物性异装症，它是恋物症的一种特殊形式，表现为对异性衣着特别喜爱，会反复出现穿戴异性服饰的强烈欲望，由此引起兴奋和性满足，这种癖好属于一种心理疾病。异装癖患者通常并不满足于一两件衣物，他们从心理上追求的是衣着的完整性。

第三种，性需求。如同性恋、性变态者。他们着女装，完全是为了在特定的场合寻求性方面的快感。

本案死者外表着装一切正常，经济水平较低，可排除职业需要和异装癖的可能，那么他身穿蕾丝内裤只能划归为第三类——性需求。

在我们国家，同性恋尚未开放，很多同性恋者都会有自己的小圈子，如果可以确定死者为同性恋，那么对核查尸源绝对有莫大的帮助。

"经过观察，死者生殖器上有大量陈旧性勒痕。"明哥突然说出的一句话，把我刚捋出来的头绪完全打乱了。

只有一种情况会产生生殖器上有陈旧性勒痕，学术上称为"性窒息"。

性窒息，是指独自一人在偏僻、隐蔽的地方，采用绳索等物品缠绕生殖器、颈部，人为造成窒息状态，在窒息的过程中生殖器会充血勃起，同时身体因为缺氧、碱中毒会产生性快感。由于很多性窒息者会在高潮中缺氧死亡，所以在国外又把它叫作"自淫性死亡"。

性窒息是一种变态的性行为，据不完全统计，绝大多数尝试者都有心理缺陷和人格障碍。它最显著的特征就是在生殖器上会留有大量不规则勒痕。

和同性恋不同，性窒息是一种自我发泄的方式，这类人往往喜欢独处，社交圈很窄，要想靠走访问出情况几乎不可能，但这种人也有很显著的特点：性格内向，不善交流，往往会被吃瓜群众划归为"老实人"的范畴。

仅有一具尸体的案发现场我们经常会遇到。打个不恰当的比方，这就好比玩游戏，开局只有一把小砍刀，我们能不能拿着这把砍刀，历经九九八十一难最终干掉 BOSS，全要靠一点儿一点儿地积累经验。抛尸案的核心点在于，要用大量物证去还原死者的生前经历，失之毫厘，就会谬以千里。

接下来的工作量比我们想象的还要大，我和老贤在检验室内足足待了二十二个小时才勉强把物证分析完毕。案发至此，科室所有人已连续高强度工作了 48 小时，明哥见我们面无血色、目光呆滞，当即决定全员休息十二小时。

第二天鸡鸣时，本案的第一次专案会准时召开。

明哥翻开笔记本："我先来说一下尸检结论。死者男性，40 岁左右，身高一米七五，体格健硕，双手虎口处老茧较厚，为体力劳动者，经济水平低下，牙齿稀疏，磨耗程度大，饮食以粗粮为主。死者脖颈、生殖器处有明显的陈旧性勒痕，推测其有多次性窒息行为，性心理不健全。发现尸体时，尸僵开始缓解，死亡时间未超过 24 小时。国贤，死者心脏、肝脏等器官的检验情况如何？"

老贤拿出报告："肌红蛋白含量很高，可以断定为电击致死。"

说到肌红蛋白就要再解释一下电击死的原理。触电引发死亡的根源在于电流的流动，当人体触碰到电源时，心脏的心室便开始颤动，在很短的时间内，心脏停止泵血，于是血液无法流入大脑，触电者会渐渐地失去知觉，几分钟内便会导致心力衰竭，心脏进入痉挛状态。这种痉挛会造成急性心肌损伤，使肌红蛋白流入血流，而心脏、肝脏等内脏器官含血管量较多，只需要检验这些器官中含有肌红蛋白的比例，就可以判断是否为电击死。

明哥从老贤手中接过报告："肌红蛋白含量很高，心肌损伤严重，说明死者曾长时间接触电源。人中处有多道掐痕，嫌疑人施救痕迹明显，也就是说，对于死者的死亡，他并没有预料。假如死者触电时嫌疑人在场，他应该不会袖手旁观……"明哥故意拖长音，似乎在绞尽脑汁还原案发经过，他的意思我也能听出一二，他其实一直在试图排除侮辱尸体的情况。

此时老贤慢慢悠悠地说了一句："不用假设，死者触电时，嫌疑人确实在场。"

胖磊是个急性子，脱口问道："贤哥，你不是瞎猜的吧？"

"当然不是。死者右手手背有些肿胀，我在肿胀处发现了一个很小的三角形伤口，尸体受到了剧烈撞击，尸表上到处都是这种小伤口，可奇怪的是，除了手背，其他地方并无肿胀发生，为了搞清楚缘由，我在患处提取了一些肌肉组织。经检验，手背之所以肿胀是因为感染了啮蚀艾肯菌。啮蚀艾肯菌的繁殖期不超过 24 小时，常潜伏在牙龈周围的牙菌斑内侧。

"牙菌斑学术上称为细菌性生物膜，也就是我们常说的牙垢。浅一点儿的呈黄色，深一点儿的呈黑褐色。寄生在牙垢中的啮蚀艾肯菌感染性很强，但由于牙垢是一个组织形态稳定的细菌社区，除非受到足够的外力，否则很难破坏。所以要想感染啮蚀艾肯菌，前提是必须破坏牙菌斑。"

听完老贤的介绍，胖磊张开嘴巴用指甲使劲儿抠了抠牙齿上的牙垢，多次尝试未果后，他纳闷儿道："贤哥，这牙垢使劲儿抠都抠不下来，怎么才能破坏？"

"很简单，用拳头把对方的牙齿打断，这样就可以破坏整个牙菌斑。"

绕了这么大的弯，我终于明白了老贤要表达什么。死者手背既然感染了啮蚀艾肯菌，那就表明他和嫌疑人曾经有过争执。按老贤所说，只有将对方牙齿打断，才能感染这种细菌。打断牙齿已够轻伤标准，那么可见死者和嫌疑人之间的矛盾已不可调和，如此一来，死者在争执中触电的可能性便大大增加。

有了老贤的结论，案发经过被重新定义："嫌疑人和死者发生争执—推搡中死者触电—嫌疑人未及时救治—死者触电而亡—嫌疑人有所发觉—猛掐人中开始施救—确定死者无法救治—抛尸地穴。"这样一来，本案的性质就完全变成了杀人抛尸。

会议进展至此，案件定性和死亡原因两大难题被完美解决，法医方面再无新线索可挖。

明哥："叶茜，刑警队那边有没有情况。"

叶茜尴尬一笑："接警平台没有发现符合条件的失踪人员报警；蛟龙山附近的村落很多，每个村子都有大量的人员外出务工，绝大多数常年不在家，在明确目标前，走访工作就是大海捞针，我们这边没有任何进展。"

明哥表示理解，接着他问胖磊："视频监控方面呢？"

"蛟龙山入口四通八达，压根儿就没有几个监控，我这边也没情况。"

明哥："小龙，国贤，你们两个谁先来？"

我自告奋勇："要不我先来说一下痕迹检验的情况。"

会议室重新变得安静，见大家都做好了记录准备，我说道：

"其一，死者的指纹和足迹都已入库比对，并没有比中信息。

"其二，我观察了死者的足部特征。他的十个脚趾，屈趾多，韧带紧缩弹性较小。在行走的过程中，地面凹凸不平，为了防止脚趾触碰硬物，人会本能地将脚趾紧缩，形成弯曲状，符合山区人足部常见特征。因此我推测，死者是蛟龙山附近的村民。

"其三，是死者人中的 6 处掐痕。我们痕迹学上有一个单独研究甲痕的分支。指甲其实是一种致密性的角化物，表面光滑，其与指背皮肤呈 160 度夹角。左右手拇指甲板厚度一般为 0.6 毫米至 0.7 毫米，食指、中指、无名指的厚度约为 0.5 毫米，小指最薄，约为 0.4 毫米。正常人指甲的生长速度约为每星期 0.5 毫米，整个指甲长出指端需要四个月左右。这些都是指甲的一般特性，我们在生活中还可能碰到很多甲板异常的情况，除美甲、机械性外伤外，剩下的异常都与个人的身体健康息息相关。经测量死者人中捐痕的形态、宽度，再对比参考数值，我可以断定，嫌疑人患有黄甲综合征。医学上又把这种病称为慢性遗传性淋巴水肿，这种病最显著的特征是指甲甲板呈黄色且异常肥厚，表现出的捐痕宽度是正常人的 5 至 10 倍。除此之外的所有异甲病都不会表现出这种特征。黄甲综合征是一种先天性遗传疾病，往往伴有支气管扩张和胸腔积液，有家族遗传史，需长期治疗。如果嫌疑人是我们云汐本地人，查询医院的就诊系统应该会有所发现。我这边暂时就这么多。"

九

虽然黄甲综合征是一条可查的线索，但是其中的变数很多，比如嫌疑人不在本市治疗，或者压根儿就没有治疗过等。所以要想取得突破，老贤的理化生物检验才是重头戏。

"小龙说完了，下面我来说说。"老贤慢条斯理地张了口，"我在死者身上收集到了多处检材。

"第一份是胃内容物。死者胃部保存相对完好，我在其中提取到了少量乳白色糊状食糜。分离食糜加入碘液，呈蓝色，可见死者生前进食的为淀粉类食物。按照我们云汐的饮食习惯，午餐以米饭、家常菜为主，晚餐以馒头、家常菜为主，早餐多为米粥、面食，淀粉含量最高的一餐是早餐。胃部食糜有大半进入小肠，根据食物在小肠中移行的平均速度每小时 100 厘米计算，他是吃完早餐四个小时后被害。一般早餐点在早上 7 点至 8 点之间，由此推断，被害的准确时间应为中午 11 点至 12 点前后。"

老贤说完，紧接着拿出第二份报告："我在死者衣裤上找到了大量花粉孢子，经检验是豆角花粉。豆角又名豇豆，是一种最常见的蔬菜。由于它适应能力强，产量大，所以在很多地方都被广泛种植。然而很多人并不知道，豆角的花是两性花，雌、雄蕊挨得很近，是自花授粉植物，它不像异花授粉植物那样，需要借助风、昆虫等外力完成授粉。也就是说，如果不去触碰豆角的花骨朵，是不会沾染上花粉孢子的。所以我怀疑，死者可能有一个菜园子。

"第三份检材是电击斑。电击死也是一种非常常见的死亡方式。电击斑由轻到重可分为三个等级。第一级，电流斑。它是电流热作用所形成的皮肤烧伤；第二级，电烧伤。它是电流长时间作用形成的一种更为严重的烧伤，多呈黄色、灰褐色，甚至还可以炭化成黑色；第三级，皮肤金属化。当金属电极与皮肤接触时，金属微粒沉着于人体皮肤或组织深处，这种现象叫皮肤金属化。由于接触皮肤的金属不同，所形成的皮肤金属化颜色也有区别。如铜导体形成的皮肤金属化呈淡绿色或黄褐色，而铁导体形成的则呈灰褐色。死者身上的电流斑属于第三种，为铜导体形成的皮肤金属化。经检验，我在电流斑上发现了大量的铜元素，而奇怪的是，铜元素的含量竟高于正常值 5 倍，这不符合常理。"

明哥："哦？难道是某种特殊情况所形成的结果？"

老贤："电流斑含有金属元素的多少，实际上和电流强度有关。依据欧姆定律，$U=IR$，即同一电路中，通过某一导体的电流（I）跟这段导体两端的电压（U）成正比，跟电阻（R）成反比。把公式变形，就得出 $I=U/R$。触电时，成年人的电阻是一定的；而我们国家使用的普通民用电压为 220V，也是一定的。这样一来，在触电时所形成的电流强度不会有太大的变化。那么在相同的电流中，电流斑含有的铜金属元素也会在一个稳定的数值内。可死者电流斑的铜含量却远高于这个数值。那么唯一能解释得通的就是，死者触电的电压高于 220 伏。为了证实猜测，我借助调压器做了一个侦查实验，结果证实，只有当电压在 380 伏左右时才会造成这种结果。

"电压 380 伏的电源又称为三相电源，它是由三个频率相同、振幅相等、相位依次相差 120 度电角度的交流电势组成的。日常生活中所用的单相交流电，实际上是由三相交流电的一相提供的。三相电源，一般多被用作商业用电或者工业用电，家用电器在没有调压器的情况下，无法正常使用。

"开通三相电需要去供电局申请，蛟龙山附近多为散居村落，农户家中很少有大功率电器，需要开通三相电的应该不多，去供电局或许可以查到些线索。"

老贤把这份报告合上后，接着又铺开另外三份："最后三种检材分别是死者的头发、大米以及水样。

"先说大米。我在死者的衣服夹层中发现了大量米粒，经清点共有 145 粒。虽然在现场没有发现编织袋，但是我有理由相信，嫌疑人极有可能是用装大米的袋子运尸的。"

明哥补充道："死者四肢蜷缩，皮肤表面有格块状印痕，符合编织袋装尸特点。"

"这就对了。"老贤接着说，"提取的大米中检出了大量砷元素。砷是一种对人体有害无益的半金属元素，尤其是无机砷，被称作'第一致癌物'。对人体而言，它没有安全上限，含量越低越好。由于砷在地球上广泛存在，人们不可能完全避免。水稻对砷有特殊的偏好，在生长过程中会对砷进行富集。所以，除海产品外，大米及米制品是人体摄入砷的主要来源。世界卫生组织根据科学实验数据，制定了无机砷对人的'安全上限'，即每天每千克体重的摄入不超过 2 微克。现行的《食品安全国家标准食品中污染物限量》国家标准（GB 2762-2012）中规定，每千克大米中无机砷含量不得超过 200 微克。按照每 100 粒米的重量约为 2 克换算，平均每粒米的砷含量应为 0.004 微克；而样本大米的砷含量却是普通米粒的 45 倍。"

"说完大米，再说头发样本。为了保证实验数据的准确性，我联系了质量检测研究院的同学，用他们的中子活化分析仪对死者的头发进行了分析。中子活化分析是一种较为精确的分析技术，它能把死者的毛发放入核反应堆，接着用高能中子进行轰击。毛发中不同成分的元素会发出不同信号的伽马射线，我们分析伽马射线就能得出头发中各类元素的浓度，利用这种方法可以检测出一根头发的 14 种不同成分。经检验，死者头发中的砷含量为普通人的 38 倍。"

"这个数值和米粒这么接近？"我问。

老贤点点头："除此之外，洞内地下水的砷元素含量，是普通水源的 42 倍。结合三个数值，我有理由怀疑，头发中超标的砷是从饮食中摄取，大米中含的砷来自土壤和水源。三者之间数值如此接近，我们就能得出一个结论：死者以蛟龙山地下水为饮用水源，且食用的大米也是依靠该水源种植的。"

有了老贤的分析，案件渐入佳境，我们现在有三条线索可以跟进：第一，查询医务系统，找到全市黄甲综合征患者的身份信息；第二，去地质研究所了解蛟龙山水系分布；第三，联系供电局看看蛟龙山附近有哪些人申请过三相电。

会后，明哥按照分工，把第三项工作交给了我和叶茜。经过一番周折，我们找到了当地供电局行动队队长屈华春。

"屈队，我们是市公安局的，想找您了解关于蛟龙山供电网的情况，打听了一圈，都说您了解得比较清楚。"

屈队长笑得很尴尬，他挠了挠没有几根头发的脑门："咱们区供电局这帮领导，真会拿我开涮，还说我了解得比较清楚，局里哪个不知道蛟龙山就是块难啃的骨头，哼，现在倒好，治理不好，黑锅全让我背。"

屈队长自言自语说了一通，我们听得有些丈二和尚摸不着头脑，叶茜是个急性子，见对方态度很不友善，她也收起了笑脸："我们听得不是很明白。"

屈队长独自叼了支烟卷，很是疲惫地抽了几口："我昨晚刚从蛟龙山回来，说吧，你们想知道什么？"

见叶茜余火未消，我接过了话茬儿："是这样的，我们想知道蛟龙山附近有多少户申请开通了三相电。"

"不知道。"屈队长回答得很干脆。

"不知道？不是说开通三相电需要到供电局申请吗？"

屈队长有些不耐烦："要是所有人都规规矩矩，还要我们行动队干吗？我们是天天熬夜去查偷电的，在局里就没有像我们这么出力不讨好的部门！"

"也确实，现在很多偷电户都会找专业电工帮忙，查实起来难度非常大，而且《刑法》上对偷电是以盗窃罪审判，盗窃要认定价值，电流非实物，在没有电表的情况下，盗窃价值无法准确估量，就算是抓到人，在定罪量刑上也存在一定的困难。"

"小伙子，你说得太对了，可领导不听你解释，查不掉就轮岗，我是咱们局第五任行动队队长了。"

见屈队长态度有所软化，我趁热打铁："您刚才说您昨天晚上去了蛟龙山，难道也是去打击偷电的？"

"可不是嘛。"屈队长从烟盒里取出烟，让了一支给我，"蛟龙山附近偷电已成常态，那里交通不便，打击难度大，不过好在附近村民都不怎么使用大功率电器，就算是偷，也偷不了多少。平时我们也懒得问。"

"那您昨天晚上为什么要去蛟龙山？"

"这不是市领导家亲戚给找的麻烦嘛。他在蛟龙山开了两家工厂，厂里的电工查到有人恶意偷电，于是领导就让我们去查。查、查、查，肯定还是那几个死猪不怕开水烫的村子。跟他们讲政策，一个个连学都没上过；跟他们来硬的，那些老弱妇孺不由分说便往地上一躺；我们把入户线拆了，没过几天又能给你接上……你说，就指望我们行动队五六个人能干啥？我能安全从村子里出来就是不幸中的万幸了！"

"确实是件头痛的事，屈队长，您刚才说是哪几个村子偷电比较厉害？"

"山竹村、上洋村、西旺村，这三个村子在一条供电轨道上。只要有一个村子偷，其他两个村子也指定跟上。"

"还有一件事我们弄不明白，工厂里的三相电偷回去也不能直接用啊。"

"那还简单，用铜线接个调压器就成。那句话说得真没错：穷山恶水出刁民。我真是被他们给搞服了。"

见屈队长还在气头上，我也不好多问，了解个大致情况后，我和叶茜便离开了供电局。

从目前掌握的证据看，嫌疑人和死者曾发生过争执，而在发生争执的地方还必须具备两个条件：第一，两人争执时没有第三人在场，说明那是一个封闭的场合。第二，要有三相电源、装大米的编织袋、种豆角的蔬菜园。结合这两点不难看出，死者触电的地方应该是所民宅。蛟龙山附近有大大小小十几个村子，敢偷三相电的只有山竹村、上洋村、西旺村三个村落。那么第一案发现场也跑不出这个范围。

我和叶茜刚到科室，明哥与老贤也从地质研究所赶了回来，参照他们拿回来的地理数据，蛟龙山水系分布很广，附近多个村落都以该水系作为饮用水源。据专家介绍，蛟龙山水系中砷含量虽然超标，但是对土生土长的当地人来说影响并不大，因为他们祖祖辈辈生活在这里，身体早就适应了环境。

想从水系上下手，已如海中捞月。不过好在在山里种植梯田的村落并不多，我们拓展"大米"这条线索，找到了半坡村、开阳村、西旺村、铁塔村四个村落。

多条线索交汇，西旺村最终浮出了水面。

山村环境相对封闭，如果贸然前往很容易打草惊蛇，权衡利弊之后，我们还是决定先从派出所侧面打听些情况。道明来意后，蛟龙山派出所的副所长兼片儿警薛贵接待了我们。案件发生地在蛟龙山派出所辖区，案发至今派出所一直在积极配合调查，薛贵我们也接触过几次，不算陌生。

明哥："老薛，我们想了解一下西旺村的情况。"

"西旺村？"老薛面露难色。

明哥察觉出了异样："怎么个情况？"

"冷主任，实不相瞒，西旺村可是咱们辖区里最有名的村子，不光是在咱们所，就连在市局出入境管理处也是'榜上有名'。"

"这怎么说？"

"西旺村位于蛟龙山中心地带，地理位置偏僻，资源匮乏，政府为了扶植当地经济，给村民发放补助、引导就业，前些年退耕还林搞得那么严，西旺村的梯田依然都保留着。可人就是这样，你对他越好他越不领情。在政府的帮助下，很多村民有了些钱，正儿八经的媳妇不好好娶，非要找越南老婆。"

"找越南老婆？这是为什么？"

"据说本地媳妇彩礼要得高，娶回来还要供着，越南媳妇价格便宜，娶回来还任劳任怨。这些客观情况，我们都能理解，可理解归理解，也不能干违法的事。6年前，我们曾配合市局出入境管理处从村子里解救出了3名涉嫌被拐卖的越南籍妇女。紧接着第二年，我们又解救出1名。自打那以后，整个西旺村都和我们公安局势不两立。用他们的话说，他们辛苦了一辈子才买了一个媳妇，公安局一来全部都给放跑了，有的村民竟然还打电话举报，说我们公安局和婚托合伙骗钱。"

明哥眉头紧锁："照你这么说，我们直接去村子里调查可能不会太顺利。"

"何止不太顺利。"老薛长叹一声，"西旺村三面环山，进村的路只有一条，村口处住着一个光棍儿，大名叫刁刚，一条腿残疾，村里人平时称他跛棍儿，就是跛脚光棍儿的意思。这个跛棍儿虽然残疾，但是脑子是相当好使。为了逃避公安局的打击，跛棍儿在村口安了一个闸门，除非有本村的村民带路，否则陌生人只要试图进入村子，他就会拉开警报。警报一响，心里有鬼的村民便会拖家带口往山林里逃。村民的野外生存能力很强，一般人根本熬不过他们。"

"那跛棍儿这么做的目的是什么？"

"他一个光棍儿，出门打工不方便，买媳妇也看不住，索性就以此为生，西旺村有 81 户人家，由村主任带头，每户人家每月出资 15 元，这些钱全部交给跛棍儿，由他负责给村子看门。"

我有些诧异："难不成 81 户人家都是买的媳妇？"

"当然不是，买媳妇的只是少部分人。"

"那没买媳妇的人家也会心甘情愿出钱？"我不解。

老薛很肯定地回道："当然会出，因为买媳妇只是一桩事，他们村子还集体偷电、偷猎、偷伐、偷采。供电局、森林公安、林业局、国土资源局，那是天天去打击，不管在哪个局，西旺村都能排上号。"

叶茜有些听不下去了："这就是典型的'我弱我有理'，难不成对待这些人就一点儿办法没有了？实在不行多调些警力围山，看他们往哪里躲！"

老薛摇摇头："蛟龙山地形太复杂，尤其是西旺村，要说一小组人偷偷摸摸地进去还行，围山耗费大量的人力物力不说，估计咱还没上到山头，村里人早就跑得不见人影了。西旺村打击的难度在于，它所处的地形是道一夫当关，万夫莫开的天然屏障。"

"那把跛棍儿给支走，事情不就解决了？"

"没有用的，警报体系是村子集资建的，跛棍儿只不过是个看门人，把跛棍儿带走，村主任还能调其他人顶上。"

"还真是无解！"胖磊无奈说道。

见明哥一直低声不语，我小声问道："第一案发现场可能就在西旺村，现在村里是这么个情况，我们下一步该怎么办？"

明哥沉吟了一会儿，接着他看向叶茜："医院那边的调查情况怎么样，咱们云汐市有多少例黄甲综合征患者？"

叶茜拿出手机点开微信："整个云汐市确诊病例只有 5 例，其中女性 3 人，男性 2 人。"

明哥："有没有户籍是蛟龙山这边的？"

"没有。"

明哥："对了，老薛，西旺村的户口底册有没有？"

"有，但是登记不全，只有一些常住户。"

"你把 40 岁左右的男性给我筛选出来，另外，叶茜，联系一下刑警队那个会玩航拍器的师国基，让他来协助我们一下。"

如果明哥不提，我差点儿把师国基这小子给忘了，别看他比我小 7 岁，现在他可是刑警队公认的"未来之星"，要讲高科技办案，还真没人是他的对手。不过利用航拍器最多只能从空中俯瞰村子概貌，要想从航拍器上找到第一现场到底在哪里，难度还真不小。

西旺村老龄化严重，经过明哥层层筛选，户籍底册上符合年龄条件的仍然有十多人。又因为山地高低起伏，村落建筑错综复杂，老薛也对不上哪家是哪家。

就在我们冥思苦想用什么方法可以完美解决这件事时，赶来的师国基给我们出了奇招——免费体检。以"精准医疗"为名义，组建一个医疗队，针对 40 周岁以上的人开展免费体检，参与者每人送袋红鸡蛋。红色最为醒目，它可以充当航拍器的对焦物，这样利用航拍器，我们就能摸清村子里 40 岁以上者的居住位置。另外，我们还可以借助"体检"的名义，抽取西旺村男性血液样本用于 Y 染色体基因型比对，只要死者是本村的常住居民，那他的 Y 染色体基因必定会与同村的其他男性有渊源。不得不说，这简直是一举多得的妙招。

师国基的提议得到了全票通过，经过医疗队多天的努力，最终一名叫刁文林的男子进入了我们的视线。他家位于村子边缘，是一个小型的四合院，院子当中种了一棵四五米高的松树，院墙外则是用木栅栏围起的方形菜园。

免费体检时，明哥又多长了个心眼，他让医生把所有体检者的身份证和联系方式全部记录在案，经过电信局的再一轮筛选，我们基本确定，整个西旺村 40 岁以上的男性，只有刁文林一人失联。

有了明确的目标，也就没必要再遮遮掩掩，为了保证现场勘查顺利进行，徐大队联系了 50 多名特警一起前往。等我们赶到现场时，村子中多户人家都已人去楼空，不用猜，这肯定都是跛棍儿的功劳。

第一现场的确定，村民在与不在对现场勘查影响不大，进入村子后，我们径直走到了刁文林的住处。

四合院坐南朝北，三间瓦房呈"凹"字形分布，院墙是用石块堆砌而成的。正对大门的为堂屋，东西两侧分别是茅厕和厨房。院子中，有一条石子路连接堂屋与大门。

在获取了审批手续后，特警队员用破锁器打开了院门。我带着胖磊、叶茜作为第一勘查小组走进了堂屋。

整间堂屋被水泥墙分为东西两间，西侧为卧室，陈设很简单，只有一张单人床和一组老式衣柜。东侧集客餐厅、贮藏室为一体，正对房门的位置是一条长案，电视机、洗漱用品、碗筷以及数不清的杂物一股脑儿地堆放在长案上。靠西墙摆放着几个木凳和一张裹满油污的八仙桌，除此之外，屋内其余地方到处堆着稻谷。值得我们注意的是，在成袋的稻谷旁竟有一堆大米倒在地上。之前我们推断，嫌疑人是用盛装大米的编织袋移尸，现场情况和我们分析的完全吻合。

两个小时后，现场勘查全部结束，案件分析会在附近一间无人的破瓦房中召开。

明哥："来这里一趟不容易，咱们简明扼要地碰个头，争取没有疏漏再撤。国贤、小龙，你们两个谁先开始？"

老贤自告奋勇："我先说吧。我在现场提取了四份检材，第一份是茅厕纸篓中的草纸。我准备用上面的脱落细胞和死者的 DNA 做比对，进一步确定尸源。第二份是在堂屋地面提取的少量滴落状血迹。死者手背感染了啮蚀

>>> 215

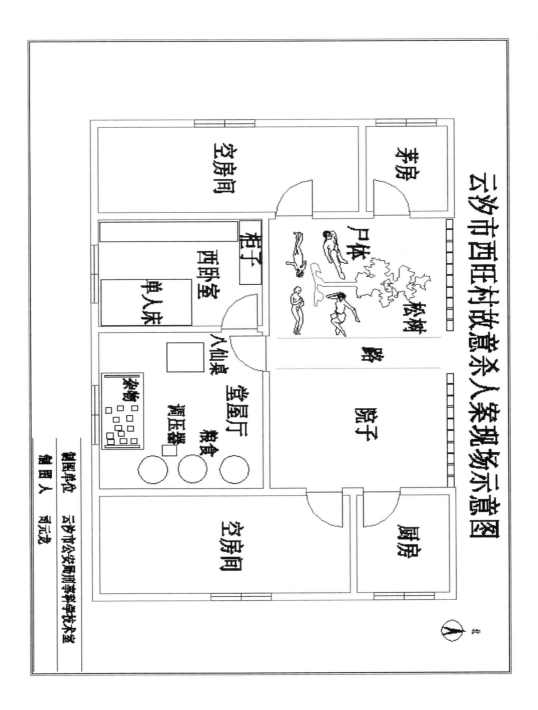

云汾市西旺村故意杀人案现场示意图

艾肯菌，分析两人争执中，死者曾用拳头将嫌疑人的牙齿打断，我怀疑地面血迹是嫌疑人牙齿断裂后出的血。"

明哥："感染啮蚀艾肯菌需要破坏牙菌斑，除了滴落状血迹外，你在现场有没有发现断裂的牙齿？"

老贤摇摇头："暂时没有发现，估计被嫌疑人处理掉了。"

"第三份检材是什么？"

"堂屋靠墙角的位置有一根裸露的铜线，经测电压为 380 伏，我截取了一截铜线，准备与死者身上的电流斑做比对。我这边就这么多。"

明哥头也不抬："小龙，你接着说。"

我翻开现场勘查记录本："先说脚印。我在堂屋地面上发现了一种泥渍鞋印，为嫌疑人所留。该鞋的鞋底花纹呈条状，模压底材质。测量成趟足迹数据得出：嫌疑人为男性，身高在一米八左右，青壮年，肢体无残疾。足迹反映出其行走步态轻盈，与山区居民走路姿态有明显差异，他应是长期生活在平原地区。

"值得注意的是，现场鞋印均带有泥渍，嫌疑人应该是在阴雨天来到了刁文林的住处。查询天气软件，在发现尸体的前一天上午，西旺村刚好下了一场短暂的暴雨，凶手就是在那个时候来到了现场。

"接着是指纹。堂屋八仙桌上摆放着一瓶未拆封的白酒，外包装上有三种指纹，一种是死者所留，一种是中年女性指纹，还有一种是青年男性指纹。白酒售价为 35 元，而我在厨房找到的白酒，售价均为 10 元。相比之下，堂屋那瓶酒要贵很多。随后我又在厨房中找到了发霉的米饭、腐败的肉以及蔬菜，种种迹象都表明，刁文林正在准备一个隆重的饭局。从他的接待行为分析，刁文林和嫌疑人肯定相熟。

"西旺村地理位置偏僻，陌生人进村需要熟人带路，两人之间不会没有电话联系，可遗憾的是，我仔细找了一圈，并没有在室内找到手机。屋内的衣柜、抽屉均被翻乱，侵财迹象明显。

"堂屋东墙角有一堆大米，扒开米堆有一个铁制的调压器，我在调压器上刷显出了嫌疑指纹,调压器尖角被摔变形。推断嫌疑人可能是用调压器作为武器。

"综合现场物证,整个案发经过应是:嫌疑人 A 受邀来到刁文林家中,接着两人因某事发生争执,在争斗过程中 A 被刁文林击伤,由于力量悬殊,A 拽掉调压器用作防御武器,随后在打斗中,刁文林倒地,其肩胛接触到了铜线,触电而亡,A 发现后准备施救时,刁文林已无生还可能,于是 A 用编织袋包裹尸体抛尸地穴。"

明哥:"西旺村到地穴要翻两座山头,嫌疑人能找到这么隐蔽的抛尸地,说明他对蛟龙山地形很熟悉,我怀疑他曾不止一次来过刁文林家里。看门的跛棍儿或许会知道些情况。"

会议结束后,我和叶茜来到了村子中唯一的小店内,经女老板证实,几天前的中午,刁文林确实去她的店里买过一瓶白酒,说是招待朋友用,酒盒上的那枚女性指纹正是老板所留。三种指纹排除两种,剩下的那一种再明显不过。厕纸上的脱落细胞与死者 DNA 完全吻合,这样一来,我们就有十足的证据证实,那具摔成烂泥的尸体就是刁文林。

西旺村内没有监控,除了刁文林外,见过嫌疑人的可能只有跛棍儿,但如何让跛棍儿一字不落地说出实情,确实需要下一番功夫。

刑警队搜罗了关于他的所有信息,经研判,刁刚(跛棍儿)这个人有三个显著的特点:贪财、胆小、惜命。摸清楚对方底细后,明哥以医生的名义告知他,体检报告出了问题,需要到镇上的医院免费复查,复查时间为第二天上午 8 点至 10 点,错过时间就要另外收费。

这一招果然奏效,我们早上 7 点便在医院门口把刁刚传唤到派出所接受询问。

跛棍儿年纪在 55 岁上下,穿着打扮极不讲究,用胡子拉碴、鼻涕横流来形容一点儿都不为过。

"警官，你们把我带到这儿来干啥，我赶着去体检呢。"

明哥："那个电话是我打的。"

"你打的？"跛棍儿将信将疑。

"你再听听我的声音。"

跛棍儿眯起眼睛，仿佛在回忆什么，几秒钟后，他的瞳孔突然放大："真的是你，你是警察？你们找我干什么？我又没犯法。"

明哥没有回应，而是从皮包中拿出了两样东西摆在他的面前："一把折叠刀、1 万元钱，自己选一个。"

突然转变的画风，让跛棍儿有些坐立不安："警官，你这是什么意思？"

"很简单。"明哥把两样东西分别拿在手中，"配合我们工作，1 万元钱拿走，不配合我们工作，刀带着防身。"

"防……防……防身？防什么身？"

"昨天公安局去村里时你在场，少在这儿给我装腔。"

跛棍儿抱拳作揖："警官，你们去了村里不假，可我哪儿知道你们去村里是干啥的。"

"刁文林你认不认识？"

"我俩同村，我当然认识。"

"好，那我现在就告诉你，刁文林被人杀了，尸体被抛在了山里的地穴中。"

"什么？被杀了？"

明哥："凶手就是前几天进村的那个男人，全村就你见过他，现在刁文林被他所杀，我们担心他下一步会拿你下手。"

听明哥这么一说，跛棍儿如犯羊角风般在椅子上抽搐起来。

"你这胆子也太小了点儿。"胖磊抡圆了给他一个大嘴巴，"老乡，好点儿没，不行我再来一下！"

跛棍儿赶忙捂住有些肿起的脸颊："痛……痛……痛……"

胖磊撇撇嘴："这就喊痛了，那刀子扎进去可比这个痛多了。"

　　跛棍儿被吓得有些欲哭无泪，他哭丧着脸哀求道："警官，你就别吓我了，我胆子小，我胆子真小。"

　　明哥："行吧，我们也不为难你，还是刚才的话，配合我们工作，1万元钱拿走，你的人身安全我们保护，如果你不愿意，现在就能走人。"

　　"你们是不是让我把村里的底都交代出来？"

　　见跛棍儿有所顾虑，明哥哼了一声道："我知道你在担心什么，你给村里看门，每月有1000多元的收入，你是担心出卖同村人丢了饭碗。"

　　"嗯！哦，不不不……"

　　"不用解释，人之常情。如果我们真想砸了你的饭碗，也不会假借复查身体的名义把你带到这里。我们不会为难你，只要你把关于刁文林的一切毫无保留地说出来，别的事情我一概不问。"

　　"关于刁文林的一切？"

　　"刁文林光棍儿一个，现在被害，你就算把他的丑事说破天，也没人找你麻烦，你是聪明人，这一本万利的买卖，我觉得你应该不会拒绝。"明哥说着把1万元钱拍在了他的面前。

　　话都说到这个份儿上了，如果再推辞那就摆明了脑子不好使。跛棍儿如恶狗扑食般把1万元紧紧搂在怀里："干了干了，你们问吧，我什么都说。"

　　"好，那咱丑话先说在前面，如果你回答得不痛快，钱你可带不出这间屋子。"

　　跛棍儿赶忙把钱揣进内侧口袋："你放心，知道多少我说多少。"

　　"好，我问你，5天前的上午，刁文林是不是带了一个陌生人来村里？"

　　"有，不过也不算是陌生人，他之前来过好几次。"

　　"你形容一下这个人的长相。"

　　"是个男的，20多岁，个子很高，大概有一米八，短发，来的时候穿了一套西装，黑皮鞋。"

　　"哪个地方的口音？"

　　"说的是普通话，口音有些偏南方。"

"他与刁文林是什么关系？"

"我猜这个男的是个婚狗子。"

"婚狗子？"

"哦，就是专门给人介绍媳妇的人。我们村里的光棍儿要买媳妇，都会找他们。"

"他们？难道不是一个人？"

"当然不是，这种事情又不好往外说，都是自己找自己的路子。"

"那你又是怎么知道刁文林带进村的男人是婚狗子的？"

"我当然知道，这种人我见得太多了，而且近几年，这个男的给刁文林介绍过两个女人，我都是亲眼所见。"

"介绍过两个女人？她们现在人呢？"

"不知道，刁文林平时闷得很，不怎么喜欢跟人来往，不过第一个女人刚进村时我印象特别深，当天晚上刁文林找到我，问有没有女人从村口跑了，他这么一说我就知道是买来的媳妇没看好。我说没有以后，刁文林就带着那个男的往山里找，两个人找了整整一夜，才把那个女人给捆回来，打那以后，我就再也没见过那个女的。"

"刁文林这次和男人见面有没有带女的进村？"

"没有。"

"之前两个女人长什么样子，你能形容一下吗？"

"时间太长我也记不清了，我只知道都是长头发，第一个女的身高有一米六五，十八九岁，来的时候带了一个红色行李箱；第二个女的要矮一点儿，只有一米六左右，差不多 20 岁，来的时候也拎了一个行李箱，什么颜色我想不起来了。"

胖磊问："是不是黄色拉杆箱？"

"对对对，你这么一说我记起来了，是橘黄色。"我和胖磊对视一眼，心里有了不祥的预感。

明哥接着问："这两个女的分别是什么时候进的村？"

"第一个早了，在三四年前吧，第二个好像是在前年。"

"刁文林是个什么样的人，你说说看。"

"他的脾气很古怪，喜欢独来独往，就算是面对面碰见了，他也不会主动和你搭腔。"

"他有没有结过婚？"

"结过两次，不过都跑了，后来有人传言，说他虐待媳妇，不过我看他老实巴交的样子，怎么也不像干这事的人啊。"

"他的前两任老婆现在在什么地方？"

"不知道，我也没见过，都说是跑了，至于跑到哪里了，也没人深问。"

"刁文林平时出不出村子？"

"我白天很少见他出去，不过他晚上出不出去，我就不知道了。"

"不出村子，那他的钱从哪里来？"

"种地、政府补助，不过村里有人说刁文林早年在山里挖到了古董，卖了好多钱。"

"传言的可信度有多少？"

"我觉得很大，蛟龙山本身就挖出来过古墓，我们村有很多人在山里捡到过盆盆罐罐，这些东西后来都被人高价买了去。据说刁文林挖到的是青铜器，卖了老多钱。他这人好烟好酒，一天最少也有好几十块的花销，田里收的粮食只够自己吃，政府补助也没多少钱，他这么大的开销，指望种地肯定不行，而且他接连买了两房媳妇，少说也要七八万，这钱都从哪儿来？"

明哥若有所思地点了点头，接着他又问："刁文林平时用不用手机？"

"他有一个白色翻盖手机。"

我和叶茜曾去通信公司查询刁文林登记的手机号码，可查询结果为空号。见跛棍儿回答得这么肯定，我还是要反复确认一下："你确定刁文林有一部翻盖手机？"

"我当然确定，他的手机是从我们村三愣子手里买的，我当的中间人。"

"手机和卡一起买的？"

"对，早前三愣子跟他亲戚去外地打工，家里的号用不上，刁文林大字不识一个，也懒得出村，于是我就给三愣子牵了条线，把手机卖给了刁文林，我从中间还赚了 50 元钱。"

"三愣子大名叫什么？"

"刁劲松。他走的时候去派出所办的身份证，你们应该能查到。"

明哥："行，那今天咱们就到这里吧，有问题我还会打给你。"

"警官，那这钱……"

"归你了。"

十四

结束询问，我们反复研究了跛棍儿的笔录，从对话中，可以提炼出四个信息：一、刁文林使用的手机号码是用刁劲松的身份证登记的；二、陌生男子极有可能还干着拐卖妇女的勾当；三、刁文林的两任老婆以及买回的两个女人均不知去向；四、刁文林性格孤僻，极少出村子，假如这 4 名女子遇害，那尸体应该还在蛟龙山上。

虽然跛棍儿给我们提供了这么多重要的线索，但是办案最忌讳轻信口供。嘴长在人身上，想怎么说都可以，我们还要找到与之对应的物证来去伪存真。

查询手机号码，只需要一张介绍信，相对简单；然而找到 4 个人的下落却非易事。

刁文林住处存有大量女士衣物，因为他有"异装癖"，所以衣物也并没有引起我的注意。直到给刁刚做完笔录，我才突然有了不祥的预感，因为笔录中所说的拉杆箱就摆放在卧室的床下。箱子在，人却失联，结合刁文林扭曲的性取向，两人生还的可能性微乎其微。

从跛棍儿的笔录中，我大概掌握了两名女子的体貌特征，但为了证实两人确实和刁文林生活过，还需要找到其他证据佐证，其中最直截了当的方法就是用衣物来推断穿衣者的身高体态。

衣服在我们生活中是不可或缺的。随着物质文化生活水平的不断提高，衣服的款式、花样、制作工艺也更加丰富多彩。但无论衣服的式样如何翻新、款式如何改变，衣服的大小、长短都必须与穿衣者的身高、体形相适合，我们称之为"合体"。

因此，衣服各部位的长、短、宽、窄尺寸，必然反映出穿衣者的高、矮、胖、瘦等体态特征，这是缝制衣服的必然规律。既然有规律可循，我们就能通过海量的制衣信息推导出计算方法。有了衣长、袖长、胸围、肩宽、裤长、腰围等数据，便能计算出穿衣者精确的身高和体态。

通过这种方法，我算出刁文林家中有两种女士衣物。由此可以推断出：一名穿衣者身材较瘦，身高约一米六七；另一名穿衣者身材较胖，身高在一米六以下。结论和跛棍儿供述的基本吻合。

经过一番考证，跛棍儿的笔录并没有多少水分，而他在问话中着重强调了一点，"刁文林的4个女人全都不知下落"。活要见人，死要见尸，可西旺村附近重山环绕，任何一个地方都具备毁尸灭迹的条件。在没有证据支撑的情况下，寻尸无异于大海捞针。

我们以"4名女子遇害"为前提，做出了多种假设：第一，尸体埋在刁文林自家的院子中；第二，尸体埋在附近的山林里；第三，尸体被扔在了其他的地穴中；第四，尸体成了林中兽的口中食。

在种种假设中，胖磊看出了一些端倪："我怎么看怎么觉得院子中这棵松树有点儿突兀。"

"这怎么说？"我问。

"你们知不知道，除了山上哪里的松树最多？"

"哪里？"

"坟地！"

"坟地？难道还有这种说法？"

"当然有。"胖磊解释道，"松树的松字左木右公，五行之中木可生火，代表极阳。而公多译为雄性，也属阳性。在古文之中，鬼怪均为阴物，按照以阳克阴的说法，松树具有辟邪防煞的效果。所以我怀疑，刁文林是不是把尸体埋在了自家院子中，然后种了一棵松树辟邪？"

明哥："你说的不无可能，不过在院子里种植松树的大有人在，所以这只是一种假设，如果实在没有好的办法，我们可以先把院子挖开看看。"

最能沉住气的老贤开了口："院子那么大，挖开需要耗费大量的警力，我有办法可以先做个预判。"

胖磊心如猫抓："什么好办法，快说来听听。"

老贤："把松树锯断，观察年轮特征就能一目了然。"

胖磊："年轮？这么神奇吗？"

老贤解释道："树木伐倒后，在树墩上出现的同心圆环，植物学上称为年轮。它是树木在生长过程中受季节影响所形成的，一年产生一轮。每年春季，气候温和，雨量充沛，树木生长很快，形成的细胞体积大，数量多，细胞壁较薄，材质疏松，颜色较浅，称为早材或春材；而在秋季，气温渐凉，雨量稀少，树木生长缓慢，形成的细胞体积小，数量少，细胞壁较厚，材质紧密，颜色较深，称为晚材或秋材。同一年的春材和秋材合称为年轮。

"假如植物生长环境相对稳定，那么它年轮的疏密程度也会大致相同，如果刁文林真把尸体埋在院子中，那么尸体腐败后可以给树木提供大量养分，这会让年轮在表现形态上有所差异。我个人觉得，与其盲目地猜测，不如把松树锯开看看。"

老贤的提议有理有据，我们自然是双手赞成，当天下午，科室一行人再次来到刁文林家中，在油锯的帮助下，松树应声而倒。

老贤拿出游标卡尺仔细测量："以年轮中心往前推，2年前、4年前的年轮明显粗大，说明在这个时期松树有充足的养分供给。这与最后两名女子进村的时间吻合，刁文林果真把尸体埋在了自家院子中。"

胖磊："从年轮上能不能看出，刁文林的前两个媳妇是不是也埋在这里？"

老贤："松树种植时间不长，能不能在院子里找到另外两具尸体，只能试试看。"

有了确切的结论，明哥又召集了50多名特警，在掘地三尺后，我们在松树根系附近共挖出4具白骨尸骸。

尸检在一个临时搭建的雨棚中展开，为了防止引起恐慌，特警在雨棚外围成了人墙。在这个法律和道德无法触及的山村中，谁也不敢保证会不会有突发情况发生，所以我们必须用最快的速度完成尸检。

在明哥的指导下，4具白骨在一个小时内拼接完毕，胖磊在每具尸体的头骨前摆放了一个数字标签。我、胖磊、老贤、叶茜分别对应一具尸体，尸检过程由明哥口述，我们几人分开记录。

"1号尸体，女性，尸骨完整，从牙齿磨损特征及耻骨联合面判断出，死者年龄在20岁上下，尸骨长159厘米，舌骨左右大角骨骨折（舌骨呈马蹄形，由舌骨体、大角和小角构成，是舌体的主要支撑骨），有玫瑰齿特征，死于扼颈机械性窒息。触摸骨体尚有油腻感，死亡时间不超过2年。白骨上未附着衣物，埋尸时全身赤裸。

"2号尸体，女性，尸骨完整，同理可得其年龄在17岁上下，尸骨长163厘米，舌骨骨折，有玫瑰齿特征，死于扼颈机械性窒息。骨体表面干燥、骨孔内有少量植物根须，死亡时间超过3年，埋尸时全身赤裸。

"3号尸体，女性，尸骨完整，年龄在30岁上下，尸骨长166厘米，舌骨、头骨均有骨折，其死亡时除被扼颈外，头部还遭到过撞击，死因可能是被人扼颈后猛烈撞击头部。骨体发黑，骨孔内有微生物聚集，死亡时间超过10年，埋尸时全身赤裸。

"4号尸体，女性，尸骨完整，年龄在18岁上下，尸骨长156厘米，左腿骨发育不良，舌骨骨折，死于扼颈机械性窒息，骨体完全呈黑褐色、轻瓣易断，死亡时间超过15年，埋尸时全身赤裸。"

尸检告一段落，我们把四份报告递到了明哥手里，他扫了一眼说道：

"刁文林有性窒息癖好，4名死者均为扼颈机械性窒息死亡，作案手法相同，由此推断，他就是杀害4人的凶手。从掩埋时间看，4号、3号是他娶的两个媳妇，1号、2号则是他买来的女人。4名死者颅骨均保存完好，具备颅骨复原的条件。"

十五

接下来，明哥安排了两项重要工作，一是由刑警队牵头，对刁文林的关系网进行全面摸排；二是由他带队前往刑警学院开展颅骨复原工作。

前后折腾了4天，现有的调查结果全部被摆在了桌面上：

刁文林娶的第一个老婆名叫李思红，左腿残疾，父母健在，经DNA比对，为4号死者。

他第二个老婆名叫胡艳娟，离异，和前夫生有一女，经亲子鉴定，为3号死者。

目前1号、2号只有颅骨画像，身份暂时无法核实。

刑警队调取了用刁劲松身份证办理的手机号码，根据通话记录显示，刁文林被杀前曾与一个归属地为"哲江省文州市"的移动号码频繁来往，而遗憾的是，这个号码是用假身份证登记注册的。

至此案件线索全部中断，明哥像往常一样给我们放了两天假，他自己则闷在办公室内梳理案情。

高强度工作了一个多星期，叶茜、老贤、胖磊和我4个人照例来到啤酒广场撸串儿。

一起案子牵扯出5具尸体，现在调查又进入了瓶颈，搁谁心里都不会痛快。平时嘻嘻哈哈的胖磊，今天也破天荒地少言寡语，直到一箱啤酒下肚，胖磊才打开了话匣子："哎，我说哥儿几个，你们相信因果报应吗？"

"干吗这么问？"

胖磊放下酒杯，用手指敲了敲桌面："咱们从头看这起案件，刁文林杀了这么多人，最后被电死了，他的尸体刚被扔进地穴第二天，就被玩极限运动的发现了，上百米的地穴，这要是搁在平时，谁能发现？怎么会有这么巧的事？"

胖磊的一番话虽然没有科学依据，可我却颇有感触，在科室工作这么多年，类似情况也不是第一次遇到，很多时候就好像冥冥之中早有安排一样。

胖磊又灌了口酒接着说："虽然咱都是无神论者，但是接触尸体时间长了你会发现，老祖宗留下的一些东西也不无道理。也不怕各位笑话，我百分之百相信因果报应，我甚至都觉得是不是老天爷故意让我们发现了尸体。"

老贤："刁文林已死，他的两房媳妇可以瞑目了，现在最可怜的还是那两名被拐卖的少女。"

我接过话茬儿："从女子所穿衣物的材质、款式看，都是一些价格低廉的地摊货。进村时，两人都带着拉杆箱，符合外出务工人员的特点。我觉得她俩很有可能是打工妹。"

叶茜："嫌疑人能给刁文林接连介绍两名女子，一定是个惯犯，可惜那个哲江文州的移动号码刚注册还不到两个月，其间接通的大多都是房产中介、营销电话，几乎没有一个电话可以查到线索，要是我们可以找到其他被拐少女，或许能另辟蹊径。"

胖磊："只要嫌疑人不傻，他不可能只用一个号码干活儿，常在河边走的人，都知道单线联系，嫌疑人用一个号码做一单生意的可能大。"

"等等，"我突然灵光一现，"我差点儿把一件重要的事给忘了。"

"什么事？"

"叶茜，你刚才说嫌疑人的手机接通过电话？"

"对啊，怎么了。"

"接通过多少次？"

"好几十次。"

"具体位置在哪里？"

"有很多地方，你等下，我手机里有从通信公司调来的分布图。"叶茜点开微信，把一张图片放大。图片呈二维坐标排列，X 轴、Y 轴分别标记的是时间和地级市名称。

"从图形上看，两个月里，嫌疑人的手机一共接通了 49 次电话，其中在依乌这一个地方就接了 36 次，依乌说不定就是嫌疑人的常住地。"

胖磊对我不痛不痒的推论嗤之以鼻："依乌是全国小商品集散中心，大大小小的工厂遍地都是，我们现在连嫌疑人长什么样都不知道，有个啥用？"

"当然有用。"我端起啤酒痛快地喝了一口，"你们忘记了，嫌疑人患有黄甲综合征，这种病可引起胸腔积液，当积液达到一定量时会导致呼吸困难，所以患有这种病的人需要定期到医院抽液。从嫌疑人两个月接电话的地理位置看，他几乎是长时间待在依乌。抽液不可能去小医院，我们只要调取依乌市医疗系统中黄甲综合征的患者信息，把符合条件的人筛选出来比对DNA，问题不就迎刃而解了。"

胖磊竖起大拇指："我去，这招厉害了！"

第二天，我们在依乌警方的帮助下，共调取了 34 名黄甲综合征患者的信息，经层层筛选，只有 1 人无法排除。胖磊调取了医院就诊室的监控录像，发现真正的就诊者仅有 20 多岁，而就诊卡信息上登记的却是一名 37 岁的中年男子，也就是说，嫌疑人连就诊时用的都是虚假身份。

不过再狡猾的狐狸也不可能斗得过好猎手，我们在嫌疑人的就诊卡上发现了另外一个手机号码，该号码注册过多款游戏，其中还在线的一款名叫《王者荣耀》。手游的好处是，无论手机号码怎么变，只要账号密码正确，在哪部手机上都能玩。在行动技术支队的帮助下，我们掌握了手游经常登录的手机终端，很快，机主琼光磊被抓捕归案，经DNA比对确认他就是我们苦苦找寻的"隐藏大BOSS"。

人生常有不如意，遇到挫折、失败的时候，有的人怪自己时运不佳，有的人怨自己命运多舛，而琼光磊却嫌自己没落个好名。"琼光磊，琼光磊，和穷光蛋不就差一个字？"

琼光磊 7 岁那年母亲得了重病，村医在他母亲身上尝试了各种草药，均无济于事，他眼睁睁看着母亲的肚子像气球似的慢慢肿胀。母亲从发病到去世只用了 2 年时间，下葬当天，由于尸体过分肥大，他父亲用刀划开了母亲的肚子，他是亲眼看见流出的血水装了满满一大盆的。

母亲去世的第二年，琼光磊那不安分的爹和村里的姚寡妇勾搭在了一起，每每茶余饭后，村民都会以一副对联戏称两人的关系："一杆枪两颗蛋，将近一年没开战；一间屋两扇门，没有几人敢进门；横批，自投罗网。"

其实姚寡妇在村里不算丑，可那泼辣的性格真没几个人能受得住。都说女人"三十如狼，四十如虎"，而姚寡妇刚好卡在"如狼似虎"的年纪。她丈夫死后，她守了 5 年寡，长期压抑在心中的欲火，让她看见汉子两眼都放绿光，只要能占点儿便宜，姚寡妇绝对会雁过拔毛。因为这事，村里的其他妇女差点儿没把村委会门槛踩断。都说"寡妇门前是非多"，村主任一提这事，脑袋都大好几圈，他也是多次劝说姚寡妇，但对方只撂下了一句话："除非给我找个男人，否则免谈。"

就在村主任不知该如何是好时，琼光磊的爹正好撞到了枪口上，看着两人聊得眉来眼去，村主任亲自做媒，硬是把两人撮合在了一起。

自从姚寡妇嫁进来，琼光磊就没过过一天好日子，还不到 10 岁的他成了家里的主要劳力。琼光磊每每回忆这段历史时，都会用一句顺口溜来形容自己的遭遇："洗衣做饭，拔草喂猪，端屎端尿，替父扛锄。"只有别人想不到的，就没有他在家里不干的。

　　2 年后，姚寡妇年近 40 时竟然怀上了孩子。琼光磊早早辍学在家，农闲时分，那些男女之事他也是没少听说。姚寡妇从内衣到外裤，都是琼光磊一手清洗，她的生理期，琼光磊再熟悉不过。在他父亲美滋滋地向别人夸耀自己床上功夫何等了得时，也只有琼光磊知道，姚寡妇那隆起的肚子绝对跟父亲没有半毛钱关系。

　　父亲头上戴了一顶碧绿的帽子，琼光磊非但没有揭穿，反而乐不可支。自从母亲去世，这里对他来说就已经不能称之为家，屋里的那对男女更不配被看作亲人。琼光磊之所以忍辱负重，其实是在等一个机会。

　　那是 2008 年除夕夜的晚上，刚满 18 岁的琼光磊在厨房里忙着拾掇残羹冷炙，厨房外，他的父亲正带着一家三口在门口放烟花。琼光磊瞅准时机，把卧室床下的木盒抱进了厨房，木盒里装的是这个家多年的积蓄。琼光磊心里清楚，如果他再不下手，过完年这些钱就会变成一栋新房。

　　"这是老子辛苦赚的钱，凭什么便宜了你们？"琼光磊用菜刀砍开木盒，里面整齐码放的几摞钞票被他塞进裤裆，木盒随后便在灶台内化成了灰烬。

　　除夕夜过后，一家三口睡得昏天暗地，琼光磊借着上茅房的机会从屋后的草垛中取出行李，父亲的鼾声成了他逃跑的发令枪。趁着夜色，他一个箭步冲上村子主干道，快速交替的双脚，把路面积雪踩得咯咯作响。由于跑得太过着急，他好几次摔倒在地。积雪映着月光，把路面照得亮堂堂的，他躺在雪窝中喘着粗气，嘴里呼出的白雾快速向前方消散。他回头望去，视线所覆盖的一切都显得那么寂静，没有叫喊、没有光源就意味着没有追赶，一切平安的信号让他长舒一口气。休息了好一会儿后，琼光磊从地上抓了几把雪胡乱地往嘴里一塞，接着又踏上了行程。

　　逃离生他养他的地方，是一个可悲的开始，也是一个不幸的结束。至于今后的路该怎么走，琼光磊没有概念，有了怀里的几万元钱，至少很长时间内不会饿死。他想，自己再不济，最起码几年内也能学一门安身立命的手艺，想到这里，他把手伸进怀中摸了摸，纸币虽然冰冷，但是可以让人安心。

不知走了多久，路面的积雪消失不见，脚底那种厚重感也随之消散，久违的柏油路让他嗅到了自由的味道，此时天已蒙蒙亮，琼光磊用一张 10 元纸币拦下了一辆进城的小货车。

司机将钱收进口袋，接着递过去一支烟："兄弟这大过节的去哪里啊？"

琼光磊不会抽烟，但一想到以后要独挑大梁，不抽烟太不爷们儿，他就接过烟，对着司机的烟嘴点着，回了句："家里没人了，在家过年冷清得很，想出去赚钱。"

"还是你会选日子，年初一火车站扔根棍子都打不着人，想去哪儿都能买到票。"

琼光磊长叹一口气："从小到大我就没怎么出过村子，我也不知道去哪儿。"

"小兄弟，那你都会啥？"

"刚出村子啥也不会。"

"难不成你要去建筑工地做苦力？"

"也行啊，只要能赚到钱就行。"

司机上下打量了一遍琼光磊："看你面相最多十八九岁，建筑工地都是四五十岁的老男人去的地方，你去不合适。"

"那有啥不合适的，我觉得行。"

"别的咱先不说，正值年关，很多工地都停工了，你要是去工地找活儿，最少要等到正月十五以后，满打满算还有小半个月呢，这段时间干啥去，你想过没？"

"这个……"琼光磊一时语塞。

因为过年，路上几乎看不到一个人影，琼光磊刚好成了司机排解寂寞的对象，往往人寂寞的时候都喜欢多聊几句，司机也不例外。"小伙子，我今年 40 多了，比你多吃 20 多年盐，你要是相信我，我给你提个建议。"

琼光磊从小到大也没出过几次村子，对外面的世界更是一无所知，他巴不得能有人帮他指条明路："大哥，你快跟我说说。"

司机打了一圈方向盘："你年纪还小，接受能力强，我要是你，我就去南方，在当地随便报一个学习班，学学数控机床啥的，然后找一个工厂上班，一个月动动按钮就能赚三四千。"

"三四千？这可是一季庄稼的收入。"

"怎么的，还嫌多啊，我告诉你，这在南方是最基本的工资，我小舅子也是像你这么大出去的，现在自己当老板，一年少说也能赚个好几十万。"

"好几十万？"这对琼光磊来说无异于天文数字。

司机点了点头："只多不少。"

"大哥，你小舅子去的哪座城市？"

"哲江文州。"

"嗯，那我也去！"

琼光磊憨傻的样子把司机给逗乐了："你小子，我只是给你提个建议，你怎么就认准了，难道不怕我把你给卖了啊？"

"不会，大哥是好人，不会骗我。"

一句"好人"让司机心头一暖："你既然相信我，那就去文州，在那个地方只要好好干，怎么都比去工地搬砖强。"

琼光磊一脸兴奋："嗯，就去文州。"

"对了。"司机转而问道，"你身上带钱了吗？"

"带了一点儿。"

"出门在外，不要放太多现金在身上，回头去银行办张卡，把钱都存在卡里，然后再把卡给烧了。"

"啥？把卡给烧了？这是为啥？"

"你有没有想过，如果你身上揣着银行卡，遇到劫道的咋办？他们用刀逼着你说出密码，你到底说还是不说？"

"这个……"

　　司机续了一支烟："我年轻时去外地打工就遇到了抢劫的，他们把我身上的钱抢完了，又逼我说出了银行卡密码，后来人是抓到了，可我的钱也被他们败光了。"

　　"钱没追回来？"

　　司机摇摇头："整整 6 万元，一个星期就被这帮孙子给造完了，要不是因为那件事，我早就是大老板了，根本不会回来开货车！"

　　琼光磊不知道 6 万元在那时候有多值钱，但这个数放在当下也是相当大的一笔巨款。

　　司机接着说："哥用前车之鉴告诉你，出门在外，身上只留够生活的钱，剩下的都存进银行卡，然后把卡给烧了，等一切安顿下来，再拿身份证补一张，不外乎就是多花 10 元钱手续费。"

　　琼光磊虽然没见过世面，但是能听出好歹，他很感激地说："哥，你真是个好人。"

　　司机被这么一夸有些不好意思："马上到城里了，你是先去银行还是先去火车站？我可以带你一道。"

　　"那就麻烦哥先把我带去银行。"

　　那个时候还没有动车、高铁，除了天上飞的，人们出远门的首选就是绿皮火车。琼光磊的家乡距离文州有 2000 多公里，按照当时的车速，要想到达目的地最少也要一天一夜。琼光磊长这么大第一次坐火车，他哪里会想到一张火车票竟然能卖到 320 元？临来时，他听了司机的忠告，把大钱全部存在卡里，接着又把卡给烧了，可他自己要留下多少，他却忘了问。按照他平时的开销，他觉得 500 元绝对够用，可买了火车票他才知道什么叫花钱如流水，赚钱如抽丝。

　　空荡的车厢左摇右晃，铁轮碾压铁轨的"咔嗒"声很有规律，随着火车的走走停停，他身边的人也在不断交替，当新奇感消失后，剩下的只有孤独寂寞留在心头。对琼光磊来说，这是一条不归路，身后那逐渐远去的家乡，很可能会变成一个最熟悉的陌生地，窗外的景色如发旧的彩色照片，渐渐失去了颜色，当再次醒来时，已是次日黄昏。

"全体旅客请注意，列车即将到达本次行程的终点站——文州站，请全体旅客带好随身行李准备下车。"伴着车厢喇叭的播报，列车发出了悠长的汽笛声，眼看火车即将进站，琼光磊竟然有些怀念路上的时光。

有句话说得好："人生最痛苦的事莫过于探索未知之境。"陌生的城市、陌生的行人、陌生的语言，一切都让初来乍到的琼光磊感觉到极度恐慌。虽是春节，但火车站依旧人潮涌动，头顶上那些画着各种箭头的指示灯让他晕头转向，不善言谈的他，只能把希望寄托在几位身穿制服的列车员身上，通向出站口的地下巷道像迷宫般到处绕行，他紧紧跟在列车员身后来到了出站口。

那是几道并排的栅栏门，每道门前都站着两位工作人员，他们每人手里拿着一把钳刀，一张张火车票从人群中传出，剪完后又流入人群。不知安装在哪里的喇叭在循环播放着一句话："各位旅客出站时请把火车票拿在手中检票出站。"

门内的旅客在焦急排队，门外的人群似乎比门内的还要急躁，那些人手中举着一块块牌子，上面写着"住宿""打车""招聘"的字样。琼光磊夹在队伍中缓慢前行，20分钟后，他终于通过那道闸门，走进了这座陌生的城市。

空气中带着湿咸的气味，温度也比家乡高出了十多摄氏度，临来时的那件大棉袄成了一件摆设。没有了棉衣的束缚，琼光磊感觉轻松不少，而当他正准备好好欣赏城市的夜景时，三四位举着"住宿"牌子的中年妇女围了上来。

"小伙子，住店不？"几人的口音带着南方人特有的腔调。

买完火车票，琼光磊兜里只身下180元钱，一路上吃喝又花掉80元，现在他口袋里只有最后的 100 元钱，看着几位妇女如此热心，这让他反而觉得有些不安："不……不住了。"

几人把琼光磊围在圈中："小伙子，听你口音，你是从外地来的吧？好像不是我们本地人哦。"

"我不是本地人，各位大姐，我真不住店。"他想奋力挤出圈子，可多次尝试后却无济于事。

"小伙子，天这么晚了，你一个外地人不好找地方住的，我们那里有小姑娘，既能住又能耍的呀！"

"对呀，对呀，去住一晚上吧，给你打个特价！"

"对呀，对呀，可以找个小姑娘解解乏，我们的小姑娘技术都是一流的呀！"

轻微的肢体碰撞变成左拉右扯，等琼光磊缓过神来时，他已被拽进了车站边的巷道中。

"干什么的？！"黑暗中一声厉喝让琼光磊为之一振。

一位魁梧的青年男子走到了跟前："你们把他给我放开！"

男子的气势，让几位妇女大惊失色："小子，这个可是崩牙的地盘，你敢劫我们的道？"

"我管你是谁的地盘，赶紧给我滚，否则别怪我不客气！"男子说着抽出了一把折叠刀。

"好，有种你等着！"几位妇女丢下一句狠话，消失在了夜色中。

琼光磊哪儿见过这种场面，他倚着墙根，大口地喘着粗气。

男子收起家伙："兄弟，别发愣了，她们去喊人了，咱们赶紧跑！"琼光磊像是抓住了一根救命稻草，紧跟着男子朝远处跑去。

10 分钟后，男子跨上了一辆摩托车，就在琼光磊犹豫之时，男子冲他招了招手，琼光磊不假思索地跨上了摩托车，男子的右手在不停地拧动车把，排气管喷出的烟雾带着刺鼻的汽油味，待琼光磊坐稳，摩托车如猎豹般朝马路尽头飞驰而去。

他们先是在宽敞明亮的市区中穿行，七拐八拐后，又驶向了石子路，当摩托车停下时，周围的环境已变得和乡镇相差不大。

男子把车停好，坐在马路牙子上点了一支烟："来一支？"

琼光磊犹豫了片刻，伸手接了过来。

男子深吸一口，上下打量着琼光磊说道："还好你刚才遇到了我，否则你今天晚上就遭殃了。"

"为啥会遭殃？"

"你是头一次来这里吧？"

"对，以前没来过。"

"一个人来的？"

"嗯。"

"你知不知道刚才那几个妇女是干什么的？"

"不清楚。"

"不妨告诉你，如果今天你没遇到我，你身上的钱就会被她们抢光了，这些人在我们这里叫店姐，她们长期盘踞在火车站、汽车站，以打折住宿的名义进行抢劫。刚才我救你的时候你也听见了，她们的老大叫崩牙。"

当几名妇女对他生拉硬拽时，琼光磊就感觉到一丝不安，但他并没有想到对方敢在火车站明抢，脊背发凉的他赶忙双手抱拳感激道："谢谢大哥出手相救。"

男子摆摆手："不用这么客气，路见不平而已。对了，你来这里准备做什么？"

因为对方仗义相救，琼光磊放松了警惕，他实话实说道："我想在这里找份工作。"

"你一个外地人来文州，难不成有亲戚朋友在这里？"

"没有。"

"那你为啥要来文州？"

"我听我们当地人说，这里钱好赚，所以就来了。"

"哦，原来是这样。那你以后有没有什么打算？"

"我想先打听打听哪家工厂招人，只要管吃管住，每月再给个千把块钱，我就能干。"

男子略有深意地笑了笑："那你这要求太低了，在任何一个地方都能实现，何必千里迢迢来这里？"

"每月千把块"对琼光磊来说已是不菲的收入，但看着对方嗤之以鼻的态度，他就算再傻也知道人家绝对有更赚钱的门路。"大哥，你对这里肯定熟悉，你有没有什么好的工作推荐？你放心，只要我赚到钱了，我一定请大哥喝酒。"

男子把手停在半空打断了琼光磊："好话留着以后再说。我这人信佛，你我在火车站相遇也算有缘，所以我也不瞒你。"男子竖起大拇指朝后指了指，"在这块地界，有一个月赚1000的活儿，也有一个月赚1万的活儿，更有一个月赚10万的活儿，就不知道你能不能吃这个苦。"

琼光磊双眼射出精芒："只要不违法，我啥苦都能吃！"

"违法的事那肯定不能干，要做就做行业。"

"行业？什么是行业？"

男子打量着琼光磊的行头："从农村来的？"

"嗯。"

"见过老母鸡孵小鸡吗？"

"当然见过。"

"行，那我给你算笔账。"男子掰着手指说，"假如你有一只母鸡，母鸡一天下一个蛋，这些蛋都孵出小鸡，小鸡再生蛋，蛋再孵出小鸡，是不是要不了多久你就有一窝小鸡了？"

"对，俺们村里人都是这么养鸡的。"

"等小鸡一变二，二变四，四变八，变成一群母鸡的时候，你再把母鸡一卖，是不是就赚大钱了？"

琼光磊使劲儿点头："对，是这个理。"

"行，既然道理你都懂，那就好办了，我现在做的事，就和鸡生蛋是一个套路。"

"这就是行业？"

"不全是，我们管这个叫直销。"

十八

有句话说得好，叫"听君一席话，胜读十年书"，琼光磊从小到大拢共还没上到五年级，当他听到对方如此精彩的理论时，本身就一脑袋糨糊的他，竟像是瞬间被疏通的下水道一样，有种茅塞顿开的感觉。攀谈中，琼光磊得知男子叫阿印，比自己大 7 岁，阿印做了 5 年直销，银行卡的存款早就超过了 7 位数。

阿印是琼光磊的救命恩人，他的话，琼光磊自然深信不疑，不到一个小时的交谈，琼光磊当即决定融入直销这个大家庭。

相谈甚欢后，摩托车再次发动，阿印载着琼光磊来到了一处极为偏僻的四合院，当那扇红色铁门被打开时，院子里的 5 间平房同时亮起了橘黄色的灯光。

阿印介绍："这里就是直销初学者的住处，是不是感觉很简陋？"

琼光磊还没走进院子，就闻到了一股令人作呕的臭味，这种味道堪比农村的旱厕，几间平房甚至连一块像样的玻璃都没有；透过报纸裱糊的空隙，屋内的情况可以一览无余，他心里虽然在想"农村住的都比这儿好"，但嘴上却说："还行。"

阿印何尝不知道琼光磊的口是心非，他摇摇头说："不，你没说真话，这里的环境很简陋，到处散发着臭味，这里根本不是人住的地方。"

琼光磊本想着阿印会解释一番，可他哪里会料到对方如此直接。

阿印接着说："凡是做大事者，一定要先苦后甜，这是做直销必须经历的，你要适应。对你来说今天的一切可能是在受罪，但当你成功后，这会是你人生中最宝贵的财富。想想那些红得发紫的明星，想想那些腰缠万贯的大老板，他们哪一个不是吃了苦中苦，才成为人上人的？没有忆苦思甜的经历，你的成功道路并不完整。"

琼光磊在阿印面前，就是一个小透明，如此恶劣的居住环境，在阿印的一番理论下，竟成了通往成功的起点，刚进门时的消极情绪现在早已烟消云散，他此刻无比迫切地想住在这里，好早一点儿踏上成功的道路。

"这点儿苦对我来说算什么，快告诉我，我住在哪一间？"

"5间房你可以随便选，你想住在哪里就住在哪里。"阿印说完站在院子中间拍了拍手，房间内的所有人拥出门外，将琼光磊围在圈中。

"大家好，我给大家介绍一下，这是我们大家庭的新成员，他叫琼光磊，鼓掌欢迎。"

阿印话音刚落，院子中的数十人无比兴奋地冲他微笑，冲他鼓掌，冲他欢呼。

琼光磊从小到大受尽白眼，他哪里会想到，一个农村娃千里迢迢来到这座陌生的城市，竟能受到如此热烈的欢迎，这让他有些受宠若惊。

"谢谢，谢谢……"琼光磊不善表达，他只能尽力把腰弓成九十度——回礼。

阿印："光磊，来了就是一家人，不必这样，今天时间不早了，你先选一间屋早点儿休息，明天早上我再过来。小董，帮光磊拿行李；小于，抓紧时间给光磊铺床；小谭，去打洗脚水；小冯，去给光磊煮碗面。"

接到命令的几人毫不拖泥带水，行动果断得像训练有素的军人。前后不到半个小时，琼光磊吃饱喝足、洗漱完毕，在室友的嘘寒问暖中躺在了柔软的床铺上。

连续多日的颠沛流离，让他身心疲惫，他没想到在这里竟能找到一丝家的温暖，这种久违的幸福感，已和他失散多年。

十九

早上 8 点，阿印送来了两筐馒头，这是琼光磊在这个大家庭中吃的第一顿早餐。早餐只有两个馒头加一杯清水，它还有一个好听的名字，叫一清二白。这种搭配在农村连猪都不吃，而在这里却成了直销指定用餐，用他们的话来说，他们吃下的不仅仅是饭，还是一个人做事的态度和人品。

在室友的帮助下，琼光磊把馒头撕成小条放在口中慢慢咀嚼，劲道的面粉在唾液淀粉酶的充分搅拌下分解成麦芽糖，琼光磊从未干啃过馒头，他自然不会知道原来白面馒头会越嚼越甜。先来的室友告诉他，这就是先苦后甜。

早餐结束，所有人拿起塑料板凳列队坐在院子中，一位西装革履的中年男士昂首阔步地走进院子。

阿印站在男子身边隆重介绍："这位是我们直销行业的翘楚——谢总，今天我们有幸将谢总请到小院，为大家分享成功的经验，大家鼓掌欢迎！"

不得不说，阿印很会调动气氛，琼光磊感觉双手拍得都快失去知觉了，而院内的掌声还是经久不息。

"谢某在此谢谢各位！"他说完朝着人群深鞠一躬。

当今社会，"有钱就是爷"的观念深入人心，对琼光磊来说，谢总无论从穿衣打扮还是言谈举止都能甩他几十条街，没想到人家竟能自降身价给他们鞠躬，顿时觉得人家这种胸襟和涵养令人钦佩。

"谢总绝对是个干大事的人！"这是琼光磊对他发自肺腑的评价。

谢总双手多次压低，待人群重新变得安静，他这才开始了今天的演讲：

"我今天受邀来到这里，时间有限，所以我不会像做报告一样浪费大家的时间，我来的目的只有一个，让在座的各位将来和我一样，变！有！钱！"

他的开场白简单粗暴，底下的人激动万分。

　　谢总接着说："大家可能都听过一句话，叫'授人以鱼，不如授人以渔'，意思是说，你拿一条鱼给对方，不如教会对方钓鱼的方法。道理其实很简单，鱼是目的，钓鱼是手段，一条鱼能解一时之饥，却不能解长久之饥。如果想永远有鱼吃，那就要学会钓鱼的方法。赚钱也是同样的道理，很多人之所以赚不到大钱，是因为他们并没有掌握精准的方法。《新闻联播》大家都看过，咱们的市场经济存在着一定的规律，我们只要把握这个规律，就能赚到大把大把的钞票。这就像下棋一样，有规律就要有配套的游戏规则，而我们所总结出的最完美的游戏规则就叫直销。

　　"以我自己举例，我现在身价上千万，而在坐的各位可能连1万都拿不出，这种情况在我们生活中是普遍存在的，用一句话总结，就是'穷的穷死，富的富死'。为什么会出现这种情况？其实就是极少数的人掌握了'钓鱼'的方法，他们先人一步把'鱼'钓进了自己的筐里。

　　"再打个比方，咱们面前有一个鱼塘，鱼塘里有1万条鱼，所有人都蹲在鱼塘附近抓鱼，有的人掌握方法，源源不断地把鱼装进鱼篓，而有的人却站在鱼塘边不知所措，等鱼渐渐被抓完，那些不懂技能的人终将会被社会所淘汰。而直销，就是我们研究出来的最便捷的'抓鱼'技巧。

　　"读万卷书，不如行万里路；行万里路，不如阅人无数；阅人无数，不如名师点悟；名师点悟，不如踏着成功者的脚步。我从2000年开始接触直销，只用了8年的时间就做到了3000万资产，在很多直销大佬面前，我可能不算成功者，但我觉得以我个人的经验，绝对可以带着大家走上致富的道路。"

　　"好，谢总说得好！"阿印带头鼓掌，人们再次沸腾。

　　琼光磊的文化水平不高，但谢总近三个小时的演讲他是既入了脑又沉了心。午饭后，琼光磊拿出阿印给他的笔记本，用汉字加拼音的方法把演讲的精髓全部记录了下来。

　　然而，第一天的"经验"还没完全吸收，第二天阿印又请来了"身价上亿"的黄总莅临演说，经过多次洗脑，琼光磊从心里完全接受了直销的"钓鱼技巧"。

　　在"直销家庭"中，有着严密的等级划分，从下到上分别为普通会员、VIP 会员、黄金会员、铂金会员、钻石会员、至尊会员 6 个等级。琼光磊这种刚入行的人被称为"白瓜"。确切地说，"白瓜"还不算是直销行业的一员，要想成为普通会员，每人必须一次性缴纳 3800 元的会费。从普通会员要想升级到 VIP 会员，需介绍 2 人入行；而从 VIP 会员到黄金会员，则需介绍 5 人；从黄金会员到铂金会员需介绍 100 人；从铂金会员到钻石会员需介绍 1000 人；从钻石会员到至尊会员需介绍 1 万人。每介绍一个入行者，介绍人可提取 10% 的佣金，也就是一个人头 380 元。

　　直销的核心卖点是"人际关系"，而人作为群居动物，他不单单是一个个体，以当时的经济水平，3800 元会费不是一个大数目，可以说，成为普通会员的门槛并不高。而直销所针对的群体都是一些成年务工者，他们有的有求学经历，有的有打工经历，有的有创业经历，只要方法得当，一个人拉 5 个人头，不是什么难事。

　　阿印帮"白瓜"们算过一笔账，只要成为黄金会员，那么一次性的提成就有 1900 元，而介绍来的 5 个人还会拉其他人入行，这样收入便会像滚雪球般增加。当 5 人变成 25 人，25 人变成 225 人时，赚的钱就会以万计，假如有幸成为铂金会员，躺在床上就能把钱赚了。

　　这就好比掌握了钓鱼技巧，你把它教给别人，别人每钓上来 10 条，拿 1 条作为报酬；当学的人越来越多时，那自己就不用再大费周折，等着别人把鱼送到面前就行。既然是"钓鱼"，就需要配备工具，而那 3800 元可以理解成"鱼竿"的费用，等卖了鱼，成本自然会收回。这种绕来绕去的"直销理念"，让很多大学生都深陷其中，更何况只有小学五年级文化的琼光磊。

　　经过多轮洗脑，琼光磊每天都在痛并快乐着。快乐的原因，是他自认为先人一步掌握了赚钱的窍门，而痛的根源是他根本不知该拉谁入行。自从母亲死后，他就没出过村子，可以说他所有的人际关系都在村子里。村里的几个玩伴他倒是能联系到，可一旦联系他们，自己的藏身地就会曝光，要知道，他来之前可是偷了父亲的全部家财，这万一父亲追了过来，情况绝对会变得无法收拾。

琼光磊居住的小院叫"白瓜营"，刚进的"白瓜"经过5天培训后，90%的白瓜都会选择交钱成为普通会员，而一旦成为会员后，他们会立刻从这里搬走，去一个条件较好的居民楼。剩下的"白瓜"并不是不想从事直销这一行当，而是他们绝大多数都拿不出3800元的会费。在直销行当中，这10%被称为"烂瓜"。

对于"烂瓜"，直销最常用的方式就一个字"熬"。白瓜营每天都会请不同的人来讲课，交不起钱的"烂瓜"要接受半个月以上的超强洗脑。这样一来，"烂瓜"对直销的渴望会达到极致，再加上周围不断离开的其他人，"烂瓜"会表现出一种"鱼快被钓完"的不安。这个时候，对"烂瓜"来说，只要能搞到钱成为会员，就没有他们不愿做的事。

琼光磊本不想成为"烂瓜"，他之所以不交会费，原因有二：一是阿印拒绝了他去市区补办银行卡的要求，二是他实在拉不来人入行。对被彻底洗脑的琼光磊来说，他现在就是抱着一种"无赖"心理，除非阿印轰他走，否则他绝对不会离开"白瓜营"半步。

2008年3月12日，在"白瓜营"待了一个多月，十几名"烂瓜"被阿印带到了附近的社区医院，这其中就包括琼光磊。一行人穿过医院的正厅，直接来到了后院的"采血室"。

虽然门上用打印纸贴着"采血室"三个字，但明眼人一看就知道这里绝对不正规，别的先不说，光那几个身上"雕龙刻凤"的采血医生，就能让人不寒而栗。

待众人坐好，阿印推开木门和屋内的人小声嘀咕了几句，再次走出采血室时，他说道："你们的身份证我已经交了进去，回头听名字进去采血，每人 400 毫升，采完血后回到院子里等着，所有人采完后，我们一起走，有没有问题？"

"没。"

交代完毕，阿印冲屋内做了个"OK"的手势，按照年龄大小，琼光磊第一个走了进去。

采血室只有十几平方米，光线昏暗，一张木桌横在屋子当中，两名凶神恶煞般的男青年身披白大褂坐在桌子里侧。

"你叫琼光磊？"其中一名戴着耳钉的男子问道。

"对。"

耳钉男又问："什么血型？"

"不知道，没测过。"

耳钉男低头记录身份信息，另一名雀斑男指了指木桌旁的塑料凳："过来坐下。"

琼光磊有些紧张，可他还是按照雀斑男的指示坐了下来。

"把上衣脱掉，袖子撸起来。"

耳钉男登记完毕，雀斑男从铁盒中取出一枚酒精棉球在琼光磊的胳膊弯上使劲儿摩擦，消毒完毕后，一枚连着血袋的大号抽血针刺入血管，血袋被放在了一个左右摇晃的电子秤上，随着血液不断流入，黑白显示屏上的数字在不停地跳动。

当针头刺入血管的那一刻，琼光磊感觉到了一丝刺痛，而抽血正式开始时，不适感随之消失。电子秤上的血袋越来越鼓，5 分钟后，雀斑男拔掉针头，用棉签按在出血处。

"多按一会儿，不流血了把棉球扔了就行。"

雀斑男刚交代完，耳钉男便迫不及待地喊道："下一个，汤盛国！"

十多名"烂瓜"依次进入，和琼光磊一样，他们进去时都很紧张，可出来时却都谈笑风生。阿印给每位抽完血的"烂瓜"买了牛奶和卤蛋，吃了一个多月的"一清二白"，琼光磊看见卤蛋就如同猪八戒见到了人参果，成功人士"吃苦在前，享乐在后"的座右铭被他瞬间抛在脑后。两颗卤蛋、一瓶牛奶被琼光磊囫囵吞枣似的咽下，当他还想借势续上几个时，却被阿印以"吃多了不吸收"为由无情拒绝。

琼光磊郁郁寡欢地蹲在墙角，一个小时后，最后一名"烂瓜"抽血结束，阿印从采血医生手里接过了厚厚一沓人民币。

"这是你们抽血的补助，400 毫升，每人 600 元，你们只要再来 6 次，就能凑齐会费。"

"一袋血能卖 600 元？"一名"烂瓜"很是惊讶。

"我要是一天卖一次，一个月就是小 2 万啊。"另外一名"烂瓜"也跟着应和。

阿印撇撇嘴："别想那些没用的了，抽血伤身，还一天抽一次，你要是能扛住三天一次都算你命大！我就没发现有哪个行业能比直销赚钱，所以啊，抽血只是一种方式，攒够了会费做直销才是王道。"

听了阿印的一番说辞，"烂瓜"们纷纷点头称是。其实阿印心里明白，直销洗脑必须采用"圈养制"，一旦传销者过多接触外部环境，很容易从"谜之逻辑"中清醒过来，所以除非万不得已，否则阿印坚决禁止"白瓜""烂瓜"与外界接触。这也是琼光磊多次提出去银行均被阿印拒绝的主要原因。

十多名"烂瓜"两两一组慢悠悠地走回"白瓜营"，阿印把钱揣进口袋，约定 3 天后进行第二次抽血。

卖血归来的"烂瓜"们异常兴奋，他们三五成群坐在一起，构想着攒够会费后的发财美梦，琼光磊是听在耳内，急在心中。拉不了人入会，他最多只能成为普通会员，那些大佬分享的成功经验，在他这里只能付诸东流。

这一夜，琼光磊彻底失眠，他整晚都在惦记那个"鱼塘"。阿印每天都会从外面带来新人，而新人听完课后很快又离开院子。在琼光磊眼里，他们都是掌握了"钓鱼技巧"的人。琼光磊现在的心情就像是站在鱼塘边看别人抢钱，如果他再想不出办法成为更高级的会员，那些白花花的银子将彻底与他没有任何关系。

他躺在床上辗转反侧，不知何时，窗外响起了鸡鸣声，勤奋的"烂瓜"们从睡梦中醒来，他们端坐在床头开始一遍又一遍地朗读《直销口诀》：

"十年打工一场空，只有直销成富翁。

"中华儿女千千万，张三不干李四干。

"干的干，看的看，干的赚了几百万，看的还是穷光蛋。

"大多数人没主见，怕吃亏，怕受骗，结果财富靠边站。

"国家政策在改变，传统生意不好干。

"抱团取暖是关键，加入直销努力赚！"

朗读声很快连成一片，渐渐地屋内所有人都跟上了第一个人的语速，多人发声让口号越喊越亮，半个小时后，包括琼光磊在内的所有"烂瓜"都热情饱满地高举拳头，发出成功者的呐喊。

早上8点，阿印像往常一样送来两筐馒头，所有人排成一排逐个儿领取，当队伍排到琼光磊时，阿印说："你吃完饭跟我走一趟。"

琼光磊露出一丝恐慌："走？去哪里？"

"你先别问这么多，把行李收拾好。"

"你是不是要赶我走？"琼光磊的语气中充满了哀求。

阿印有些不耐烦："回头我会告诉你原因，下一个。"

来到"白瓜营"这么久，阿印对谁都客客气气，今天阿印的态度，让琼光磊有些惴惴不安。

"一清二白"的早餐琼光磊无心去品尝，他如临大敌般蹲在墙角等待阿印召唤。竹筐中的馒头很快发完，阿印对其他人交代了几句，便朝琼光磊走了过来。

"为什么不收拾行李？蹲在这儿干吗？"

"难道你真要赶我走？"

阿印长叹一口气："不是我要赶你走，是有人要把你拉走，这个人我得罪不起。"

"谁要把我拉走？"

阿印没有回答，他转而问道："光磊，你实话告诉我，你到底有没有得罪过他们？"

琼光磊一脸无助："他们？谁们？我一下火车就被你带到了这里，我连院子门都没出过，能得罪谁？"

阿印重重地点了点头："行，我知道了，你赶紧去收拾行李吧，我把你带到地方再说。"

见没有回旋余地，琼光磊就是再想赖在这里，也不知该如何开口，背着行囊从屋内走出，室友们用一首吕方的《朋友别哭》为他送别。

"有没有一扇窗 / 能让你不绝望 / 看一看花花世界 / 原来像梦一场 / 有人哭 / 有人笑 / 有人输 / 有人老 / 到结局还不是一样 / 有没有一种爱 / 能让你不受伤 / 这些年堆积多少 / 对你的知心话 / 什么酒醒不了 / 什么痛忘不掉 / 向前走 / 就不可能回头望 / 朋友别哭 / 我依然是你心灵的归宿 / 朋友别哭 / 要相信自己的路 / 红尘中 / 有太多茫然痴心的追逐 / 你的苦 / 我也有感触……"

歌声越唱越大声，但终究还是没有盖过摩托车的轰鸣，琼光磊和室友逐一握手后挥泪离开了这里。

阿印载着琼光磊在迷宫似的街巷中来回穿梭，一个小时后，两人终于来到了此行的目的地，一个比"白瓜营"还要大一倍的四合院。

"到了，咱们进去吧。"

琼光磊提着包裹跟在阿印身后，院子中有男有女，人声嘈杂，目测有五六十号人，和"白瓜营"不同的是，这里的人各个无精打采、面黄肌瘦，他们或坐，或躺，或倚着墙根，像极了清末的大烟鬼。在这里，琼光磊没有受到像"白瓜营"那样隆重的迎接，院子中那几双空洞无光的眼睛也只是在他身上瞟了几眼便转向别处。

"别愣着，跟我过来。"阿印拉了拉琼光磊的衣袖，将他拽进了最里侧的一间平房内。

"仝爷，您要的人我给您带来了。"

琼光磊注意到，阿印说话时身子微微前倾，他就是再笨也能猜到面前的仝爷绝对是个大人物。

"嗯！"仝爷点点头，"人你就留下吧。宽仔。"

"仝哥，您吩咐。"

"带阿印去领税（钱）。"

宽仔伸出左手，做了个"请"的手势："您这边走。"

阿印没有多说一句，转身离开，屋内只剩下琼光磊和仝爷两人。

"不要紧张，我对你并没有恶意。我叫仝晖，北方人，道上的人都习惯喊我仝爷。"

对方轻松的语气，让初来乍到的琼光磊安心不少。刚进来时，他一直弓着身子，并没有看清对方的长相，当判定对方真的没有恶意后，他这才敢正视对方。这不看不知道，面前这位仝爷最多也就 30 岁出头。琼光磊虽然没混过社会，但是他没少听说关于黑社会的种种，俗话说："江湖无大小，看谁混得好。"既然阿印能毕恭毕敬地喊对方"爷"，那这个人在江湖上的地位指定不低。

琼光磊憋了半天，吐了一句话："仝爷好，我叫琼光磊。"

"兄弟，屋里就咱两个人，不必客气，今天把你找来，是有一事相求，请兄弟务必答应。"

"仝爷，只要不违法，什么事都好说。"

全晖微微一笑："我们都是正经生意人，绝对不违法，这点你可以放心。"

"只要不违法，我什么都能干。"

全晖从身后掏出了一份检测报告，报告抬头的地方赫然写着琼光磊的大名。

"这个是……"

"是你的血液检测报告，你的血型是 Rh 阴性血，也就是我们常说的'熊猫血'。"

琼光磊从小到大没去过正规医院，就算全晖讲得如此直白，他还是一脸茫然。

"这么跟你说吧，你这个血型极为稀少，除了我老婆，你是我一年内见过的第二个'熊猫血'。"

"全爷，我没测过血型，里面的道道我也不懂，您就说这'熊猫血'能帮您干啥吧。"

"帮我救命。"

"救命？"

全晖重重地点了点头："屋里就咱两个人，有些事我也不瞒你。6 年前，我老婆怀了个孩子，可没想到从怀孕 24 周开始就大出血，只能住院保胎。经医生检查，她的血型是 Rh 阴性血，这种血型很稀少。而且我老婆从小就和家里断了联系，父母指望不上。为了能找到血源，我联系了所有大医院的血库，都没有存血。后来因为没有血，错过了最佳的治疗时间，孩子没了胎心。自从孩子被引产后，我就发誓，绝对不能让这样的事情再度发生，于是我做了'血头'。"

"全爷，'血头'是什么？"

全晖指了指门外："看见院子里的那些人了吗？"

"看见了。"

"他们都在等着输血，而'血头'的工作就是负责给他们联系买家。"

"卖……血？"

仝晖没有避讳："你要这么理解也可以。"

琼光磊恍然大悟："难怪一个个都无精打采的样子，原来都是在休养身体等着卖钱。"

"出来闯社会，谁能没个难处，我的工作就是帮他们牵线，卖个好价钱，好解了他们的燃眉之急。"

此话一出，琼光磊对仝晖肃然起敬，他竖起大拇指："仝爷，您是大善人！"

仝晖摆了摆手："客套话咱先不聊，我还是想和你聊聊正事。"

"嗯，仝爷您接着说。"

仝晖给琼光磊让了支烟，继续说道："我本以为干了这行，找血源就会简单得多，可后来我才知道，Rh 阴性血的血源真是可遇不可求。其间我也找到过几个，可无奈的是我和我老婆无论怎么努力，都无法正常受孕，这事一拖就拖了 6 年。我今年三十有六，我老婆只比我小一岁，医生说，女人年龄越大，就越难受孕。权衡利弊之后，我和我老婆去做了试管婴儿，可没想到的是，怀孕 21 周我老婆又查出是前置胎盘，医生说，胎儿发育完全之后，只能通过剖宫产的方式分娩。你也知道，一旦手术中大出血，没有足够的血源供给，我老婆可能会死在手术台上，所以到时候如果需要血，希望兄弟能帮个忙。"

琼光磊也是性情中人，听仝晖说得如此推心置腹，他把袖子一撸："仝爷，既然是救嫂子的命，只管抽就是！"

"谢谢兄弟，只要母子平安，我仝某定会重谢。"

琼光磊把胸口拍得"啪啪"响："啥谢不谢的，救命要紧！"

仝晖双手抱拳，接着他朝门外喊道："宽仔！"

"仝哥，您说。"

"你那屋正好空张床，光磊兄弟就住你那儿，今后他的衣食住行你一定要给我安排好。"

"放心吧，仝哥。"

走出房门，宽仔把琼光磊带到了院子的另一个拐角，这里也有一间平房，里面的布局和宾馆标准间如出一辙。

"以后咱俩就凑合住这里了，环境比较简陋。"

"没有，比我之前住的 10 人间要好很多。"

"我叫熊宽，是仝哥的把兄弟，排行老三，平时他们都喊我'宽仔'或'三哥'。"

"宽哥，我叫琼光磊，你比我年纪大，喊我'光磊'就成。"

熊宽扔给琼光磊一支烟："你的身份证我看过，也大不了几岁。对了，你之前是干啥的，为啥要跑去做传销？"

琼光磊连忙纠正："不是传销，是直销！"

熊宽点点头："我知道，一个意思。"

"这怎么能是一个意思？"

熊宽不想在这个问题上再纠缠下去："对，是直销，不是传销。来，说给我听听，你之前是干啥的，为啥要跑去干直销？"

琼光磊很实诚，对陌生人也没什么防备，除了从家里偷钱那点儿破事没说外，其他的全都竹筒倒豆子似的，毫无保留地告诉了熊宽。熊宽是个社会人，察言观色是他在社会上立足的基本技能。琼光磊说话时，熊宽就一直盯着他的眼睛，多年的经验告诉熊宽，琼光磊绝对是个没有心机的实在人。

听他说完，熊宽微微一笑："看来阿印这小子这么多年还是用老一招儿。"

"老一招儿？宽哥你什么意思？"

"耳听为虚，眼见为实，晚上你跟我走一趟就明白了。"说完熊宽不再解释，独自躺在床上看起了电视。

见对方不想再浪费口舌，琼光磊也把注意力集中在了电视上。电视里播放的是当年 TVB 最火的犯罪剧《法证先锋》，琼光磊刚看了没两集便被剧情深深地吸引住。人一旦集中精力，时间便会过得飞快。

"光磊，别看了，是时候出发了！"听见门外熊宽的吆喝，琼光磊这才注意到屋外天色已深。

院子车棚中停了一辆黑色桑塔纳轿车，熊宽拉开车门，示意琼光磊坐在副驾驶的位置。

"宽哥，我们去哪儿？"

"带你故地重游。"熊宽拧动钥匙，轿车在巷子中七拐八拐，朝火车站的方向驶去。

如果换成其他人，差不多就该猜出了熊宽此行的意图，然而被深度洗脑的琼光磊还是一脸茫然地坐在副驾驶。熊宽今天的所作所为，其实全都授意于仝晖。琼光磊做的是传销，这一行在社会上只能算是入门级偏门。有句话说得好："所有赚大钱的方法都写在《刑法》上了。"而传销在当年还算不上违法行为，这行资金流水虽然大，但是由于参与人数众多，也最容易出事。偏门中，做传销最多只能算得上"薄利多销"。熊宽做的是卖血的行当，其中最不缺的就是急于筹钱的传销者，接触多了，他对传销者自然也相当了解。

传销的精髓在于"洗脑"，那些被彻底"洗脑"的人，往往被人卖了还会乐呵呵地帮别人数钱。依照熊宽的经验，要判断一个人被"洗脑"的程度，只需要观察对方的眼睛，那种异常渴望又兴奋的目光并不是一个正常人的情感流露。对于琼光磊，熊宽只要瞟一眼就能看出他已被深度"洗脑"。

仝晖是熊宽的大哥，他的家事熊宽是一清二楚。那时候网络不发达，人的思维也没有现在的人开放，再加上媒体过分渲染"献血会增加感染艾滋病的概率"，这使得敢自愿献血的人寥寥无几。而在这些人中，想找到罕见的"熊猫血"，简直是大海捞针。

虽然概率小，但是不代表找不到，可关键就在于任何行业都存在竞争。

仝晖作为外地人，虽然能力不容小觑，可背后想捅他刀子的人也不在少数。在文州，只要是靠"血"吃饭的大小"血头"，几乎都知道仝晖在找熊猫血，那些背地里耍阴招儿的"血头"，只要发现熊猫血，要么高价垄断，要么就掐断血源，这使得仝晖苦苦寻了一年，也没有着落。

仝晖是社会大哥，最讲究江湖面子，那些在网上发帖求助的事，普通人可以干，但作为"血头"的他绝对干不出来。他做人的原则是，用关系摆不平的事，那就用钱摆平。在遇到琼光磊之前，仝晖已花高价从外省"订"了一个"血奴"。

"血奴"从字面上便可以理解，与其他卖血者不同的是，"血奴"只为单独的受血者服务；他的优点是可以保证血液中不含有任何病原，而且还可以根据受血者的要求，服用特殊的食物和药品，用于增加血液中某种物质的含量。既然是点对点服务，那价钱自然也高得离谱。在黑市，普通血型的"血奴"每 200 毫升的售价为 800 元至 1000 元；稍微紧缺一些的血型，都在2000 元左右，而"熊猫血"的"血奴"绝对是可遇不可求，黑市价更是飙到每 200 毫升 1 万元，就这还是有市无价。而仝晖联系的"血奴"，要价高达每 200 毫升 2 万元，是医院价格的 10 倍。

虽然找到了血源，不代表危险已经解除，每个人的极限供血量是 1000毫升，如果在分娩的过程中，遇到大出血等紧急情况，1000 毫升也是杯水车薪。琼光磊的出现，等于让仝晖悬着的心彻底落了地。

把琼光磊招来之前，仝晖把他在文州的底细调查得一清二楚。琼光磊没有卖过血，血源比那位外省的"血奴"强上不知多少倍，而且琼光磊年轻，造血细胞有很强的活力，他的血被血贩子称为"金血"。有了琼光磊，那位不知卖过多少次的"血奴"肯定要往后排了。

而就目前看来，琼光磊唯一的瑕疵就是被传销组织"洗脑"太深，为了稳妥起见，仝晖当然不会让他"身在曹营心在汉"，为了彻底让琼光磊认清传销的本质，他特意安排熊宽给他来一场"反洗脑"。

20分钟后，熊宽把车停在了火车站东侧的巷口附近。

"这里是不是很熟悉？"熊宽问。

琼光磊眯起眼睛，仔细地瞅了瞅："嗯！一个多月前我刚下火车就被几个妇女拉到了这里，好在当时遇到了阿印，否则我就被她们给抢了。"

熊宽"嘿嘿"一笑："他们的老大是不是叫'崩牙'？"

"崩牙？"琼光磊嘴中喃喃自语，很快他灵光一现，拍着大腿说道，"对对对，就叫'崩牙'。"

"好，别吱声，好戏一会儿就上演。"

说完，琼光磊在熊宽的示意下坐在了后排座，这样从外面就很难看见车内的情况。没过多久，车外响起了七嘴八舌的嘈杂声：

"小伙子，住店吧，我们那儿有漂亮的小姑娘，保证你满意！"

"对呀，对呀，我们那里的小姑娘既热情又奔放，保证你快活的啦！"

琼光磊："这几个人我……"

熊宽："嘘，别说话。"

"干什么的？快给我放手！"

从声源判断，说话的人就在轿车外不远的地方，琼光磊透过车窗，刚好看见了阿印的影子。

之后发生的一切，和琼光磊一个多月前的记忆完美重叠，待阿印骑车把人带走后，举牌的几位妇女又重新回到了出站口的位置。

熊宽惬意地点了支烟："是不是想起了什么？"

琼光磊不敢相信眼前的一切："怎么和我的遭遇那么像？"

"什么叫像，简直一模一样好不好！"熊宽重新拧动钥匙，把车开到了一个无人的地方，"传销这一行在我们眼中是不入流的偏门，火车站的妇女叫'哨姐'，来接你的阿印叫'渡客仔'。'哨姐'长期盘踞在火车站，她们的眼光很毒，一眼就能看穿人的身份，而那些从外地来的打工仔在她们口中叫'货'。文州大大小小的传销组织有上千个，很多组织都是从'哨姐'手里拿'货'，成群结队的'货'由较大的传销组织吞并，像你这种落单的'货'则留给阿印他们这种小的传销组织。如果你留心观察，会发现阿印每次带新人都是在晚上11点左右，有时候一晚上只带一个，有时候一晚上能带回去好几个。"

"没错，阿印都是晚上带人回来。"

"那是因为各个传销组织之间有时间分工，来文州找工作的人很多，'哨姐'每个小时都能抓到'货'，为了让众多的传销组织都有稳定的'货源'，他们会自行约定时间，比如晚上11点到凌晨1点这两个小时的'单货'，都是供给阿印所在的传销组织。"

"他们的手段很简单，总结起来就八个字：'路见不平，拔刀相助。'像你这种初来乍到的外地人，最容易相信别人。他们就是利用这一点与你建立信任，然后把你一步步拉进传销组织。"

熊宽掐灭烟卷接着说："你们的会费是3800元，分什么普通会员、VIP会员之类的，按照他们的要求，你交了3800元以后，再拉5个人进来，就能坐着分钱。可你想过没有，加上你，6个人的钱一共是多少？22800元，而你达到目标，你能分多少？1900元，连个零头还不到，剩下的2万多去哪里了？还有，你怎么能保证你拉来的人就一定能发展下线？如果发展不了，你只能再骗其他新人，等你把亲戚好友都坑一遍你才发现，大钱都落入了别人的腰包，你连零头都拿不到。等你明白过来，为时已晚。

"对于那些没钱入会的'烂瓜'，男的他们会组织卖血，女的则被怂恿卖淫，更有甚者还会让你器官移植，什么卖肾、割肝、眼角膜捐献都是常事。一旦有人走到这一步，就等于踏上了一条不归路。"

听完此番话，琼光磊面无血色，若不是亲眼见到、亲耳听到，他就是打死也不会想到"直销"的背后隐藏的秘密是如此骇人听闻。

熊宽换了个话题："仝哥把嫂子的事和你说了？"

"说了，嫂子三个月后生产需要血。"

"全哥为人仗义，我之所以冒着被人指责的风险告诉你实情，也是全哥的意思。他看你为人忠厚，不想你这么年轻就误入歧途，说白了，全哥就是想拉你一把。"

琼光磊一个农村娃，能被社会大哥如此看重，也算是祖坟冒青烟了。听熊宽这么说，琼光磊连忙作揖："谢谢全哥，谢谢宽哥！"

"没什么谢不谢的，咱都是外地人，能在文州遇到也是缘分，嫂子的事还要拜托你，只要嫂子平安，以后跟着全哥，大富大贵不敢说，最起码比做传销要好上百倍。"

"宽哥，你放心，只要我琼光磊还有口气在，我就不会让嫂子出事！"

二十四

对全晖来说，琼光磊的利用价值很大，帮忙献血的事先不说，单把他圈起来当"血奴"，一年也有不菲的收入。所以全晖为了把琼光磊留下，可谓是费尽心机。按计划，他先是安排熊宽给琼光磊"反洗脑"，让对方心存感激，打了一手感情牌。可俗话说得好："谈钱伤感情，谈感情伤钱。"感情再好也不能当饭吃，没有"经济基础"还谈什么"上层建筑"。全晖深知要想让一个人对他死心塌地，一定要让对方有利可图。所以在收买人心后，他准备拉琼光磊入伙。

所谓"气赖生命之根，血赖生命之源"，血在人体中承担着运送氧气和营养物质的重要作用，人一旦失血超过30%便会危及生命。正常人可能很少遭遇失血性休克，可躺在手术台上的病人，血液是他们续命不可缺少的"良药"。然而血液在各个医院永远都是供不应求，不管什么时候，"血库告急"似乎已是一种常态。除非危及生命，医院才会紧急调用少量库存，那些住院输血的普通病人，医院通常会让患者采用"互助献血"的方式来解决血荒。

所谓"互助献血"本意是鼓励患者的亲朋好友帮忙献血，想法虽好，但实施起来却相当困难。举个例子，按照每人每次献血不超过400毫升来计算，那么一个住院输血的普通病人最少需要2至3人轮流献血才能完成治疗。这种情况对住在医院附近的病人来说似乎问题不大，可对那些进城求医的患者来说却成了迈不过去的坎儿。自己住院，还要拉着亲朋好友输血，对"人情淡如水"的社会关系来说，操作起来十分困难。在"供求关系"极度不平衡的情况下，"买血"成了解决问题的捷径。

在南方城市，私立医院遍地开花，由于承包者舍得花钱，很多私立医院的名声远远超过公立医院，其中最具代表性的便是"莆田系医疗"。私立医院和公立医院最大的区别在于管理制度。"私立"大多采用的是绩效制，绩效工资和医生的业绩直接挂钩，医生每开一味药、每做一台手术都会有相应的提成。在很多私立医院，把患者信息贩卖给血贩子已是公开的秘密。

对患者来说，买血可以解决燃眉之急；对医生来说，供血可以拿到高额的提成；对卖血者来说，可以通过这种方式解决经济拮据的窘境。所以纵观"卖血"的整个利益链条：一来不存在"强买强卖"，二来又能"多方获益"。因此这种"周瑜打黄盖"的黑色产业，只要能保证血液安全，几乎很少有人去举报。

卖血这种事，如果放在十几二十年前，是存在相当大的隐患的，而在检验技术成熟的当下，血液筛查已成为输血前的必经手段。毫不夸张地说，很多血贩子甚至会自购检验设备对卖血者的血源提前进行疾病检验，为的就是确保万无一失。

卖血这门行当，官方术语叫"有偿献血"，其有着严密的组织分工。一个完整的卖血组织，被称为"血帮"。在"血帮"中，排在第一号的叫"血头"，是"血帮"的"灵魂人物"，他主要负责疏通"供血渠道"。在利益链条中，"渠道"是决定组织收入至关重要的因素。假如"血头"可以疏通一家三甲级医院，那么一年的利润最少以千万起算。

　　金字塔的下一层是"血介"，是"血液中介"的简称，他们主要是从医院搜罗患者信息，帮助患者寻找"血源"并收取相应的费用，"血介"两个字的拼音首字母是"XJ"，行里的人为了掩人耳目，通常称呼"血介"为"老J"。

　　"老J"并不会单独行动，每次交易时还会带几个手下，一来是记录患者的用血量、用血时间以及用血次数等信息，二来是配合医院完成外来血液登记、检验等一系列工作。"老J"的手下多是组织中比较值得信赖的成员，由于要经常穿梭在医院病房之间，他们通常也会穿着白大褂。这些人闲来无事，经常自嘲自己的打扮像是做实验的小白鼠，所以在行里，他们常被喊作"血老鼠"。"血头""老J""血老鼠"，这三类人都活跃在医院内部，待"院内"一切搞定，就是"院外"大显身手的时刻。

　　等"老J"收了钱，"血老鼠"登记好患者需求，整理好的信息会第一时间传给院外的"血工"。在介绍"血工"之前，还必须提前解释一下"血种"和"血屋"。患者买血，为的就是救命，血源的及时性尤为重要，为了能保证血液及时调度，很多"血帮"会专门设置一个"血屋"，每个"血屋"中都寄养着大量靠卖血为生的"血种"（卖血者）。"血屋"可以给"血种"提供临时住宿和就餐服务，价格要比市场价低很多。

　　"血工"则是"血屋"的负责人，熟悉掌握每位"血种"的血型和健康情况，只要"血老鼠"报出患者需要的血型，能第一时间计算出"血屋"的活体存血量。当然，并不是所有"血种"都愿意住在"血屋"中，比如学生、服务员、小姐甚至一些蓝领、白领，他们会因各种各样的经济需求加入"血种"的队伍中，这些人大多会在"血屋"登记个信息，保证随叫随到。

　　"血工"除了要掌握"血种"的血源信息外，还要熟知每个人的健康状况，比如得了感冒、发烧、结核病等不宜输血的疾病的"血种"要及时更换，还有一些过度卖血的"血种"，要保证他们正常的休养时间。一个出色的"血工"可以保证一个卖血组织的"良性循环"，所以这个位置并不是任何人都可以胜任的。

　　"血工"也有手下，被称为"血仔"。"血仔"的主要任务就是为组织源源不断地拉入更多的"血种"。网吧、游戏厅、酒吧、学校、工厂、办公大楼这些人流密集场所，都是"血仔"最活跃的地方。在他们眼里，任何人都有成为"血种"的可能。干这行的都知道，绝大多数"血种"第一次卖血是图个好玩、刺激，可等到真金白银递到他们手上时，他们才会觉得卖血是一个赚钱的捷径。

　　文州血市，每200毫升血液售价为400元，倘若一周献一次，一个月可以轻松赚到1600元，这笔钱对于很多学生和务工者，都是一笔不菲的收入。所以只要有新的"血种"加入，这些人100%都不会只卖一次就收手，人性贪婪的本质，在卖血时表现得淋漓尽致。

　　卖血这一行当到底有多赚钱，我们可以算一笔账：在医院内，"老J"和患者约定的市场价格为200毫升1000元；这1000元中，科室医生会抽走100元，"血种"拿走400元，剩下500元便是组织的纯利润。

　　文州市一家中等规模的私立医院，每天血液的均需量在20000毫升上下，按照50%的购血量计算，只要"吃"下一家像样的医院，"血帮"一天便能售血10000毫升，纯利润折合人民币整整25000元，一年下来就是900多万元。

　　巨大的利润面前，自然存在激烈的竞争，在搞定"关系"的前提下，谁的"拳头"硬，那谁就具有核心竞争力。每个"血帮"中都有可以铲事的打手，他们被称为"血枪"，"血枪"的战斗力，直接关系着组织的稳定。

　　"血头""血介""血老鼠""血工""血仔""血枪""血种"，有了这七类人，才可被称为一个完整的"血帮"。

二十五

　　全晖带领的"血帮"为北派，帮众均为性格刚烈的北方人，他们靠硬碰硬抢下了市区阳光医院的全部供血渠道。阳光医院是一家莆田系的综合性医院，规模接近"三乙"，日均供血量在8000毫升左右，靠着这一家医院，"北派血帮"一年赚个五六百万不在话下。钱来得容易，花起来也顺手，仝晖出手很大方，一年的利润中有百分之八九十都被帮众挥霍，帮派的大账，每年仅有不到百万入账，刨去买房置地，这些年，仝晖并没有多少积蓄。

仝晖有三个结拜兄弟，老二叫王玉，绰号"苞米"，是帮里的"老J"；老三是熊宽，他是帮里的头号"血工"；老四叫郭豹，绰号"金钱豹"，在帮里带领一群"血枪"。兄弟四人直接担任着"北派血帮"的核心要职。

仝晖有意拉琼光磊入伙，其实带有很强的目的性，按照仝晖的计划，一旦他老婆度过危险期，琼光磊便会立即成为"血奴"，当然，这一切必须在琼光磊神不知鬼不觉的情况下进行。

熊宽用了一夜时间给琼光磊介绍"血仔"的注意事项和操作流程。理论知识讲解完毕后，他又亲自带着琼光磊实际操作。不试不知道，熊宽惊奇地发现，琼光磊一点就透，绝对是一个"可塑之才"。经过几天的试练，琼光磊不仅掌握了要领，还学会了举一反三。

通常情况下，"血仔"发展"血种"的方法多是印制一些小卡片硬塞在对方手中，而这些卡片有80%都会被对方直接扔掉。琼光磊觉得，这种方法虽然操作方便，但是绝不可取。他认为，除非是逼不得已，否则没人一上来就愿意通过卖血的方式换取现金，其间要有一个从抵触到接受的过程。所以送出去的东西绝不能让人看一眼就扔，要让对方有长时间保留的欲望。于是，琼光磊提出"针对不同人群送出不同礼品"，比如针对学生群体，可印制一些鼠标垫、记事本、笔袋；针对农民工群体，可送一些铁质饭盒、塑料水杯；针对网虫，可定制一些相对高端的打火机等。

当然，送这些实用的东西，无形中会增加成本，但琼光磊认为，这种方法实际上是把"普遍撒网"变为"重点抓鱼"，比如学生群体中，那些衣着光鲜、花钱如流水的学生就没必要送；农民工群体中，那些年龄过大、身体消瘦的人也没必要列入其中。这样一来，总的成本实际上并没有太大变化。

琼光磊的建议在理论上完全行得通，但实际操作中是否可行，还有待考证。

经过一个多月的尝试，琼光磊的"接种率"（每100人中愿意卖血的人的概率）竟高达60%，这让很多老资格的"血仔"都感到汗颜。其实很多事不是做不好，而是缺少"敢第一个吃螃蟹"的勇气。琼光磊的成功，让很多帮众对他刮目相看。

"血帮"与医院合作的前提是有充足的血源。一旦哪个"血帮"的血源出现供给不足，便会影响"血帮"的声誉，所以"血种"是一个"血帮"赖以生存的基础，对"血帮"来说，"血种"多多益善。有了充足的血源，"血帮"还能开展多元化经营，比如和血站合作，和社区卫生院合作，甚至还可以和别的"血帮"合作。"血源"等于"财源"，这一点毋庸置疑。

仝晖带领的"北派血帮"最高的"接种率"也不过15%左右，没想到琼光磊的加入，竟然把"接种率"小范围提升了几倍。这其中的巨大利润，让仝晖为之心动。在熊宽的建议下，仝晖特批，由琼光磊做讲师，给帮里的所有"血仔"授课，介绍成功经验。琼光磊搜肠刮肚，把自己认为正确的种种建议写在黑板上供众人探讨。俗话说得好："三个臭皮匠，顶个诸葛亮。"那些不成熟的建议在众人的讨论中逐渐完善。

仝晖本着"舍不得孩子套不住狼"的决心，加大投资力度，针对不同人群，开发更多实用性的赠品，例如送给火锅店的手机套，送给洗脚屋的棉袜，甚至连小美容院用的安全套都能看到"北派血帮"的广告。经过一个月的尝试，"北派血帮"的总体"接种率"得到了大幅度提升。立竿见影的效果，让仝晖大喜过望，琼光磊的地位在他心里也得到了进一步提升。

二十六

仝晖作为老大，一向赏罚分明，琼光磊这次为帮派出力，理应重赏，可仝晖所有的计划都被老婆产前突然出血给打乱了。

"怀孕36周，全置型前置胎盘，胎盘覆盖整个宫颈内口，现在必须施行剖宫产，否则胎儿随时有窒息的可能。"说话的是阳光医院妇产科史主任，和仝晖也算是老交情。

"史大夫，孩子现在怎么样？"

"胎心率正常，我们要立刻进行手术，你赶紧去准备手术用血。"

"需要多少？"

"先准备 1000 毫升，要快。"史主任说完，焦急地走进了产房。

"阿宽！"仝晖站在走廊里喊道。

"仝哥，我在！"

"抓紧时间安排输血，1000 毫升光磊一个人顶不住，赶快派车把外省的'血奴'给我接来。"仝晖心急如焚，他怎么也没想到产期会提前 4 周，为了这个孩子，仝晖和老婆努力了 6 年，如果这次还保不住，那他将永远失去做爸爸的权利。俗话说："不孝有三，无后为大。"北方人最忌讳"断子绝孙"，觉得如果自己连个后代都留不下，就算是混得再好，在列祖列宗面前也没有任何颜面。他和"血奴"约定的时间还有 3 周，那么远的距离，在毫无准备的情况下，"血奴"能否及时赶到，还要打一个大大的问号。此刻的仝晖感觉到了前所未有的恐慌和无助。

熊宽十几岁跟着仝晖，从打野架、放"爪子"、开赌场，到现在建"血帮"，他们这群外地人能在这座城市立足，什么大风大浪都经历过，可他从未见过仝晖像今天这样不知所措。熊宽也知道大哥在担心什么，"血帮"靠"血"发家，不管"血种"身体多么强壮，一次性抽血也绝对要控制在 600 毫升以下，否则很容易闹出人命。仝晖的老婆是紧急入院，能第一时间提供血源的只有琼光磊，而对一台手术来说，600 毫升绝对是杯水车薪，现在唯一的办法就是先让琼光磊顶 600 毫升，然后再把外省的"血奴"接过来，补 600 毫升，有了 1200 毫升的补给，就算不够，也不会危及生命。可手术能不能等到"血奴"赶到，谁也不能打包票。但不管怎么说，琼光磊的血必须第一时间送进手术室。

经过几个月的洗礼，现在的琼光磊稚气已脱，完全是一副社会人的做派，当得知嫂子产前出血时，他第一时间赶到了阳光医院门口的义务献血车里。车是"北派血帮"打的幌子，为的就是给"卖血"加一套冠冕堂皇的外衣。

熊宽走出医院，来到献血车前，他刚想掏出电话，便看见琼光磊已在车里做输血准备。

"光磊，你来了？"

"嗯，来了有一会儿了。嫂子需要多少？"

"1000毫升打底，全哥说最多给你抽600毫升，剩下的600毫升等外省的那位到了再补上。"

"外省的那位？他可住在500公里开外，就算是一路闯红灯，没个七八个小时也赶不过来。"

熊宽长叹一口气："没办法，谁能料到嫂子是突发性大出血，完全没有任何准备。"

琼光磊撸起袖子："宽哥，先别说这么多了，把我的600毫升先抽了，给嫂子送上去，救命要紧。"

熊宽没有拒绝，他吩咐负责抽血的小弟，拿出3张身份证开始登记。按照规定，进入手术室的每一包血都要实名登记，并填写"互助献血登记表"。每张身份证一次性献血量为"200至400毫升"，熊宽用3张身份证登记，就是要把600毫升分3次抽取，这样每次200毫升，出现紧急情况可以及时处理。当了这么久的"血仔"，琼光磊自然懂得熊宽的良苦用心。

这几个月两人同住一个屋檐下，说没有一点儿兄弟情义纯属扯淡，何况琼光磊还出谋划策提高了"血种"的接种率，在熊宽心里，琼光磊就是自己人，他当然不希望对方出现任何闪失。

在"血屋"里，熊宽是琼光磊最为仰慕的大哥，在这么紧急的情况下，他竟然还要提出分3次抽血，就算琼光磊再傻，也能感觉到熊宽的真情实意，看着3份"互助献血登记表"已填写完毕，琼光磊撸起袖子，做好了抽血的准备。

二十七

很快，第一个 200 毫升抽取完毕，熊宽见琼光磊面不改色，直接吩咐抽取了第二袋。可一次性抽完 400 毫升后，琼光磊突然感觉有些眩晕，他使劲儿闭了闭眼，当感觉身体稍微恢复一些时，他说："把剩下的 200 也抽了。"

当小弟正准备换血袋时，被熊宽一把挡了下来："让光磊休息一会儿，我先把这两袋送上去，实在不行再抽第三袋。"

琼光磊还要坚持，熊宽厉声喝道："行了，别说了！一切按我说的办，赶紧吃两片硫酸亚铁缓缓，我一会儿再下来！"

熊宽说完，拨通了"苞米"的电话，刚抽的两袋血还需要他的运作才能顺利送进手术室。

熊宽："二哥，血抽完了，400 毫升。"

"苞米"："怎么才 400 毫升，我刚才听史主任说了最少需要 1000 毫升！"

熊宽："我知道，我正在想办法。"

"苞米"："外省的那家伙来了吗？"

熊宽："跟那边联系了，对方出车正往这边送，我们的人已经在高速口等着了，只要见到人，一路闯红灯赶过来。"

"苞米"："500 多公里，最快也需要三四个小时，这可怎么办？"

熊宽："二哥，先不说这些，把这 400 毫升给嫂子送进去要紧。"

熊宽用的是那个年代最流行的山寨机，外音比"免提"都大，两人的对话，真真切切地落到了琼光磊的耳中。待熊宽的身影消失在献血车外，琼光磊也是感慨万千。

自从来到"血帮"，他是要吃给吃，要穿有穿，而且帮里每月还会给他 3000 元零花钱。琼光磊作为地地道道的北方人，最讲究"滴水之恩，涌泉相报"。在他受骗最深的时候，是帮会拉了他一把；在他最无助的时候，是帮会给他吃穿。现在嫂子有难，让他坐视不管，他压根儿做不到。

琼光磊琢磨着，自己是年富力强的精壮汉子，怎么着也比孕妇能扛，与其让孕妇母子冒生命危险，还不如由他来担风险，这样兴许能拖到外省"血奴"赶到。

想清楚后，琼光磊灌下两袋牛奶，对旁边两位身穿白大褂的兄弟说道："哥们儿，再给我抽 600 毫升。"

"你说什么？你已经抽 400 毫升了，还抽 600 毫升？你不要命了？"

"刚才的电话你们没听见？两条人命在手术室里等着我的血，我没事，尽管抽！"

"一次性抽血 1000 毫升，绝对是要人命的，你也别难为我们了。"

琼光磊尽量压制住内心的急切，他用商量的口吻说道："这样，我用手机录音，证明是我让你们抽的，出了事我自己一个人承担。而且我也不让你们干什么，只要给我绑根皮条，剩下的我自己来。"

听他这么说，两人面面相觑，也不言语。

"别磨磨叽叽的了，万一嫂子下不了手术台，你俩能不能担待得起？而且我又不让你们承担责任，你们怕什么？"琼光磊说完打开了手机录像功能，对着镜头说道："我琼光磊自愿抽血 600 毫升，发生一切后果，与旁边两位兄弟无关，责任由我一个人承担。"

说完，他看着两人："还愣着干什么，赶紧给我填 3 份表，600 毫升分 3 次抽！"

"兄弟够仗义，我帮你抽！"

第一个 200 毫升抽完，琼光磊感觉到身体有一丝凉意。他休息了 10 分钟，又吞了两片硫酸亚铁，很快，开始抽取第二个 200 毫升。

短短的 3 分钟，琼光磊感觉每秒都是那么漫长，胸腔内的五脏六腑仿佛失去了动力，心脏每一次跳动都是那么艰难。连续抽了 800 毫升，他开始出现口唇发紫、失血眩晕的症状。

"把空调给我打到热风，我休息一会儿再抽 200 毫升。"

"哥，不能再抽了，再抽你真的就没命了！"

琼光磊摆摆手："没事，我心里有数，你现在联系二哥，让他把这两袋血先送进去，我等会儿换只胳膊，再抽 200 毫升。"

"哥，你放心，我现在就联系！"

男子拨通电话，还没开口，对方就叫骂起来："现在给我打什么电话，你嫂子现在急需用血，老子正联系人，没事不要给我打电话！"

"'苞米'哥，有血了，有血了！车里的这位兄弟，刚才又抽了 400毫升！"

"谁？"

"就是那个叫琼光磊的兄弟。"

"这家伙不要命了，连续抽 800 毫升？"

"我也劝他不要抽，可就是拗不过他，这哥们儿绝对是条汉子。"男子说着瞥了一眼琼光磊，"不过现在看他气色还行。"

"行个屁，你抽 800 毫升试试！先不说别的，抓紧把血给我送来，救命要紧！"

男子挂断电话，提着塑料箱朝住院部奔去。

此时车内只剩下琼光磊和另外一名男子，琼光磊说："我休息得差不多了，把最后 200 毫升也给我抽了。"

"哥，不能再抽了，真的会出人命的！"

"让你抽你就抽，别磨叽，我能扛住。"琼光磊指着头顶的时钟，"外省的那位估计还有一两个小时就到了，没事。"

"哥，我这人没服过谁，你算是第一个！"男子朝琼光磊一抱拳，接着把针管刺入了他的左臂。

最后的 200 毫升抽完时，琼光磊没有感觉到任何痛苦，也不知过了多久，他发现男子的身影在他的视线里逐渐变得模糊，他能感觉到有人在使劲儿摇晃他的身体，可无论对方用多大的劲儿，他竟连张口的力气都没有了。

再次醒来时，琼光磊已经躺在医院的病床上，从血袋中流出的鲜血，正一滴一滴地流入他的血管，他努力睁开眼睛，发现仝晖、"苞米"、熊宽、"金钱豹"四兄弟寸步不离地围在他的身边。

"仝爷。"

琼光磊的轻声呼唤，让兄弟四人如触电般起身，仝晖第一个冲到他面前："兄弟，你醒了？"

"嫂子和孩子怎么样？"

仝晖激动地一把抓住他的手："多亏了你，要不然娘儿俩都下不了手术台！"

"没……事……就……好。"

"男孩，五斤四两，很健康，你嫂子伤口已经缝合，观察一周就能出院。"

琼光磊面带微笑，冲仝晖点了点头。

"兄弟，老哥我欠你两条命，以后你跟着我，只要有肉吃，我绝对不会让你喝汤！"

"谢谢仝爷。"

"你刚醒，不要太劳累，等你恢复得差不多，我安排医院给你做一个全身检查，只要发现哪里有问题，花再多的钱我也会给你治好，你就安心养身体，剩下的交给我就行。"

"嗯。"

简单交谈之后，四兄弟离开了病房。俗话说："大难不死必有后福。"琼光磊依稀感觉到，通天大道正向他敞开大门。

二十八

各种高价营养液打了一周后，琼光磊渐渐恢复了体力，在仝晖的安排下，医院给他做了一个从头到脚的全面检查。对检验科的医生来说，琼光磊就是一块肥肉，既然买单的不差钱，为了提成，当然是有什么项目上什么项目，就在琼光磊觉得那上万块的检查费要打水漂时，他接到了遗传科打来的电话。

"你叫琼光磊？"一位年过花甲的医生放下手中的检验单问道。

"是我。"

医生拿起老花镜架在鼻梁之上："把你的双手摊开，我看看。"

琼光磊虽然不知道要闹哪样，但他还是按照医生的要求掌心向下伸出双手。

医生反复观察后问道："你有没有发现你的手指指甲比正常人要厚而且发黄？"

"我从小就这样，随我妈。"

"你母亲现在人呢？"

"死了。"

"怎么死的？"

"得病死的。"

"得什么病死的？"

"村里的医生也没看出是什么病，就知道她的肚子越来越大，到后来大到要炸开一样。"

"那是胸腔积液，看来检验报告上的结论没错，你母亲死于黄甲综合征。"

"黄甲什么征？"

"黄甲综合征，又叫慢性遗传性淋巴水肿，虽然没有研究能证实这种病与遗传有关，但是大部分患者都有家族遗传史。它是一种慢性病，患者在青壮年时只需口服维生素 E 便可治疗，但到了后期，患者常会伴有胸腔积液，这时候除了服药外，还需要抽液治疗，如果抽液不及时，很容易危及生命。"

琼光磊突然想起母亲死亡时的惨状，他脸青唇白地问道："医生，你是说我也得了这种病？"

"从检验报告和你口述的家族病史来看，基本可以确诊。"

"那我还有几年活头？"

医生摆摆手："小伙子，你不要紧张，回去坚持服用维生素 E，到了后期多准备些钱抽液就行，这种病和糖尿病差不多，只要有钱就死不了。"

听医生这么说，琼光磊稍微好受了一些，他长舒一口后，接着又问："那我什么时候需要抽液治疗？"

"这个因人而异，我也不好说。"

"那多久需要抽液一次，一次的费用是多少？"

"抽液的时间间隔，要看后期的病情，不过抽液的费用并不是很高，一次下来总的花费也不到 1000 元，一般人都承受得起。"

"那还好，那还好。"琼光磊嘴中喃喃道。

"小伙子，先不要有思想负担，我给你开点儿药，你按时吃，就算是之后病情有所加重，只要能保证按时抽液，问题也不大。"

"谢谢医生，不过我有一个小小的请求。"

"你说。"

"这个病能不能帮我保密？我不想让周围的朋友替我担心。"

医生点头表示理解："好，我尊重你的意愿，那这样吧，我就不从医院系统中给你开药了，你出医院南门左转进一个胡同，里面有一家名叫新纪元的药房，你拿着药单去那里买药。"

"谢谢医生，谢谢医生。"琼光磊双手接过，鞠躬致谢后离开了诊室。

自己患病的事，琼光磊之所以不想对外公开，还是怕帮里的人对他另眼相看。他如今在帮里当"血仔"，每月最少有三四千的收入，到时候真需要抽液治疗，这些钱也足够应对，思来想去，琼光磊也就没把病当回事。

二十九

　　身体完全恢复后，琼光磊办理了出院手续，仝晖在市区最豪华的饭店摆了一桌宴席，给他接风洗尘。为了救人连自己的命都不要，这种精神足以让帮里的所有人钦佩。当天晚上琼光磊被请上了主位，帮里的要员纷纷举杯敬酒，他从未想过有一天能混得这么风光。

　　那天以后，琼光磊再也不用像以前一样和其他"血仔"上街找"血种"了，他每天的工作就是跟在熊宽身边吃喝玩乐，帮里每月会往他的卡里打6000 元。

　　社会人的娱乐，绝对离不开"吃喝嫖赌"。仝晖开过赌场，知道其中的套路，所以"北派血帮"的帮众都不碰赌。关于赌博的道道，琼光磊也不止一次地听熊宽提及，所以他对赌也没有任何兴趣。

　　然而除了吃喝，总要找些乐子；以熊宽为例，他就极度好色，一周不逛几次窑子，就浑身不舒服。之前琼光磊还不是自己人，熊宽对找小姐这事自然是闭口不谈，可现在不一样了，琼光磊已是自家兄弟，两人住在一屋，再避讳就显得太见外了。

　　"光磊，今晚哥带你找点儿乐子。"

　　"宽哥，你要带我干啥去？"

　　"干啥？"熊宽提了提裤腰带，笑眯眯地回道，"带你去花柳巷浪一把。"

　　"花柳巷？那是干吗的？"

　　"不是吧，这么有名的地方你不知道？难不成你还是个处男？"

　　琼光磊脸颊一红，似乎觉得当"处男"是一件极为丢脸的事情。

　　"不会吧，你真是处男？"

　　琼光磊支支吾吾，没有说话。

　　熊宽猛地一拍他的肩膀，哈哈大笑："没什么不好意思的，今晚哥花高价也给你找个处。"

熊宽说得这么直白，琼光磊就算是个榆木脑袋也知道晚上要去干啥了。他今年 19 岁，在农村已是当爹的年纪，他是做梦都想和女人睡一觉，可惜一直没有机会，听熊宽这么一说，他内心也是充满了期待。

晚上 9 点，等"血种"们全部睡着，熊宽载着琼光磊来到了传说中的"花柳巷"。

"看见那一排排亮着红灯的店没？"熊宽透过车窗指向对面。

"看见了，里面好多妹子。"

熊宽把车停稳，像个导游一样介绍道："这地方我一个月要来十几次，每次都能遇到正点货，其中还有附近学校的大学生。"

"还有大学生？"在琼光磊这种没文化的农村人眼里，大学生都是高高在上的，在这里还能玩到大学生，他多少有些惊讶。

"怎么，你难不成好这一口？如果你想，哥就满足你的要求。"

如果能和大学生睡一觉，绝对够吹半辈子牛，于是琼光磊没想着拒绝："宽哥，你没骗我？这里真有大学生？"

"我去，自家兄弟，我骗你干啥，你等着，我现在就给你联系。"熊宽拿起手机，拨通了老鸨琪姐的号码，"喂，琪姐吗？我是阿宽。"

"哟，宽哥，你可有一周都没来了。"

"这不是忙嘛，今天晚上我带了一个兄弟来乐和乐和。曼曼在吗？"

"曼曼今天没出台，在家候着呢。"

"对了琪姐，我哥们儿还是个处，能不能给安排个女大学生，最好也是个处，价钱不成问题。"

"没问题，包在我身上，等我电话。"

见熊宽挂断电话，琼光磊有些迫不及待地问："宽哥，都安排好了？"

"我熟悉的小姐在出租房里等我，我先过去，等老鸨那边给你安排好人，我把地址发给你，你对着门牌号直接上去，钱回头我会和老鸨结，咱们 12 点准时在车跟前碰面。"

"好嘞！宽哥。"

三十

十多分钟后，琼光磊收到了一条短信，内容只有一句话："花柳巷 45 号
2 楼 201 找韩梅。"

有了确切的地址，他没有费多大工夫便找到了地方。楼的布局有些像旧
时代的筒子楼，一层有多个房间，门牌号依次排开，201 位于 2 层的最西边。

走道顶部是一排声控灯，琼光磊每走一步灯便会随之亮起。伴着忽明忽
暗的亮光，他怀着忐忑的心情走到了 201 的房门前。

这是一扇红色铁门，门缝中透着暖黄色的灯光。

"咕咚。"由于紧张，琼光磊的心跳开始加速，他深咽一口唾沫，弯曲食
指轻叩门扉。

"谁呀？"屋内传来年轻女性的声音。

"我找韩梅。"

琼光磊言毕，女人的脚步声渐渐靠近，她站在门内问道："是谁介绍你
来的？"

"琪姐。"

信息确认后，女人把门打开了一条缝隙："进来吧。"

做贼心虚，门还没完全打开，琼光磊便一头钻了进去。屋内暖色的灯
光，营造了一种暧昧的氛围。

"老板，这是我的学生证。"

大脑短暂空白的琼光磊双手接过证件，当他看到"文州电子技术学院"
的字样时，这才想起来，今天晚上宽哥给他安排的是一位大学生。

他把证件交还回去，目光开始肆无忌惮地在对方身上游走，高跟鞋、黑
丝袜、情趣学生装，韩梅那种风骚中带些羞涩的表情，让琼光磊的欲火在心
中熊熊燃烧。

"老板，我们能开始了吗？"

"行！来吧！"

"老板，在开始之前能不能答应我一件事情？"

"什么事情？"

"我出来做这个，是因为我交不起学费，今天是我第一次出台，听别人说，第一次会很痛，一会儿你能不能不要那么用力？"

"可以！"

"还有，为了安全起见，能不能戴上这个？"韩梅说着从身后拿出了一个安全套。

"我明白你的意思，一会儿我戴上。"

韩梅深鞠一躬："谢谢老板。"

"不客气，我们现在能开始了吗？"

韩梅"扑哧"一笑："可以了，我帮你脱衣服。"

"是要躺在床上吗？"

"站着也行，躺在床上也行，看你喜好。"

"哦。那我还是躺下吧。"

"难不成，你是第一次来找小姐？"

"是第一次。"

"我也是第一次，一会儿咱俩都轻点儿。"

"成！"

屋内的电灯被拉灭，昏暗中，只有床头那盏忽明忽暗的夜灯还在顽强地工作。

很快，木床"嘎吱嘎吱"的声响和韩梅的呻吟声混成一片，被欲火灼烧的琼光磊把刚才的承诺完全抛之脑后，不管韩梅如何求饶，他始终用尽全力没有停歇。

伴着 10 点的钟声，琼光磊完成了从男孩儿到男人的蜕变。

屋内的灯重新亮起，韩梅赤裸身体蜷缩在一摊血渍前放声痛哭。

"你……我……"泄欲后的琼光磊不知该如何安慰。

"呜呜呜，你为什么这么用力……"

"我……我……我也不知道，对不起，对不起……"他从口袋中掏出钱包，胡乱地抓了一把放在韩梅面前，"是我不好，这是我补偿给你的，我包里只有这么多，如果不够，我回头再去取。"

韩梅用余光瞥了一眼，确定至少有 1000 元后，心中流露一丝窃喜。

"对不起，对不起，我真的不是故意的，只是刚才没有控制住自己，听别人说，第一次很伤身子，你拿这些钱去买点儿营养品。"

韩梅小声抽泣，开始欲拒还迎："我家里虽然穷，交不起学费，但是我做人有自己的原则，遇到你算我命不好，这钱我不能要。"

琼光磊也是农村人，那种没钱的绝望他体会得比谁都深，若不是因为没钱，他也不会在那个家中隐忍十几年。韩梅的话句句扎心，琼光磊把钱规整好，小心翼翼地放在韩梅面前："不要强撑了，在这个社会上，没钱寸步难行，我也是农村人，我能体会你的感受，如果你不嫌弃，咱俩可以交个朋友，我留个电话号码给你，假如以后在这里被人欺负，你可以随时给我打电话。"

直到琼光磊穿衣离开，韩梅都没再多说一句话，因为按照套路，此时无声胜有声。确定琼光磊走远后，韩梅抓起那一沓钞票在手里甩了甩："要么都说本姑娘命好，又遇到一个人傻钱多的主儿。"

三十一

遗传学上说，男性交配欲望最强烈的阶段是 18 至 25 周岁，琼光磊刚好夹在其中。自从品尝了鱼水之欢后，他心中那团欲望之火就再也无法熄灭。随后的一段时间，熊宽是隔三岔五带着他感受文州市的洗浴文化、足疗文化、按摩文化以及会所文化；场所的小姐，从低档到高档，琼光磊几乎都玩了个遍。

然而没有对比就没有差距，琼光磊接触了那么多的小姐以后发现，价位的高低，仅是身材长相的区别；她们在交欢的过程中全都疲于应付，那种装出来的欢愉，让他有些厌恶。

"尝遍了山珍海味"后，他竟然开始怀念"珍珠翡翠白玉汤"。随着时间的推移，琼光磊发现自己越来越思念一个人，这个人就是让他从男孩儿变成男人的韩梅。

按照之前熊宽给他发的短信，琼光磊又来到了花柳巷韩梅的住处，然而敲开房门，却已物是人非。无奈之下，他只能通过熊宽找到了"老鸨"琪姐，遗憾的是琪姐也只能提供一个已停机的手机号码，其他的一概不知。

那时候手机号还没有实名制，随便花个二三十块钱就能买张"家园卡"，这种卡不需要月租，打完就扔，当琼光磊试图给韩梅的手机号充值时，营业厅的小哥告诉她，该号码已被系统自动注销。

"得不到的永远在骚动"，有些时候越是找不到对方的下落，就越是焦急地想得到她的消息。手机失联后，琼光磊又想到了另外一条线索，"文州电子技术学院"。

那晚是他第一次那么近距离地接触大学生，所以他对韩梅学生证上的校名记忆犹新。在出租车司机的帮助下，琼光磊在城乡接合部找到了这所大学。

刚加入"血帮"时，他辗转过多所大学散发卡片，可以说什么规模的大学他都曾接触过，可像眼前这样简陋的大学，他还真是第一次见。学校拢共3栋教学楼，乍一看就像是乡下中学的配置，门口的保安形同虚设不说，校内的学生也是稀稀拉拉。琼光磊多次进出，也没找的一个老师模样的人。至于保安室的大爷，问什么都是鸡同鸭讲。

费了半天工夫，仍旧一无所获，失落之情顿生心头。眼看夜幕低垂，两顿未食的琼光磊寻着香味走进了校旁的小吃街。

由于地处偏僻，这里并不像市中心那样喧闹，零零散散的几家摊点旁也就三五食客，就在琼光磊左顾右盼想挑一种可口的食品时，一个熟悉的身影突然从他身旁走过。

"韩梅！"琼光磊抬脚追了上去。

女孩儿听到叫喊停下脚步，当两人目光相对时，她认出了对方。

"韩梅，真的是你？"

"你怎么会来这儿？"

琼光磊欣喜若狂："我去花柳巷找过你，你不在；后来我又问琪姐要了你的电话号码，结果停机了；我刚刚又去你学校找了你，也没找到，没想到能在这里遇到你。"

"你在找我？有事吗？"韩梅下意识地把身体挪到了光亮处。

琼光磊还沉浸在喜悦中，哪里会注意到韩梅这个细微的动作？他努力控制情绪，用饱含深情的语气回答道："也没什么事，就是有些想你了。"

如果两人是刚接触，韩梅一定会觉得琼光磊脑子有病，可回想起第一次见面时琼光磊憨傻的模样，韩梅又觉得琼光磊所言非虚。她左思右想后，决定赌上一把，赌的就是"琼光磊有没有爱上她"。

"想我？怎么证明？"

琼光磊二话没说，一把将韩梅拥入怀中："我也不知道怎么证明，就是好想你。"

韩梅依偎在对方怀中，眼睛却"骨碌碌"转个不停，对她来说，这是一场还没开始就稳赢的赌局。如果说这世界上什么来钱最快，不外乎两种方式：一种是利用技巧，第二种就是玩弄感情。帝王将相为女人放弃江山的大有人在，何况是凡夫俗子、芸芸众生？既然琼光磊主动跳进了这个坑，那韩梅自然不会放过这头肥羊。

短暂的温存之后，韩梅推开了他的肩膀："谢谢你的爱，我受不起，你走吧。"

琼光磊一把抓住了对方的手腕："不，我不走，我好不容易找到你，今天说什么我都不走。"

韩梅双目微红："你别这样，我们只是萍水相逢，你现在口口声声说想我，只是因为你还没遇到合适的女孩儿，等哪天你心里有人了，就不会希望我再出现在你面前，我是个农村丫头，靠卖自己换取未来，我玩不起感情，对不起。"

对琼光磊这个爱情"小白"来说，韩梅的话是句句扎心，回想这几个月的经历，若不是他命好加入"血帮"，估计他现在还活在一片迷茫之中。韩梅越是作践自己，琼光磊就越发同情她的遭遇，短暂的沉默后，他想起了电影《喜剧之王》中周星驰和张柏芝分别的那一幕，于是脱口而出："韩梅，你要不嫌弃，以后我养你！"

"你说什么？"韩梅故意装出一副不可思议的模样。

琼光磊掷地有声地说："我说我养你，做我女朋友吧！"

韩梅听言，泪水毫无征兆地从眼眶涌出，她一把抱住琼光磊，在他的怀中失声痛哭。

那天晚上，韩梅告诉他，自从他们发生关系后，她就赚到了足够的学费，从那天起，她就再也没做过这个，为了防止老鸨骚扰她，她才把手机号注销的。这句话的潜台词就是："老娘第一次给你了，现在还为你守身如玉。"在爱情中无法自拔的琼光磊早已失去了判断力，韩梅所说的一切，他都始终坚信不疑。

熊宽经常把一句话挂在嘴边："'婊子无情，戏子无义。'男人出去潇洒，玩什么都行，千万千万别玩感情。"这句话也许只有经历过的人才能体会，像琼光磊这种"小白"，自然把它当成了耳旁风。

现实生活中很多人喜欢站在上帝的视角看待问题，琼光磊能想到别人对这段感情会如何评价，然而不管有何非议，他倔强地相信自己的感觉。为了不给外人添堵，也为了不让自己不快活，这段感情他没有向任何人提及。

琼光磊是"血帮"的核心成员，只要电话能打通，就算时常夜不归宿也不会引起其他人的怀疑。天时地利人和之下，他与韩梅的感情迅速升温，而维系感情热度的却是一张张百元大钞。地下恋情持续了半年之后，琼光磊银行卡里的余额越来越少。

2009 年冬，一款可以上下滑动的苹果手机火遍文州，当韩梅提出要买一部时，琼光磊手头仅剩下不到 2000 元，为了满足女朋友的物欲，囊中羞涩的他向熊宽张了口。

"宽哥，能不能借我点儿钱，最近手头有些紧。"

熊宽有些警觉："借钱？你借钱干什么？"

"你别问了，下个月发工资我就还你。"

熊宽突然起身，拽着衣领把他逼到了墙角："实话告诉我，你不是沾赌、毒了？"

"我连牌都看不懂，怎么可能会去赌博？而且你看我这个样子像是吸毒的吗？"

熊宽的眼睛眯成了一条缝："你再说一遍'没有'？"

"宽哥，真没有，我要是骗你，我出门就被车撞死。"

熊宽松开手："你吃喝拉撒都是帮里管，咱俩出去找小姐也都是我出钱，这一年到头也没见你添几件衣服，你的钱都花哪里去了？"

"我……"

"你小子有事瞒着我。"

"宽哥我……"

"社会水太深，你在文州举目无亲，很容易上当，你要是不说，我现在就告诉全哥。虽然你救了嫂子的命，但是原则性的问题绝对不能犯！"

"宽哥，千万别告诉全爷，我说，我什么都说。"

"好，我倒要听听你的钱都花哪儿去了。"

既然纸里包不住火，琼光磊只能一五一十把前因后果说了个透。

熊宽听得很认真，他并没有一上来就评价对错，在搞清楚来龙去脉后，熊宽拨通了一个人的电话。

琼光磊注意到熊宽的手机屏幕上没有显示姓名，而且两人对话用的还是文州本地方言。在叽里呱啦说了一通后，电话被挂断。

"宽哥，你这是？"

"我刚才和帮里的探子通了个电话，他是文州人，熟悉当地情况，韩梅到底是不是你说的那样，很快就会有答案。"

"北派血帮"能在文州站住脚，探子提供的情报功不可没，毕竟卖血属于违法勾当，要是消息闭塞，估计早就被釜底抽薪了，所以探子的威名，琼光磊也是早有耳闻。

和韩梅相处的这段日子里，他其实也发现了很多蹊跷。比如，韩梅口口声声说她是在校大学生，可琼光磊却没发现她拿过一本教科书；再比如，和韩梅滚床单时，她的那些性技巧似乎和浴场小姐都是一个套路。不过这些小细节并不足以引起他的怀疑，因为第一次交欢时，床单上成片的鲜血一直让他印象深刻。

晚饭过后，熊宽带着琼光磊在茶社约见了探子"老妖"。

"老妖"用拗口的普通话说道："宽仔，人我给你打听清楚了。韩梅，真名叫闫春莲，1988 年出生，云南人，3 年前从文州电子技术学院毕业，这所学校并不是什么正规的大学，交钱就能换个文凭，学生毕业后都是进厂当流水线工人。韩梅在厂里只做了一年工，便和工友一起'下海'了。她从 2007 年至今一直在做小姐，其间公安局扫黄，她被抓进去过好几次，其中有一次还被记者登上了网。""老妖"说着，从包里拿出了一张照片递给熊宽，"这是我从网上打印的新闻图片，里面就有她。"

熊宽："哪一个是韩梅？"

琼光磊蔫头耷脑地指着照片的角落："这个穿红色裙子的。"

熊宽翻开手机短信："光磊是 3 月 2 号第一次和韩梅见面的，那时候她在干什么？"

"老妖"说："那段时间她跟了一个名叫'皇姑'的老鸨，'皇姑'专门做'头字生意'，只要有客人需要处女，其他的老鸨就会联系'皇姑'。不过'处女'有真有假，一般嫖客很难分辨，据可靠消息说，经'皇姑'卖过'头夜'的小姐，还会被她安排到其他地方接着卖'头夜'。"

熊宽最不喜欢"处儿"，一来活儿不好，二来价格也贵，所以他并不知道"头夜"小姐的行情。"头夜"还能循环卖，搁谁听着都是件奇闻。

"老妖"见两人疑惑，解释道："嫖客判断对方是不是处，全看落红，其实落红很好造假，只要事前把灯一关，再把准备好的血泡往下面一塞，反正隔着套子，嫖客也感觉不到，等到血泡被戳破，就大功告成。"

熊宽啐了一口唾沫："老子的 2000 元就这样被他们骗了！"

"老妖"随后又说出了关于韩梅的种种，其中就包括她如何骗嫖客的钱，被人到处追债。而她的藏身地，就是琼光磊和她厮混了半年的地方。

回去的路上，熊宽不停地开导："你呀，做人就是太实诚，你没听别人说吗，江湖险恶，套路太多，钱没了可以再挣，你要是把命给玩没了那就彻底歇菜了。事情既然已经这样了，也别太往心里去，全当花钱买个教训。"

熊宽口若悬河，可琼光磊却始终一言不发，这世界上最伤人的莫过于欺骗感情，见琼光磊失魂落魄的模样，熊宽把车停在院子中，给他留了一个独处的空间。

很多人被骗后都有一种心态，会本能地去假设如果没有被骗现在会怎么怎么样，在心理学上，这叫受挫心理的自我愈合。有些人经过自我疗伤后，可以很快走出阴影，但有些人会在一个死循环中越陷越深。琼光磊属于后者。

先抛开感情的事不提，半年间韩梅几乎榨干了他的所有积蓄，足足 6 万元，这其中还包括他离家出走时偷来的保命钱。为了这份感情，琼光磊是散尽家财，可到最后却换来这种结局，换作谁都无法接受。

琼光磊从小吃过苦，来文州受过骗，进"血帮"差点儿没了命。他走的每一步都比别人艰难百倍，可如今，他努力换回的一切，都被韩梅挥霍一空。琼光磊燃着烟卷，脑海中不停地闪现着一幅幅画面，画面中的韩梅从清纯可爱变得丑陋不堪。

愤怒过后的琼光磊此时异常冷静，他不是在考虑如何报复韩梅，他现在的全部心思都放在怎么把损失降到最低。

"小磊子，能不能给我支烟抽？"

琼光磊抬头望去，一个男子正蹒跚地朝自己走来。

每个"血帮"中都有这么一群人，他们常年居住在"血屋"中以卖血为生，行内称他们为"血癫子"。伸手向他要烟的男子是"血屋"最有名的"血癫子"徐畅。说他有名，并不是因为他有不良嗜好，恰恰相反，"血屋"中只要一提到他的名号，无人不竖起大拇指，就连全晖对他都是推崇备至。

徐畅来自偏远的山区，兄弟姊妹三人，他在家中排行老大，下有一弟一妹，家里的经济来源全靠他一人打工维持。徐畅干过很多工作，最后一份活计是在私人的炼钢厂给人当小工。可谁承想，他在这家厂里没干多久，钢厂便发生了铁水外流事故，操作间的人被滚热的铁水烫成了焦炭，就在徐畅奋不顾身跑去救人时，流出的铁水发生爆炸，他的整个右臂严重烫伤，最后惨遭截肢。不过幸运的是，他的工友却因他的善举保住了一命。

出事之后，为了避免大额的附带民诉，钢厂老板在律师的帮助下选择用离婚的方法转移财产，案件宣判之后，徐畅的一只胳膊仅换回了3万元赔偿。

没了右手，就等于失去了劳动能力，3万元看似不少，但也经不住慢花，为了能让弟妹走出大山，徐畅唯一的赚钱门路只有卖血。熊宽了解情况后，免去了他在"血屋"的一切食宿，徐畅在"血屋"一住就是5年。

听徐畅说，他的妹妹去年出嫁了，他只要再攒够弟弟娶媳妇的钱，就准备离开这个地方回家种田。

有人和他开玩笑："现在结婚要有房有车，你卖一辈子血也不可能赚这么多钱。"

每当这时候，徐畅都会笑眯眯地回答："没有这么麻烦，到时候花两三万买个媳妇就成。"

徐畅平时花钱很节约，属于那种"尿尿都要过粉筛"的人，只要徐畅烟瘾一犯，他经常是满院子讨烟抽，巧在他刚一出屋，就看见琼光磊坐在车上吞云吐雾。

回过神来的琼光磊把烟盒伸出车窗："畅哥，怎么现在还没睡呢？"

徐畅从烟盒中抽出三支烟，两支夹于耳边，一支叼在嘴上："今天出了400毫升，晚上心里闹腾得很，怎么都睡不着。"

"你这身板还出400毫升，是不是有点儿多了？"

徐畅猛吸一口烟："在外面浪荡了十来年，我想回家了。"

"给你弟结婚的钱赚够了？"

"翻过年，要不了几个月就差不多了。"

"攒了多少？"

"四五万吧。"

"你们那里这点儿钱就够娶媳妇了？"

"娶媳妇肯定不够，买一个绰绰有余。"

"畅哥，敢情你没开玩笑啊，你们那里真有买媳妇的？"

"也不能说是买，就是别人把女人带进我们村，两人看对眼了，给人家一点儿彩礼，这女人就留下了。女人要是看住了，就能给你生娃，如果看不住，跑了算自己倒霉。"

"还能这样？"

"那要不然能怎么办？我们那里太穷了，没有人愿意嫁过去，不光是我们村，我们那边很多山沟沟都是这样娶媳妇的。"

琼光磊点头表示理解，徐畅过足烟瘾后晃晃悠悠地回到屋中继续睡觉。

院内重新变得安静，琼光磊坐在车里，想起了他曾经看过的一部电影，名叫《盲山》。

三十四

一周后的下午，琼光磊像往常一样，提着水果来到韩梅的住处。

接到电话的韩梅早早地穿上一件情趣内衣，在房中“翘臀以待”。

然而房门刚一打开，韩梅立马变了一副模样：“我让你买的是苹果手机，不是苹果！”

琼光磊扬起嘴角，顺手在韩梅的丝袜美腿上摸了一把：“手机肯定会买，但我今天有一件更重要的事要和你商量。”

韩梅一屁股坐在琼光磊怀中：“还是你对我最好，快说，有什么重要的事情？”

“我爷爷快不行了，我想带你回老家给他见一面，好了却他老人家的一个念想。”

韩梅噘着嘴，一把将他推开：“这算什么重要的事，你爷爷不行了，干吗拉我回家，我不去！”

琼光磊重新把韩梅抱在怀里小声说道：“我爷爷有件价值连城的玉如意，是他当年从一个日本人手里缴获的，要是拿出去卖了，最少值 100 万。”

韩梅双眼放光：“真的假的？能卖那么多？”

“当然是真的，那个玉如意我见过，有半只胳膊那么长，20 年前就有古董贩子想花好几万买，我爷爷硬是没卖。”

“20 年前好几万，那放在现在最少也要翻好几十倍。”韩梅面色潮红，激动之情溢于言表。

琼光磊话锋一转：“不过我爷爷固执得很，非要把这东西传给下一代，虽然我是他的长孙，但是我还没成家。所以我寻思，咱俩一起回去，到时候我就趁机把玉如意给骗过来。你想想，有了 100 多万能买多少部手机？”

韩梅娇滴滴地答道：“人家本来就是要做你老婆的，你爷爷就是我爷爷，回去看看老人家也是应该的。”

　　"不过我老家非常远，去一趟要很长时间，而且还在山区。"

　　韩梅的小拳拳捶打着琼光磊的胸口："你这是说的哪里话，嫁鸡随鸡，嫁狗随狗，你去哪里我去哪里就是。"

　　"谢谢媳妇儿，等东西到手，咱俩就去领证，有了这 100 多万，干啥都够了。"

　　韩梅闪着星星眼："嗯，都听老公的。"

　　两人相谈甚欢，气氛很快到了高潮，此起彼伏的娇喘声归于平静后，韩梅在筋疲力尽中进入了梦境。琼光磊坐在床头点了一支烟，一周之前的这个时候，他正坐在前往甘肃山区的火车上。他的目的地是徐畅的老家，那个国家级贫困区。

　　和徐畅交谈的那天晚上，琼光磊有了一个大胆的想法，他要把韩梅卖到山区以弥补他的损失。和韩梅相处这么久，她的底细琼光磊了解得一清二楚，韩梅出生在偏远的少数民族聚居区，少数民族没有计划生育一说，她兄弟姐妹众多，家里养活不起，就要自力更生。韩梅外出的这些年，基本和家里断了联系。用她自己的话来说，她就是死在外面，也不会有人知道。

　　也正是了解到韩梅的底细，琼光磊才动了歪念头，为了掩人耳目，他并没有选择徐畅所在的村落，到达目的地后，琼光磊花了 30 元钱找了一位本地人做向导，在向导的指引下，他来到了方圆百里有名的光棍村——沙土望。

　　沙土望土地贫瘠，水土流失严重，村子周围只要能利用的资源几乎都被村民滥用到了极致，村里稀稀拉拉的几十户人家像几片展开的卫生纸落在泛黄的土地上。琼光磊没读过几年书，他搜肠刮肚找了个词来形容眼前的景象，就是"与世隔绝"。

　　沙土望每年都有人从外面买媳妇，琼光磊并没有费太大周折便寻好了买家，对方看完韩梅的照片后，愿意出 4 万元的彩礼成了这门婚事。价钱商议好后，琼光磊千叮咛万嘱咐，千万不能让韩梅跑出沙土望，对方手里抓着一根比大拇指还粗的铁链，信誓旦旦地保证："只要娶回来，就给她拴在屋里，不生娃，不让出屋！"

三十五

第二天清晨，两人坐上了前往甘肃的列车，由于事前做好了铺垫，韩梅对琼光磊没有丝毫怀疑，当距离沙土望不到 2 公里时，韩梅喝下了琼光磊准备好的饮料。

确定药效发作后，琼光磊抱起昏迷不醒的韩梅在树林中疯狂发泄了一番。当他重新提起裤子时，买家也在约定时间赶到了地方。对方是一老一少，父子俩验完货后，韩梅被裹进床单扛进了村子。琼光磊从两人手中接过了一个红布包，包裹得很严实，他绕了十几圈才完全解开，虽然包内全是 10 元、20 元的零钱，但是总数 4 万元一分不少。

清点完毕后，他返回县城办了张银行卡，将 4 万元悉数存入。然而就在琼光磊乐不可支时，熊宽的一个电话又让他陷入了绝望。

"光磊，在老家好好待着，千万别回文州，我们'北派'遭到别的'血帮'暗算，被文州警方盯上了，帮里的兄弟们准备回东北躲段时间，等安顿好了我再联系你。"

如果换作以前，他可能真的会傻傻地等熊宽回信，然而混社会这么久，他早就明白了一句话："只有永远的利益，没有永远的兄弟。""北派"有没有被警察盯上他不知道，但他现在被甩出组织却是事实。

不过想想也能理解，他在"血帮"白吃白拿这么久，人家也算是仁至义尽。既然话都说得这么明白了，那他还做寄生虫就多少有些说不过去了。

想通的琼光磊，把手机通讯录清空，半个月后，他又来到了另外一座城市——依乌。在"血帮"时，他就听很多人说过这个地方，说依乌的繁华程度完全不输文州，最重要的是，这里很好找工作，只要勤快，解决温饱绝对不成问题。

三十六

　　捞了这么长时间的偏门，琼光磊也想回归正道，尤其是他刚把韩梅卖进山沟，心里多少还是有些担忧，选择一座新的城市隐姓埋名，也算逃避的一种方式。

　　他在依乌的第一份工作是在服装厂做缝纫工，工资虽然不低，但是全年无休，一天十一个小时的工作量让他有些吃不消。咬牙坚持了一段时间后，琼光磊换了第二份工作，去电子厂做流水线工人。这里每天的工作时长同样是十一个小时，但好处就是，在电子厂每周可以休息一天。

　　缝纫工、流水线，这两个工种占依乌用工量的 90%，不管走到哪里，都只有这两个选择，随着工作强度的增加，琼光磊的身体也开始每况愈下。

　　2013 年秋，是琼光磊来依乌的第 4 个年头。那天晚上，睡在员工宿舍的他突然感到一阵胸闷，紧接着他的呼吸开始变得粗重，口唇也随之发紫。那种感觉就仿佛"鬼压床"般难受。值得庆幸的是，当时有几名工友还在打牌，听到琼光磊的呼救后，他们第一时间联系了急救中心。当晚，经医生诊断，是黄甲综合征引起的胸腔积液，需紧急住院抽液，否则会有生命危险。

　　当年琼光磊被诊断为黄甲综合征时，他就料到会有这一天，可令他没想到的是，这一天会那么早地到来。这次住院，从体检到抽液，一共花掉了 3000 多元，他一个月辛苦劳作也不过就挣 2000 多元。按照医生的说法，他的病一旦引起胸腔积液，后续就需要定期抽液治疗，具体抽液次数要看病情发展情况，医生的建议是，最好每个月来医院测量一次积液深度。

　　办理出院时，医生叮嘱他辞去工作专心养病，否则长时间劳累，会在短时间内引起大量积液，他这么年轻就引起积液，跟他的工作强度有很大关系。

　　琼光磊没有学历、没有背景，更没有人际关系，像他这种"三无产品"

如果再失去工作，那他压根儿就无法立足。

好死不如赖活着，人一旦把目标降低到生存线之下，那他的手段就只剩下一种，"不择手段"。

4 年过去了，拐卖"韩梅"的那笔钱也花得差不多了，对琼光磊来说，既然无路可走，那只能铤而走险。

出院后，琼光磊揣着 2000 元钱找到了工厂的人事部经理，他以身体不适为由，让对方给他安排一个人事部业务员的活儿。

所谓"人事部业务员"其实就是工厂的招工头，有句话说得好，叫"铁打的工厂，流水的员工"，只有源源不断地招入新员工，才能补齐快速辞职的漏洞。招工业务员的薪资是基本工资加提成。而提成只有在招满一定人数后才会计算。业务员辛苦忙活一个月只拿千把元钱基本工资的大有人在，所以这份工作并不是什么好差事。很多人躲都来不及，走后门要做业务员的，琼光磊算头一个。俗话说："事出反常必有妖。"琼光磊之所以选择这份"出力赚得少"的工作，其实有他的计划。

在这座遍地是外地人的城市，招聘业务员是唯一可以掌握打工者第一手信息的人。打工者不管是入职哪家工厂，必须要填写一份入职申请表。而通过这张表，业务员可以完全掌握打工者本人及家庭的详细信息。琼光磊表面干人员招聘的工作，实际上他却在暗中筛选那些来自偏远地区、单独务工的女性。

选好目标后，琼光磊利用职务之便邀约对方，只要女方有意，他便开始用感情牌将对方牢牢圈住，等到两人的关系更进一层时，拐卖韩梅的套路又会重新上演。

琼光磊之所以屡屡得手，是因为他有自己的一套手段。首先，长得漂亮的他不要，因为这样的人走到哪里都是焦点，很容易引起别人的注意；其次，性格外向的他也不要，因为这种人善于言谈，人际关系很复杂，一旦失联会引起不必要的麻烦；最后，也是最重要的一点，出手的频率不能太高，以每年 2 到 3 人为上，否则频繁交友，也会给他带来不小的麻烦。把握住这三点，基本不会失手。

截至 2017 年初，经琼光磊之手"嫁"出去的女子就有 14 人之多，他也因此非法获利 50 余万元。不过"常在河边走，哪儿能不湿鞋"，2017 年 5 月发生了一件事，让琼光磊彻底栽了跟头。

那天晚上，琼光磊躺在出租屋中百无聊赖地刷着朋友圈，工友转发的一条信息引起了他的注意。那是一张图片，画面中一位双鬓斑白的老人跪在某厂区门口绝望地抹着眼泪。图片下方还打着一行小字：

"不远千里，寻找孙女，至今无音，祈盼回信。孙艳，你的奶奶在找你，赶快回来。"

三十七

孙艳这个名字太过普通，如果不是有特殊关系，估计很难有人会根据一个名字就找到什么线索。可这个名字对琼光磊来说，再熟悉不过，因为几年前他曾卖过一个女孩儿，就叫孙艳。

虽然他不敢确定那个孙艳就是图片中老奶奶的孙女，但是宁可信其有，不可信其无。当下是信息时代，任何一件小事都能被媒体炒成热点，为了防止事态进一步发酵，琼光磊决定先下手为强，赶在媒体前面找到这位老人。

照片拍摄于松花电子厂门口，那个地方距离琼光磊住处不足 2 公里，他骑着电动车在路人的帮助下很快找到了照片上的老人。

见四下无人，琼光磊主动上前搭讪。

"老人家，你的孙女叫孙艳？"

老人握拳扶于耳边："你说啥？"

琼光磊提高了嗓门："我说，你是不是在找孙艳？"

老人一个劲儿地点头："对，孙艳，我孙女，你认识她？"

"认识，你跟我一起，我带你去找她。"

老人听言，激动得热泪盈眶，连道了三声"好"。

琼光磊连蒙带骗把老人带到了住处，他先给老人煮了一碗面，接着又烧了一盆热水给老人洗漱。等与老人联络好感情后，琼光磊这才开始试图解开心中的疑问。

"老人家，在依乌叫孙艳的人太多了，你能不能说得具体一点儿？"

"我孙女 1997 年出生，属牛，对了，我这里还有她的照片。"

琼光磊从老人手中接过那张已经掉色的彩照，他仔细观察后百分之百确定，照片上的女孩儿就是他几年前卖掉的那个孙艳。

"老人家，这张照片看得不太清楚，你还有其他照片吗？"

"没了，我就这一张。"

听对方这么说，琼光磊赶忙把唯一的证据捏在手心里，又问："老人家，你是怎么找到这个地方的？"

"我孙女往家里打过一次电话，告诉我她在依乌工厂里上班，后来就没了联系。"

"你孙女都这么大了，估计在外面赚大钱呢，你也别着急，说不定哪天她赚到钱就回去了。"

老人噙着泪："要钱没用了，她爷爷死了。"

"爷爷死了和赚钱有什么关系？"琼光磊心生疑惑，准备打破砂锅问到底，"老人家，能不能说说你孙女的事情，越详细越好，这样我好帮你找人。"

老人擦拭眼角："40 多年前，我们村发生山体塌方，半个村的人都被埋在了土里，这场事故，要了我三个儿子的命，当年要不是我和老头子去山外种田，估计我们俩也难逃一劫。事情发生后，村主任抱着一个女娃找到我，说娃的父母都没了，希望给娃讨条生路，我和老头子一合计，就应了下来，这个女娃就是我的孙女孙艳。

"艳子打小就很懂事，可惜她爷爷身体不好，为了给她爷爷赚钱治病，她十来岁就跟着别人出去打工，没想到这一去就再也没有回来过。年前，她爷爷病重，就剩下一口气，村里的医生都说他快不行了，他还是硬挺了十多天，我知道，老头子就是想再见艳子一面，可一直到下葬，他都没能了了这个心愿。老头子他死不瞑目啊……如果找不到我孙女，我没脸回去见他，没有脸啊……"

老人痛哭流涕，琼光磊跪在她面前安慰道："老人家，你也别太伤心，今天开始你就住在这里，我给你留 1000 元钱，要是饿了你就出去买点儿吃的，你放心，我一定帮你找到孙女。"

老人连忙作揖："小伙子，真是谢谢你了，谢谢！"

三十八

离开了出租屋，琼光磊找了一家快捷宾馆安顿下来，老人刚才的话在他脑海里不停地闪现。琼光磊打小就是苦命人，对于老人这种绝望，他是感同身受，他很同情老人的遭遇，但孙艳已被他卖进深山，这件事无论如何都不可能改变。思来想去，他权衡出了一个最稳妥的法子。他决定亲自去山里一趟，拍几张孙艳的照片证明她还活着，然后再随便编个理由，亲自把老人送回家，以后这件事能拖一天是一天，能拖一年是一年。这样做，主动权就掌握在他自己手里，可以将风险降至最低。打算好的琼光磊，用新号码联系上了买家刁文林，两人约定在两天后见面。

按照琼光磊做事的一贯风格，只要交易成功，他与买家便老死不相往来，双方的联系方式也会在第一时间销毁。可唯独刁文林的联系方式他一直保留着，一方面是因为他从琼光磊这里"娶"过两房"媳妇"，另一个原因，是他曾经救过琼光磊的命。

说起"救命"一事，还要从多年前开始聊起。那是琼光磊第一次与刁文林做买卖，女孩儿带到时已是天黑，刁文林主动挽留他在家中过夜。盛情难却，琼光磊就应了下来。可谁知两人当晚喝得有点儿高，女孩儿用脚趾钩到钥匙，开门逃跑了，但是刁文林睡得浅，听到了有人开门。发现女孩儿逃跑后，刁文林喊醒琼光磊，两人分头进山追赶，当追到山谷深处时，琼光磊一个趔趄摔进了地穴，就在千钧一发之际，刁文林一把抓住了他的衣领，若不是刁文林出手相救，琼光磊当晚便会被摔成肉泥。女孩儿追回来时，琼光磊为了报答救命恩情，只收了他1000元路费，其他39000元如数奉还。也正是有这层关系在，两人才一直没有断了联系。

第三天中午，琼光磊如期而至，刁文林在家中备好酒菜，准备和他来个不醉不归。

然而当琼光磊踏进院子时，他就感觉到了一丝诡异的气氛。

"老刁，我给你娶的两房媳妇呢？"

"哦，我经济条件有限，养活不了，让我送给亲戚了。"

"送给哪个亲戚了？"

"反正就是亲戚，你问这么多干吗？"

见刁文林有些不悦，琼光磊只能实话实说："老刁，你先别生气，你还记得那个叫孙艳的女孩儿吗？"

"记得，怎么不记得。"

"这个女孩儿出了点儿问题，实不相瞒，我这次就是为她而来，你告诉我孙艳在哪里，我只要给她拍几张照片证明她还活着就成，拍完照片我就走。"

刁文林眼角在不停地抽动，他恶狠狠地回答道："不行！"

琼光磊有些不解："老刁，咱们可是旧相识了，你要理解我的难处，我要是因为她被抓了，你肯定也跑不了。举手之劳而已，干吗这么大反应？"

刁文林头一扭："抓不抓你我不管，反正孙艳肯定不能让你见！"

"老刁，你说这话是什么意思？"

"没什么意思，就这个意思！"

琼光磊眯起眼睛，冷冷地说道："难不成，孙艳已经被你害了？"

刁文林一怔，一把将琼光磊推倒在地。

　　见对方反应如此剧烈，琼光磊就算再傻也猜到了实情，他坐在地上颤巍巍地指着刁文林："老刁，你真把人给杀了？"

　　刁文林站在原地目露凶光。

　　"孙艳死了，那我卖给你的另外一个女孩儿是不是也被杀了？"

　　"小子，你说得没错，既然你已经知道了，那我今天就送你去见她们！"刁文林抄起木棍就打了过去。

　　木棍在空中发出"呼"的一声响，琼光磊光从声音就能判断出，对方已下了死手。

　　事已至此，只有以命相搏才有生路，琼光磊也不是省油的灯，接连几个回合，对方也没占到多大便宜。

　　交战了半支烟的工夫，两人体力均有些透支，琼光磊手握金属调压器紧靠南墙，刁文林则攥着木棍与他相对而立。

　　多次喘息之后，琼光磊率先挪动步子，刁文林赤膊上阵，准备和他决一死战，然而就在刁文林迈步向前时，戏剧性的一幕发生了。

　　刁文林脚底一滑，重重地摔倒在地，紧接着他的身体开始不停地抽搐，嘴里也随之发出"咿咿呀呀"的叫喊声。

　　琼光磊担心有诈，始终未敢上前，然而没过多久，躺在地上的刁文林彻底没了动静。

　　屋内安静得有些诡异，琼光磊手持调压器慢慢向前挪步，然而就在他触碰对方的一瞬间，他感觉自己的心脏狠狠地抽搐了一下。触电后的他这才发现，刁文林身下压着一根铜线。铜线曾连接调压器，琼光磊情急之中拽下调压器当作武器，他怎么也没想到，这个无心之举竟让刁文林中了招。

　　找到了源头，琼光磊用木棍把铜线拨到一边。当确定刁文林的身体不再导电后，他开始用拇指疯狂地掐起对方的人中，可不管他用多大力气，都为时已晚。

　　人死不能复生，琼光磊现在要考虑的是如何保全自己。冷静下来之后，他想起了多年前地穴求生的那一幕。

地穴荒无人烟，把尸体扔进那里，天王老子也不会发现。想清楚后，琼光磊找到一个大号米袋把尸体塞了进去，等到夜幕低垂，他按照记忆中的路线摸黑找到了地穴入口。

抛尸，盗走财物，处理现场，一切都在有惊无险中进行。两天后，他回到依乌再次见到了孙艳的奶奶。

"小伙子，你出去这么久，见到我孙女了吗？"

"见到了。"

"那她人呢？"

"她现在跟着大老板，可能很长时间都不回来了，不过您放心，您以后就在这儿安心住下，由我来照顾您。"

"你来照顾我？那怎么成？"

"没事的奶奶，反正我也没有亲人，今后您就是我的亲人。"

"谢谢你小伙子，谢谢，你真是个好人！"

罪 案 调 查 科

尾 声

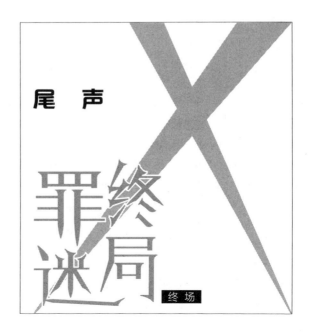

罪终
迷局

终场

云汐市公安局机密会议室内，公安部副部长周礼、公安部刑侦局局长邓朝阳、国际刑警组织行动队大队长吴华、湾南省公安厅刑侦副厅长孟伟、云汐市公安局局长赵昂，5 位大佬围坐在电子屏幕前目不转睛地盯着几个光点移动的方向。

　　头戴耳机的侦查员不停地播报：

　　"1 号目标还有最后 100 公里接近边境线。

　　"2 号目标还有 150 公里。

　　"3 号目标还有 170 公里。

　　"4 号目标还有 200 公里。"

　　周部长："国际刑警组织那边现在是什么情况？"

　　吴华："报告部长，此次前来和目标交易的人是泰国毒枭'银达'，他长期活跃在中、越、泰三国，早在 3 年前，他就被国际刑警组织列为头号犯罪嫌疑人，但'银达'的触角已深入泰国政府内部，有了政府的保护伞，我们一直拿他没有办法。这次是个绝佳的机会，只要他在我国境内交易，我们就有直接管辖权。到时候人赃并获，天王老子也帮不了他。"

　　周部长："老孟，目标人物是谁，查实了没有？"

孟伟面露难色："刚收到消息，幕后的人叫唐宏伟。"

周部长猛然起身："你说谁？"

孟伟："云北省公安厅禁毒总队特训卧底，唐宏伟。"

周部长魂惊魄惕："他不是牺牲了吗，怎么可能会是他？"

孟伟："当年他与乐剑锋同时在刑警学院接受卧底特训，特训结束后，唐宏伟被派往云北省边境线'塔拉'贩毒组织充当卧底，'塔拉'80%的毒品渠道均来自'银达'集团。乐剑锋出于对唐宏伟的信任，曾找他打探过消息，所以唐宏伟第一时间知道了5亿毒品的事情。动了贪念的唐宏伟先是武装镇压准备逃回金三角的王志强一伙，然后利用陈雨墨接近鲍黑，打探毒品的藏匿地点。等准备工作做好之后，他便制造自己被枪击的假象，然后退居幕后操纵一切。

"乐剑锋在做卧底时和一名叫丁雨桐的女子相恋。丁雨桐曾怀有身孕，乐剑锋在无法保证母子安全的情况下，用激将法迫使丁雨桐打掉了孩子，并与其断绝关系。从此之后，丁雨桐对乐剑锋怀恨在心。而唐宏伟恰好利用这件事，蛊惑丁雨桐协助他完成计划。

"唐宏伟利用多层关系把乐剑锋牢牢圈在计划中。好在乐剑锋及时发现了破绽，将查实的线索提供给我们，我们才以此找到突破口，彻底搞清其中的缘由。"

听完汇报后，周部长心情十分复杂："唐宏伟现在在几号车里？"

孟伟："他和丁雨桐在4号车里，还有150公里到达交易地点。"

周部长点点头看向朱大队："'银达'选择用什么方式交易？"

朱大队指着电子屏幕说道："此次交易双方选取了边境线地势最险要也是驻军最薄弱的三个地方，我在地图上分别标注为A、B、C。届时，先由携毒最少的1号车到达A区，交易完成后从A区过境；随后2号车到达B区；3号车到达C区。当前三次交易都未发生任何问题后，目标会联系'银达'团伙过境，做最后一笔交易，这次交易才是重中之重。如果前三次试水出现问题，那么今天的交易会立即终止。

　　"我们提前在毒品中藏入了无线跟踪设备，这样就算是前三批货运出边境，我们也能对其实时追踪，边防那边已打好招呼，只要'银达'集团过来接货，我们就可以马上收网。"

　　周部长："警力是如何部署的？"

　　朱大队："越过边境线是由国际刑警负责，人已到位，边境线以内由孟厅长全权调度。"

　　孟伟："报告周部，为了防止云北省贩毒集团有所察觉，参与此次行动的人员均是从我们湾南省抽调，现在所有警力均在目标位置集结完毕。"

　　周部长点点头，接着他看向赵昂："赵局，这次多亏了你们局的刑事技术室，若不是他们破译了密码，我们绝不会由被动转为主动。对了，冷启明和司元龙现在在什么地方？"

　　赵局："司元龙熟悉痕迹追踪，冷启明有很强的现场应变能力，为了保证行动顺利进行，他俩现在也在云北省，具体行动由刑警大队徐石大队长负责。"

　　"周部，1号车完成交易，驶出边境。"

　　负责调度视频的侦查员刚说完，会议室内的气氛突然紧张起来。

　　周部长起身走到液晶屏幕前："卫星信号是否稳定？"

　　侦查员："一切正常。"

　　"好，继续跟进。"

　　"明白。"

　　光点还在移动，从卫星发射的实时信号看，标注有1号的蓝色光点从云北省边境驶出，接着停在了50公里外的越南境内。两个小时后，2号车、3号车也相继停在了附近。

　　周部长："看来他们是想把毒品在越南集中，然后一起运回泰国。"

　　朱大队："三辆车所在的区域是'银达'在越南的势力范围，按照交易流程，他一定会在天黑之前赶往云北省。"

　　周部长："报告4号车的位置。"

侦查员："4 号车停在了云越公路中段，根据卫星地图显示，公路有 4 个出口，每个出口都布置有警力。"

周部长："好，盯紧 4 号车。"

"明白。"

行动已进入白热化，一旦出现任何闪失，前期所有努力将付诸东流，5 位大佬屏息凝神，做好了决一死战的准备。

然而就在此时，蓝色光点突然移动，冲出了公路。

周部长大惊："这是怎么回事？"

侦查员："报告周部，4 号车撞断了公路护栏，驶进了未知区域。"

周部长大怒："什么叫未知区域，快点儿给我查，车去哪儿了？"

侦查员："卫星地图显示那是一片森林，具体信息不详。"

在此十万火急的时刻，孟伟拨通了一个人的电话："4 号车撞开公路护栏驶进了路边的原始森林，那里没有警力配置，你有没有办法？"

"把坐标报给我。"

孟伟扫了一眼电子屏，报出了只有参战人员才会知晓的代码："2343，89387，44321。"

"不好，那里是雷区，不熟悉情况的人一旦进入很容易触雷，千万别把警力向那片区域集中！"

"雷区？"

"对！唐宏伟常年活跃在中越边境，对雷区的地形肯定了如指掌，4 号车携毒量最大，有雷区做掩护，确实可以省去不少麻烦。"

"下一步该怎么办？"

"雷区上空森林覆盖严密，GPS（全球定位系统）无法拍摄实景地图，唐宏伟已进入雷区多时，我们虽然可以定位他的实时位置，但是无法规划出安全的行动路线，如果贸然进入，风险很大。"

"难道就一点儿办法都没有了？"

"有，我知道一个人，他应该可以找到安全路线。"

"谁？"

"司元龙。"

孟伟挂断电话看向赵昂："赵局，司元龙在哪里？"

"他在附近 3 公里的卡口处。"

"好，立刻联系行动组负责人，有一件重要的事需要他办。"

指令下达后，徐石把司元龙叫到一边："上面传来消息，4 号嫌疑车撞断护栏驶进了一片原始森林，那里是中越边境的雷区，行动组希望你能找到一条安全通道，方便后续部队进入，有没有问题？"

"嫌疑人既然是驾车驶入雷区，一定会留下蛛丝马迹，对我来说问题不大。"

"好，你准备一下，我派一个人给你打掩护！"

"我陪小龙过去！"叶茜自告奋勇。

由于时间紧迫，徐石并没有推辞，他拿出一支手枪递给司元龙："要注意安全，出现问题，迅速寻找掩体，千万不要和对方发生火力冲突。路上留下三角标记，后援部队会第一时间朝你们的方向转移，不要担心。"

"明白。"

边境的公路并不会像高速公路那样安装防撞钢梁，公路的护栏均是钢筋架子焊接而成，普通汽车便可轻松闯过。几分钟后，叶茜开车载着司元龙找到了进入雷区的入口。

司元龙站在入口位置仔细观察，护栏上的油漆残留引起了他的注意："行动组之前掌握的线索，嫌疑人驾驶的是一辆黑色大众轿车，而护栏上留下的全是蓝色底漆，说明 4 号目标在行驶的过程中更换了车辆。"

"GPS 显示，4 号目标曾在公路上停留过一段时间，会不会是在那个时候更换的？"

"不排除这个可能。"

司元龙将油漆残片刮下在手中碾碎："是沥青烘干漆，这种漆很廉价，风吹日晒后容易出现龟裂，通常不会用在汽车上。入口处的轮胎痕迹很窄，不符合汽车轮毂的规格，他们更换的是一辆蓝色三轮摩托车。"

叶茜："森林里到处都是树木，不更换交通工具也很难进入。"

司元龙："边境经济落后，这里最常见的三轮摩托车只有开放式和封闭式两种。嫌疑人携带大量毒品，开放式容易暴露行踪，可以排除。而封闭式有一个弊端，载客能力很有限。去年办理'化肥抛尸案'时，我曾测量过封闭式三轮车的箱体数据，常见规格为：1.3 米 ×1.2 米 ×1.6 米，总体积约为 2.5 立方米。这么小的容积，只能装下毒品。如此一来，重力后倾，车辆爬坡能力极差，所以嫌疑人选择的安全路线需要具备两个特征：第一，树间距不小于 1.2 米；第二，均为下坡路。

"明确了这两个条件，我们再结合'倒伏植被''碾碎枯叶''踩死昆虫'等特征，便能很容易地找出嫌疑人行驶的安全通道。"

叶茜乐不可支："你这个痕迹专家，还真是随时随地都能带来惊喜。"

"别高兴得太早，GPS 显示，我们距离目标还有 5.2 公里，时间拖得越久就越被动，我们必须马上行动。"

地穴内，4 名身背 AK47 的精壮男子正围着木桩奋力地摔打着扑克牌，唐宏伟叼着烟卷惬意地坐在一旁，按照计划，"银达"集团还有半个小时便能赶到交易地点，等做完这单生意，他就能远走高飞，永远离开这个地方。

然而就在这时，地穴的加固型防盗门突然打开，随之而来的一梭子弹，让 4 名男子应声倒地。

唐宏伟受过专业训练，反应速度异于常人，就在他快速找寻掩体准备拔枪反击时，对方却先他一步将枪眼顶住了他的太阳穴。

唐宏伟心中大惊："你是谁？"

"格尔式狙击法，当年查稽战术教官压箱底的技能，只可惜你连皮毛都没学到就离开了刑警学院。"

唐宏伟不敢相信自己的耳朵："你……你是……"

枪口贴着太阳穴移动到了脑门的位置："我的声音都听不出来了？"

"乐剑锋？你不是……你怎么会……"

"假死也是当年我们的训练科目，你在我身上用了一次，我当然要还给你！"

唐宏伟深呼吸，稳定了情绪："你怎么找到这里的？"

"是泰国人王志强告诉我的！"

"他也没死？"

"不，他死了！"

"你玩我？"

"都这个时候了，我可没心思开玩笑。你们错就错在太小看王志强这个人了，到头来谁能想到，毒品坐标其实就文在他的身上。"

唐宏伟冷笑："我和王志强接触过也不是一次两次，他身上文的什么你认为我会不知道？"

"你当然知道，我问你，他的右臂上是不是有七条波浪形文身？"

"有，那又能说明什么？"

"这种文身叫'声波文身'，只要把文身照片导入专门的分析仪中就能转换为语音。云汐市技术室的冷启明最先发现了这个秘密，在你去找陈雨墨索要坐标之前，行动组就提前知道了毒品的藏匿地点，为了斩草除根，行动组按兵不动，在毒品中混入了定位装置，你们的一举一动都在警方的掌控之中。"

唐宏伟冷哼："你以为我会相信？"

乐剑锋掏出加密手机："卫星地图你比我熟悉，三个蓝色光点是完成交易的三辆车，现在在老挝境内，红色光点是我们所在的位置；你虽然选择在雷区交易，但是你还是太小看了警方的能力。云汐市技术室的司元龙你应该有所耳闻，他是痕迹专家，在你进入雷区后，他通过分析痕迹找到了安全通道。地穴外有两名狙击手，瞄准镜全都对准了地穴的方位，虽然这里隐蔽性很高，但是对我来说，要找到你的藏身之处并不难。不久后，千余名警力会进入雷区，只要'银达'集团的人出现，行动组就会收网。小伟，不要再负隅顽抗了，都结束了。"

唐宏伟知道大势已去，他恨得咬牙切齿："好一个王志强！"

"王志强给你们留了机会，如果他死后你们信守承诺，用圣婴帮他祭祀，这样他的尸体就会火化，我们自然也就不会提前知道毒品藏匿的地点。"

唐宏伟无奈地摇摇头："失信者失天下，言之有理！言之有理啊！"

"你失信的不只是王志强，还有我，还有整个警察队伍，告诉我，为什么要走今天这一步？"

唐宏伟苦笑："阿乐，我回不去了，为了打探消息，我不得不在贩毒组织中越陷越深。任务开始的第一周我就被他们逼迫吸食白粉，被毒瘾折磨这么多年，我已经戒不掉了。

"卧底期间，我给总队提供了多次重要情报，'塔拉'组织因此损失惨重。现在组织的高层已有人开始怀疑我的身份。我当年和你一样，是特招入警，我有父母，有妹妹。'塔拉'的眼线很多，只要给他们时间，我担心总有一天他们会查出我的身份。阿乐，我不怕死，可我的家人怎么办？我不可能申请庇护，这样就等于在告诉'塔拉'我就是卧底，一旦这样，我的家人将生不如死。我是家里的长子，我'失踪'后，户口被死亡注销，我爸妈好不容易才要了妹妹。阿乐，你知不知道，如果事情败露，他们会把我妹妹卖到国外当性奴，我妹妹今年才10岁。我没的选，我需要钱，我需要很多很多钱，我要钱不是自己享受，我只不过是想给父母和妹妹找一个安全之所，让他们无忧无虑地活下去。"

乐剑锋看了一眼停在地穴拐角的三轮车："有了这些毒品作为证据，'银达'团伙将会被国际刑警一锅端掉，'塔拉'作为他们的下线也会连根拔起，我可以保证你父母和妹妹的安全，等你妹妹长大了，她会有一份体面的工作，到那时候，她还会知道他的哥哥是一名光荣的人民警察。"

唐宏伟双目红肿："阿乐，你……"

"我能帮你的只有这么多！接不接受还要你自己考虑。"

"不需要考虑！我接受！"

乐剑锋掉转枪膛："你犯的是死罪，但我不希望你接受任何人的审判，把'银达'和'塔拉'的贩毒罪证交给我，按照我们离别时的约定，你饮弹吧。"

"阿乐，谢谢你！"

唐宏伟说完拽掉了胸前的吊坠，乐剑锋报以微笑，把枪柄举在半空。

当年离别时两人击拳的誓言在耳畔重新响起：

"我们是警队的利刃，我们为人民负重前行，为了信仰我们置生死于度外，放弃信仰绝不苟且偷生！"

"当啷"，子弹被推入了弹膛，乐剑锋闭上双眼转过身去。

"嘣嘣"两声闷响，唐宏伟重重地摔在了地上。

那支消音手枪有多大威力，乐剑锋再清楚不过，他不敢回头，因为他不知该如何面对唐宏伟的尸体。卧底的人生没有色彩，他们的内心都竖着一座灯塔，灯芯是他们的信仰，灯光帮他们指引方向，一旦光芒不在，他们便会陷入无边的黑暗。

秒表上的倒计时突然变成了红色，留给乐剑锋的时间已经不多。他弯腰捡起枪握在手中，接着一个箭步冲到三轮车旁，掀开了雨布。雨布下，丁雨桐被五花大绑，蹲坐在地上瑟瑟发抖。

"我来晚了。"乐剑锋用刀割断了绳索。

重获自由的丁雨桐一把将乐剑锋拥在怀里："阿乐，你还活着，你真的还活着？"

"活着，还活着！"

丁雨桐泪眼婆娑："对不起，我不该怀疑你。若不是唐宏伟的手下说漏了嘴，我还被蒙在鼓里……"

乐剑锋怜惜地抚摸着丁雨桐的脸颊："都结束了，我们先离开这里，欠你的，余生我一件一件给你补回来！"

"阿乐！你要带她去哪里？"话音刚落，司元龙和叶茜便走进了地穴。

乐剑锋面无表情："你们速度还真快，来了有一会儿了吧？"

"阿乐，丁雨桐在抓捕的名单当中，你要带她去哪里？"司元龙下意识地把手放在了腰间。

"小龙，没用的，你们两个不是我的对手。"

司元龙有些气急败坏："阿乐，你知不知道你在干什么？丁雨桐触犯了法律，必须接受法律的制裁，如果你今天放走了丁雨桐，你就成了帮凶，你这么多年的苦就白受了，你知不知道？"

"小龙，我知道你是为我好。雨彤虽然有错，但是她也是受人蛊惑，罪不至死，我能原谅她，我相信国家也会原谅她。我乐剑锋什么都不求，只求余生能与爱人相伴，我做不到铁面无私，只求问心无愧。"

说完，乐剑锋搀扶着丁雨桐径直走向门外，叶茜和司元龙没有阻拦。

擦肩而过时，一个黑色吊坠在空中画出弧线，司元龙一把接过。

"这是一个加密 U 盘，老孟知道打开方法，里面有'银达'和'塔拉'的所有犯罪资料。庆功酒记得替我多喝一杯。"

"阿乐！"司元龙喊住了他。

"怎么了？"

"还会再见吗？"

"不会了，你认识的乐剑锋已经死了。"

五

一个月后，国内各大媒体全都像打了鸡血一样沸腾起来，一篇标题为"继'湄公河行动'后中国警方重拳出击捣毁中、越、泰跨国贩毒集团"的帖子在各个平台疯转，更有影视公司瞄准商机，准备投资数亿元将其改编成电影。然而令记者们遗憾的是，关于此次行动，除了这篇报道和几段抓捕视频外，所有消息均对外保密。

"'银达'和'塔拉'的主要成员全部落网，丁雨桐被踢出了重点嫌疑人名单。"泗水河边，叶茜望着河面出神。

站在她身边的司元龙似乎早就料到了这个结果："阿乐假死时，是明哥出的现场，除了你我之外，行动组的高层一定都知道阿乐还活着。高层没有追责，说明国家原谅了他。"

叶茜撩起鬓角的头发，带着一丝浅笑："能和心爱的人在一起，这样的结局挺好。"

司元龙走到她身边，顺着叶茜的目光望向远处："你呢？想好以后和谁结婚了吗？"

"不知道，没想过。"

"真的没有想过？"

"没有。"

"那好，那等你想好以后告诉我。"

"为什么要告诉你？"

"因为我想好了，我要娶你。"

（全书完）

后 *Postscript*

记

罪 案 调 查 科

俗话说，天下没有不散的筵席，司鸿章、冷启明、司元龙、焦磊、陈国贤、叶茜、乐剑峰，关于他们的故事，在这里将要暂时告一段落。虽有不舍，但终究还是要说声再见。感谢各位读者朋友的一路相伴，也许若干年后，书剑江湖上又会掀起他们的传说。

"尸案调查科"系列图书作品虽然暂时完结，随后基于全系列图书改编的影视作品大概会在近两年内陆续上线，我则会利用这一年多的空当开启我的新系列，希望到时候不会让大家失望。

书已完结，但是关于书中人物和故事的某些问题一直伴随着读者朋友。我把所有问题进行了一个罗列，对于提问比较密集的几个问题，借此机会，给大家一个解答。

问题一：书中所写的案例是否有真实原型？

答：其实这个问题，我在公开和非公开的场合都已经说过。书中所涉及的案例或多或少都会有原型。在这里和大家分享一下我构思案件的过程。比如，我知晓一个案例，我首先大致了解整个案件的侦破过程和嫌疑人的犯罪动机等，当对案件完全知晓后，我会对案件做大量的减法，第一步，去掉案件中我们公安部门涉密的侦查手段；第二步，隐去案件中真实的作案过程；第三步，对案件中涉及的时间、地点、人物进行处理。比如，一起在室内的凶杀案件，我可能会把它移到室外，白天发生的案件，我会构思成夜晚。甚至有时候连案犯的犯罪动机，我也会做大量的处理。我很喜欢玩网游，打个不恰当的比方，如果一起真实案件是头"魔兽"，那么我能用到的仅仅是这头"魔兽"的"魔核"，我的创作过程，就是在"魔核"的基础上，再创造另外一头"魔兽"。新"魔兽"的肉体，融合了我的一些社会经历以及出版物上庞杂的知识体系，对于这种创作模式，我本担心是否会得到读者的认可，好在一路走来，喜欢我的人越来越多，这也更加坚定了我继续创作的决心。

问题二：书中的人物是否都有原型？

答：我的工作经历比较曲折，我警校读的是刑事侦查专业，毕业后第一个工作岗位是刑警队，当了三年侦查员后，遇到了刑事科学技术室遴选，虽然在警校时，我们也开设了刑事科学技术这门学科，但是理论和实践差距依旧很大，后来在单位的推荐下，我被选派到中国刑警学院继续深造痕迹检验专业，在学习的过程中，我有幸结识了全国刑事技术领域的同僚，冷启明、焦磊、陈国贤的原型就是我在警院培训中结识的伙伴。司元龙的原型，也就是我本人。

关于"叶茜"是不是我媳妇，这个问题一直是读者讨论的热点。其实真实的情况是这样的，当年我在提笔写第一本书时，我曾告诉过我媳妇，我要写个女性角色，我媳妇直接就问，有没有感情戏，我说有，我媳妇就说那女主角用她的名字。可没办法，我媳妇的名字起得太失败，怎么都没有代入感，后来商量之后，由她给女主角取了个名字，名叫叶茜。至于为啥叫叶茜，至今是个未解之谜。

说完了其他人，我要重点说一下"我"的"父亲"，司鸿章。司鸿章的原型，是我所在单位刑事技术室的主任，也是我在技术室任职时的带班老师，他干了几十年刑事技术，积累的办案经验足可以写成厚厚的一本书，然而可惜的是，由于他多年积劳成疾，在单位突发脑出血，好在抢救及时，保住了一命，但他也抱憾离开了挚爱的工作岗位。以前跟在他身后出现场时，他总会见缝插针地给我说一些他以前办过的案件，这些都被我写进了书中。"尸案调查科"系列出版后，他看完了全系列，每每看到熟悉的片段，他总会给我发条语音，说某某案件的一些场景，他曾经跟我聊过，见到书中出现了他的经历，他也会开心地手舞足蹈。一日为师，终身为父。也许我只能用这种方法，让他在挚爱的技术生涯上留下一点念想。

问题三："尸案调查科"里所写的破案手段，是否存在泄密？

答：这个问题在前面我也已经说过，构思一起案件时，我最先做的是减法，第一步，就是去掉我们公安机关不可公开的侦查手段。在科技高速发展的今天，其实很多案件的侦破，远远没有想象的那么复杂，有时一个案件只要稍微运用一些科技手段，就能轻易告破。而我要做的，就是把这些手段全部舍去，利用复杂的知识体系，另辟蹊径，将案件告破。我所运用的知识体系，全部参考的是国内外的公开出版物。因为我的身份比较特殊，在我之前还有老秦打样，所以我在写作时尤为注意。

我所工作的单位，体制内叫刑事科学技术室，既然带了"科学"两个字，从字面的意思不难理解，我们更多的还是运用科学的技术手段。很多人可能不知道，法医、痕迹检验、理化检验这些技术工种，并不是公安局特有的。如果某天，你遇到了一些情况，并不涉及案件，你需要找痕迹检验员来勘查，是否可以找到？答案是，可以。因为我们国家允许司法鉴定中心的存在，只要能取得合法的资质，私人是可以申请到司法鉴定中心鉴定的。司法鉴定中心每个地级市几乎都有一两个，省会城市可能会更多，只要在网站上搜索"司法鉴定中心"，分门别类的鉴定中心便会蜂拥而出。取得资质的司法鉴定中心可以进行：法医病理解剖、理化毒物分析、亲子鉴定、文书鉴定、痕迹检验鉴定、视频分析、声像分析，甚至有些高端的鉴定中心，还会参与重大现场的辅助勘查。许多地级市公安交警部门，对于酒驾者的血液酒精浓度测试，都是委托给当地的司法鉴定中心代为检验。但司法鉴定中心勘查非案现场收费不菲，一般都是在官方的鉴定结论有争议后，家属出面聘请。

在香港，刑事科学技术室叫法证部；在国外，叫物证鉴定中心。它们均是独立于公安系统的存在，我们熟悉的华裔神探李昌钰，他在国外就有自己的法医研究所和鉴证中心，警方在勘查现场时遇到了困难，可以有偿邀请他的团队对现场进行勘查。如果经济条件允许，在国内，个人也可以聘请司法鉴定中心的技术员，对存疑的现场进行勘查，对死因有争议的尸体进行病理解剖，对字迹不清的合同文件进行笔迹鉴定，对特定的食品做毒物鉴定等，所以纵观国内外，刑事科学技术仅是把各类自然科学的理论知识运用在破案上，"尸案调查科"所描写的破案手段，并不存在个别读者所担心的泄密问题。

问题四："尸案调查科"系列想表达的核心内容是什么？

答：当我提笔开始写这种类型的小说之前，我看过雷米老师的"心理罪"系列、老秦的"法医秦明"系列、蜘蛛大哥的"十宗罪"系列，还有刚雪印老兄的"犯罪心理档案"系列，当看完数十本犯罪嫌疑类小说之后，我心里有个疑问，到底是把小说写成偏向"案件推理"还是偏向"案件背后"？我和很多写作者不同，因为我从 2005 年进入警校后，就一直在接触"刑事侦查"，而我大学毕业后的工作地点，还是我们市最忙的刑警队，各类恶性案件，几乎全都发生在我们辖区，甚至有些领导调侃，如果我们刑警队平安无事，全市恶性案件能减少一半。特殊的工作环境，让我更早成熟。我上班第一天，就直接上命案专案，上班的第四天，又紧接着上了一个杀人抛尸的专案，两个专案一起上，让我这个初出茅庐的毕业生将近两个月没有离开单位。

在这种打鸡血的工作环境里，让我亲眼见证了更多的社会丑恶。《三字经》说，人之初，性本善。我对这句话坚信不疑。有些读者在看完"尸案调查科"后发出感叹，为什么九滴水笔下的犯罪分子，都有可以被原谅的一面，难道犯罪分子还需要同情？不，既然犯罪了，那他就不值得同情，但是我们要从案件中知晓，这个人为什么要犯罪，他的犯罪根源是什么？我接触过很多命案嫌疑人，他们之所以作案，几乎都有一个令人唏嘘的缘由，或是家庭环境，或是情感风波，或是社会不公。我该如何把这些很多人一辈子都闻所未闻的东西用文字表达出来，从而让更多的人留意或者扼杀某些犯罪苗头，这才是作为公安作家应该努力的方向。"破案推理"，任何一本小说中都有详细的记录，但如果一本犯罪悬疑小说，只是在关心案件推理的精彩过程，而不去关心案件背后的根源，在我看来，这样的小说不完整。所以在书写"尸案调查科"系列的过程中，破案推理只是其中的一部分，追寻犯罪真相，从源头上遏制犯罪，这才是我的最终目的。

问题五：有没有一句话想对关心你的读者说？

答：一路走来，我很感谢支持我的读者，是你们让我这个门外汉有了坚持下去的动力。同时我也很感谢那些对我"夹枪带棒"的朋友，是你们让我看到了自己的不足，有了改进的方向。相识是一种缘分，俗话说，前世的五百次回眸，才换来今生的擦肩而过。当你翻开《尸案调查科》的第一页，就注定了你我前世必有因缘，所以无论怎样，我都要对我的读者真诚地说一声："感谢有你！"

九滴水敬上

2018 年 9 月 16 日

图书在版编目（CIP）数据

罪案调查科.罪终迷局.终场/九滴水著.—贵阳：
贵州人民出版社，2019.10
ISBN 978-7-221-15620-4

Ⅰ.①罪… Ⅱ.①九… Ⅲ.①推理小说－中国－当代
Ⅳ.① I247.5

中国版本图书馆 CIP 数据核字（2019）第 218851 号

上架建议：推理小说

罪案调查科.罪终迷局.终场

九滴水　著

责任编辑：胡　洋　潘　乐
出　　版：贵州人民出版社
　　　　　（贵州省贵阳市观山湖区会展东路 SOHO 办公区 A 座　邮编：550081）
印　　刷：三河市鑫金马印装有限公司
开　　本：880mm×1270mm　1/16
字　　数：276 千字
印　　张：20
版　　次：2019 年 12 月第 1 版　2019 年 12 月第 1 次印刷
书　　号：ISBN 978-7-221-15620-4
定　　价：46.00 元